KB107750

고전시대의 사상과 문학

이동환 지음

지식산업사

이동환 李東歡

1939년 경북 경주 안강에서 태어났으며, 고려대학교 문과대학을 졸업하고, 같은 학교 대학원을 마쳤다. 성균관대학교 조교수, 고려대학교 부교수 · 교수를 지냈고, 한국한문학회 회장, 한국실학학회 회장, 연세대학교 용재석좌교수, 퇴계학연구원 부원장, 문화재청 문화재위원회 위원, 한국고전번역원 원장 등을 역임했다. 현재는 고려대학교 명예교수.
저서로는 《고전시대의 사상과 문학》, 《도학시대의 사상과 문학》(근간), 《실학시대의 사상과 문학》, 《이동환 國學 에세이》(근간) 등이 있다.

고전시대의 사상과 문학

제1판 1쇄 인쇄 2023. 8. 30.
제1판 1쇄 발행 2023. 9. 7.

지은이 이동환
펴낸이 김경희
펴낸곳 (주)지식산업사
본사 • 10881, 경기도 파주시 광인사길 53
전화 (031)955-4226~7 팩스 (031)955-4228
서울사무소 • 03044, 서울특별시 종로구 자하문로6길 18-7
전화 (02)734-1978 팩스 (02)720-7900
한글문패 지식산업사@
영문문패 www.jisik.co.kr
전자우편 jsp@jisik.co.kr
등록번호 1-363
등록날짜 1969. 5. 8.

책값은 뒤표지에 있습니다.

ISBN 89-423-9121-9 93810

이 책을 읽고 저자에게 문의하고자 하는 이는 지식산업사 전자우편으로 연락 바랍니다.

책머리에

'고전시대古典時代''라는, 우리나라에선 일찍이 쓴 적이 없는 명칭에 대해 의아해할 사람이 있을 것이다. 시대 구분이란 연구자가 연구대상에 대해 사적史的 좌표를 규정짓는 행위다. 그래서 이것부터가 연구 자체인 것이다. 그러므로 원칙적으로 시대구분에는 획일적인 통일안이 있을 수 없다. 통일안은 대중의 편의를 위하거나 연구를 위한 하나의 가설로서의 의의를 가질 뿐이다. 나의 '고전시대'·'도학시대'·'실학시대'로의 시대구분은 이러한 근거에서 설정된 것이다.

그리스·로마의 문화만이 고전고대가 있는 것이 아니다. 어느 문화든 문화 단위마다 나름의 고전고대가 있기 마련이다. 우리 민족은 일찍이 자기 문자를 가지지 못한 결정적인 약점이 있지마는 토착 신앙이 내포한 윤리·사상을 바탕으로 한자·한문과 유교·불교 등을 수용하여 고전문화를 이룩했다. 13세기 말 14세기 초 주자학을 수용하기 시작하기 전까지가 우리나라의 고전시대다. 고전문화는 후세 문화에 하나의 전범으로 기능하는 데서 고전문화로서의 의의를 가진다. 그러나 우리나라는 외래문화 주자학에 압도되어 고전문화의 흐름이 전면적일 수도 없었고, 발전의 형세도 순조로울 수가 없었다. 주자학은 우리 민족의 심성 기질을, 가령 다분히 낭만적인 것에서 전례적典禮的인 것으로 바꾸다시피 할 정도로 오랫동안 지배했다. 그러나 실학시대의 시작과 더불어 우리 고전문화의 저력이 발현되기 시작하여 근현대에 이르러 본격적으로 기능하기 시작하여 고전문화로서의 전범성을 얼마쯤 발휘하였다고 생각한다.

'산수풍류'는 '산다야소山多野少'·'산수착종山水錯綜'이라는 우리 국토의 특징으로 하여 타민족에 견주어 상대적으로 산수와의 연관, 곧 우리 민족의 심미문화와의 연관이 더 깊은 것 같아 추구했다. 실은 한국의 미학사를 전제로 시작했으나 고전시대에 문자적 미학 관련 자료가 너무 없어 처음의 욕심을 접었다. 〈쌍녀분기雙女墳記〉(옛 이름 〈崔致遠〉)는 나말여초에 나온 전기傳奇 가운데 백미다. 그래서 많은 연구자들이 토구討究해 왔다. 그러나 많은 연구자들이 작품명 〈최치원〉에 실존 인물 '최치원'을 작가로 안 과거 문헌의 와오訛誤를 답습한 바탕 위에서의 토구였다. 나의 논구의 결과 작품의 원래 이름이 〈쌍녀분기〉였고, 작자는 최치원의 후배 최광유崔匡裕였음이 판명되었다. 그리고 창작 배경에 대해 다각도로 구명하고, 텍스트의 전존傳存 과정에 발생한 갖가지 문헌적 와오를 바로잡는 부수적인 성과도 거두었다. 나로서는 유감없는 논문이다. 〈고려 전기 한문학〉은 국사편찬위원회에서 편찬한 1994년판《한국사》의 일부로 집필했던 것을 그대로 실었다. 다른 논문과는 체제가 한결같지가 않다. 고려 초에서 의종 연간까지를, 나말 최치원의 당나라 체험 성과의 한문학을 넘어 우리나라 한문학의 본격화 과정으로 보고, 그 양상과 상상력·의식·품격을 논구했다. 〈임춘론〉은 나의 석사학위 논문 〈고려죽림고회高麗竹林高會 연구〉의 후속 논문으로, 임춘의 사회적 처지와 그의 시의식詩意識을 논구했다. 개인적 차원에 국한된 매우 단순한 가문의식과 공명의식이 주조主調를 이룬 그의 의식은 대부분의 고려조 문신·지식인, 특히 유가적 지식인의 의식양태를 대표한다고 생각한다. 〈고려 중기 의리유학義理儒學의 실상〉은 최충의 9재학당을 새롭게 논구하고, 오랫동안 사상사학계의 정설로 행세해 온 정주程朱 성리학의 수용설을 왕안석의 신학新學 수용으로 번복시켰다. 그리고 사상사학계 일부 연구자들의 임춘·이규보 등의 정주 수용설을 아울러 비판했다. 이로써 고려 중기 의리유학의 실상이 제대로 밝혀지지 않았나 생각한다.

나의 첫 번째 책《실학시대의 사상과 문학》이 지식산업사에서 나온 지 10여 년, 김경희 사장이 나의 지만遲慢을 탓하지 않고 오랜 시간을 기다려 원고를 거두어 주어서 책으로 나올 수 있었다. 진심으로 감사드린다. 그리고 찾아보기, 교정, 컴퓨터 작업 등으로 나를 도와준 고려대학교 한문학과 송혁기 교수와 강사 노요한 군에게 깊은 고마움을 전한다. 아울러 여러 과정을 거쳐 한 권의 책으로 완성해준 편집부 권민서 님에게 깊이 감사한다.

2023년 2월

서울 종암동 장대산방長對山房에서

저자 씀

목 차

우리 민족의 산수풍류山水風流, 그 심미문화 연관聯關

1. 머리말

주지하는 바이지만 삼국중기~통일신라 중기의 시기는 우리 고대문화가 그것으로서의 일정한 완성 형태를 이룩한 시기다. 즉 우리 민족이 처한 이러저러한 조건에 따라 규정되면서 신화시대神話時代 이래로 발달되어 온 문화가 그 자체 형성요소들의 더 높은 정도의 발현으로 자기정체성自己正體的 유형성類型性이 분명하게 조정措定되어 역사적으로 실체화된 시기이다.

항용 그러하듯이 우리의 경우도 일정한 완성태에 도달한 이 고대의 문화가 후세의 문화에 대해 하나의 범본적範本的 성격에서부터, 단순히 전변轉變, 또는 새로운 형성을 제약하는 인소로서의 성격에 이르기까지의 갖가지 형태로 일정한 내재연관을 부단히 가져 왔었다. 물론 어느 앞 시대의 문화도 그 뒤 시대의 것에 대해 내재연관을 다 가지기 마련이다. 그러나 어느 한 민족이나 문화권의 고대문화는 일반적으로 그 민족이나 문화권의 문화의 시원적 정체태正體態의 성격을 가지고 있다는 점에서 다른 앞 시대들의 문화가 그 뒤 시대의 것에 대해 가지는 내재연관에 견주어 그 파장이 상대적으로 길고 더 기저적基底的이라고 할 수 있다.

그런데 우리의 고대문화, 즉 삼국중기~통일신라중기의 문화의 경우 그것이 한문과 불교·유교라는 외래 문화의 수용, 또는 수용 과정과 어울린 성취란 점에서 그 자기 정체성의 정도에 문제 내지 한계가 분명 있다. 그러나 문화에서 민족 단위로든, 문화권 단위로든 순수 고유의 자기 정체성이란 어느 민족이나 문화권의 경우에도 성립될 수도 없거니와, 한문과 불교·유교를 끌어 들여 그것을 연緣으로 삼아 조리한 주체로서 인因의 세勢가 강하게 작용한 가운데 이룩된 문화란 점에서, 삼국중기~통일신라중기의 문화가 우리 문화의 시원적 정체태로 성립됨이 부정될 근거는 어디에도 찾을 수 없다. 미학사상의 경우도 후대의 그것에 대해 하나의 기저적 인소로서 상대적으로 오랜 파장으로 이러저러한 연관을 가져온, 바꾸어 말하면 우리의 미학 사유에 일정한 보편성을 갖는 형태들의 많은 부분이 이 시기에 집중적으로 출현하고 있음을 본다. 그래서 자료의 절대 한계가 있어 자세한 내용을 파악하기에는 어려움이 있다 하더라도, 이 시기의 미학 사유가 극력 탐구될 필요가 있다고 생각한다.

2. 산수풍류山水風流: 산수 자질資質 · 인소因素의 내면화와 미적美的 자질 · 인소화

특정 지역의 문화와 그 지역의 자연환경(또는 자연풍토)과의 관계는 다방면적이다. 물질 생산 등 경제 조건을 제약함으로써 간접적으로 그 지역의 문화를 제약하고, 지세地勢나 기후와 같은 외적 조건이 그 지역인의 활동 양태를 제약함으로써 역시 간접적으로 그 지역의 문화를 제약한다는 것은 이미 상식으로 되어 있다. 그런데 특정 지역의 자연환경이 그 지역의 문화를 제약하는 경로는 여기에 그치지 않는다. 동북아문화권에서 오랜 지혜인 풍기론風氣論과 양기론養氣論의 경로가 있다. 후자의 두 경로는 특히 심미문화의 측면에 대해서는, 전자 두 경로보다 상대적으로 근거리의 관계라고 할 수 있다. 그래서 여기서는 특히 이 후자의 두 경로를 심미문화, 특히 자연과의 관계가 상대적으로 더 가까웠던 과거 시대의 그것에 대한 이해를 위한 하나의 이론적인 틀로서 입론해 보고자 한다. 그리고 여기에 입각하여 '산수착종山水錯綜'이라는 우리나라 자연환경의 특징으로서 산수가 가진 심미문화 연관을 검토해 보고자 한다. 이것은 각 지역 문화의 시원적 정체태로서 고전 문화의 성립에 이르는 과정에는 기성 문화 자체의 역량의 개입보다 자연환경의 역량의 개입이 상대적으로 비중이 더 크고, 또 이렇게 성립된 각 지역의 고전 문화가, 앞에서 이미 논급한 바와 같이, 그 지역의 후세의 문화 형성에 기저적基底的으로 작용해왔다고 생각하기 때문이다.

1) 풍기론風氣論 및 양기론養氣論의 이해

(1) 풍기론

풍기론이란, 특정한 자연풍토는 그 지역에 토착 내지 상주하는 자연 소산물(인간도 원천적으로 자연 소산물이다.)의 생리적 자질·인소를 규정한다는 내용의, 하나의 과학적 안목이다. 특정 자연환경 아래 식물·동물에 대한 그 특정 자연환경의 규정성은 과학적 진실로 이미 널리 공인되어 있거니와, 이 풍기론은 특정한 자연풍토는 그 안에서 태생했거나, 상주하면서 그것을 관습적으로 교섭한 인간 집단의 품성·정서·감각 등에 일정하게 공통적인 특질의 형성에 관여하고, 이를 통해 그 자연풍토의 특질에 상응하는 성향의 문화가 형성되게 된다는 점에 그 내용 핵심 및 특징이 있다. 이때 자연풍토, 즉 풍기는 구체적으로 말하면 자연물의 원소적元素的 차원의 흙·공기·물의 질과, 형체적 차원의 자연 물상物象의 형세 내지 형상 및 질감質感·색태·음향 등과, 이것들의 융화로서 빚어내는 분위기 등 자연의 물질적·감각적 자질·인소들을 총체적으로 가리킨다.

후한대後漢代에 내려진, '풍속風俗'이란 술어의 다음과 같은 개념 규정에 그 이론 틀이 명쾌하게 제시되어 있다

> '풍風'이란 천기天氣에 차움과 더움이 있고, 지형에 험함과 평탄함이 있고, 수질에 좋음과 나쁨이 있고, 초목에 굳셈과 부드러움이 있음을 이른다. '속俗'이란 피(血)를 함유한 유類(인간 및 동물)들이 이 풍을 본떠서(像之) 태어나고 살기 때문에 말씨와 노래의 소리가 다르게 되고, 춤과 행동의 형태가 다르게 되어, 어떤 경우는 순직하고 어떤 경우는 불순하며, 어떤 경우는 좋고 어떤 경우는 나쁘게 됨을 이른다.[1]

좀 더 이론적으로 정리하면, 요컨대 특정 지역의 '속俗', 즉 인간의 문화 및 동물의 생태의 특색은 그 주체인 그 지역의 인간 및 동물 집단의 특징적인 기질, 즉 정신생리적精神生理的 자질·인소들에 따라 빚어지고, 이 정신생리적인 자질·인소들은 그 지역 자연풍토의 특징적 자질·인소들이 그 지역에 토착 또는 상주하는 인간 및 동물 집단에게 태생적으로, 또는 관습적으로 전화轉化된 것이라는 내용이다. 그리고 그 전화의 방식은, '본떠서(像之)'라는 표현으로 밝혔듯이 유추 그것이라고 보았다. 이론적으로 여기에 식물이 포함되어야 마땅하니, 식물이야말로 자연환경의 특질에 규정되는 정도가 가장 높은 자연 소산물이다. 그러나 인문학에서 유의미한 것은 말할 것도 없이 인간과의 관련에만 한정된다. 그런 의미에서 위의 인용과 같은 시대에 나온 다음의 진술은 위의 인용에 빠진(缺) 내용을 보완하면서 풍기론의 인문학적 한정을 제시한 것이라고 할 수 있다.

---

1) 應劭, 〈風俗通義序〉, "風者, 天氣有寒煖; 地形有險易; 水泉有美惡; 草木有剛柔也. 俗者, 含血之類, 像之而生, 故言語謳歌異聲; 鼓舞動作殊形, 或直或邪; 或善或淫也."

> 무릇 민인民人들이 오상五常의 본성은 공통으로 안에 가지고 있으면서도 그 굳셈과 부드러움, 느림과 급함, 그리고 음성이 같지 않은 것은 그 각 토착해 사는 지역의 수토水土의 풍기風氣에 연계되어 있다.[2)]

앞의 인용에서 빠진, 지역을 초월하는 인간으로서의 공통 심성과의 연관의 시각이 제시되어 있다. 인용문에서도 '5상'이라는 인간의 윤리적 본성만을 공통의 것으로 들었으나, 활간活看을 하여 품성·정서·감각 등 인간의 속성 전반으로 확충하여 이해할 필요가 있다. 즉 인간으로서의 품성·정서·감각의 본질 자체는 공통성으로서 가지지만, 그 발현의 양태에는 일정 지역 단위로 개별적인 차이가 있어, 그 차이의 소종래所從來는 그 지역의 자연풍토에 있다는 내용이다. 위에서 진술한 내용에 연계하여 보충하면, 지역별 자연풍토가 그 지역 인간 집단의 일정하게 공통적인 기질基質로 전화되고, 이 기질이 인간으로서의 보편 속성의 발현을 제약하여 그 양태에 일정하게 차이를 드러내게 된다는 논리다. 이 논리에 따르면 지역별 문화 특성이란 바로 이 인간 보편 속성의 지역별 특유의 발현 양태에 다름 아니다.

이 풍기론적 경로에서 자연풍토가 문화 특질의 형성에 작용하는 기제機制를 실증적으로 구명할 방도를 현재 우리는 갖고 있지 않다. 앞의 인용문들에서 자연풍토의 물질적·감각적 자질·인소들이 태생적으로, 또는 관습적으로 인간에게로 유추적으로 전화하여 인간의 기질, 즉 품성·정서·감각의 성향 형성의 자질·인소로 내면화·생리화 한다는 논리의 함축을 읽었거니와, 이 이상의 과학적 실증은 현재로서는 할 방도가 없다. 동의학東醫學 이론의 많은 국면이 경험학으로서 효력을 발휘해 왔거니와, 이 풍기론도 그런 범주에 속함직하다. 다만 이 유추적 전화의 기제에 대한 파악은, 이미 '풍기'의 '기氣'가 시사하듯이, 인간을 포함한 만물은 기의 교류로 서로 연계되어 있다는 기적氣的, 유기체적有機體的 세계관에 바탕한 통찰의 결과라는 사실은 이해되

---

2) 《漢書》〈地理志〉 8下, "凡民函五常之性, 而其剛柔緩急, 音聲不同, 繫水土之風氣."

어야 할 터다.

풍기론은 문화현상에 대한 이해를 위한 하나의 방법적 안목이기 때문에 과거 우리나라에서 통행 여부에 따라 그 유효성의 유무가 좌우될 성질의 것은 아니다. 그러나 하나의 참작 사항은 될 터다.

6세기 중엽 가야국 가실왕嘉實王이 당唐의 현악기를 우륵于勒에게 개조하도록 명하면서 "여러 나라의 방언이 각기 그 성음이 다른데 어찌 획일화할 수 있겠는가"라고 한 말[3]의 이면에는 풍기론적 관념이 함축되어 있음을 짐작하기 어렵지 않다. 다만 우리나라에서 자생적 전통의 표출인지, 중국으로부터의 전래의 원용인지는 확인할 길이 없다.

우리나라에서 이 관념에 대한 오랜 신념적 지속의 증적證跡을 우리는 조선 후기 이중환李重煥의 《택리지擇里志》에서 웅변적으로 볼 수 있다. "(우리나라는) 산이 많고 들이 적어서 그 민인民人들이 유순하고 조심성은 있으나 기량이 좁은 편이다"[4], 또는 "황해도는 산수가 험해서 그 민인들의 기질이 다분히 사납다"[5]라는 식의 직접적 언표를 지역마다 일일이 삽입시키지는 않았지만 풍수론적 관점, 사회경제적 관점과 함께 이 풍기론적 관점 또한 이 책의 배후를 받치고 있는 관점임을 우리는 행간에서 인득認得하고도 남는다.

그리고 《춘향가》에서조차 "경상도 산세는 산이 웅장하기로 사람이 나면 정직하고, 전라도 산세는 산이 촉矗하기로 사람이 나면 재주 있고, 충청도 산세는 산이 순순順順하기로 사람이 나면 인정이 있고"[6]라고 불릴 정도의 상식으로 되어 왔다.

문화현상에 대한 이해를 위한 하나의 방법적 도구로서의 풍기론은 말할 것도 없이 그 한계가 있다. 우선 인간이 동물로서의 생태가 아니라 인간으로

---

3) 김부식, 《三國史記》, 〈雜志〉1, 樂, "羅古記云: 伽倻國嘉實王, 見唐之樂器而造之. 王以謂: 諸國方言, 各異聲音, 豈可一哉."
4) 李重煥, 《擇里志》 〈八道總論〉, "(朝鮮) 多山少野, 其民柔謹局促."
5) 이중환, 앞의 책, 〈人心〉, "黃海道則山水險阻, 故民多獰暴."
6) 李惠求 외, 《국악대전집》, 신세계레코드, 1968.

서의 문화를 이루어가기 시작하는 단계에서부터 그 정신기능이 자연으로부터 일정한 자유로움을 가지기 시작하여 그 자유로움의 정도가 점차 상승해가는 과정에 들어서서 자연풍토의 자질·인소들의 인간에게로의 유추적 전화를 교란시키거나, 그 회로를 복잡하게 만드는 변수의 개입이 점차 많아지게 된다. 여기에다 문화의 축적이 불어나 인간문화의 진전 과정에 문화 자체의 자질·인소들의 개입의 정도가 높아져 가서, 이와 역비례로 그 효용성에 한계가 있게 된다.[7] 그리고 그것은 인간의 품성·정서·감각의 성향과 그 문화현상과의 관계에 주안을 둔 통찰 형태이기 때문에 이지문화理智文化보다는 주로 정의문화情意文化 내지 심미문화審美文化의 이해에 상대적으로 더 높은 효용성을 가지고 있다. 이지문화 이해에 대한 풍기론의 효용성은 다분히 정의·심미문화에 대한 효용성을 통한 간접 경로에 의지한다고 할 수 있다.

여기에서 우리는 풍기론이 가진 한계의 전자, 즉 그 적용의 일정한 문화진전 과정상의 한계와 관련하여 유의하지 않으면 안 될 일이 있다. 풍기론의 유효성 소실의 시기가 이를수록 우수한 문화이고, 늦을수록 열등한 문화일 수는 결코 없다는 것이다. 이 한계와 관련해서는 일정한 단위의 지역 공동체의 원초적 내지 고전적, 또는 전통적 문화 창성創成의 노선에 따른 문화 성향에 먼저 유의하지 않으면 안 된다. 문화 창성 노선의 유형에는 크게 보아 두 가지가 있다. 자연에의 도전적 대응 방향에서 인간적 성취를 지향하는 경우와, 자연에의 순응적 방향에서 인간적 성취를 지향하는 경우가 그것이다. 그런데 풍기론에서의, 자연 자질·인소의 인간 자질·인소로의 전화기능轉化機能이 인간의 자각적 의식과 능동적 욕구 속에 놓여 있는 것이 아니라 주로 무의식 가운데 자연 자질, 인소의 인간 생명으로 침투에 따른 것이기 때문에 아무리 인간의 자각적 의식과 능동적 선택이라 하더라도 인간이 자연의 품을 떠나서 존재하지 않는 한 어떤 문화 노선도 풍기론의 유효 범위를

7) 앞에서 "특히 과거 시대의 그것(문화)에 대한 이해를 위한"이라는 단서를 붙인 것은 그 효용성의 이 한계 때문이다.

벗어날 수 없을 듯하다. 그러나 인간의 욕구 활동도, 의식 작용도 결국 기氣 운동의 한 형태이기 때문에 문화 노선과 관련하여 그것이 어느 방향으로 움직이느냐, 즉 자연에의 도전적 방향이냐, 순응적 방향이냐에 따라 자연 자질·인소의 인간 생명에게로 전화기작轉化機作에 영향을 주는 변수로 작용할 수밖에 없다. 따라서 자연에 도전적인 대응 방향에서 진전되는 문화에서일수록 풍기론의 유효성 소실의 시기가 상대적으로 이르고, 자연에 순응적인 대응 방향에서 진전되는 문화에서일수록 그 유효성 소실의 시기가 상대적으로 늦을 수 있다. 이런 현상은 그러나 문화의 우열의 지표일 수는 없다. 다만 자연과의 관계에서 취한 문화 노선의 차이일 뿐이다. 문화의 개념을 주로 자연과의 대립적 시각에서 규정해 온 서구적 문화관의 전통은 커다란 오류였다. 자연과의 화합적 관계에서도 얼마든지 고차원의 문화를 성취해 올 수 있었다. 가까운 저례著例를 들자면 도가道家·불가佛家·도학道學의 문화가 그것이다. 우리 민족의 당초 문화 노선도 크게 보아 이 계열에, 특히 도가와 같은 범주에 든다고 하겠으나 또한 일정한 편차가 있다.

풍기론은 이처럼 서구적 문화관의 오류를 일깨우면서, 각 지역, 각 민족의 문화가 그것이 기초한 자연환경의 차이에 따라 원천적으로 규정되는 개성을 추구하는 방법적 안목이란 점에서 문화패권주의에 저항하는 의의를 가지게 된다.

(2) 양기론養氣論

풍기론이 자연 자질·인소의 무의식중의 침투에 따른 인간의 정신생리 자질·인소로의 전화에 관한 이론이라면, 양기론은 주체의 자각에 입각한 능동적인 수행으로서의 정신 생리의 질적 변화에 관한 이론이다. '양기'의 '기氣'가 시사하듯이 이 또한 기적氣的 세계관에 근거한 것으로, 풍기론이 세계의 '이해'를 위한 이론이라면 양기론은 당초에는 주체의 '실천'을 위한 이론인 셈이다.

풍기론에서는 인간 기질 형성의 연관聯關 대방對方인 자연의 물질적·감각적 자질·인소에만 한정되고, 또 인간이 이것들에 대해 피동적 위치에 규정되나, 양기론에서는 그 연관 대방이 자연 자질·인소는 말할 것도 없고, 인간 외계外界의 문화 자질·인소와 아울러서, 이를테면 '인仁'·'의義'·'아雅'·'정正' 등과 같은, 인간 내계內界에 형성되어 있는 추상 관념의 문화 자질·인소들에까지 개방되어 있고, 인간이 이것들을 선택하여 자기화하는 능동적 입지에 서게 된다. 따라서 이 이론이 문화 영역들에 대해 가지는 관계도 전면적이면서 직접적이라고 할 수 있다. 양기養氣 주체의 양기 방향에 따라, 천지의 원기元氣를 자기 생리화 함으로써 주체의 생명 역량을 증진하기 위한 양생적養生的 양기를 위시하여, 도덕적 역량의 증진을 위한 도덕적 양기, 미적 역량의 증진을 위한 심미적 양기 등 다방면으로 분화될 수 있다.[8] 여기서는 말할 것도 없이 심미적 양기에 주안을 두고 있다.

심미적 양기는 일단 이렇게 정의할 수 있다. 즉 심미적 창작 주체가 외계의 자연 및 문화현상이 가진 이러저러한 물질적·감각적 자질·인소들에서부터 인간 내계의 이러저러한 추상 관념의 문화 자질·인소들에 이르기까지에서 자신의 심미적 정신생리의 변화에 적합한 것들을 선택·수용하여 일정한 내적內的 기제機制를 통해 자신의 자질·인소로 전화시킴으로써 그 역량을 증진하는 일이라고 할 수 있다. 여기에 우리는 다른 방면에서의 양기 효능이 심미 영역으로 전이되어 발현되는 역량도 함께 고려해야 할 것이다.

양기에 관한 이른 시기의 문헌상의 저례著例로는 널리 알려진 《맹자孟子》의 '호연지기浩然之氣' 함양을 들 수 있다.[9] 이 양기는 오늘날의 분문分門으

---

8) 다방면으로 분화된다고 해서 그 양기의 효능 실제까지도 각 방면별로 절연히 나누어지는 것은 아니다. 그 각 방면 간의 親緣度에 따라 그 효능이 서로 전이되어 발현되는 공감대가 있을 수 있다. 이를테면 도덕적 가치가 심미적 가치로 전이되기도 하고, 심미적 가치에 도덕적 가치가 함유되기도 한다.

9) 《孟子》〈公孫丑上〉, 浩然章 참조.

로는 도덕적 양기다. 그러나《맹자》문장미文章美의 '관후굉박寬厚宏博'이 바로 저작 주체인 맹자의 내면에 충만한 도덕적 자질인 '호연지기'의 심미 영역에서 대응 현상으로 통찰된다는 점에서[10] 이 양기는 그 효능 실제에서 보면 심미적 양기로서의 의의를 갖게 된 것이다.

심미적 양기의 이른 시기의 저례로는 흔히 사마천司馬遷의 경우가 거론되어 왔다. 사마천이 20대에 남쪽으로 강수江水·회수淮水·회계산會稽山·구의산九疑山 등을 위시하여 북쪽으로 제노齊魯 지역에 이르기까지 각지를 유력遊歷하여 다양한 산하 풍기를 감수하여 그것을《사기史記》의 문장에로 전화, 구현했던 것이다.[11]《사기》문장의 성가聲價로 말미암아 사마천의 이 각지 산하 풍기를 감수感受하는 양기의 유력은 후세의 문사·예술가들에게 하나의 준거로 받아들여져 왔다. 이를 준거로 한 송대宋代 소철蘇轍의 양기 유력遊歷에 관한 다음과 같은 자술은 심미적 양기의 어떤 구체 정황을 잘 보여 준다.

> 철轍은 태어난 지 10년하고 또 9년입니다. 집에서 지내면서 함께 노는 이들이라고는 이웃과 고장의 보통 사람들에 불과했습니다. 보는 것이라고는 수백 리 거리를 넘어서지 못해서, 올라가 둘러봄으로써 스스로를 광대하게 할만한 높은 산 넓은 들도 없었습니다. 여러 가지 책을 비록 읽지 않은 것이 없었으나 모두 옛사람들의 묵은 자취일 뿐, 지기志氣를 격발激發하기에 부족했습니다. 이러다간 마침내 이 속에 침몰하고 말 것 같아 결연히 버리고 떠났습니다. 그래서 천하의 기이한

---

10) 蘇轍, 〈上樞密韓太尉書〉(《欒城集》 권22), "轍生好爲文, 思之至深, 以爲文者, 氣之所形. 然文不可以學而能, 氣可以養而致. 孟子曰: 我善養吾浩然之氣. 今觀其文章, 寬厚宏博, 充乎天地之間, 稱其氣之小大." 李澤厚는 그의《華夏美學》에서《孟子》의 이 '我善養吾浩然之氣'에 근거하여 '道德與生命'이라는, 중국 미학사상 범주의 하나를 설정하기까지 했다.

11) 司馬遷,《史記》, 〈太史公自序〉, "(遷)二十而南遊江·淮, 上會稽, 探禹穴, 窺九疑, 浮于沅·湘; 北涉汶·泗, 講業齊魯之都, 觀孔子之遺風. 鄉射鄒·嶧; 厄困鄱·薛·彭城, 過梁·楚以歸." 蘇轍, 앞의 글, "太史公行天下, 周覽四海名山大天, 與燕趙間豪俊交游, 故其文疎蕩, 頗有奇氣."

> 소문, 장대한 구경을 추구하여 천지의 광대함을 알기로 하였습니다. 진한秦漢의 고도故都를 지나면서 종남산과 숭산·화산의 높음을 맘껏 보고, 북쪽으로 황하의 분류奔流를 돌아보며 개연히 옛날의 호걸들을 떠올렸습니다. 서울에 이르러서 천자天子의 궁궐의 장대함과, 곡식 창고, 진귀한 물건 창고, 성곽, 해자垓子, 동산의 부유스럽고 큼을 우러러보고 난 뒤에야 천하의 거대함과 다채로움을 알게 되었습니다. 한림翰林 구양공歐陽公을 뵙고 그 언론의 굉달함을 듣고 그 용모의 빼어나고 우람함을 보고, 그 문인門人 현사賢士 대부大夫들과 놀고 난 뒤에야 천하의 문장이 여기에 모여 있음을 알게 되었습니다.[12)]

요지인즉 앞에서 이미 논급한 그대로 자연·문화 자질·인소의 심미적 방향에서의 선택적 자기화에 따른 심미 역량의 확충·증진에 다름 아니다.

우리나라에서도 이 양기론은 아마도 자생되어 진작부터 통행되어 온 듯하다. 무엇보다 주지하고 있는 신라 화랑도花郎徒의 '유오산수遊娛山水'에는 양기의 모티브가 충분히 함유되어 있다. 그리고 신라 옥보고玉寶高가 지리산에서 금학琴學과 작곡作曲 또한 양기와 무관하지 않을 터다.[13)] 조선조 시인 이달李達이 한 탁월한 무용가의 무용을 시로 묘사한 작품의 다음 대목에서 우리는 그 고도로 심화·세련된 면모를 보게 된다.

> 동해 가 금강산 일만 이천 허다한 봉우리들,
> 날아오는 듯한 것들, 깊은 구렁을 끼고 가파르게 버티고 있는 것들,

---

12) 蘇轍, 앞의 글, "轍生十有九年矣, 其居家所與游者, 不過其鄰里鄉黨之人, 所見不過數百里之間, 無高山大野, 可登覽以自廣; 百氏之書, 雖無所不讀. 然皆古人之陳迹, 不足而激發其志氣. 恐遂汨沒, 故決然捨居, 求天下奇聞壯觀, 以知天地之廣大. 過秦漢之故都, 恣觀終南嵩華之高, 北顧黃河之奔流, 慨然相見古之豪傑. 至京師, 仰觀天子宮闕之壯, 與倉廩府車城池苑囿之富且大也, 而後知天下之巨麗. 見翰林歐陽公, 聽其議論之宏辯, 觀其容貌之秀偉, 與其門人賢士大夫遊, 而後知天下之文章聚乎此也".

13) 주3)과 같은 곳.

이 가운데 가장 높은 비로봉 허공을 찔러 있는데,
거꾸로 걸린 층벽에 구룡폭 갈무리 되어 있어,
만 길 매어 달린 물 가닥, 옥벽玉壁을 씻고는,
삼백 구비를 돌들에 물보라 뿜으며 흘러가나니,
이 늙은이 이를 몽땅 얻어 가슴 속으로 남김없이 옮겨와,
조화造化의 오묘한 재주 혼자 뺏어서
긴 소매 너울너울 천성天性인 듯 표현하네.14)

즉 변화 자재한 춤의 동작이 변화다기한 금강산의 산수의 형세로부터 양기養氣해 온 결과라는 것이다.

그런데 여기에서 유의할 사실은 유력遊歷 그 자체를 양기의 본령으로 오해해서는 안 된다는 것이다. 타 지역에의 유력은 주로 자연과 문화에 걸쳐 물질적·감각적 자질·인소들을 다양하게 감수할 수 있는 효과적인 방도이기는 해도 본령 그 자체는 아니다. 양기의 본령은 어디까지나 주체가 양기 연관 대방으로부터 일정한 자질·인소들을 수용, 자기 생리화하는 내면의 기제 바로 거기에 놓여 있는 것이다.

이상의 검토로 우리는 사마천이나 소철의 양기 방식 내지 과정이 널리 알려진 맹자의 호연지기 함양 방법 ―"반드시 일삼음을 두되 미리 기필期必하지 말 것이요, 마음에 잊지도 말고, 힘써 조장하지도 말 것이다"―과의 사이에 차이가 있음을 발견하게 된다. 즉 맹자의 방식 내지 과정이 양기 대방의 자질·인소들에의 주체 연관을 일정하게 유념하는 가운데 지속적으로 진행시키는 것임에 대하여, 사마천이나 소철의 그것은 주체가 양기 대방에 대해 일정한 경이驚異의 충격을 받음―바꾸어 말하면 수용기제受容機制가 단

14) 李達, 〈漫浪舞歌〉(《蓀谷集》 권6), "東海上金剛山一萬二千多少峰, 丘陵騰擲巖壑巃嵸. 最高毘盧峰揷空, 層厓倒掛藏九龍. 懸流萬丈洗玉壁, 噴石三百曲. 此翁得之毫髮盡移胸中, 獨奪造化妙, 長袖翩躚性所好."

시간 내에 일정하게 제고·긴장된 작동으로 즉시적으로 실현되는 것임을 알 수 있다. 우리는 전자의 경우를 '점양漸養', 후자의 경우를 '돈양頓養'이라고 개념화할 수 있다. 점양은 곧 '습習'에[15] 다름 아니다.

이제 이 풍기론 및 양기론의 시각에서 우리나라 자연환경의 특징인 '산수착종'의 미학 연관의 측면을 검토해 보기로 한다.

2) 산수풍류山水風流

(1) 산수착종山水錯綜의 문화 연관

미학 사상이 먼저 있고, 이것에 따라 미적 특질이 규율되었던 것은 아니다. 미학 사상의 어떤 범주들이 성립되기 이전에 먼저 미적 감각들이 일정한 성향으로 형성되고, 여기에서 미의식이 양성釀成되고, 그리고 미학 사상의 어떤 범주들이 성립되어서, 이제 역逆으로 미의식 및 미적 감각에 관여해 왔을 터다. 이것이 통시적 관점에서 거칠게 단순화시켜 본 미학 사상 성립의 과정이다.

그런데, 앞서 풍기론 및 양기론의 논의 과정에 이미 충분히 시사되었듯이, 일정한 공동체의 미적 감각 성향 형성을 조건 짓는 최초의 근거자는 그 공동체가 그 안에서 태생적으로, 또는 관습적으로 교류해온 자연환경 그것일 수밖에 없다. 바로 여기에 미학 사상과 관련하여 자연환경을 주목하게 되는 소이연이 있다. 바꾸어 말하면 어떤 지역의 자연환경은 그 지역 미학 사상의 최초의 생성 근원인 셈이기 때문이다. 물론 일정 단계 이후로는 주로 문화적 사태(사회적 사태까지를 포함하는 광의의 개념임)의 개입에 따라 미학 사상의 전개

15) '習'이란 유기체의 일정한 양식의 機作의 반복이 이 양식에 상응할 자질·인소를 생성시킴이라고 정의될 수 있다.

에 변동이 있게 되는 것이지만 말이다.

주지하듯이 우리나라 자연환경의 외적 형세의 특징은 산수 그것이다.

> 삼한 36도都의 땅을 노닐어 보면 국토가 동쪽으로 바다에 임하여 하늘과 더불어 가이 없는데, 명산·거악巨嶽이 그 가운데 뿌리를 서리고 무수한 지맥들을 뻗어내려 어우르고 있어 백 리 정도 터진 들판도 드물고 천호千戶 정도 모인 고을도 없다.[16]

박지원朴趾源이 이처럼 명쾌하게 묘사했듯이 우리의 국토는 거의 크고 작은 산들과 계류溪流·강천江川의 착종錯綜이다. 여간한 평야라 하더라도 산에 둘러싸인 조망眺望이다. 조선후기에 우리 국토에서 주거 공간이 계거溪居·강거江居·해거海居의 세 가지 범주로 나뉘어 인식된 바 있고, 이중환은 이 가운데 계거를 가장 좋은 주거 공간으로 규정하고 그 대표적인 곳으로 예안의 도산陶山과 안동의 하회河回를 들었거니와,[17] 설령 '야읍野邑'이라 하더라도 대개 '계산·강산지치溪山·江山之致'가 있고 보면[18] 산수와의 관계란 점에서는 기본적으로 계거와 별반 차이가 없는 셈이다. 이중환이 강거의 최적지로 친 평양외성平壤外城과 같이 '전후 백 리로 개야開野된 곳'[19]이란 한반도 안에서는 통틀어 두세 곳을 넘지 않는 터라 적어도 한반도 내에서의 주거 공간은 압도적으로 산수간山水間일 수밖에 없다. 고구려 영토에 요동 벌판과 같은 지세가 있었기는 했지만 그 지배층—달리 말하면 문화 담당층이다—의 주거 공간은 평양으로 옮기기 전에는 역시 산수간이었다.[20] 이처럼 우리의 문화

---

16) 朴趾源, 〈會友錄序〉(《燕巖集》 권1), "遊乎三韓三十六都之地, 東臨滄海, 與天無極, 而名山巨嶽, 根盤其中. 野鮮百里之闢, 邑無千室之聚."

17) 李重煥, 앞의 책, 〈山水〉, "諺曰: 溪居不如江居, 江居不如海居. 此以通貨財取魚鹽而論耳. (중략) 惟溪居有平穩之美, 蕭灑之致, 又有灌漑耕耘之利. 故曰: 海居不如江居, 江居不如溪居. (중략) 故溪居, 當以嶺南禮安陶山安東河回爲第一."

18) 李重煥, 위와 같은 곳, "野邑有溪山江山之致."

19) 李重煥, 위와 같은 곳, "且無千里之水, 百里之野."

형성의 터전으로서의 자연환경으로는 거의 단일적單一的으로 산수 그것이었다. 그러므로 이 산수 연관을 고려하지 않고는 우리 문화 특질의 소종래의 이해에 한계가 있을 수밖에 없다. 뚜렷한 일례로 우리 종교 문화 원류인, 천신天神의 역내域內 각처의 산악들에의 산포적散布的 임재臨在같은 것은 '산다山多의 지세를 고려하지 않고는 충분한 설명에 이르기 어려울 터다. 이것은 가령 황하 중류 중국의 고전 문화가 광대한 평야와, 이를 덮은 광대한 하늘이라는 자연 형세를 터전으로 한 데서 역대 유수한 산악의 신들 위에 천제天帝를 5위位,[21] 심지어 9위로까지 발달시켜 가지게 된 사실[22]에 대비해 보면 그 특징이 더욱 선명하게 드러난다.

그 객관적 검증 가능이 매우 한계적이기는 하지만 위에서 논의된 풍기론 및 양기론을 통해 보건대 심미문화의 특성과 자연환경과의 연계 또한 어느 문화 영역에 못지않게 깊다는 사실이 인정되는 만큼 우리 국토 환경—거의 단일적으로 '산수착종'만으로 되어 있다는 이 특징에 의하여 우리의 심미문화가 어느 정도로 조건 지어졌는가도 짐작하기 어렵지 않을 터다. 여기에 특히 우리의 산수에 대해 우리 민족 스스로 아름답다고 감수하는 그 주관적 자세가 가세하여 성립된 '산수풍류'의 오랜 전통은 우리의 심미문화에 대한 산수의 관여의 정도를 한층 더 깊게 했을 것임은 말할 것도 없다.

(2) 산수풍류의 성립

자연에 대한 심미적 관점에서의 인식은 대체로 경제적 관점에서의 인식,

---

20) 金富軾,《三國史記》권1〈高句麗本紀〉, 琉璃王 21년조, "(薛支)返見王曰: 臣逐之國內尉那巖, 見其山水深險, 地宜五穀. (중략) 王遷都於國內, 築尉那巖城."

21) 司馬遷, 위의 책,〈封禪書〉, "及五年修封, 則祠太一, 五帝於明堂上坐." 太一天帝 아래에 中央·東·西·南·北의 黃·青·白·赤·黑帝가 있었다.

22) 司馬遷, 위와 같은 곳, "九天巫, 祠九天." '九天'은《淮南子》에 따르면 중앙의 鈞天, 동방의 蒼天, 동북의 旻天, 북방의 玄天, 서북의 幽天, 서방의 皓天, 서남의 朱天, 남방의 炎天, 동남의 陽天이 그것이다.

종교적 관점에서의 인식 다음에 발생한 것으로 보인다. 물론 범칭 자연의 내부로 들어가 그것을 구성하는 구체적 물상들을 대상으로 삼을 때 그 심미적 인식의 발생이 한결같을 수는 없다. 대체로 나무·꽃 등 특수 개물個物에 대한 심미적 인식이 상대적으로 앞섰고, 산·들 등 일정한 통체성統體性을 가지는 것들에 대한 그것이 상대적으로 늦은 것으로 밝혀진다.[23] 그리고 '산수'라고 하지만 산山과 수水를 갈라서 그 심미적 인식의 조만早晩을 보면 수가 산보다 상대적으로 이른 것으로 밝혀진다.[24] 산에 대한 심미적 인식이 생기고 나서부터는 산과 수는 개별적으로, 또는 둘이 하나의 총체를 이루기도 하여 심미적 대상으로 되어 왔다.

우리 민족의, 산수에 대한 심미적 인식의 성립 시기를 정확히 알 수 있는 사실적史實的 자료는 현재로서는 없다.[25] 그러나 신화 자료, 특히 동명東明 신화 안에서는 수水, 즉 강천江川에 대해 단순히 심미적 인식 정도에 그치지 않는, 심미의 생활적 향유에 이른 면모를 확연히 볼 수 있다. 즉 하백河伯의 세 딸의 웅심연熊心淵 가의 출유出遊가 그것이다.[26] 여기 이 세 미녀의 물가 나들이에는 강천에 심미적 향유 이외에 어떤 종류의 다른 모티브—가령 종교적이거나, 또는 어렵적漁獵的이거나 하는—도 개입되어 있지 않다. 신화 성립 당시의 상류 부녀들의 물가 놀이—강천에 대한 일정한 심미적 향유

---

23) 동북아에서는 가장 오래된 유관 자료인《詩經》의 검토 결과를 토대로 한 언급이다. 이 현상은 동북아 뿐 아니라 세계적으로 일정한 공통성을 갖는 것이 아닌가 생각된다.

24) 역시《詩經》의 검토 결과에 의거한 논급이다. 水에 대한 심미적 지각으로는 이를테면 "졸졸 흐르는 저 泉水도/ 淇水로 흘러드는구나// 衛땅이 그리워서/ 생각지 않는 날 없구나.(毖彼泉水, 亦流于淇. 有懷于衛, 靡日不思.)" (〈邶風〉, 〈泉水〉) 같은 예가 있으나, 山에 대한 것으로는 "산에 개암나무 있네.(山有榛)"(위의 책, 〈簡兮〉)와 같이 특정 나무의 소재처로 附屬的으로 등장할 뿐 총체로서의 산 자체에 대한 심미적 인식의 예는 거의 없다.

25) 중국의 경우《論語》의 '樂山'·'樂水' 談話와 함께《列子》〈湯問〉에 나오는 春秋時代 음악가 伯牙의 '流水'曲과 함께 '高山'曲의 제작 사실이 특히 山에 대한 심미적 인식 시기의 추정에 유효하다.

26) 李奎報, 〈東明王篇〉夾註(《東國李相國集》 권3), "長曰柳花, 次曰萱花, 季曰葦花. 自靑河出遊熊心淵上."

풍속의 반영일 터다. 여기에 연계하여 우리는 혁거세赫居世 신화에서 '삼월삭三月朔 알천안상閼川岸上에서 6촌장 및 그 자제들의 모임',[27] 수로왕首露王 신화에서 '삼월계욕지일三月禊浴之日 귀지봉龜旨峯에서의 중서집회衆庶集會'[28]에서도 그것이 산수경물이 상대적으로 더 아름답게 보이는 봄날의 산수에서 회집이란 사실에서 산수에 대한 일정한 심미적 향유 모티브를 읽어도 좋지 않을까 생각한다.

3세기 초에 이르면 적어도 수水의 미美를 주제재로 한 예술적 창조의 전통이 이미 상당히 성숙한 단계에 이르러 있었던 것 같다. 즉 산수에 대한 심미적 향유의, 높은 단계로의 발달이 이루어져 오고 있었다는 뜻이다. 우리는 그것을 이 시기 신라의 인물 물계자勿稽子의 행적에서 확인할 수 있다. 나해왕대奈解王代 신라의 대외 정복 과정에 큰 전공을 세운 물계자는 왕 부자父子의 인정을 받지 못하자, 자신의 충효의 부족을 자책하면서 고(琴)를 메고 사체산師彘山으로 들어가 자신의 대나무 같은 곧은 성격을 슬퍼하여 노래를 짓고, 그 비개悲慨의 정회를 시냇물 소리를 본떠서 악곡을 지어 부치어 타면서 다시는 세상에 나오지 않았다고 했다.[29] 물소리의 단순한 모사模寫가 아니라 자신의 주관적 정감과의 변증법적 합일로서의 고양을 기도企圖했음은 수水에 대한 예술적 향유가 결코 소박한 단계에 머물러 있지 않았음을 알 수 있다. 기록의 문면에서는 물론 수에 대한 예술적 재현으로서의 향유만이 표명되어 있으나, 산을 '은거'의 처소로 삼았다는 사실의 이면에서 우리는 산에 대한 심미적 향유 욕구를 읽을 수 있고, 나아가 수에 짝하여 예술적 재현이 기도되었음을 추측하기 어렵지 않다. 요컨대 우리 민족의 산수풍류의 일정하게 구비된 면모로서의 형성은 적어도 3세기 이전으로 소급될 수 있다는 말이다. 그리하여 마침내 화랑도의 '유오산수'라는, 하나의 사회제

---

27) 一然, 《三國遺事》 권1, 〈新羅始祖 赫居世〉 참조.
28) 一然, 위의 책, 권2, 〈駕洛國記〉 참조.
29) 一然, 위의 책, 권5, 〈勿稽子〉, 참조.

도로 성립되기에까지 이르렀다. '유오산수'는 물론 '유오遊娛'라는 표현 그대로 단순히 산수에 대한 심미적 향유만을 뜻하지는 않는다. 김유신이 중악中嶽 석굴石窟에서 산령으로 하강한 천신天神과 교감한 사실,30) 울주 천전리川前里 일대의 산수에서 영랑永郎이 성업成業한 사실31) 등이 그 점을 잘 밝혀주고 있거니와, 무엇보다 《삼국사기三國史記》의 관련 기록 "徒衆雲集, 或相磨以道義, 或相悅以歌樂, 遊娛山水, 無遠不至"의 문장에서 '상마도의相磨道義', '상열가악相悅歌樂', '유오산수遊娛山水'는 서로 별개인 병렬적 관계를 나타내는 문맥이면서, 한편으로는 '유오산수'가 나머지 두 가지를 포섭하는 유기적인 관계이기도 한 문맥으로서의 복합성을 가지고 있다. 그래서 문맥 후자에 따르면 "도의를 수련하고 가악을 향유하면서 산수를 노닐어 즐긴다"고, 이 세 가지 사위事爲 사이에 일정한 내적 연관성이 있다는 말이다. 이처럼 '유오산수'가 함축하고 있는 내포가 결코 단순치 않음을 알 수 있다. 그러나 '유오'라는 표현에는 산수에 대한 심미적 향유가 기저적基底的 요소로 포함되어 있음은 틀림이 없다.32) 오히려 '상마도의'와 '상열가악'과 연계되어 있음으로써 그 심미적 향유의 관계가 어떤 입체성을 이루면서 더 풍부한 내포를 이루고 있음을 본다.33)

화랑도와 같은 청소년 집회의 존재 유무를 떠나서 산수미 향유의 기풍이 고구려·백제에도 있었음는 물론이다. 앞서 거론한 동명신화에서 강천에의 심미적 향유, 6세기 말, 7세기 초 강서대묘江西大墓 〈산악도山岳圖〉34)등의 사

---

30) 金富軾, 《三國史記》, 〈列傳〉, 〈金庾信上〉 참조.

31) 경남 울주군 두동면 천전리 書石, "戌亥六月二日永郎成業."

32) 화랑들의 出遊가 주로 그 山水美가 특히 빼어난, 경주 지역에서 金剛山에 이르는 동해안 지대에 집중되어 있었다는 사실이 이 점을 명백히 뒷받침해 주고 있다.

33) 9세기 중엽의 사실이지만 景文王代의 네 화랑 邀元郎·譽昕郎·桂之(郎)叔宗郎이 金蘭을 유람하면서 〈玄琴抱曲〉·〈大道曲〉·〈問群曲〉을 지어 大炬和尙處에 보냈다는 사실에서 우리는 '遊娛山水'에 '相悅歌之樂'이 연계된 형태의 한 가지를 볼 수 있다. 그리고 여기서 우리는 후세 李滉의 〈陶山雜詠幷記〉에서의 '悅道義, 頤心性.'과 '山林之樂'과의 관계를 떠올리게도 된다.

34) 강서대묘의 〈산악도〉는, 408년 德興里 고분의 〈狩獵圖〉, 5세기 후반 경의 舞踊塚의 〈수렵도〉에 나오는 山의 그림이 수렵의 공간이 산악임을 표시하기 위한 약호적 삽입의

실은 고구려에서 이른 시기부터의 산수에 대한 심미적 향유 ―물론 수水에 대한 심미적 향유가 상대적으로 앞서고 산에 대한 그것은 상대적으로 뒤진다는 전제에서다―의 소식을 전해 준다. 그리고 백제의 경우 역시 유관 자료는 극히 희소하지만 가령 부여군 규암면 출토 〈산수문전山水文塼〉(국립부여박물관 소장) 한 가지만을 통해서 보더라도 산수미에 대한 감수의 세련도가 어느 정도였는가를 알 수 있고, 따라서 산수풍류의 문화가 어느 정도로 발달되어 있었던가를 족히 짐작할 수 있다. 비록 시대적으로 7세기 전반기라는 비교적 늦은 시기의 작품이라 하더라도 산수에 대한 심미적 내지 예술적 향유 전통의 오랜 축적이 없고서는 기대할 수 없는 격格 또는 취趣의 발현을 간취할 수 있기 때문이다. 어쩌면 백제가 삼국 가운데 산수풍류가 가장 난만爛漫했을 것으로 짐작되기조차 한다.

(3) 자국 산수에 대한 심미적 자긍심

이처럼 우리 심미문화의 기체基體의 성격을 가지면서 그 자체 심미문화의 한 영역이기도 한 산수풍류가 이렇게 진작부터 성립된 것은 말할 것도 없이, 앞에서 이미 언급한 바와 같이, 우리 국토 산수에 대한 우리 민족 자신의 그 아름답다는 인식이 깊어 왔기 때문이다. 어느 때부터인가 '금수강산錦繡江山' 또는 '화려강산華麗江山'이라는 숙어가 만들어져 관용되어 오고 있기조차 하거니와, 우리 산수에 대한 우리 민족의 심미적 자의식은 중국에서 삼신산三神山 전설이 전파해 오자 그것이 다른 곳 아닌 우리 국토에 있는 세 자리의 산으로 스스로 비정比定해 온 데서 그 정도를 족히 짐작할 수 있다.[35]

수준과는 완전히 그 차원을 달리 하는, 산에 대한 심미 의욕의 발동이 躍如한 그림이다. 세부적 설명은 安輝濬의《韓國繪畫의 傳統》(文藝出版社, 1988) 96~112쪽의 〈2. 三國時代 및 南北朝(統一新羅·渤海)時代의 山水畫〉 참조.

35) 우리 국토를 三神山이 있는 곳으로 여기는 자의식이 정확히 어느 때부터 성립되었는지는 알 수 없으나, 삼신산 전설은 신라 실성왕實聖王 때에 이미 전래된 것 같다. 그 12년에 낭산狼山에 선령仙靈이 강림했다고 했다. 그러나 삼신산에 대한 국토國土에의 자의

그리고 아래와 같은 후세의 진술들에서 더 확연하게 파악된다.

> 우리나라는 봉래산蓬萊山과의 거리가 멀지 않아서 산천이 청수淸秀하기가 중국보다 만만萬萬이나 더하다.[36]

송宋으로 사신가서 중국에서 경치가 좋다는 윤주潤州의 호산湖山을 둘러보고 돌아온 고려 전기 한 인물의 논평이다.

> 우리 동방의 산수는 청려淸麗하기 천하에 제일이다. 그 동쪽에 있는 것을 개골皆骨, 서쪽에 있는 것을 구월九月, 남쪽에 있는 것을 지이智異, 북쪽에 있는 것을 향산香山이라 하니 이 산들은 더욱 빼어난 산들이다.[37]

> 우리나라는 땅은 비록 좁으나 산수가 청려하여 (중국의) 달인達人·군자들이 경모하는 바다. 공자는 구이九夷에 옮겨와 살 생각을 하였고, 중국 사람들이 "고려국에 태어나 금강산을 직접 보고 싶다"고 한다는 속어俗語가 있기까지 이르렀다. 이것은 그 천석泉石이 맑고 시원스러워서 비루하고 좁은 가슴을 씻을 수 있기 때문이다.[38]

식이 분명하게 표출된 것은 백제 무왕 35년에, "宮 남쪽에다 연못을 파고 그 가운데 島嶼를 조성, '方丈仙山'이라고 했다"는 《三國史記》 기사에서 알 수 있다. 3신산 가운데 하필 方丈山만을 이끌어 온 것은 당시 그 일부가 백제의 영토 안에 있었던 智異山(方丈山)과 무관하지 않을 것도 같기 때문이다. 그리고 같은 책 문무왕 14년조의 "宮 안에다 연못을 파고 山을 조성하여 花草를 심고 진기한 禽獸를 길렀다"는 기사에서 '山'은 십중팔구 3신산일 듯하다. 이 사실이 우리 국토에의 三神山 의식 그것의 성립이나 통행을 직접 증명해주지는 못한다 하더라도 이 문제와 관련하여 일정한 시사성을 가지고 있지 않을까 한다.

36) 李仁老, 《破閑集》 中, "況我東國去蓬萊山不遠, 山川淸秀, 甲於中國萬萬. 則其形勝豈無與京口相近者乎."

37) 朴彭年, 〈送雲谷遊香山序〉(《朴先生遺稿》), "吳東方山水, 淸麗甲於天下. 其在東曰皆骨, 西曰九月, 南曰智異, 北曰香山, 此其尤者也."

이 두 논평은 조선 초기 문인·지식인들에게서 나온 것이다.

그리고 조선후기 이중환은 그의《택리지》에서 따로 〈산수〉편을 마련하여 우리나라 각처 산수의 아름다움의 특징을 흥취 있게 서술·품평해 놓았다.

이처럼 우리 민족의 자국 산수에 대한 역대의 심미적 자의식 내지 자긍심이 산수풍류의 성립과 전개의 기본 동인이었음은 말할 것도 없다. 자국 산수에 대한 심미적 긍지가 꼭 우리 민족에게만 한하는 것은 물론 아니다. 그러나 '산수착종'이라는, 가위 단원적單元的이라 할 수 있는 국토 환경의 특성에다 위에서 본 바와 같은, 그것에 대한 강한 심미적 긍지가 결합되어 욕구, 실현된 심미적 향유가 심미문화에 직·간접으로 참획參劃되어 있는 비중에서는 다른 민족의 경우들에 견주어 일정하게 차이가 나지 않을까 생각된다. 우리 민족의 산수에 대한 심미적 향유를 특히 '산수풍류'라고 일정하게 개념화를 기도하는 소이는 바로 여기에 있다.

(4) 생활 차원의 산수풍류

산수에 대한 심미적 향유는 크게 보아 생활 차원에서의 향유와, 문학·예술적 창조 차원에서의 향유로 나누어 볼 수 있는데, 산수풍류의 본태本態는 생활 차원에서의 향유 그것에 있다고 할 수 있다. '유오산수遊娛山水'가 이미 일정하게 보편화 된 생활 차원에서의 산수미 향유에 기초하여 하나의 사회제도로서 출현한 형태이거니와, 그 후세의 전개 양태를 통해 더 구체적으로 이해할 필요가 있다.

'유오산수'가 그 주요 부문의 하나로 포함되어 있는 풍류도風流道, 즉 화랑도의 정신적 지향은 통일 이전과 이후 사이에 그 성향상 일정한 차이가 있을

---

38) 金時習, 〈宕遊關東錄志後〉(《梅月堂集》 권10), "我國地雖偏狹, 山水淸麗, 遠人君子之所景慕者也. 夫子欲居九夷, 至有俗語, 中國人云 : 願生高麗國, 親見金剛山. 以其泉石蕭爽, 可滌鄙悋之胸故也."

수밖에 없었는데, 그 가운데 한 가지로 통일 이후 심미적인 성향이 상대적으로 더 높아진 것을 들 수 있을 것 같다. 바꾸어 말하면 '유오산수'에 연계되어 있는 무술적 훈련, 도덕적 수련, 종교적 의례 등 이러저러한 사위들에 대해 '유오산수', 즉 산수에 대한 심미적 향유 부문의 비중이 더 커지면서 아울러 여타 사위들과의 연계성이 이 부문에 더 깊이 내면화하고, 따라서 이 부문이 더 높은 정신적 경지로 승화되어 갔다는 것이다. 여기에 동반하여 '상열가악相悅歌樂'의 부문과의 연계성은 더욱 밀접화·고도화되어 하나의 더 높은 차원의 심미문화로 발전되어 갔다는 것이다.

이러한 변화는 우선 7세기 말, 8세기 초로 추정되는 시기의 화랑도 출신의 네 인물들이 '사선四仙'으로 정립되어 나타난 사실이 잘 웅변해 주고 있다. '4선'의 '선仙'은 기본적으로 그 안에 도덕적 품격을 내함하고 일정하게 초세적超世的인, 특히 산수심미적 인격형을 가리킨다. 따라서 신라사회가 통일 이후 화랑도로부터 이러한 산수심미적 인격형을 하나의 표격標格으로 떠올렸다는 것은 통일 이후 설령 종전의 '현좌충신賢佐忠臣·양장용졸良將勇卒'의 배육지胚育地로서의 화랑도의 정신적 지향의 중심축은 여전히 지속되었다 하더라도[39] 그 작용 양상에서는 삼국 대치 시대의 그것이 가졌던 즉현실적卽現實的, 또는 즉현장적卽現場的 긴박성이 통일 이후 많이 이완되었고, 이 이완의 장場에 다름 아닌 심미정신, 특히 '유오산수'에 연관된 산수심미적 성향이 그만큼 증대되었음을, 또는 증대 과정에서의 더 높은 욕구를 표현한 것에 다름 아니라고 볼 수 있다. 다시 말하면 '4선'의 표격화는 초세적 산수심미성에 대한 신라사회의 가치론적 찬미와 고양의 표현에 다름 아니라는 것이다.

---

39) 삼국통일시기(668년)로부터 대략 한 세대 뒤에 이루어진 金大問의《花郎世記》에 나오는 "賢佐忠臣, 從此而秀; 良將勇卒, 由是而生"이란 기록은 삼국통일에 막중한 공헌을 한 화랑도의 정싯적 지향의 중심축을 그 공헌에 대응하여 回顧的으로 기술하고 통일 이후 한 세대 동안 있었음직한 변화 면모는 略해버린 것으로 볼 수도 있으나, 다른 한편으로는 약해도 좋을 만큼 그 정신적 중심축의 변화가 아직 뚜렷하게 드러나지 않았음을 반영한 것으로 볼 수도 있다. 후자를 전제로 하고 입론하는 것이 안전하다고 생각된다.

그래서 크게 보아 같은 시기에 중아찬重阿飡 김지성金志誠(또는 지전志全)의 인간 면모를 묘사함에 "천성이 산천에 맞는다"라든가,[40] 또는 "천성은 운하雲霞에 어울리고 정情은 산수를 벗 삼는다"[41]라든가 하는 내용이 등장하게 된 것이다. 즉, 산수심미성에 대한 가치론적 추향의식趨向意識이 적어도 당시 지배층 사회에는 일정하게 일반화되어 있었고, 아울러 김지성처럼 여기에 영합하고자 하는 추향까지도 이미 일정하게 형성되어 있었던 정형情形을 반영한 것이라는 말이다.

이 김지성의 인간 면모에 대한 묘사가 나온 것과 같은 8세기의 작품으로 추정되는, 경주 사천왕사지四天王寺址 출토의 〈누각산수문양전樓閣山水文様塼〉(국립경주박물관소장)은 산수미의 생활적 차원에서 향유의 후세의 대표적인 형태의 누정문화樓亭文化의 출현을 반영하는 동시에 사찰입지寺刹立地의 점차적인 산간화山間化를 반영한 것이 아닐까 생각된다. 가령 신라 전성 시기의 '사절유택四節遊宅'을[42] 후세 산수미 향유 연관의 누정 또는 별서別墅와 같은 형태일 것임이 틀림없기에 전자를 보강해 주거니와, 사찰 입지의 산간화가 산수미의 생활적 차원에서의 향유의 대중적 확산을 조건지웠다는 점에서는 누정에 비할 바 아니다. 주지하듯이 사찰은 대체로 그 아름다움의 정도가 그 인근 지역에 견주어 상대적으로 더 높은 산수간에 위치했고, 이로 해서 불교가 존속해 온 그 오랜 기간 동안 역대 대중들에게 산수미에 대한 지각과 일정한 생활적 향유의 기회를 더 많이 가지게 했기 때문이다.

'사절유택'은 수도 경주 인근 지역에 있는 귀족들의 별서別墅겠으나 귀족들은 지방에도 이에 준하는 별서를 진작부터 경영해 온 것으로 추측된다. 이를테면 산수 풍광이 빼어난 강릉 같은 곳에서 그 자취를 포착할 수 있다.[43] 신라 하대下代로 들어오면서 진골 귀족들의 권력 투쟁은 적지 않은

---

40) 〈甘山寺彌勒菩薩造像記〉, "(重阿飡金志誠) 性諧山水."
41) 〈甘山寺阿彌陀如來造像記〉, "(重阿飡金志全) 性叶雲霞, 情友山水."
42) 一然, 위의 책, 〈辰韓〉, "又四節遊宅. 春, 東野宅; 夏, 谷良宅; 秋, 仇知宅; 冬, 加伊宅."
43) 이를테면 8세기 말의 진골 귀족 金周元이 명주에 莊園을 가지고 있었던 것으로 알려져

도태자들을 낳았고, 이들 가운데 일정 인원은 지방으로 퇴거退居한 것일 터이므로 여기에서 별서 또는 누정 문화가 일정하게 촉진되었을 터다. 우리는 그 실제를 육두품 출신 최치원崔致遠의 경우를 통해 충분히 미루어 짐작할 수 있다. 최치원 또한 정치적 도태가 계기가 되어 두루 산수미를 순력巡歷한 것으로 유명한 것은 주지의 사실이다. 그래서 '산림지하山林之下, 강해지빈江海之濱'에 대사臺榭를 경영했다.[44]

고려에 들어와 지배 계층의 산수미 향유를 위한 누정·별서의 경영이 신라에 이어서 물론 있었다.[45] 그러나 고려전기 전시과田柴科 체제 아래서 토지 사유의 매우 한계적인 조건은 지배계층의 사적 누정·별서의 경영을 일정하게 제약한 듯, 전시과 체제가 해이·붕괴하기 시작하는 중기에 들어와서 상대적으로 많아지기 시작한 것 같다.[46] 한편 그 발단은 언제부터인지 정확히는 알 수 없으나 고려전기 지배 계층의 일정 범위에서 사찰의 사적 건립·소유를 통해 산수미 향유 욕구를 충족시키는 형태가 존재했다. 이 경우 사찰이 사가私家의 원당願堂으로서 성격을 가지고 있지만 실제로는 산수미 향유에 깊이 연관되어 있었다. 이자연李子淵의 감로사甘露寺가 그러하고, 김부식金富軾의 관란사觀瀾寺가 그러하고, 김영의金令義의 산림사山林寺가 그러했다.[47] 누정·

있다. 그리고 麗初 張延祐의 〈寒松亭〉으로 미루어 보건대 寒松亭의 건립도, 적어도 통일신라의 비교적 이른 어느 때가 아닐까 생각된다.

44) 金富軾, 앞의 책 권46, 〈列傳〉, 〈崔致遠〉 참조.

45) 이를테면 麗初 姜邯贊이 '城南別墅'를 경영한 경우 같은 것이다. (《高麗史》, 〈列傳〉, 〈姜邯贊〉 참조)

46) 郭輿의 洪州의 長溪草堂과 開城東의 東山齋 (《高麗史》, 〈列傳〉, 〈郭輿〉 참조), 李仲若의 月出山의 逸齋 (林椿, 〈逸齋記〉(《西河集》) 참조), 金富軾의 東郊別業 (金富軾, 〈東郊別業〉, 徐居正 외, 《東文選》 권19 참조), 李允綏(李奎報 父)의 西郊草堂 (李奎報, 〈遊家君別業西郊草堂〉(《東國李相國集》 권2) 참조) 등이 그 사례들이다.

47) ① 李仁老, 위와 같은 곳, "昌華公李子淵杖節南朝, 登潤州甘露寺, 愛湖山勝致, 謂從行三老(舟師)曰 : 爾宜審視山川樓觀形勢, 具載胸臆間, 毋失毫毛. (중략) 三老曰 : 唯. 凡六涉寒暑, 始得之於京城西湖邊, 走報公曰 :(중략) 遂相與登臨之, 喜見眉鬚曰 : 且南朝甘露寺, 雖奇麗無比, 然但營構繪飾之工特勝耳. 至於天地作自然之勢, 與比相去, 眞九牛之一毛也."

② 《高麗史》, 〈列傳〉, 〈金富軾〉, "敦中與第敦時, 重修富軾所創觀瀾寺."; 金富軾, 〈觀瀾寺樓〉(《東文選》 권12), "六月人間暑氣融, 江樓終日足清風. 山容水色無今古, 俗態人情

별서 경영이나 사찰 경영에 따른 산수미의 생활적 향유는 지배계층에게라 하더라도 일정하게 제한적이었던 것으로 보이지만, 그러나 이것이 곧 지배계층의, 산수미의 생활적 향유 자체가 제약을 받고 위축되었음을 뜻하는 것은 결코 아니다. 두 가지 방면의 매개를 통해, 특히 지배계층에게는, 산수미의 생활적 향유가 더 일반화되어 갈 수 있었다. 즉 날로 증가해 가는 산수간 사찰에의 출입 또는 유주留駐와, 이미 신라시대부터 건립되기 시작하여 역시 늘어나는 지방 관부官府 또는 역원驛院 부속 누정에의 경유를 통해서다.[48] 이 두 가지 방법의 매개를 통한 산수미의 생활적인 향유의 정황은 현존 고려 문인들이 시문詩文들을 통해 미루어 파악된다.

조선시대에 들어오면 재지사족在地士族의 일익 증가와 도학道學의 보급 등으로 산수 충족에 양적인 확충과 질적인 변화가 일어난다. '산수착종'이란 지세 여건에서는 재지사족의 '재지在地'의 처사적處士的 생활은 그대로가 곧 산수풍류로서의 성격을 가지고 있거니와, 중소지주로서의 조선 사대부들의 경제적 여건은 산수풍류의 더 쾌적한 향유를 위해 사적으로 누정을 경영하는 경우가 많았다. 여기에다 지방 관부의 공적 누정 경영도 더 적극화되어서 공적 누정의 숫자적 확대는[49] 그대로 산수풍류의 양적 확대로 연결되었다.

有異同. 舴艋獨行明鏡裏, 鷺鷥雙去畵圖中."
③ 林椿, 〈小林寺重修記〉(《西河集》 권5), "今錢塘金君令義, (중략) 使雲山烟水, 長有餘恨. (중략) 金君觀其傾圮, 慨然與歎曰 : 吳誓創玆宇爲異日終老之所矣."

48) 지방 관부 부속 누정 건립에 관한 문헌적 증빙으로 시대가 가장 앞서는 것으로는 현재로서는 崔致遠의 〈新羅壽易郡護國城八角燈樓記〉가 그것일 것 같다. 이 記에 나오는 '樓'는 물론 애초에 산수미 향유를 위해 지은 것은 아니다. 그러나 "爰憑勝槪, 高刱麗譙"라 한 표현에서 알 수 있듯이 산수미 향유와 결코 무관한 것은 아니다. 그리고 咸陽郡 學士樓는 朴趾源의 同名의 〈記〉에 따르면 역시 최치원이 그 곳 守令으로 재직하고 있을 때 직접 건립한 것으로 전해 오고 있다. 고려에 들어 와서 이런 류의 누정이 늘어났을 것을 당연하다. 그러나 문헌의 일실로 문헌상으로는 고려 중기에 들어와서야 그 실례가 나타나고 있다. 이를테면 珍島의 江亭(高兆基, 〈珍島江亭〉(《東文選》 권5) 참조.), 桂陽의 茅亭(李奎報, 〈臨上闕復與寮友遊茅亭走筆〉(《東國李相國集》 권15) 참조.), 沙平院樓(李奎報, 〈題沙平院樓〉, 위의 책, 권10 참조.) 등이다. 그리고 桂陽의 茅亭의 예에서 보듯이 고려의 누정들은 아직 대개 瓦屋으로서보다는 茅屋으로서의 소박한 형태이었던 것 같다.

49) 《新增東國輿地勝覽》의 〈樓亭〉條를 조사해 본 결과 '新增' 이전, 즉 1478년 첫 편찬

다른 한편으로는 도학의 보급으로 도학자들의 임간林間 아카데미로서의 서당·정사精舍, 그리고 서원의 경영과, 이들 처소에의 많은 지식인의 회집會集·유주留駐는 역시 산수풍류의 확충을 촉진하는 요인이 되었다.[50] 여기에 학자·문인들의 적극적인 양기養氣를 위한 산수 유력遊歷도 앞 시대에 견주어 더 활발해졌다. 이를테면 김종직金宗直과 조식曺植의 그 문인門人들과의 지리산 유력,[51] 이황李滉의 단양산수丹陽山水 유력,[52] 그리고 특히 조선후기 서울의 사족士族과 중인층 문인·지식인들의 금강산 유력을[53] 그 뚜렷한 사례로 꼽을 수 있다. 도학자들의 산수 유력을 통한 양기도 도학의 성격상 궁극적으로 심미의 경역境域에 연결된다.

서울은 조선시대에도 수도로서 가장 큰 도회였지만 주변에 산수 미경美景을 거느린, 바로 산수간의 도회였기 때문에 이른바 '도인사녀都人士女'들의 산수유락山水遊樂—이를테면 탕춘대蕩春臺나 성북 도화동桃花洞의 봄놀이 같은—은 조선시대 산수풍류 전개의 주요한 면모의 하나로 꼽을 수 있으며,[54] 주로 영남지방에서 나타난 현상이었지만 양반 부녀들의 봄날 산수에서의

때 京都를 위시한 大小 고을 331개처 가운데 누정이 1座 이상 건립되어 있는 고을이 213개처에 달하고, 그 52년 뒤인 1530년 新增 때 여기에 96개처가 불어나 있었다. 대략 15세기 중반경에는 67% 강이었고, 16세기 전반 경에는 71% 약이었던 셈이다.

50) 이를테면 徐敬德의 花潭書齋, 李彦迪의 獨樂堂, 李滉의 陶山書堂, 曺植의 溪亭, 李珥의 隱屛精舍 等處가 16세기의 유수한 서당·정사인데 한결같이 山水美가 상대적으로 좋은 곳들에 위치해 있다. 그리고 대개 이들 서당·정사의 境域에 그 주인 死後 그를 봉향하는 서원이 세워졌다. 이 16세기의 선례들이 그 뒤 도학의 보편화로 널리 확산되어 갔음은 말할 것도 없다.

51) 金宗直, 〈遊頭流錄〉(《佔畢齋集》 권42) 참조.

52) 李滉, 〈丹陽山川可遊者續記〉(《退溪集》 권42) 참조.

53) 화랑도의 '遊娛山水'가 주로 동해안을 거쳐 금강산에 이르는 코스에 집중되었거니와, 고려 시대에도 그 문헌적 증빙은 드무나 公事 관련 외에 심미적 목적이 主가 된 巡歷이 특히 원元 지배기에 많았다. 이런 상태가 조선 전기까지 지속되다가 17세기에 들어서부터는 金昌協·鄭敾 등의 뒤를 이어 서울의 사족과 중인층의, 특히 젊은 나이의 문학·예술인들에게는 금강산 유력이 하나의 風尙을 이루게 되기까지 했다.

54) 유관 기록은 거의 없지만 고려의 수도 開京 또한 미경을 거느린 산수간 도회인 터라 고려시대 '都人士女'들의 산수 유력 또한 조선시대 서울의 그것에 방불하지 않았을까, 아니 조선시대의 그것과 같은 內外法이 엄격하지 않았던 터라 오히려 더 성하지 않았을까 짐작된다.

화전놀이도 이 시대 산수풍류의 한 이채로운 면모라고 할 수 있다.55) 그리고 "산에 오르고 물에 다다르며 종일토록 경치를 찾아 구경하고, 바람 쐬며 시 읊조리고, 시 읊조리며 돌아오는" 산수 유락을 목적으로 하는 계契의 산재散在56)에 이 시대 산수풍류의, 생활에서의 향유 정도와 그 저변의 광범성이 얼마나 컸던가가 잘 드러나 있다.

그런데 조선시대의 산수풍류 전개에서 보이는 큰 변화는 그 양적인 측면에서 갖가지 형태로 발전한 사실과 함께, 그 질적인 측면에서 산수풍류가 내함內含하고 있는 정신적 의미에 새로운 성향이 생성되었다는 것이다. 이것은 앞에서 시사했듯이 도학의 수용에서 일어난 자연관의 변화로부터다. 따라서 이 새로운 성향의 단초는 도학이 본격적으로 수용되던 고려 말기로 소급되지만57) 도학의 보급이 광범화 되어가고, 아울러 그 이해 수준이 더

---

55) 花煎 놀이의 산수풍류적 면모는 한 失名 부녀 작가의 〈花煎歌〉의 다음과 같은 대목에 잘 드러나 있다.

이렇듯이 좋은 해에	이 때가 어느 때뇨
不寒不熱 三春이라	深柳靑絲 드린 곳에
黃鶯이 片片하고	天棚繡帳 베푼 곳에
蜂蝶이 紛紛하다	우리 黃鶯 아니로되
꽃은 같이 얻었으니	우리 비록 女子라도
이러한 太平世에	아니 놀고 무엇하리
(중략)	
좋은 風景 보려하고	佳麗江山 찾았으되
龍山을 가려느냐	매봉으로 가려느냐
山明秀麗 좋은 곳은	蘇鶴山이 第一이라
(중략)	
上上峰 치어달아	限없이 좋은 景을
一眼에 다 드리니	저높은 白雲山은
西王母 있던 덴가	靑溪邊에 복성꽃은
武陵이 毅然하다	

56) 崔在錫, 〈花郞의 社會史的 意義〉(《花郞文化의 再照明》, 書景文化社, 1989), "數많은 契 가운데 우리의 注目을 끄는 것은 寤樂을 目的으로 하는 朝鮮時代의 契, 例하면 文房契·香山齊契·金蘭契·十二契 等과 같은 契이다. 이러한 契는 대개 '登山臨水, 竟日探景, 風而詠, 詠而歸.'의 契이거나, '遊山臨水, 詩歌逍遙.'의 契였다. (중략) 이러한 朝鮮時代의 契와 같은 類型의 契는 日帝强占期에도 存在하였다."

57) 安軸의 〈鏡浦新亭記〉(《謹齋集》권1)에 이미 도학의 '理' 개념을 가지고 산수를 보고자 하였다.

심화되어 간 과정에 따라 조선시대에 들어와서도 16세기 전반에 이르러 그 성향의 전형典型이 확연하게 형성되었다.[58] 도학의 세계관적 틀로 되어 있는 생기론生機論에 근거한 화해和諧의 우주관 내지 자연관은 우리의 산수풍류에 친화적으로 수용되어 정신적으로 새로운 의미 지평을 열게 되었던 것이다.[59] 물론 도학으로부터 생성되어 온 이 새로운 의미의 지평은 사대부 계층, 그 가운데서도 특히 도학적 자연관을 교양으로 가진 지식인 범위에 일정하게 한정되기는 하지만 우리나라 미학 사상의 역사에서는 중요한 국면으로 자리 잡게 된 것이다.

이상으로써 산수풍류의 생활적 차원의 향유의 역사적 전개 양상을 살폈거니와, 그러한 향유의식의 적루積累로서의《동국여지승람東國輿地勝覽》의 명명 방식과 이중환의 '도사성정陶瀉性情'이란 명제를 만나게 된다. 다시 말하면, 전자는 각급 행정구역의 연혁·관원·군명·성씨·풍속·형승·산천·토산·성곽·관방關防·봉수烽燧·누정·학교·역원·교량·불우佛宇·사묘祠廟·능묘陵墓·고적·명환名宦·효자·제영題詠 등에 관한 정보들을 종합한, 일종의 백과전서적 지리서임에도 '승람勝覽'이라는, '다분히 산수경관에 대한 관상觀賞의 함의를 가진 어사語詞를 가지고 서명을 명명했다는 사실이다.[60] 한마디로 공간을 매개로 한 문화적 성취물은 말할 것도 없고, 시간을 매개로 한 문화적 성취사成就事까지도 산수경관적으로 구도화構圖化하는 사고관습의 표현이다. 물론 선례로서 송宋나라 축목祝穆의《방여승람方輿勝覽》의 경우가 없지 않았으나,《동국여지승람》이전의 중국의 지리서로서 책의 편제나 명명상 여러 가지 양태가 있었음에도 하필이면《방여승람》의 편제와 명명 방식을 선택한 사실 자체에 유

---

58) 李彦迪·李滉의 주로 詩 작품에 드러나 있다.

59) 拙稿, 〈退溪의 詩에 대하여〉(《退溪學報》19-20, 퇴계학연구원, 1978), 〈晦齋의 道學的 詩世界〉(《李晦齋의 思想과 그 世界》, 성균관대 대동문화연구원, 1992) 참조.

60) '勝覽'의 사전적 어의는 '暢快한 觀賞'(《漢語大辭典》)이다. 그러므로 반드시 산수 같은 자연경관에 한해서만 쓰여지는 어사는 아니다. 그러나 원천적으로, 또 대개는, "西望之關, 太行出沒雲氣間, 眞勝覽也."(明·蔣一葵,《長安客話》〈上房山〉), "遊山得勝覽."(淸·趙翼, 〈和立崖游虎丘〉)에서처럼 자연경관에 연관되어 쓰이는 어사다.

의할 일이다. 자국 내부에서 근거가 없는 피상적 모방이 아니라 자국 내부의 산수풍류 연관 근거에 따른 주체적 선택이므로 의미를 가진다는 말이다.

다음 이중환은, 물론 주로 지배 계층에 한해서이지만, 복거의 필수적인 요건으로 생리生利·인심 등과 함께 산수를 포함했다. 그리고는 그는 다음과 같이 명언明言했다.

> (주거住居) 근처에 산수를 관상할 만한 곳이 없으면 성정性情을 발산할 길이 없다.61)

이 언명은 이중환 한 개인의 생활 이상에 대한 소망이 아니라, 적어도 조선시대까지의 우리 민족의, 산수에 대한 하나의 정신생리적 욕구의 대변이다.

5) 문학·예술 창조 차원의 산수풍류

산수풍류— 산수에 대한 심미적 향유는 크게 보아 생활 차원에서의 향유와, 문학·예술적 창조 차원에서의 향유로 나누어 볼 수 있다고 앞에서 언급한 바 있다. 이제 우리는 문학·예술적 창조 차원에서의 산수풍류에 대해 검토할 단계에 이르러 있다. 생활 차원에서의 산수풍류가 산수경물山水景物의 미美 자체를 직접적으로 감수하여 심미적으로 향유하는 행위라면, 문학·예술적 차원에서의 산수풍류는 그 직접적으로 감수한 산수 경물의 미 자체를 창조적으로 재현하거나, 또는 산수 경물의 미적 정황을 주제재로 삼음으로써 심미적으로 향유하는 행위라고 할 수 있다. 대체로 생활 차원의 산수풍류의 연장 또는 심화의 국면에 문학·예술적 창조 차원의 산수풍류가 있게 된다. 기록에 따르면 문학·예술적 창조로서의 산수풍류는, 앞에서 이미 논급한

---

61) 李重煥, 위의 책, 〈卜居總論·前言〉, "近處無山水可賞處, 則無以陶瀉性情."

바 3세기초의 신라 물계자가 자신의 비개悲慨의 정회를 고(琴)를 가지고 사체산師彘山의 시냇물 소리를 의방擬倣하여 표현한 것이 그 최초의 사례가 아닐까 한다.[62] 산수미의 문학·예술적 창조로써의 향유에서 문학·음악·회화 등의 영역 가운데 특히 음악과의 관계가 상대적으로 가장 일찍 성립되었고, 산수풍류의 초기에는 그 비중도 상대적으로 더 컸던 것으로 보인다. 음악으로서의 산수미의 창조적 향유는 물계자의 경우처럼 산수의 음향을 악기 소리나 사람 육성으로 의방하여 예술의상화藝術意象化하는 데에만 그치지 않고, 산수의 형세의 선적線的·면적面的 운동이 가진 시각 영상을 음악의 성음聲音으로 의방하여 또한 예술의상화한 것은 말할 것도 없다. 옥보고玉寶高가 지리산에서 작곡한 것 가운데 가령 〈상원곡上院曲〉·〈중원곡中院曲〉·〈죽암곡竹庵曲〉 등처럼 어떤 지점을 곡명화曲名化한 것[63] 가운데는 이 시각 영상의 성음의상화聲音意象化한 경우가 없지 않으리라 짐작된다.

'유오산수遊娛山水'와 일정하게 유기적으로도 연관되어 있는 화랑도의 '상열가악相悅歌樂' 가운데 적잖은 몫이 산수풍류적 가악이었을 터이나, 그 전반적 면모에 대해서는 통일신라기의 옥보고와 그 후계자들에 관한 다음 기록을 통해서 그 윤곽이나마 알 수 있다.

> 사창沙湌 공영恭永의 아들 옥보고가 지리산 운상원雲上院[64]에 들어가 거문고를 배운 지 50년에 스스로 30곡을 만들어 속명득續命得에게 전하였다. 속명득이 이를 귀금선생貴金先生에게 전하니, 선생 또한 지리산에 들어가 나오지 않았다. 신라왕이 거문고의 이치와 타는 법(금도琴道)이 단절될까 우려하여 이찬伊湌 윤흥允興에게 일러 "방편을 써서라도 그 음을 전할 수 있게 하라"하고 드디어 남원南原의 공사公事를

---

62) 주33) 참조.
63) 김부식, 위와 같은 책 권 32, 〈樂〉.
64) 鮮初 南孝溫의 〈智異山日課〉(《秋江集》권6)에 따르면 '雲上院'은 바로 남효원 당시의 '七佛寺'(지금의 七佛寺)가 그것이라고 했다.

> 맡겼다. 윤흥이 관아에 이르러 총명한 소년 두 사람을 뽑았으니, 안장安長과 청장淸長이었다. (윤흥은 그들에게) 산중에 들어가 전수받아 배우게 하였다. 선생이 그들을 가르쳤으나 그 가운데 미묘한 것은 숨기고 전하지 않았다. 윤흥이 부인과 함께 나아가 말하였다. "우리 왕이 나를 남원에 보낸 것은 다름 아니라 선생의 기술을 전수하고자 한 것입니다. 지금까지 3년이 되었으나 선생이 숨기고 전하지 않는 것이 있으니, 나는 복명할 수가 없습니다." 그리고는 윤흥이 두 손으로 술을 받들고 그의 부인은 잔을 들고 무릎걸음으로 가서 예절과 성의를 다하였다. 그런 후에야 그가 숨기던 〈표풍飄風〉 등 세 곡을 전수받았다. (중략) 옥보고가 지은 30곡은 〈상원곡〉 하나, 〈중원곡〉 하나, 〈하원곡〉 하나, 〈남해곡南海曲〉 둘, 〈의암곡依嵒曲〉 하나, 〈노인곡老人曲〉 일곱, 〈죽암곡〉 둘, 〈현합곡玄合曲〉 하나, 〈춘조곡春朝曲〉 하나, 〈추석곡秋夕曲〉 하나, 〈오사식곡吾沙息曲〉 하나, 〈원앙곡鴛鴦曲〉 하나, 〈원호곡遠岵曲〉 여섯, 〈비목곡比目曲〉 하나, 〈입실상곡入實相曲〉 하나, 〈유곡청성곡幽谷淸聲曲〉 하나, 〈강천성곡降天聲曲〉 하나였다.[65]

옥보고의 30곡 가운데 〈유곡청성곡〉·〈강천성곡〉 과 귀금선생의 〈표풍〉 같은 경우는 명백히 산수간의 음향을 의방한 것일 터이고, 위에서 언급했듯이 어떤 지점을 곡명화한 것 가운데는 산수의 형세를 곡음音曲으로 전이시킨 경우가 없지 않을 것으로 짐작되어 당시 음악에서 산수풍류의 상황을 어느 정도 파악할 수 있다. 그런데 이 기록에서 우리의 주의를 끄는 것은 음악의 수업과 작곡을 산수간에서 일관하고자 한 사실과 국왕이 음악을 지중至重히 받들었다는 사실이다. 1993년 부여扶餘 능산리陵山里 집터 유적에서 출토된 〈금동용봉박산향로金銅龍鳳博山香爐〉(국립부여박물관 소장)의 뚜껑 최상단의 산간山間에 5방으로 5인의 악사가 앉아 각기 적笛·금슬琴瑟·원함阮咸 등속의 악

---

65) 주63)과 위와 같은 곳.

기를 연주하는 장경場景이 주조되어 있음을 보는데,[66] 이로 미루어 보건대 산수간과 음악 행위와의 깊은 관계는 옥보고 이전부터 일정하게 일반적인 형태가 아니었나 생각될 법하다.[67] 이것은 음악이 상고 제천음악祭天音樂으로부터 분화·발전 과정에 일정 단계 이후 그 악상樂想 및 표현에서 주로 산수의 음향·형세形勢·분위기 등에 의거하는 경우가 많은, 바꾸어 말하면 기본적으로 산수풍류적 성격이 짙었기 때문이 아닌가도 생각될 법하다. 시대가 올라갈수록 예술 문화 체계에서 음악의 상대적 비중이 커져서 거의 지배적이었던 점에 비추어 생각해 보면 당시에 산수의 심미문화적 비중이 어느 정도였을지도 짐작이 되기도 한다. 여기에다 국왕들 일반이 음악을 중시하는 체제의 뒷받침을 받아 그 비중은 더욱 커지게 된다고 하겠다. 당시 국왕들이, 특정한 개인적 기호를 넘어, 음악을 중시하는 것은 음악이 가진 통치연관 때문임은 주지의 사실이다. 위의 기록에서 신라왕의 경우는 다소 예사롭지 않은 면이 있어 당시의 예술 내지 정신 문화에 대한 더 깊은 이해를 위해 숙고를 요한다.[68]

주지하듯이 문학, 특히 시는 음악과 짝하여 예술사의 도정을 함께 밟아왔다. 그럼에도 우리나라의 고대 시사詩詞가 제대로 남아 있지 않아 정확하게 판정할 수는 없다 하더라도 이웃 중국의 경우에 비추어 생각해 보면,[69] 산수미의 작품화에서는 보조가 같지 않았던 것으로 짐작된다. 즉 악곡 부문이 상대적으로 빨랐고, 그 시사詩詞 부문이 늦었다. 그러나 중국에서의 남조

66) 백제 박산향로의 이러한 형태는 중국의 역대 박산향로에서 그 유례를 찾기 어렵다.

67) 물계자의 경우 사체산으로 은거하게 된 것은 일종의 정치적인 이유라고 하겠으나, 그의 음악 행위와도 일정한 動機的 연관이 있었을 가능성을 배제하기 어렵다.

68) 南孝溫의 위의 기록에는 경덕왕이 街亭에서 달을 구경하고 꽃을 감상하다가 홀연히 지리산 雲上院으로부터 들려오는 '玉寶仙人'의 琴聲을 듣고, 7일 재계하고 나서야 '玉寶仙人'을 왕 앞에 이르게 할 수 있었다는 寺傳 說話가 실려 있다.

69) 중국의 《詩經》에는 水에 대한 比興句가 더러 있어 水에 대해서는 심미적으로 일정한 지각이 있었던 것으로 생각되나, 全篇은 말할 것도 없고 全章의 양으로도 山水詩라고 할 만한 것이 없다. 《楚辭》에 단편적으로 산수시적 구절들이 보이기는 하나, 온전하게 산수시라고 할 만한 작품들은 주지하듯이 5세기초 謝靈運의 창작으로부터다. 이에 대해 악곡으로써의 산수 묘사는 춘추시기 伯牙의 鼓琴에 이미 익숙해져 있었다.

南朝 산수문학이 발생하게 된 연유에 비추어 생각해 보면 우리의 경우 그렇게 큰 시차는 없었지 않았을까 생각되기도 한다. 즉 우리의 경우 문화주역들이 처음부터 아름다운 산수에 살면서 생활로서의 산수풍류를 향유해온 것이, 중국의 남조 사족士族들이 이민족에게 쫓겨 강남江南으로 근거지를 옮기고 나서야 북방의 황토 평원과는 판이한 아름다운 산수풍광을 발견하게 된 경우와는[70] 그 놓인 처지가 달랐기 때문이다. '유오산수'에 짝한 '상열가악' 가운데 시사로서의 산수미 묘사가 진작부터 있었을 법도 하다. 이러한 추측은 최치원이 전하는 다음과 같은 사실에 근거해서다.

> 또 전문傳聞하건대, 당나라 사신 호귀후胡歸厚가 신라에 왔다가 귀국할 적에 신라의 시집詩什들을 잔뜩 가져가서 당시의 당나라 재상에게 보고하기를, "저 이후로는 무사武士는 해동에 사신 보내서는 안 되겠습니다. 왜냐하면 계림鷄林에는 아름다운 산수(佳山水)가 많아서 해동의 왕이 시를 써서 곡진하게 묘사해서 주기 때문입니다. 저는, 그래도 전에 시 짓는 공부를 좀 해서 운어韻語를 엮어 창피를 무릅쓰고서라도 화답을 했습니다만, 그렇지 않았더라면 해외 사람들의 웃음거리가 될 것이 뻔했습니다"고 하자, 식자인들이 '이치가 닿는 말'이라고 여겼다.[71]

---

70) 중국의 산수 문학이 하필이면 북방에 도읍을 두고 있던 漢族 王朝(晉)가 외족에게 구축되어 揚子江 이남으로 근거지를 옮겨간 뒤에 발생하게 된 데에는 2가지 원인이 있었다. 첫째는 북방의 黃土平原 위의 물 깊고 땅 두터운 樸實한 風光에 士族들의 심미 욕구가 유발되지 못하다가 渡江 이후 강남의 아름다운 산수에 사족들의 심미 욕구가 열광적으로 일어나서이고, 둘째는 외족에게 빼앗겨 두고 온 舊山河에 대한 애국적 顧戀의 反射로서의 강남 산수에 대한 애호의 마음이 일어나서다. (《謝靈運詩選》, 〈前言〉, 臺北: 河洛圖書, 1980)

71) 崔致遠, 〈大嵩福寺碑銘〉(《孤雲先生文集》권3), "抑又流聞: 漢使胡歸厚之復命也, 飽採風謠, 白時相曰: 自愚已往, 出山西者, 不宜使海東矣. 何, 則鷄林多佳山水, 東王詩以印之而爲贈. 賴愚嘗學, 爲綴韻語, 强忍媿酬之. 不爾, 爲海外笑, 必矣. 君子以爲知言."

경문왕 5년(865)에 신라를 다녀간 당사唐使 호귀후의[72] 귀국 보고 내용 가운데 일부로, "계림에는 아름다운 산수가 많아서 해동의 왕이 시를 써서 곡진하게 묘사해서 준다"는 사실은 우리 산수풍류의 일부로서의 산수 문학과 관련하여 매우 흥미로운 사실이 아닐 수 없다. 신라 하대下代 궁정에서 한시로써 산수미를 묘사하기에 선행하여 향찰시鄕札詩로써 산수시를 써온 문학 전통이 있었음직하고, 있었다면 그것이 아름다운 산수가 많은 데서 연유한 만큼 시대적으로 상당히 소급될 수 있기 때문이다. 가령 8구체나 10구체 향가의 경우 산수미의 시적 묘사에 적의한 편폭으로 되어 있기도 하다. 또 실제로 〈찬기파랑가讚耆婆郎歌〉 같은 작품을 보건대 서경적敍景的이기보다는 서정적抒情的 산수시 창작의 일정한 전통의 뒷받침을 강하게 느껴 마지않는다. 그렇다 하더라도 한시가 지식인 사회에 보급된 이래로 산수미의 묘사·음영吟詠은, 조선시대의 시조와 가사가 산수미의 효과적인 표현에는 그리 적합하지 않은 이유도 있었기는 하나, 국문시가계보다 한시가 주로 담당해 온 것은 주지의 사실이다. 한시는 역대의 생활적 산수풍류의 주향유자主享有者 계층의 소유였다는 점에서 당연한 결과라고 할 것이다.

회화로서의 산수 묘사, 즉 산수화 창작의 사적史的 정황에 대해서는 실로 요량하기 어렵다. 백제의 산수문전山水文塼의 세련됨과 통일신라기에서의 금강산도金剛山圖의 출현,[73] 그리고 고려 중기 이녕李寧의 실경산수화實景山水畵의 탁월함 같은 사실들을 연결해 생각해 보면 적어도 삼국시대 말기에서 통일신라기의 어느 때부터인가에서 실경산수화가 창작되었을 가능성을 배제할 수는 없다. 그렇다 하더라도 회화적 산수 '풍류'라고 이름하기에는 아직 매우 약세弱勢였을 것이다.

---

72) 김부식,《三國史記》,〈新羅本紀〉,〈景文王〉, "五年, 夏四月, 唐懿宗降使, 太子右諭德御史中丞胡歸厚, (중략) 弔祭先王."

73) 최치원의《桂苑筆耕集》권18에 高駢에게 바친 生日膳物의 〈物狀〉 가운데 〈蓬萊山圖一面〉이 있다. 이 그림에 대한 최치원의 묘사 "千堆翠錦, 一朵靑蓮. 云云"은 조선후기 鄭敾이 그린 〈金剛山全圖〉를 방불케 하는 바 있다.

6) 산수미의 특질 —심미문화의 기초

우리나라 산수에 대한 심미적 자긍심이 동인이 된 산수풍류는 그 자체로서 심미문화의 주요 부분의 하나이거니와, 다른 한편으로는 우리나라 산수가 가진 물질적·감각적 자질·인소들을 자기화, 정신생리화하는 심미적 양기養氣의 성격을 가지기도 한다. 그리고 타방他方에의 유력遊歷에 따른 돈양頓養보다는 일정한 주거권 안의 산수에 대한 생활적 내지 문학·예술 창조적 애호에 따른 점양漸養이 지배적이었다. 우리는 이제 우리 국토의 자연환경이 가진 풍기론적風氣論的 소여所與의 검증 가능한 부문과, 산수풍류가 가진 양기론적·풍기론적 소성所成이 우리의 심미문화에 어떻게 관여하고 있는가를 토구해 볼 단계다. 이 국토 환경의 소여와 산수풍류의 소성은 물론 다른 문화 영역과도 깊은 연관을 가지고 있을 터이나 우리의 당면한 관심 문제는 심미문화 영역과의 연관이다. 이조차 자세한 검증에는 한계가 잇으므로 여기서는 그 개략적인 사실들만을 거론하고자 한다.

우리 국토 환경의 풍기론적 소여의 가장 큰 몫이 앞에서 거듭 언급되었던 '산다야소山多野少'·'산수착종山水錯綜'이다. 그리고 이 산수가 위압적으로 준험峻險·장대하지 않고 사람에게 친화적이라는 조건이다.

여기에서 우리는 우리 민족의 자연 이해가 멀리 쳐다보는 천天의 운행과 현상을 통해서보다는 주로 가까이서 바라보는 산수의 생명적 동태에 따라 이루어졌음을 확인할 수 있다. 이웃 중국의 자연 이해를 말하자면 전자의 경우인데, 여기에는 쉽사리 포착되거나 검증되지 않는 깊고도 미묘한 차이가 존재한다. 단적으로 전자의 경우가 자연 현상의 배후에 있는 거시적 질서 그것에 관심이 상대적으로 높게 되고, 따라서 상대적으로 사변적인 성향이 짙다. 여기에 대하여 후자의 경우 다분히 즉현상적卽現象的이며, 미시微示 지향일 수 있다. 그리고 즉현상적이므로 더 감각적일 수 있다.

산수의 질량이 민족 성원들로 하여금 심미적 자의식을 가지게 하는 데에다, 알맞은 기후의 사시四時 변화가 결합되어 민족의 품성이 다분히 현세주의적 낙천성향 쪽인 것은 이미 널리 인정된 사실이다.

커다란 하늘에 접할 수 있는 넓은 들판이 없을 뿐 아니라, 산수가 위압적으로 준험·장대하지도 않음으로 해서 우리 민족의 심미심령에는 기본적으로 숭고崇高·웅혼雄渾의 자질·인소가 미약하다. 앞에서도 인용한 바 있는 이중환의 말, "산은 많고 들은 적어서 그 민인들이 유순하고 조심성스러우나 다분히 편협한 편이다"라고 한 것과 관련되는 문제다. 그럼에도 우리의 문학·예술 작품에서 숭고·웅혼의 미적 자질·인소를 찾을 수 있는 것은[74] 주로 종교지적宗教知的 역량의 함양에 따라 외적 자연환경으로부터의 제약을 일정하게 극복하여 빚어진 것이다.

산수풍류 자체로서의 심미문화 연관 가운데 상대적으로 큰 것으로는 다음 두 가지를 들 수 있을 것 같다. 첫째는 문학·예술 작품의 주제에 취락주의적醉樂主義的 지향이 상대적으로 많은 것은 바로 산수풍류의 직접적 관여에 따라 빚어진 현상이라 할 수 있다. 다음은 우리의 심미문화 가운데 음악 영역이 여타 영역에 대해 그 비중이 큰 정도가 특히 심한 것 또한 산수풍류의 직접적 관여에 따른 제약이 그 원인의 일부로 가담되어 있다고 할 것이다. '상열가악'과 '유오산수'가 긴밀히 연관되어 실행된 터에 산수풍류의 난만爛漫은 음악 예술의 비중을 상대적으로 크게 되도록 부추기기에 족하다 할 것이다.

산수풍류의 양기론적 내지 풍기론적 자질·인소들의 심미문화 연관을 살펴보자. 산수에 대한 심미적 자의식 속에서 산수미를 기꺼이 감수·향유하는 습習은 자연에의 능동적 순응의 정신 생리를 가지게 하기에 적합하다. 우리

---

74) 이를테면 聖德大王神鍾과 그 銘文, 石窟寺 本尊佛, 그리고 고려 水月觀音 등의 작품에는 숭고·웅혼의 美的 자질·인소가 일정 정도 있다고 할 수 있다. 그런데 없어진 예술적 성취이지만 皇龍寺라는 하나의 총체성을 가진 構造體와 이를 구성하는 金堂·九層塔·丈六尊像·巨鍾 등은 다분히 물리적 거대성으로 하여 擬似 숭고·웅혼의 미가 있었을 듯하다.

미학 사유의 주요 범주인 '순자연順自然'의 성립의 원천의 하나가 바로 여기에 있음을 알게 된다. 산수에 대해 심미적으로 순행順行 방향 편중으로 감수하는 습習은 대상에 대한 일정한 저항이 있고서야 발생 가능한 상상력의 변증법적 계기 또는 인소因素의 부족을 파생시키기도 하고, 또 산수 경물의 생명적 동태로서의 자연에 즉물적卽物的으로 관계맺음과 결합되어 즉물주의적·감각주의적 성향을 가지기도 한다. 산수 경물의 생명적 동태는 무작위성無作爲性·무사위성無詐僞性을 시현示現한다. 그래서 산수에 대한 순행 방향적 깊은 감수는 무위無爲·천진天眞·순수純粹의 가치 이념을 관념하는 데로 나아간다. 이 점은 우리의 미학 사유에 직결되어 매우 중요한 의의를 가진다.

끝으로 우리는 우리 국토의 산수의 미적 특질을 검증·사색할 차례다. 우리의 국토가 아무리 크지 못하다 하더라도 산수미가, 그 범주 구분의 등급의 다름에 따라 달라지겠지만, 일반 어떤 한 가지 범주로 단일적이지는 않다. 일정한 구분이 가능한 지역적 편차가 있기 때문이다. 가령 고구려·백제·신라 강역의 산수의 각기 공통적 자질·인소들은 각각 일정하게 특질을 드러내어 상대에 대해 자기 구분을 보여 주는 것이 사실이다. 가령 고구려 강역의 산세는 상대적으로 준장峻壯하고, 백제 강역의 그것은 상대적으로 명윤明潤하고, 그리고 신라 강역의 그것은 상대적으로 후중厚重하다 할 만한 것이다.[75] 그러나 범주 구분의 층급을 전국토 단위에 두게 될 때 역시 단일 범주적 특질의 추상이 가능하고, 우리 산수의 경우 그것이 비교적 용이한 편인 것

---

75) 高裕燮이 鑑別한 아래와 같은 삼국 瓦當의 美的 특질의 차이의 원천이 결국 삼국의 이 같은 산수 풍기의 차이에 있을 터다. "高句麗의 (瓦當) 紋儀의 表現 方法은 乾逼되고 燥剛하고 奇崛스러움이 많다. 百濟의 瓦當은 潤澤하고 溫雅하고 明晰하다. 高句麗는 참나무의 感性이요, 百濟는 버드나무의 感性이다. (중략) 意力의 굳세임이 高句麗 瓦當에서 볼 수 있는 高句麗의 性格이요 理智의 明晰됨이 百濟 瓦當에서 볼 수 있는 百濟의 性格이다. 樣式的으로 말한다면 新羅 瓦當에는 已述한 高句麗的인 것이 一 二 있지마는 新羅 瓦當의 大體는 百濟的인 것에 있다. 따라 이 樣式에서 오는 藝術的 感性은 高句麗的인 意志의 奇崛性이라기보다도 理智的 明晰性이 優秀한 편에 屬하나 習性이라 할까 生活이라 할까 性格이라 할까 新羅에 있어서는 이 明晰性이 外面의 嚴然한 規格일 뿐이요 內面的으로 鈍厚한 맛이 굳세게 바탕을 이루고 있는 듯하다. (〈三國美術의 特徵〉(《朝鮮美術文化史論叢》, 서울신문사출판국, 1949))

같다. 즉 전국토 산수미의 균질성이 상대적으로 높다는 말이다. 더구나 그 범위를 한반도 안에 한정시킨 경우는 더욱 그러하다. 그리고 우리는 이미 앞에서 그것이 옛 사람들에 따라 '청수淸秀'[76] 또는 '청려淸麗'[77]로 규정되어 있었음을 접한 바 있다. 우리의 심미문화의 이러저러한 문제들을 풀어 가는데 요긴한 근거, 또는 참작이 되리라 생각한다.

그러나 우리에게는 더 아래 층급에서의 검증·구분 또한 중요할 경우가 있다. 그런 점에서 지역적 선택성이 있기는 하나 이중환이 일정하게 검증하여 제시해 둔 산수미의 특질 범주들은 좋은 참고 자료가 될 터다. 그는 우리나라의 좋은 산수미들을, 청묘중농려淸妙中濃麗·유한중개랑幽閑中開朗·활달중웅혼豁達中雄渾·요원중안온窅遠中安穩·명랑중삼엄明朗中森嚴·평이중심수平易中深邃(이상은 금강산에 이르는 영동지대)·명랑明朗·굉회宏恢·수눈秀嫩 (평양외성)·평온平穩·소쇄蕭灑(계거溪居)·청려淸麗(공천公川 갑천甲川) 등 여러 범주로 규정했다. 선택적인 두 세 곳 특정 지역의 산수미 규정이기는 하나 이중환의 이 제시는 우리나라 산수미 이해에 일정한 참조가 되리라 생각된다. 그리고 이중환이 검증한 특질 범주들에서 단일한 공통 특질을 추출하고자 할 때, 앞에서 '청려'·'청수'라고 제시된 일반 특질이 우리나라 산수미를 다 포괄할 수는 물론 없어도, 그 중심부로서의 의의는 충분하다고 할 수 있다. 이렇게 전 국토 산수미들에서 균질성이 높다는 것은 문학·예술의 다양한 미적 특질의 산출을 그만큼 제약할 개연성이 있다는 뜻이다. 그래서 우리나라에서는 국내 다른 지역에의 유력遊歷에 따른 양기는, 가령 금강산의 일정한 이질성과, 지리산·묘향산 정도의 장대함이 다른 산에 대해 가지는 물리적 양에서의 차이가 빚어내는 이질성 외에는 별반 의미를 가지지 못했던 것으로 보인다. 이 산수미 특질은 심미문화의 여러 층위, 또는 여러 국면의 원천으로 기능함을 다시 한번 더 강조해 두고 싶다.

---

76) 李仁老, 위와 같은 곳 참조.
77) 朴彭年, 위와 같은 곳; 金時習, 위와 같은 곳 참조.

3. 맺음말

주지하듯이 미학 사상의 술어·개념들의 대부분이 중국으로부터 차용해 온 것들이다. 우리 자체 내부에서의 미학 사상의 원천적 자질·인소·에토스에 대한 탐구·검증 없이 이룬 술어·개념들을 대할 경우 우리 것은 망연히 찾을 거점을 찾지 못하게 된다. 그래서 중국의 개념·논리를 가지고 우리의 것인 양하게 된다. 국토의 자연환경의 특징 및 그것과 역대 민족성원들과의 관계는 이 심미문화 문제 해명에서 가장 기저적인 것이다. 이제까지 우리는 이 기저적이면서 너무나 명확한 논리를 무시해 왔다. 서양이론에의 맹목적 추수追隨 자세와 무관하지 않을 터다.

(《民族文化硏究》 32집, 고려대학교 민족문화연구원, 1998)

<쌍녀분기雙女墳記>의 작자와 그 창작 배경

1. 머리말

〈쌍녀분기雙女墳記〉는 그동안 학계에서 〈최치원崔致遠〉으로 통행되던 작품이다. 이것은 이 작품의 원래 출전이었던 《신라수이전新羅殊異傳》에서는 아마 원제목이 없이, 가령 《파한집破閑集》이나 《보한집補閑集》처럼 일정한 기준 아래 열거식列擧式으로 실렸을 터이나 《태평통재太平通載》(성임成任 찬撰)에 재수록되는 과정에, 《태평통재》가 모델로 삼은 《태평광기太平廣記》(송宋·이방李昉 찬撰)의 체제를 의방하여 제목을 붙이되 이 작품의 중심 인물 최치원의 이름으로 뽑아 설정한 데서 연유한다.[1] 원제목이 〈쌍녀분기〉임을 알 수 있음은 남송 소흥紹興 30년(1160)에 편찬된 《육조사적편류六朝事迹編類》에 〈쌍녀분기雙女墳記〉라는 제목 아래 내용이 짤막하게 요약되어 있기 때문이다.[2]

1) 《太平廣記》 各篇의 제목 설정은 약간의 예외는 있으나 기존의 원제목을 무시하고 그 작품의 주요 인물의 이름으로 거의 획일화하다시피 되어 있다. 예를 들면 王度의 〈古鏡記〉를 〈王度〉로, 沈旣濟의 〈枕中記〉를 〈呂翁〉으로, 그리고 元稹의 〈會眞記〉를 〈鶯鶯傳〉으로 고친 것 따위다.

2) 《六朝事迹編類》(2권)는 南宋 紹興(1131-1162) 연간 사람 張敦頤가 편찬한 책으로 建康府(장돈이 당년의 명칭임. 오늘날 南京市 일원—필자)의 沿革·山川·古蹟 등에 관한 각종 자료를 취합하여 엮은 일종의 人文地理書다. 이 책 〈墳陵 第十三〉 〈雙女墓〉條 아래에 다음과 같이 요약되어 있다. "〈雙女墳記〉에 다음과 같이 일렀다. 鷄林 사람 崔致遠이라는 이가 있어 唐·乾符 연간에 溧水縣尉로 補任되었다. 일찍이 招賢館에서 쉬

쌍녀분의 여인을 주요 인물로 하여 우리나라에서 지어진 〈쌍녀분기〉라는 소설 작품이 중국의 강남江南 지방으로 유전流傳하여 바로 그 현지의 쌍녀분雙女墓에 얽힌 고사故事로 정착되면서 《육조사적편류》에 작품이 요약되어 오른 것이다. 혹자는 강남 지방의 쌍녀분 설화가 〈쌍녀분기〉로 선행하고, 그것을 이어받아 우리나라에서 〈최치원〉으로 작품화되었다고도 하고,[3] 또 혹자는 최치원이 강남 지방에서 벼슬을 할 때 〈쌍녀분기〉를 써서 남겨두었기 때문에 《육조사적편류》에 수록될 수 있었다고도 한다.[4] 이 견해들이 잘못된 것임은 뒤로 차차 밝혀지게 될 것이다.

아무튼 〈쌍녀분기〉는 우리 문학사, 정신사, 나아가 사회사에서 매우 중요한 작품이다. 우리나라 서사문학이 설화說話의 단계를 벗어나 소설小說의 단계로의 진입을 징표하는 일련의 작품들 가운데 가장 빼어난 이 작품은 많은 문제성과 의미성을 가지고 있다. 그런 만큼 학계에서는 실로 다양한 논의들이 있어 왔다. 이 논의 가운데 가장 빈도가 높고, 그리고 쟁점화되어 있는 것이 아마 이 작품의 장르 문제와, 그리고 작자 문제일 것이다. 장르 문제는

었는데 그 앞 언덕에 '雙女墳'이라 불리는 무덤이 있었다. 그 내력을 물어 보았으나 아무도 아는 이가 없었다. 그래서 시를 지어 위문했다. 이 날 밤에 감동한 두 여인이 이르러 사의를 표하면서 말하기를 '저희들은 본래 宣城郡 開化縣 馬陽鄉에 사는 張氏의 두 딸입니다. 어려서는 붓과 벼루를 가까이 했으며 자라서는 재주가 있다고 자부했습니다. 그런데 뜻밖에도 부모님께서 소금 장수 따위의 교양 없는 하찮은 자들을 우리의 배필로 삼으시기에 이때문에 분하여 죽고 말았습니다. 그래서 天寶 6년에 이곳에 함께 묻히였습니다.'라고 했다. 조용하게 나긋한 이야기들을 하다 새벽이 되어 헤어졌다. (쌍녀묘는) 율수현 남쪽 백십리 되는 곳에 있다."(〈雙女墳記〉曰: "有鷄林人崔致遠者, 唐乾符中補溧水縣尉. 嘗憩于招賢館, 前崗有塚, 號曰: '雙女墳'. 詷其事迹, 莫有知者, 因爲詩以弔之. 是夜感二女至, 稱謝曰: '兒本宣城郡開化縣馬陽鄉張氏二女, 少親筆硯, 長負才情. 不意爲父母匹于鹽商小豎, 以此憤恚而終. 天寶六年, 同葬于此.' 宴語至曉而別. 在溧水縣南一百一十里.") 본래 제목이 〈雙女墳記〉라는 사실은 李劍國·崔桓도 주장한 바 있다. 같은 사람들의 〈《新羅殊異傳》 崔致遠本考〉(《中國語文學》 33, 嶺南中國語文學會, 1999) 참조.

3) ①李京雨, 〈形成期 散文 試攷〉(《韓國古典散文研究》, 동화문화사, 1981), 370쪽 ② 박일용, 《조선시대의 애정소설》(집문당, 1993), 84쪽.

4) ①金乾坤, 〈《新羅殊異傳》의 作者와 著作背景〉(《정신문화연구》 34, 1988). ②이검국·최환, 위의 논문. ③2000.6.17. 한국고전문학회 발표회 석상에서 李慧淳의 필자에 대한 질의서에도 그런 취지로 되어 있다.

처음부터 문제될 것이 없도록 전기소설傳奇小說로서의 조건을 너무나 뚜렷이 갖추고 있었다.[5] 그런데 남북한 학계에 우리나라 소설사에 대해《금오신화金鰲新話》를 그 기점起點으로 보는 시각이 있어 그 이전의 소설의 존재를 인정하지 않음으로 해서 평지풍파격으로 문제가 되었던 것이 이제 전기소설로 보는 데로 귀일되고 있는 것으로 보인다. 그러나 작자 문제를 둘러싼 문제는 아직도 혼미昏迷를 벗어나지 못하고 있다. 이렇게 혼미를 벗어나지 못한 데에는 〈쌍녀분기〉의 작자 문제에 이 작품의 원래 출전인《신라수이전》의 편자가 끼어 들어서 문제를 더욱 혼란스럽게 만드는 원인으로 크게 작용해서다. 즉《신라수이전》의 주체를 밝힌 문헌들이 그 주체와 책과의 관계 형태를 '박인량朴寅亮'과 '최치원崔致遠'으로 하고, '저著'·'작作'이나 '편編'·'찬撰' 따위의 명확한 규정이 없이 매개시켜 놓은 것이 여러 가지 해석을 낳게 되었다. 여기에다 김척명金陟明이《신라수이전》을 개찬한 사실까지 〈쌍녀분기〉의 작자 문제에 가세시킴으로써 마침내 우리의 우수한 고전 한 편이 건잡을 수 없도록 미궁으로 끌려다니게 되었다.[6] 작자가 확정되지 않는 만큼 그

---

5) 〈雙女墳記〉(崔致遠)를 최초로 학계에 소개한 李仁榮은 "이는 崔致遠을 모델로 한 一種說話"로 보았으나,(〈太平通載 殘卷 小考 — 特히 新羅殊異傳 逸文에 對하야〉,《震檀學報》13, 1940) 이 관점은 문학 장르에 대한 본격적인 변별의식이 없는 한 역사가의 소박한 관점에 불과하다. 문학 장르에 대한 본격적인 변별 의식을 가진 趙潤濟는 이 작품에 대한 說話觀을 아주 떨쳐 버리지는 못 했지만 "〈崔致遠〉(〈雙女墳記〉)은 이미 完全한 하나의 傳奇體 小說인데, 後代의 金鰲新話에 比하여 別로 遜色이 없다"고 규정했다.(《韓國文學史》, 東國文化社, 1963, 65쪽) 뒤이어 전기소설로 주장하거나 그러한 관점에 입각한 논문으로는 池浚模, 〈傳奇小說의 嚆矢는 新羅에 있다〉(《語文學》32, 1975); 曺壽鶴, 〈崔致遠傳의 小說性〉(《嶺南語文學》2, 1975); 林熒澤, 〈羅末麗初의 傳奇文學〉(《韓國漢文學研究》5, 1981); 李憲洪, 〈崔致遠傳의 傳奇小說的 構造〉(《睡蓮語文論集》9, 1982); 김종철, 〈서사문학사에서 본 초기소설의 성립문제 — 傳奇小說과 관련하여〉(《다곡이수봉선생회갑기념논총》, 1988); 박희병, 〈한국고전소설의 발생 및 발전단계를 둘러싼 몇몇 문제에 대하여〉(《관악어문연구》17, 1992); 李東歡, 〈고려전기 한문학〉(《한국사》17, 1994); 尹在敏, 〈전기소설의 성격〉(《한국한문학연구》학회 창립20주년특집호, 1996); 尹采根,《소설적 주체, 그 탄생과 전변》(1999) 등을 대표적으로 들 수 있다.

6) 대부분은《殊異傳》을 한 사람이 '著作'한 것으로 알고 있는 데서 〈雙女墳記〉의 작자도《수이전》의 '著作者'에 따라 오간다. 대체로 이런 관점에서《수이전》의 저작자를 崔致遠으로 보는 견해를 가진 이로는 崔南善·金思燁·徐首生·金台俊이 있고, 朴寅亮으로 보

창작의 시기도 나말여초에서 조선초기까지[7] 무려 5세기간을 부유浮游하는 작품이 되고 말 처지다.

물론 학계의 다수 견해는 이러한 혼란스러운 견해들에 상관없이《신라수이전》의 찬집과는 일단 별개로 보아 〈쌍녀분기〉를 나말여초에 지어진, 작자명이 실전한 작품으로 본다. 그리고 그런 관점에 입각해서 다각도로 작품의 분석 및 해석을 해오고 있다. 그런 점에서 나의 이 논고가 새삼스러운 느낌이 들 것이다. 그러나 작자를 밝힐 수 있는 근거가 있음에도 밝히지 않고 덮어두는 것은 직무유기다. 더구나 각종 혼란한 견해들이 제출되어 일정한 형세를 얻고 있음에랴.

작자와 함께 창작 배경을 아울러 고구하고자 한다. 최치원의 재당在唐 시절의 연애 사건 및 실재하는 쌍녀분雙女墳에의 제시題詩와 작자의 짙은 현실허무의식現實虛無意識, 그리고 선행 작품 〈낙신전洛神傳〉의 영향이다. 현실허무의식은 이 작품의 근본적인 창작 동기가 되었을 터이다. 그리고 이것은 작자 문제의 구명과 밀접히 관련되어 있다.

는 견해를 가진 이로는 李仁榮·金甲福·趙潤濟·張德順·金東旭이 있고, 原本은 저자를 알 수 없고 改作은 金陟明이라는 견해를 가진 崔康賢이 있고, 原本은 최치원, 增補는 박인량, 改撰은 김척명이라는 견해를 가진 池浚模가 있고, 이 지준모의 설을 수용하고 있는 趙東一이 있다.(김혜숙, 〈殊異傳의 작자〉,《국문학사의 쟁점》, 집문당, 1986 참조) 근래에 曺壽鶴의 古本《殊異傳》(일명《新羅殊異傳》), 최치원의 新羅《殊異傳》, 박인량의《殊異傳》, 김척명의 일부 改作한《殊異傳》등 많은《殊異傳》이 別本으로 존재했을 것이라는(〈殊異傳의 著述者 및 文體考〉,《嶺南語文學》, 1990) 주장에 이르면《수이전》의 '著作者' 문제의 혼미는 극에 달했다 할 것이다.

7) 李京雨는 위의 논문에서 '後代의 文人' = '高麗 末葉의 문인'에 의해 지어졌을 것이라 했고, 박일용은 위의 논문에서 〈최치원〉은 '조선 전기에 어느 한 작가'에 의해 〈쌍녀분〉 형태의 설화가 소설적 형상이 주어졌을 것이라 했다.

2. 작자 문제

1) 《신라수이전》의 찬자撰者와 〈쌍녀분기〉의 작자作者는 별개 문제

머리말에서 밝혔듯이 《신라수이전》의 찬자를 〈쌍녀분기〉의 작자 문제에 개입시킴으로써 문제가 더욱 혼란스럽게 되었다. 그 혼란의 근인根因은 《해동고승전海東高僧傳》(12세기 후반-13세기 초반, 각훈覺訓)에서는 '약안박인량수이전운若按朴寅亮殊異傳云'이라고 되어 있고, 《대동운부군옥大東韻府群玉》(16세기, 권문해權文海)에서는 〈찬집서적목록纂輯書籍目錄〉에 '신라수이전최치원新羅殊異傳崔致遠'이라고 같은 이름의 책의 주체를 각각 다르게 밝혔을 뿐 아니라, 그 주체의 책과의 관계도 '저작著作'인지 '편찬編撰'인지를 명확하게 매개시켜 놓지 않는 데 있다. 사실 그동안 학계에서 진작에 후자의 문제만이라도 좀더 적극적으로 유념했더라도 오늘날과 같은 극심한 혼란을 면할 수 있었을 것이다.

먼저 전자의 문제다. 그 이전에 《신라수이전新羅殊異傳》·《수이전殊異傳》·《신라이전新羅異傳》[8]·《고본수이전古本殊異傳》[9]이 같은 책인가 다른 책인가 하는 해묵은 문제부터 정리할 필요를 느낀다. 이것은 책의 표제標題는 결국 같으나 실질 내용에서는 두 가지 이본異本이 있었다. 원래의 《신라수이전》과 김척명의 개찬본改撰本이 그것이다. 일연一然이 특별히 《고본수이전古本殊異傳》'이라고 하여 '古本' 두 자를 가한 것은 이 김척명의 개찬본과 원래의 《신라수이전》과 구분하기 위해서다. '古本'이란 단순히 '오래된 책'이란 뜻 이상의 뜻을 가지고 있다. 김척명이 실질적으로 책의 내용을 고치고도 왜 책의 이름은 그대로인가? 그 이유는 개찬이라 하나 그 개찬의 폭이 소폭에 그쳤기 때문인 것이다. 책의 이름을 바꿀 정도로 대폭으로 고쳐 엮은 것은

---

8) 一然, 《삼국유사》, 권4, 〈寶壤梨木〉 "後人改作新羅異傳."
9) 一然, 위와 같은 책, 〈圓光西學〉 "又東京安逸戶長貞孝家在古本殊異傳."

아니란 말이다. 사실 전대의 신이神異한 사실이라는 특정적特定的인 기록들을 모은《수이전》은 그 자체가 자료적인 한계를 가지고 있어서 대폭 개찬이란 불가능하고 또 불필요했다. 김척명의 개찬이란 어쩌면 일부 승전僧傳에 국한했을지 모른다. 그러니까《수이전》의 많은 부분은 고본古本과 동일한 내용이었을 것이다. 그래서 서명도 가령 '속수이전續殊異傳'이라든지 '수이전보殊異傳補'라 하지 않고 종전처럼《신라수이전》의 서명을 그대로 잉용仍用했던 것이다. 이 책의 정식 서명은 어디까지나《신라수이전》이었다. 책의 내용을 '신라'에 국한해 꾸몄기 때문이다.《수이전殊異傳》·《신라이전新羅異傳》은 언어 경제의 욕구에서 나온 축약된 한 관습적인 명칭일 뿐이다. 당초 이를 두고 최치원 작作의《수이전》이 있었는데 나중에 박인량의《수이전》이 나오자 최치원작에는 '신라' 두 자를 더하여 구분한 듯하다는 견해는 잘못된 것이다.[10)]

김척명의 개찬본을 하나의 소폭의 내용 차이를 보이는 이본으로 본다면,《신라수이전》은 크게 보아 단일종이라고 해도 좋을 듯하다. 그러나 현실적으로 통행되기는 주로 김척명 개찬본이었을 것 같다. 그것은 일연이 고본《수이전》의 존재를 밝힐 때의, "동경안일호장정효가재고본수이전東京安逸戶長貞孝家在古本殊異傳"이란, 이 매우 희귀한 것을 밝히는 듯한 표현 태도로 보아 알 수 있다. 그렇다면 이제《해동고승전》의 박인량인가,《대동운부군옥》의 최치원인가가 문제다. 결론부터 말하면 이것은《대동운부군옥》의, 즉 권문해의 오류다. 권문해뿐만 아니라 상필想必컨대《태평통재》의 편자 성임도 최치원을《수이전》의 찬자로 잘못 알고 있었을 것이다. 더구나 권문해는《수이전》을 직접 목도했는지조차 의심스럽다. 아마《태평통재》의 오류를 그대로

10) 李家源,《韓國漢文學史》(민중서관, 1961), 69쪽, 103~105쪽 참조. 이가원의 이 주장은《태평통재》를 실제로 보지 않은 데서 온 것 같다. 왜냐하면 이가원은 "崔氏가 아무리 하더라도 자기를 主人公으로 登場시킨 小說을 쓰진 못했을 것"이라는 (104~105쪽) 생각에서 〈최치원〉(〈쌍녀분기〉)을 박인량이 지은 것, 따라서 박인량의《수이전》에서 나온 것이라 했는데, 정작《태평통재》의 〈최치원〉 말미에《殊異傳》이 아니라 "出《新羅殊異傳》"이라 되어 있기 때문이다.

이어받았을 가능성이 크다. 서적의 취집도聚集度가 서울에 견주어 현저히 떨어지는 경상도 일우一隅(예천)에 앉아서 방대한 사전辭典을 편찬하면서 일일이 그 출전을 직접 확인했으리라고는 생각되지 않는다. 이 점은 권문해의 이웃 고을(안동) 출신의 후배인, 《해동문천총록海東文獻叢錄》을 지어 역시 《신라수이전》을 '최치원소찬崔致遠所撰'이라 한 김휴金烋에게도 그대로 적용된다. 《대동운부군옥》의 오류는 《수이전》의 찬자에 국한되지 않는다. 가령 "은대문집銀臺文集 김부식金富軾" 같은 오류도 있다. 《은대집銀臺集》은 이인로李仁老의 문집이다. 표제로 잡은 '한류위표준韓柳爲標準'조 아래의 기사 내용은 "김부식은 공명·부귀의 나머지에 더욱 고문古文을 잘 했다. 운운"11)하여 명백히 김부식을 객관 대상으로 서술하고 있는데도 그 저자를 김부식으로 본 실수까지 있다. 이것은 필시 김부식을 서술한 이인로의 글을 가지고 저자를 김부식으로 오인한 것일 터다. 최치원을 객관 대상으로 서술한 글을 가지고 그 출전인 《신라수이전》을 최치원의 저술로 오인한 경우와 흡사하다. 우리나라 책 가운데 이런 저著·편저編者에 대한 오류는 사실 비일비재하다. 조선초기의 《용재총화慵齋叢話》에 당시까지 통행하던 우리나라 사람이 저작한 시문집詩文集의 목록을 작성해 놓았는데, 《동인지문東人之文》을 '최자崔滋'의 소찬所撰으로, 《삼한시귀감三韓詩龜鑑》을 '최해崔瀣'의 소찬으로, 《쌍명재집雙明齋集》을 '이인로李仁老'의 소저所著로 해놓았다. 모두 오류다.12)

우리나라는 중국과 달리 책의 저·편자를 명백히 밝혀놓지 않았다.13) 사

---

11) 權文海, 《大東韻府群玉》, 권10(正陽社版, 影印本, 1950) 312쪽, 〈上聲〉, 〈軫, 韓柳爲標準〉, "金富軾, 功名富貴之餘, 尤長於古文云云."

12) 《三韓詩龜鑑》은 찬자는 趙云仡(1332~1404)이다. 그런데 崔瀣(1287~1340)가 찬한 것으로 되어 있다. 古刊本 標題 左側 하단에 '拙翁 崔瀣 批點, 石磵 趙云仡 精選'이라 되어 있다. 그런데 조운흘과 최해의 나이 차이로 보아 精選과 批點이 동시에 될 수 없다. 혹시 최해의 《東人之文五七》에 최해가 비점을 쳐 둔 것을 뽑았지 않았나 생각된다. 그렇더라도 찬자는 역시 조운흘이다. 《雙明齋集》은 이인로가 존경하던 선배 崔讜과 그의 아우 崔詵의 詩에 和韻한 詩作들을 이인로가 編한 시집이다. 이인로가 〈雙明齋詩集序〉를 쓴 것이 저자로 오인된 것 같다. 뿐 아니라 이인로는 〈雙明齋記〉도 썼다.

13) 目錄學이 일찍부터 발달한 중국에서 著·編者를 書頭에 분명하게 표지한 지는 꽤 오랜 역사를 가진 것으로 안다. 일테면 오늘날 남아 있는 책으로서의 上限인 宋板本에는

서史書 등 국가적인 편찬물의 경우는 책의 편찬자가 전해지는 데 별 장애가 없다. 그리고 창작한 시문집의 경우 저자의 호號와 시문집 표제의 핵심 부분과 대개 같기 때문에, 그리고 대개 저자를 아는 데 그리 완벽한 자료는 못 되지만 서문 또는 발문이 있기 때문에 그를 통해서 저자가 누구란 것이 불완전하게나마 전해지지만, 또 저명한 역사적 명인이 저·편한 경우 서발문이 없더라도 그 명인의 업적의 하나로 전해지지만, 이도 저도 아닌 책의 경우 언제나 저·편자의 이름이 망각될 위험에 노출되어 있다. 중국에서처럼 책의 본문이 시작되는 1면의 표제 바로 다음에 저·편자를 분명하게 표지한, 물리적으로 완결된 형태의 책이 거의 없다시피 하기 때문이다.(다만 불서佛書의 경우는 사정이 다소 다르다)[14] 물리적으로 저·편자의 난欄이 없기 때문에 대중적으로 널리 읽히는 책일지라도 정작 그 저·편자는 망각되어 버리는 경우가 한둘이 아니다.

가령 고려의 아마도 상당히 이른 시기부터 조선초기까지 과거의 제술 교재로 비교적 널리 읽혀 온, 중中·만당晩唐 이후의 당나라 시인 26인과 우리나라의 나말羅末 시인 4인의 칠언율시 각 10편씩 초선抄選한 선집인《명현십초시名賢十抄詩》의 경우, 적어도 1337년(고려 충숙왕 복위 6년) 이전에 이루어진 그 협주본夾註本의 짤막한 서문에 책의 편자를 "본조전배거유本朝前輩鉅儒"라고만 일컬어 구전口傳에 의해서 불완전하게나마 편자가 알려져 오는 듯했으나, 백여 년 뒤인 조선 초기에 이르러서는 아마 이미 편자명이 실전된 것 같다.[15]《삼국유사》도 책의 모두冒頭의 찬자의 난欄에서가 아니라 마지막 5권의 머리에 찬자가 밝혀져 있으니, 말하자면 밝혀질 곳에 안 밝혀졌으나 요행으로 찬자가 전하게 된 셈이다. 이와는 경우가 약간 다르긴 하나 세종 연간에 제술製述 교재敎材의 하나로 간행된 듯한《유설경학대장類說經學隊杖》

---

14) 물론이지만, 唐代의 卷子本에도 그 서두에 저·편자 표지가 분명한 것이 대부분이다. 佛書는 대부분이 중국에서 간행된 책을 받아서 간행하기 때문에 중국의 저·편자 明示 관습이 그대로 옮겨져서 그런 것 같다.

15) 權擥,〈夾註名賢十抄詩跋文〉참조.

이란 중국 송원간宋元間의 주경원朱景元이란 사람의 저서가 언제부터인가 저자 없는 필사본으로 통행되다 한말韓末에 이르러 최치원의 저서로 둔갑해 간행된 예도 있다.[16] 조선시대 서당의 초학 교재의 하나로 널리 읽혀졌던 《명심보감明心寶鑑》도 《유설경학대장》과 똑같은 과정으로 찬자가 명초明初 사람 범입본范立本에서 고려후기의 사람 추적秋適으로 바뀌었다.[17]

책의 통행에서 저·편자 의식이 이토록 희박한 풍토에서[18] 《신라수이전》의 찬자가 조선 문헌에 '崔致遠'으로 오기되는 것은 용혹무괴容或無怪다. 그리고 무엇보다, 이제야 거론하는 바이지만, 최치원을 대상으로 한 〈쌍녀분기〉(〈최치원〉)가 실려있는 책이 아닌가. 당초의 이인영李仁榮의 견해가 지극히 온당했다. "가장 상식적으로 생각해 볼 때 대부분 설화說話·전설적傳說的인 기사를 나열한 저술 중에 저자 자신에 관한 설화를 기재할 수 있을까. (중략) 이러한 점으로 봐서 신라수이전新羅殊異傳은 결코 최치원崔致遠의 찬술이 아니라고 나는 생각한다"고[19] 말했다. 필시 저·편자가 표기되지 않은 채 필사본으로 통행되어 오던 책이(이 경우 간본이라 하더라도 저·편자가 명확하게 표기되지 않기는 마찬가지다.) 그 책에 실린, 최치원을 대상으로 한 〈쌍녀분기雙女墳記〉가 가장 빼어난 백미적 존재임으로 해서 《신라수이전》 하면 〈쌍녀분기〉의 최치원을 연상하게 된 데서 어느덧 최치원이 찬자로 오인될 법도 하다.

결국 《신라수이전》 찬자 문제는 원초의 박인량일 수밖에 없다. 각훈覺訓과 박인량의 상거는 1세기 채 안 되기 때문에 책에 물리적으로 찬자 표지가 안 되었다 하더라도 찬자가 누구라는 것이 식자인 사이에 전해질 수 있었다.

---

16) 《類說經學隊仗》은 세종 연간에 庚子 小字로 간행되었다.(국립중앙도서관 소장). 그 책에는 당초 중국본을 의방하여 서두 저자 欄에 '永嘉 朱景元 著'라고 되어 있다. 그런데 1898년 간본(활자본), 1927년 간본(목판본)에는 저자가 '崔致遠'으로 되어 있다. 대개 최치원의 후손들이 최치원을 '道學先生'으로 만들기 위해 그렇게 된 것으로 추측된다. 책의 내용이 宋代 道學이 성립된 뒤라야 가능한 책이다.

17) 李佑成, 《明心寶鑑》 〈解題〉, 東邦文化史, 1977. 참조.

18) 조선후기 諺文小說類가 저·편자가 밝혀지지 않은 것은 '諺文'에 대한 卑下의식도 작용했겠지마는, 근본적으로는 저·편자 의식의 희박성에서다.

19) 이인영, 위의 논문.

그리고 박인량의 경우는 그 사적事蹟이 《신라수이전》을 편찬함직 했다. 능문장에다 사재史才가 있어 《고금록古今錄》 10권을 찬술했다. 이 《고금록》 찬술의 나머지에 나온 부산물, 그러니까 《고금록》을 찬술하고 남은 자료를 가지고 찬집한 것이 곧 《신라수이전》일 터다.[20]

그런데 혹자는 《고려사》 박인량전朴寅亮傳에 《수이전》이 등재되지 않은 점을 들어 각훈의 《해동고승전》의 기록을 부정하려 한다.[21] 이것은 고인古人들의 서적관書籍觀을 모르고 하는 말이다. 《수서隋書》 〈경적지經籍志〉에서 확립되어 청대淸代까지 변함없는 책의 분류법은 '경經·사史·자子·집集' 4부 분류법이다.[22] 이러한 서적 분류관이 늦어도 고려초에 우리나라 식자인 사이에 정착되었을 것이다. 나말에 많은 당나라 유학생의 존재를 생각하면 그 이전으로 소급될 수도 있다. 이러한 서적 분류관이 해당 서적의 사회적 효용 등을 규정할 것은 자명한 이치다. 이러한 서적관에 비추어 볼 때 《수이전》은 자부子部의 말석末席에나 겨우 오를 책이다. 더구나 《고려사》 편찬 주체인 유가적 지식인의 안목에 《수이전》은 개인적인 독물讀物로서 흥미는 있으나 사회적인 효용성은 거의 인정되지 않았을 터다. 이러한 책이 정사正史의 열전列傳에 오르기를 기대했다면 참으로 소박한 생각이다. 그래서 다만 역사에 관계되는 내용만이 《삼국사절요三國史節要》 선초 문헌에 적록摘錄되었을 뿐이었다. 그리고 개인적으로 흥미 있는 독물인 《태평통재》에는 아마 대량으로 전재轉載되었을 것이다. 《고금록》은 역사서이기 때문에 박인량의 정전正傳에 실리게 되었다. 무엇보다 《삼국유사》 같은 책도 일연의 비문에 나타난 그의 저작 목록에 익명으로 포함되지 않았는가.

나는 앞에서 이 절節의 제목을 '《신라수이전》의 찬자撰者와 〈쌍녀분기〉의 작자作者는 별개의 문제'라고 하고, 그리고 절의 내용을 서술하는 과정에서

20) 이동환, 위의 논문, 1994, 207쪽.
21) 申基亨, 〈《殊異傳》 小攷〉(《文耕》 2, 中央大學校 文理大, 1956).
22) 蔣禮鴻 지음, 沈慶昊 옮김, 《목록학과 공구서》(이회문화사, 1992), 33쪽.

도 사뭇 '찬자撰者'로 써왔다. 《신라수이전》과 그 주체와의 관계를 잠정적으로 '찬撰'으로 규정한 셈이다. '찬撰'은 '저著'·'편編' 양면의 뜻을 가지고 있다. 즉 '찬撰'에는 '저작著作·사작寫作'의 뜻과 '편정編定·편찬編纂'의 뜻이 있다. 실제로 용례도 가령, 창작한 글인 〈서하선생집서西河先生集序〉는 이인로李仁老의 '찬撰'으로 되어 있고,23) 앞에서 본 《용재총화》의 시문집 목록에서 타인의 글을 모은 《동인(지)문東人(之)文》도 최자崔滋(최해崔瀣)의 '소찬所撰'으로 되어 있다.24) 나는 물론 일단 후자의 뜻을 취했다. 그러나 《신라수이전》의 경우 주어진 자료를 단순 편집한 것이 아니라 그 자료의 형세에 따라 첨삭添削을 가해 윤색한 경우도 있다고 본다. 말하자면 후자를 기본틀로 하고 전자의 요소가 약간 가미된 경우도 있다고 본 것이다.25) 이런 뜻의 '찬撰'도 실제 용례가 흔하다. 가령 《삼국유사》가 바로 이 경우에 해당된다. 다만 《삼국유사》는 일정하게 체계를 갖춘 서술이기 때문에 저작적著作的 요소가 《수이전》에 견주어 훨씬 강하다. 《수이전》은 상필컨대 동일한 '수이殊異'한 사상事象들을 기록한 여러 자료들을 일정한 기준에 의해 배열한 것일 터다. 그 이상의 체계성은 인정되지 않는다.

《수이전》이 위의 뜻의 '찬撰'으로 이루어진 책임을 객관적으로 검증하는 일은 간단하다. 현존하는 《수이전》 일문逸文 가운데 선행하는 자료를 쓴 흔적의 유무를 검증하면 드러날 일이다. 사실 이런 검증을 할 필요조차 없이 10여 편의 일문 가운데 자명하게 나타나 있는데 학계 일각에서는 '저작著作'으로 고집하고 있으니 말이다.

선행하는 자료를 쓴 자취는 우선 이 논문에서 논의하고자 하는 〈쌍녀분기雙女墳記〉와 함께 김용행金用行이 지은 〈아도화상비我道和尙碑〉를 자료로 취한

---

23) 이인로, 〈西河先生集序〉 참조.

24) '撰'자의 용례를 보건대, 대체로 한 편의 글에 대해 쓰일 경우는 '著'의 뜻으로, 책에 대해 쓰일 경우는 '編'·'編述'의 뜻으로인 것 같다.

25) 金甲福도 이런 뜻으로 이미 말했다. 〈《殊異傳》攷〉(《週間成大》, 195·196, 1960). 참조. (김혜숙, 위의 논문, 재인용)

데서 단적으로 드러난다.26) 이 두 자료는 요행히 그 저자를 분명히 알 수 있는 선행 자료다. 〈쌍녀분기〉는 이제까지 저자 미상으로 되어 왔다. 〈아도화상비〉의 경우, 각훈의 《해동고승전》 〈석아도전釋阿道傳〉조에 "박인량의 《수이전》을 상고하건대(若按朴寅亮殊異傳云)"라 하고 밝힌 내용이 바로 《삼국유사》 권3 〈아도기라阿道基羅〉조에 인용된 〈아도본비我道本碑〉의 내용이다. 글의 상략詳略이 같지 않고 표현이 좀 다르나, 전기傳記로서 사실의 배열 순서, 고유명사, 연대 등에서 두 글이 일치한다. 글의 상략이 같지 않고, 표현이 다소 다른 것은 전사간傳寫間에 생겨난 차이일 뿐이다. 이런 이본간의 편차, 또는 책의 찬자들의 자료에 대한 윤색의 상차相差를 가지고 《수이전》이 〈아도화상비〉를 자료로 쓰지 않았다는 증거는 될 수 없다.

다음으로 동일한 대상에 대해 《수이전》과 《삼국유사》가 명백히 경로가 다른 자료를 쓰고 있음을 통해 선행자료의 존재가 입증된다. 신라 탈해왕脫解王에 대한 기록이 바로 그것이다. 《수이전》에 실렸던 탈해왕 기록은 《삼국사절요三國史節要》에 전재되어 있는데, 《삼국유사》에 실린 기록과는 애초에 경로가 다르다는 것을 인식하여 두 기록을 나란히 병재並載해 놓았다. 《유사》의 원기록과 《삼국사절요》의 기록을 대조해 보면, 원기록이 약 3분의 1 가량으로, 즉 192자로 축약되어 전재되어 있다. 여기에 비추어 생각해 보면, 184자로 전재되어 있는 《수이전》의 기록도 원기록이 축약되어 실리지 않았을까 생각한다. 그러나, 설화로서의 골격과 기본 요소는 갖춰 있어서 대조에 지장은 없다. 무엇보다 화소話素에 있어 두 기록 사이에 차이가 있다. 같은 화소의 순서가 다르기도 하고, 어느 쪽에 있는 화소가 다른 쪽에 없기도 하고, 그리고 동일한 화소에 두 기록의 이야기가 다르기도 하다. 우선 《유사》의 기록에는 탈해의 배가 가락국駕洛國에 당도하는 것으로 시작을 삼은 데 대하여, 《수이전》의 기록에는 용성국龍城國 왕비가 큰 알(卵)을 낳은 것으로

26) '阿道'는 '我道'로도 쓴다. 이런 音相同字의 互用도 신라의 人名·地名 등에서 보편적인 현상이다.

시작한다. 다음은《유사》의 기록에는 있는 탈해의 가락국 도래渡來 화소가《수이전》의 기록에는 없다. 반대로《수이전》의 기록에는 있는, 아진포阿珍浦 촌장村長이 탈해를 노파에게 맡겨 어미(母)로 삼아 서사書史를 배우게 하고 겸하여 지리地理에도 통하게 했다는 화소, 호공瓠公도 도래인渡來人이라는 화소가《유사》의 기록에는 없다. 다음은 탈해의 신라 해안에의 내박來泊 전후의 상황에 대하여,《유사》의 기록에는 아진포에 사는 아진의선阿珍義先이라는 혁거세왕 해척海尺의 어미인 노파가 까치들이 바다의 배 한 척에 모여 우짖기에 배를 끌어다 보니 '궤櫃'가 있고 궤를 열어보니 그 안에 한 '단정남자端正男子'가 칠보七寶·노비奴婢와 함께 있다고 되어 있는 데 대하여,《수이전》의 기록에는 용성국왕비龍城國王妃가 알을 낳아 그 '알'을 '소독小櫝(작은 함)'에 넣고 노비·칠보와 그리고 '문첩文貼'을 함께 배에 실어 바다에 띄워 보내어 아진포에 당도했는데, 촌장 아진阿珍 등이 독櫝을 열고 알을 꺼내니 홀연히 까치가 와서 쪼아서 앞에서 '동남童男'이 나왔다고 되어 있다. 이렇게 화소의 존재 상황이 다른 두 이야기는 계통이 같은 이야기의 이본異本이 아니라 명백히 계통을 달리 하는 두 이야기이고, 따라서《수이전》이전에 탈해왕에 대해서는 최소한 두 가지 경로의 자료가 선행해 있었음을 말해 준다.

《수이전》에 실린 기록 가운데 작자가 분명한 기록의 존재와 한 대상에 대해 두 가지 이상으로 경로가 다른 기록의 존재를 통해《수이전》이 결코 한 사람의 저작이 아니라 선행 기록들을 자료로 써서 찬집撰輯한 책임이 위의 검증으로 분명해졌다.27)

선행하는 전대의 자료들 가운데는 아마도 김대문金大問의《고승전高僧傳》·

---

27) 사실은《삼국유사》에는《수이전》과 경로를 달리하는 자료보다 오히려 공유하는 자료가 더 많이 실려 있을 것이다. 이를테면〈원광법사〉는《유사》가 古本《殊異傳》에서 옮겨왔음을 명시적으로 표현한 경우이거니와,《수이전》의〈迎烏細烏〉(필자가《三國史節要》, 徐居正의《筆苑雜記》에 전재된 기록에 임의로 붙인 제목임),〈寶開〉,〈虎願〉(이 둘은《大東韻府群玉》에서 붙인 제목임)은《삼국유사》의〈延烏郎細烏女〉,〈敏藏寺〉,〈金現感虎〉에 각각 대응되는 기록으로 이들은 모두 계통이 같은 자료로 보인다. 이것은 확인이 가능한 경우이지만, 확인이 불가능한 자료도《삼국유사》에는 꽤 실려 있다고 본다.

《계림잡전鷄林雜傳》 같은, 이미 책으로 이루어져 있는 기록들이 포함되었을 터이지만 신라 하대로 내려올수록 견당유학생遣唐留學生 등 증가하는 식자인識字人의 수에[28] 상응하여 상대적으로 많아진 이러저러한 기록물들이 적잖이 포함되었을 것이다. 〈쌍녀분기〉도 그 가운데 하나다. 이렇게 신라의 기록물만으로 이루어진 책이므로 《신라수이전》이라 이름했다.

이제 우리는 《신라수이전》의 찬자 박인량과 《신라수이전》에 포함된 자료의 찬술자들, 또는 저작자들과는 별개의 것임을 분명히 했다. 《수이전》에 포함된 자료들의 찬술자들 또는 저작자들은 〈아도화상비我道和尙碑〉의 작자를 제외하고는 전부 부지不知의 영역으로 묻혀버렸다. 〈쌍녀분기〉도 그 가운데 하나였다.

2) 작자는 최광유崔匡裕

(1) 최치원崔致遠이 작자가 될 수 없는 이유

〈쌍녀분기〉의 작자를 나는 최광유崔匡裕일 것으로 생각하고 있다. 이 문제는 뒤에 차차 밝혀지겠지만 아직도 최치원으로 알고 있는 사람이 학계에 적지 않아 보인다. 그 사람들을 위해서 여기 그 이유 두어 가지를 제시하겠다.

우선 최치원은 전기傳奇의 주인공은 되었어도, 전기를 저작할 만큼 전기에 대해 관심하지 않은 것 같다. 물론 최치원의 저작이 온전하게 남아 있지 않은 마당에 확언할 수는 없지만, 오늘날 남아 있는 그의 저작 어느 구석에도 전기를 가리키는 직접적인 언술은 고사하고 간접으로 시사한 언술도 없다.

---

28) 僖康王 2년(837) 3월 당시 唐의 國學에서 修學中이던 학생은 모두 216명을 헤아리게 되었고, 文聖王 2년(840)에는 수학연한이 10년이 경과한 宿衛·學生 105명이 唐·文宗의 勅命에 의해 집단 귀국 당한 일까지 있었다. (李基東, 〈新羅下代 賓貢及第者의 出現과 羅唐文人의 交驩〉, 《全海宗博士華甲紀念史學論叢》, 一潮閣, 1979. 참조)

가령 최승우崔承祐의 시詩에 〈독요경운전讀姚卿雲傳〉이 남아 있듯이,[29] 〈쌍녀분기〉를 지을 정도면 전기에 관심한 흔적이 어떤 형태로든 남아 있을 법하다. 그리고 〈쌍녀분기〉가 만약 재당在唐 시절에 지어진 것이라면[30] 어찌하여《계원필경桂苑筆耕》권17~20 사이에 있는 자신의 사적私的인 계啓·장狀·서書·시詩와 함께 〈쌍녀분기〉도 편집해 두지 않았는가가 매우 이상한 일이다. 당시 당나라나 신라의 문화 내지 생활의 풍토가 특별한 경우를 제외하고는 남녀간의 정애情愛에 사회적인 금기나 제약이 거의 없었다. 낭만풍浪漫風이 만개하던 그런 시대 분위기였다. 이런 분위기 속에 글만 좋다면 여선女仙과의 하룻밤 정사를 다룬 자신의 글을 그런 별집別集에 끼워 넣지 못할 이유가 없다. 더구나《계원필경집》의 말미에는 당나라의 여도사女道士와의 애틋한 이별을 다룬 시를 2편이나 실어 두고 있음에랴. 이것이 〈쌍녀분기〉의 작자가 최치원일 수 없는 이유의 첫째다.

다음으로 〈쌍녀분기〉의 서술 형식상 최치원이 작자가 도저히 될 수 없다. 우선 자술自述이면서 3인칭을 썼다는 것이 이해할 수 없는 일이거니와, 이것은 또 용허된다고 하더라도 서술의 실질적 격식이 최치원 아닌 제3자가 아니면 도저히 쓸 수 없기 때문에 그렇다. 당대 전기 가운데 자술이면서 3인칭을 쓴 경우는 아주 드문 사례이긴 하지만, 심아지沈亞之(元和 연간)의 〈이몽록異夢錄〉이나 〈진몽기秦夢記〉 같은 작품의 화자 설정이 하나의 전례가 될 수도 있다고 하나 작품의 도입부 서술의 격식에서 양자는 현격히 다르다. 여기에 〈쌍녀분기〉와 심아지의 두 작품의 도입부를 대조해 보인다.

---

29) 최승우의 〈讀姚卿雲傳〉 詩의 내용을 통해 추측해 보면, 〈姚卿雲傳〉은 아마 洛陽을 무대로 한 悲戀을 다룬 내용인 듯 하다. 唐代 傳奇의 한 편이 틀림없을 것이다. 중간에 失傳된 듯, 《太平廣記》에도 전하지 않는다.

30) ①김건곤의 위의 논문, ②이검국·최환의 위의 논문, ③이혜순의 위의 質疑書에는 모두 《쌍녀분기》가 포함된《수이전》을 최치원의 在唐 시절 지어진 것이라 했다. 그리고 唐代 傳奇가 과거 응시생들의 溫卷의 한 방편으로 지어졌다는 주장은 宋人(趙彦衛)의 한 억측에 지나지 않는다는 王夢鷗의 說(〈唐人小說概述〉,《中國古典小說研究專集》 3, 臺北, 1981)이 있다.(윤재민, 위의 논문에서 재인용) 따라서 한 때 과거 응시생이었던 최치원과 溫卷과를 연계짓는 것도 확실한 보장이 없다.

〈雙女墳記〉: 崔致遠, 字孤雲, 年十二, 西學於唐. 乾符甲吾, 學士裵瓚掌試, 一擧登魁科, 調授溧水縣尉, 嘗遊縣南界招賢館.(최치원은 자가 고운孤雲이다. 나이 12세에 서쪽으로 당나라에 유학하였다. 건부 갑오에 학사 배찬의 주관하는 시험에서 단번에 장원에 올랐다. 율수현위로 임용되어 일찍이 현의 남쪽 경계에 있는 초현관에 놀았다.)

〈異夢錄〉: 元和十年, 沈亞之以記室從隴西公軍涇州, 而長安中賢士, 皆來客之. 五月十八日, 隴西公與客期, 宴於東池便館.(원화 10년에 심아지가 기실記室로서 농서공을 따라 경주에 주둔하고 있었는데 장안의 현사들 모두 와서 문객으로 있었다. 5월18일에 농서공이 문객들과 기약하고 동쪽 못쪽에 있는 편관便館(관아의 정청正廳 이외의 별청別廳)에서 연회를 열었다.)

〈秦夢記〉: 太和初, 沈亞之將之邠, 出長安城, 客橐泉邸舍. 春時, 晝夢入秦, 主內使廖擧亞之.(태화초에 심아지가 장차 빈으로 가고자 장안성을 벗어나 탁천 객잔客棧에 묵게 되었다. 때가 봄인지라 낮잠의 꿈에 진나라로 들어가서 주내사主內使(황제의 조령詔令을 전달하는 내감內監의 주무자) 료가 아지를 천거했다.)

다 같이 자기를 3인칭으로 내세웠으되 〈쌍녀분기〉에는 심아지의 작품에 없는 인정人定 절차가 있다. "崔致遠, 字孤雲. (중략) 一擧登魁科"가 인정 절차에 해당한다. 심아지의 작품에서는 이런 인정 절차 없이 바로 심아지의 경험담으로 들어가는 데 대하여 〈쌍녀분기〉는 분명한 인정 절차를 밟고 있다. 이것이 심아지의 작품과 〈쌍녀분기〉를 다같이 자술로 보았을 때의 빙탄氷炭의 차이이다. 더구나 자字가 '고운孤雲'임을 소개하고, '단번에 괴과魁科

에 올랐다'[31]고 표현한 것은 최치원이 쓰지 않은 명백한 증거다. '괴과'란 '장원壯元'을 말한다. 자기가 자기를 자기 이름을 써서 소개하면서 자字를 밝히고 실제도 아닌 사실을 과장해서 쓸 수 있는가. 가령 최치원이 고의로 익명으로 썼다면 그럴 수도 있으나 고변高騈의 막하幕下로 들어가기 위한 온권溫卷으로 썼다는 주장도 있으니,[32] 온권이 익명으로 쓰지 않는 한 최치원 작자설은 성립 불가능하다.

본래는 '여余'나 '복僕'과 같은 1인칭을 사용했으나 《태평통재》에 전재할 때 '치원致遠'이라는 3인칭으로 고쳐졌을 가능성을 제기하는 주장도 있다.[33] 역시 중국 전기 가운데 왕도王度(수대隋代)의 〈고경기古鏡記〉가 《태평광기》에 전재될 때 그러했던 예를 준거로 제시한다. 그러나 〈고경기〉 역시 도입부의 틀이 〈쌍녀분기〉와 본질적으로 다르기가 심아지의 작품만큼이나 하다.

> 〈古鏡記〉: 隋汾陰侯生, 天下奇士也. 王度嘗以師禮事之. 臨終, 贈度以古鏡, 曰: "持此則百邪遠人." 度受而寶之.(수나라 분음 후생은 천하의 기사다. 왕도가 항상 스승의 예로써 섬긴다. 임종 때 도에게 오래된 거울을 주면서 말하기를, "이것을 가지면 온갖 사악한 것이 사람을 멀리 한다"고 했다. 도가 받아서 보배로이 가졌다.)

역시 왕도 자신에 대해서는 인정 절차 같은 것 없이 경험담으로 들어가는 것이 심아지의 두 작품과 다를 바 없었다. 왕도의 작품은 말할 것 없지만 심아지의 두 작품도 본질적으로는 자술自述이기 때문이다. 그러나 〈쌍녀분기〉는 본질적으로 자술이 아니다. 가령 '치원致遠' 대신에 '여余'나 '복僕'을

---

31) 최치원이 "단번에 魁科에 올랐다"한 '魁科'가 단순히 과거에 급제한 사실을 과장, 미화한 것인지, 아니면 賓貢科 中에서 壯元을 한 것을 가리키는 것인지는 분명치 않다. 아마 후자를 말한 것 같다. 그것은 헌강왕의 〈與禮部裵尙書瓚狀〉(《孤雲集》 권1)에서 최치원을 두고 "닭의 입이 되었다(得爲鷄口)"라는 말과 대응되는 표현으로 보인다.
32) 주30)의 ① 참조.
33) 이검국·최환, 위의 논문.

대입시켜 보라. "余(僕), 字孤雲. (중략) 一擧登魁科.(나는 자가 고운이다. (중략) 단번에 괴과에 올랐다.)" 한문에 이런 행문行文은 일찍이 없다. 〈쌍녀분기〉 창작에 영향을 준, 장건張鷟(7세기 후반)의 〈유선굴遊仙窟〉의 도입부를 보자.

> 〈遊仙窟〉: 若夫積石山者, 在乎金城西南, 河所經也. 書云: "導河積石, 至於龍門." 卽此山也. 僕從汧隴, 奉使河源.(저 적석산이란 것은 금성의 서남에 있으니 황하가 경유하는 바다. 《서경》에 이르기를 "황하의 물길을 인도하되 적석에서 용문에 이른다" 했으니 곧 이 산이다. 나는 견·농 지역을 따라 하원으로 사명을 받들고 갔다.)

〈쌍녀분기〉의 도입부와 전혀 다르다. 소설적 사건이 벌어질 곳(積石山에 유선굴이 있다고 가상하여)의 위치를 서술하는 것으로 도입부를 삼고 있다. 여기에 비추어 자신의 자字와 장원壯元 급제했음(실제가 아닌 사실)을 밝히고 있는 〈쌍녀분기〉의 도입부는 도저히 자술체가 될 수 없다. 처음부터 최치원을 확고히 객관 서술 대상으로 삼았음을 〈쌍녀분기〉의 도입부 문장의 틀은 증명한다.[34] 도입부만이 그런 것이 아니다. 종결부 역시 마찬가지다. 가령 "後致遠(擢第)東還, 路上歌詩云.(나중에 치원이 동쪽으로 돌아오면서 노상에서 읊조린 시에 이르기를)"을 1인칭 자술체로 바꾸어서 "余(擢第)東還, 路上歌詩云"으로 했을 때 '余'와 '路上歌詩云'이 얼마나 違和 관계를 보이고 있는지 음미해 보면 자명하다. '余'로 자술했다면 거기에 상칭相稱하는 표현을 썼을 것이다.[35]

〈쌍녀분기〉가 최치원 소작이라면 최치원 같은 역사적 명인의 작품이 아예 작품이 전하지 않는다면 그만이겠거니와 전하는 마당에는 작자가 그렇게

34) 唐代 이름난 傳奇 52종 가운데 자술체 소설로서 〈雙女墳記〉와 같이 人定節次가 있는 서두를 가진 작품은 없다. (丁範鎭, 〈唐代傳奇의 體裁에 關한 硏究〉, 《大東文化硏究》 23, 1989, 참조)

35) 元稹의 〈會眞記〉는 자신의 경험을 작품화하되 '張君瑞'라는 架空의 인물을 내세워 했다.

혼미하게 되어 후세에 전해지지는 않을 터이다.

(2) 〈쌍녀분기〉 시詩와 최광유 시의 시풍詩風의 일치

주지하듯이 〈쌍녀분기〉는 가위 '시詩로 쓴 소설小說'이라고 할 만큼 삽입시가 많다. 중국의 전기傳奇 가운데 〈유선굴〉이 삽입시가 많기로 유명한데, 장단을 가리지 않는다면 시가 76수, 사부가 1수다. 여기에 대해 〈쌍녀분기〉는 칠언율시 4수, 칠언절구 5수, 오언절구 1수, 칠언 6구 연구聯句가 2수, 칠언 4구 연구가 1수, 칠언고시가 1수, 2구시가 1수 도합 15수나 된다. 칠언고시 1수는 무려 63구나 되는 장구시다. 환운換韻을 15번이나 하여 절구로 치면 15수, 그리고 3구시 1수에 해당된다. 〈쌍녀분기〉의 편폭이 〈유선굴〉의 3분 1이니 시의 밀도로는 오히려 〈쌍녀분기〉가 우세하다.

현재까지 알려진 전기 가운데 시의 밀도가 가장 높은 작품이다. 소설을 위해서 삽입시를 쓴 것이라기보다 오히려 삽입시를 위해서 소설을 썼다는 편이 더 나을 정도다. 서두와 결말의 최치원의 사전史傳 부분을 일종의 액자로 삼아 그 내부를 서정성 짙은 시와, 그리고 시적詩的인 변려문騈儷文으로 가득 채웠다. 지금 알려진 당대唐代 전기 가운데 이런 구도로 된 작품은 아마 전무全無한 것 같다.[36] 〈유선굴〉은 시종 변려문과 시로 일관하고 있어 외형적인 구도는 〈쌍녀분기〉와는 다르다. 〈쌍녀분기〉는 그러니까 시와 시적인 변려문, 특히 시에다 문학적 성과를 걸고 창작된 전기다. 특히 유계幽界의 두 여선女仙과의 정사情事의 전말을 일정하게 거리를 두고 반추한 63구의 장편시를 삽입하여 작품의 구조를 중층화重層化하고 있는 점에서 이 작품이 삽입시를 위해 창작된 면모가 약여躍如하다.

삽입시의 다각적인 연구로 〈쌍녀분기〉의 작품 세계에 새 지평을 열어 가야겠지만 여기서는 바로 이 삽입시야말로 작자 불명의 이 작품의 작자를 찾는, 현재로서는 최초의 단서이자 최후의 단서다.[37] 우수憂愁 어린, 또는

---

36) 정범진, 위의 논문 참조.

비애 어린, 염려艶麗하고 섬교纖巧한 풍격의 시, 〈쌍녀분기〉 삽입시의 이 특이한 풍격은 참으로 우리나라 한시에서 그 유례를 찾기 어려운 풍격이다. 풍격이 이렇게 다른 사람의 작품으로부터 스스로의 변별성을 특히 강하게 가졌기 때문에 다른 한시와의 대조에서 풍격의 동이同異 여부가 쉽사리 판별되고, 아울러 객관적인 공감도도 그만큼 높을 수 있는 보장이 있다. 그런데 문제는 이렇게 작품 대조로 작자를 밝히기 위해서는 원칙적으로, 또는 이론적으로 나말羅末의 모든 시인의 작품이 다 남아 있어 〈쌍녀분기〉 삽입시와의 제한 없는 대조가 가능해야 한다는 전제가 충족되어야 한다. 그러나 그런 원칙적인 또는 이론적인 문제를 거론할 필요 없이 역사는 〈쌍녀분기〉와 함께 상대적으로 우수한 시인을 여과濾過시켜 놓았고, 그리고 그들의 작품도 아쉬운 대로 일정하게 남아 있다. 요행이라면 요행이겠으나 어떤 점에서는 문학사의 한 필연이라고 할 수 있다. 우수한 작가와 작품은 어떤 형태로든 후세에 남는다는. 나말의 우수 시인으로 우리는 네 사람을 꼽을 수 있다. 최치원崔致遠·박인범朴仁範·최승우崔承祐·최광유崔匡裕가 그들이다. 이들이 나말의 유명 시인으로 정립된 것은 다행히도 《명현십초시名賢十抄詩》란 선집選集을 통해서 알 수 있다.[38] (물론 최치원이 나말의 유명 시인임은 다른 경로를 통해서도

---

37) 詩에 착안하여 〈쌍녀분기〉의 작자를 밝히고자 한 시도는 김건곤의 위의 논문에서였다. 매우 바람직한 착상이라고 생각된다. 그러나, 그는 최치원이 建安七子를 따르고자 했다고 하고, 또 최치원이 본받고자 한 것이 魏晉南北朝時代의 綺麗風의 詩文이었다고 하여, 〈쌍녀분기〉 삽입시의 기려풍이 최치원 시의 기려풍과 부합한다고 하여 최치원을 〈쌍녀분기〉의 작자라고 하였다. 참으로 어처구니 없는 결론이다. 建安七子의 시문은 이른바 建安風骨이라 하여 强勁한 內在力量으로 淸峻·通脫·壯大 등의 풍격을 드러내는 것으로 유명하다. 〈쌍녀분기〉 삽입시의 기려풍과는 거의 正反對의 풍격이다. 그리고, 최치원 시의 풍격은 건안7자의 풍격과는 거리가 있으며, 〈쌍녀분기〉 삽입시와 같은 기려풍은 더더구나 아니다. 漢詩에 대한 초보적인 감식안만 가졌어도 확연히 구별되는 이런 작품을 두고 이런 어처구니 없는 결론을 낸 것은 최치원의 실제 시 작품은 젖혀두고, 최치원이 기술한 한 두 편의 간접적인 산문 기록에 매달린 결과이며, 그것도 '於儒則沈謝呈才(文士로서는 沈約과 謝朓같은 인재들이 재주를 바치고)'라는 구절이 있는 〈初投獻太尉啓〉(《桂苑筆耕集》 권17)의 문맥을 誤讀한 결과다. 모처럼 바람직한 착상이 무위로 끝나 애석하다.

38) 《名賢十抄詩》는 고려 중기 사람으로 짐작되는 '神印宗 老僧'에 의해 夾註가 되었는데(《夾註名賢十抄詩》라 함), 이 책의 성립에 대해서는 자못 궁금하다. 夾註本의 序에서

알려져 왔었다.) 아마도 고려 전기 어느 때인가 편성된 것으로 짐작되는 이 책에는 중만당中晩唐의 유명 시인들과 함께 위의 네 사람의 7언율시가 각각 10수씩 뽑혀 있다. 교묘하게도 이 시들은 모두 〈쌍녀분기〉와 마찬가지로 낭만풍이 농숙濃熟한 만당 분위기의 풍물·인정·세태를 배경으로 하고 나온 작품이다.《명현십초시》의 이들의 시는 이들이 모두 견당유학생遣唐留學生으로 당나라에 체류할 때 쓴 것이고, 〈쌍녀분기〉는 그러한 재당在唐 체험을 바탕으로 하여 신라에 돌아와 쓴 것이다. 그런데 이 가운데 최광유 시의 품격品格, 압운 취향押韻趣向, 심상心象·정조情調 등 시풍이 〈쌍녀분기〉 삽입시의 그것과 일치한다.

가. 〈쌍녀분기〉 시詩와 최광유 시의 품격品格의 일치

이제 〈쌍녀분기〉 시와《명현십초시》의 네 사람의 시를 한 자리에 놓고 대조해 보자.

〈쌍녀분기〉의 詩

幽魂離恨寄孤墳, 서러운 넋 세상 하직코 외론 무덤에 깃들어 있지만,
桃臉柳眉猶帶春. 복숭아 뺨 버들잎 눈썹엔 아직도 봄이라오.
鶴駕難尋三島路, 학 타고 삼신산三神山 길을 찾아 헤매이다가,
鳳釵空墮九泉塵. 봉황 비녀 허망하게 구천九泉에 떨어졌다오.
當時在世長羞客, 살았을 젠 못내 수줍어하던 이네 몸,
今日含嬌未識人. 오늘은 낯선 사람에게 교태를 머금으오.

'本朝前輩鉅儒'에 의해 編成되었다고 했으나 그 '鉅儒'가 어느 때쯤의 누구인지 지금은 알 수가 없다. 扈承喜는 신라 시인 네 사람의 시가 모두 在唐 시기의 작품이란 점에 착안하여 이 책의 편성이 國內에서가 아닌 중국(五代 이후)에서 되었을 가능성을 말했다.(호승희, 〈신라 한시 연구〉, 이화여대 박사학위논문, 1993)《명현십초시》에 실린 네 사람의 작품은《東文選》권12에 실려 있다.

深愧詩詞知妾意, 쓰신 시詩에 첩妾의 마음 알아 몹시 부끄러워,
一回延首一傷神. 바라는 생각 일 때마다 마음 애닯다오.

최광유: 長安春日有感
麻衣難拂路歧塵, 삼옷*엔 길거리의 먼지를 털기 어려운데,
鬢改顔衰曉鏡新. 새벽에 거울 보니 흰 털도 새로워라.
上國好花愁裏艶, 상국上國의 좋은 꽃은 시름 속에 곱건만,
故園芳樹夢中春. 내 고향 꽃다운 나무는 꿈속의 봄일 뿐.
扁舟煙月思浮海, 편주로 아스라이 고국故國으로 가고픈 마음,
羸馬關河倦問津. 여윈 말 타고 관하關河에 나루 묻기도 지쳤네.
祇爲未酬螢雪志, 형설螢雪의 처음 뜻을 아직도 못 이뤘으니,
綠楊鶯語大傷神. 버들에 꾀꼬리 울어도 마음 몹시 애닯네.
* 삼옷: 과거에 오르지 못한 선비가 입는 옷.

최치원: 登潤州慈和寺上房
登臨暫隔路歧塵, 산에 오르니 길거리의 먼지 잠시 멀어졌으나
吟想興亡恨益新. 흥망興亡을 되씹으니 恨이 더욱 새로워라.
畫角聲中朝暮浪, 화각畫角 소리 가운데 아침 저녁 물결인데,
青山影裏古今人. 푸른 산 그리메 속엔 고금의 인물 몇몇인고.
霜摧玉樹花無主, 옥수玉樹에 서리 치니 임자도 없어라,
風暖金陵草自春. 금릉金陵의 따스한 바람에 풀은 절로 봄이로고.
賴有謝家餘境在, 사씨謝氏 가문* 남은 경지 있어,
長教詩客爽精神. 시객詩客의 정신 길이 상쾌하게 하네.
* 사씨謝氏의 가문: 남조 송대宋代에 사령운謝靈運·사조謝眺 등의 시인을 배출한 가문.

박인범: 涇州龍朔寺閣 兼柬雲棲上人

翬飛仙閣在靑冥, 나는 듯한 선각仙閣이 푸른 하늘에 솟았으니,
月殿笙歌歷歷聽. 월궁月宮의 피리 소리가 역력히 들리는 듯.
燈撼螢光明鳥道, 등불은 반딧불처럼 흔들리며 새의 길* 비추고,
梯回虹影到巖扃. 사다리는 무지개인 듯 굽어 바위 문에 이르누나.
人隨流水何時盡, 인생은 흐르는 물 따라 어느 때 그칠고,
竹帶寒山萬古靑. 대는 찬 산에 띄어 있어 만고에 푸른 것을.
試問是非空色理, 공空이 색色인지 색色이 공空인지를 물어보니,
百年愁醉坐來醒. 백 년 간 취했던 시름 훌쩍 깨어라.

* 새의 길: 산길이 험하여 나는 새나 다닐 수 있는 곳을 말함.

최승우: 送曺進士松入羅浮

雨晴雲斂鷓鴣飛, 비 개고 구름 걷히자 자고새는 나는데,
嶺嶠臨流話所思. 고개는 시냇물에 다다라 그리워 할 사람 말하네.
厭次狂生須讓賦, 염차厭次의 광생*은 부賦 짓기를 사양하라,
宣城太守敢言詩. 宣城의 태수* 감히 詩를 말하리.
休攀月桂淩天險, 달 속의 계수桂樹를 잡으려 험한 하늘에 안 오르고,
好把烟蘿避世危. 내낀 송라松蘿를 잡아 위태한 세상 피해 가네.
七十長溪三洞裏, 칠십 긴 시내, 세 동천洞天 안이,*
他年名遂也相宜. 일후에 그대로 이름 이뤄도 마땅하리.

* 염차厭次의 광생狂生: 한대漢代의 동방삭東方朔이 염차 사람으로 자칭 '염차의 광생'이라 했으며, 그가 익살로써 유명했으며, 사부辭賦에 능했음.

* 선성宣城의 태수: 남조 송대의 시인 사조謝脁가 선성태수宣城太守로 있었음.

* 칠십 긴 시내, 세 동천洞天 안: 나부산羅浮山이 유심幽深·괴기瑰奇하여 그 안에 긴 시내가 70군데이고, 동천이 세 군데가 있음.

위의 시들은 각가各家의 시풍을 일정하게 대변하는 작품들이다. 우리는

깊은 음미를 기다리지 않고도 〈쌍녀분기〉 시와 최광유 시가 최치원 등 3인 시와는 품격을 달리하고 있음을 알 수 있다. 〈쌍녀분기〉 시와 최광유 시는 사공도司空圖 〈24시품二十四詩品〉 가운데 '섬농纖穠'의 범주에 확연히 들어가지만, 여타 시인의 작품은 '섬농'과는 거리가 멂을 본다. 특히 그동안 〈쌍녀분기〉의 작자로 오인되어 온 최치원의 시는 〈24시품〉 가운데 '실경實境'의 범주에 들어갈 것이다. 무엇보다 최치원의, 특히 재당在唐 시절의 시는 강한 현실 의식에 기반을 두고 있다. 〈우흥寓興〉·〈촉규화蜀葵花〉·〈강남녀江南女〉·〈고의古意〉·〈야소野燒〉 같은 일련의 작품에서 당시 당나라 현실에 저항하는 그의 강한 윤리의식을 본다. 〈쌍녀분기〉의 그 탐미적耽美的이며 데카당풍의 시가 기반한 시의식과는 역시 거리가 멀다. 여기서 시의 제재에 있어 〈쌍녀분기〉와 공통성을 가지고 있는 그의 시 한 수를 더 보자. 그의 귀국 당시 재당시절 연인이었던 여도사女道士와의 이별을 읊은 시다.[39]

留別女道士

每恨塵中厄宦途, 진세塵世의 벼슬 길에 쪼들림 매양 한恨하더니,

數年深喜識麻姑. 수년래로 마고麻姑*를 알아 매우 기뻤다오.

臨行與爲眞心說, 떠나감에 그대에게 진심을 말할 양이면,

海水何時得盡枯. 저 바다는 어느 때나 다 마를까요.

* 마고麻姑: 선녀의 이름. 여도사를 가리킴.

(《계원필경집》 권20)

〈쌍녀분기〉에서 두 여인과의 이별에 방불한, 실제 여도사와의 이별의 상황에 대한 최치원의 위와 같은 시적詩的 대응을 〈쌍녀분기〉의 삽입시와 대비해 보라. 풍격에 있어 가위 천양지판天壤之判의 차이다. 우리나라 한문학이 최치원에게 와서 비로소 '중체衆體를 대비大備'했다고 해서 그를 한문학의

39) 뒤에서 자세히 논의된다.

비조鼻祖로 삼고 있지만 그 시대 대부분의 문사들이 그러하듯 그는 '관인적官人的 문학자'이지 '문학적文學的 문학자'가 아니다.[40] 〈쌍녀분기〉는 문학을 입신立身의 도구 이상으로 탐닉耽溺하여 아름다움을 추구하는 '문학적 문학자'에 의해 지어진 작품이다. 시풍으로 보아 나는 나말 시인 최광유가 그에 당한다고 확신한다.

최광유의 시풍은 위의 인용에서 보듯이 호흡의 파장과 힘이 역시 여성적으로 섬약한 편이며, 표현이 매우 미려美麗하다. 게다가 그의 시는 역시 우수, 또는 비애의 정조情調가 감도는 것이 특징이다. 전체적으로 시상詩想이 다분히 안으로 향한 닫힌 구조다. 이 여러 가지 점에서 최광유의 시는 〈쌍녀분기〉 시와 일치한다. 다시 한 차례 작품 대비를 보자.

최광유, 早行
纔聞鷄唱獨開扃, 닭 우는 소리 듣고 나 혼자 문을 나니,
羸馬嘶悲萬里亭. 여윈 말이 구슬피 우네, 만리정萬里亭에서.
高角遠聲吹片月, 가락 높은 각角 소리는 조각달에 멀리 불고,
一鞭寒綵拂殘星. 싸늘한 채찍 그림자는 지는 별을 스치네.
風牽疏響過山雁, 바람이 끄는 성긴 메아린 산을 지나는 기러기,
露濕微光隔水螢. 이슬에 젖은 희미한 빛은 물 건너 반딧불.
誰念異鄕遊子苦, 뉘라서 생각해 주리 이역異域 나그네의 괴로움,
香燈幾處照銀屛. 향기론 등불 몇 곳에나 은銀병풍을 비추나.

〈쌍녀분기〉의 시

40) '文學的 문학자'는 이를테면 古人의 '雕蟲篆刻之徒'가 여기에 해당한다. 그런데 최치원은 〈桂苑筆耕集序〉에서 "그 賦니 詩니 하여 거의 상자에 가득하였사오나, 다만 童子의 篆刻으로써 壯夫의 부끄러워하는 바이옵니다.(曰賦曰詩, 幾溢箱篋, 但以童子篆刻, 壯夫所慙.)"라고 하여, 자신의 과거 급제 무렵 이전의 '雕蟲篆刻'的 詩賦에 대하여 스스로 부정했다.

綺羅身衾枕思, 아리따운 몸, 금침衾枕의 정情.
幽懽未已離愁至. 그윽한 즐거움 다 못 이룬 채 이별의 시름 찾아왔네.
數聲餘歌斷孤魂, 두어 가락 못 다한 노래에 외로운 넋 끊어질 듯,
一點殘燈照雙淚. 가물거리는 등잔불 두 줄기 눈물을 비추네.
(중략)
馬長嘶望行路, 말은 길게 울며 갈 길 바라보는데,
狂生猶再尋遺墓. 광생狂生은 다시 무덤을 찾는구나.
不逢羅襪步芳塵, 향기론 먼지 사뿐 밟던 비단 보선 간 데 없고,
但見花枝泣朝露. 아침 이슬에 흐느끼는 꽃가지만 보이누나.
(중략)
暮春風暮春日, 늦은 봄 바람, 늦은 봄날에,
柳花撩亂迎風疾. 버들 꽃 거센 바람에 흔들리네.
常將旅思怨韶光, 나그네 시름으로 봄 경치 늘 원망했는데,
況是離情念芳質. 더구나 이별의 정회에 꽃다운 자태 못 잊음에랴.

수염愁艶하고 섬교纖巧한 풍격, 그리고 다분히 안으로 향한 닫힌 구조의 시상에 있어 양자의 합치를 우리는 거듭 확인하게 된다. 다만 양자 사이, 그러니까 최광유의《명현십초시》에 실린 작품과 〈쌍녀분기〉의 삽입시 사이에는 연륜의 차이만 느끼게 할 뿐이다. 시를 다루는 솜씨에 있어 20대의 작품으로 짐작되는 전자에서는 다소 생신生新한 맛을 느끼게 하는 데 대하여 50대 이후의 작품으로 짐작되는 후자에서는 상대적으로 노숙老熟한 태態를 느끼게 한다.

나. 〈쌍녀분기〉 시와 최광유 시의 압운취향押韻趣向·심상心象·정조情調의 일치

실은《명현십초시》의 최광유의 시와 〈쌍녀분기〉의 삽입시 사이의 합치

점이 품격과 시상에 있어서만이 아니다. 압운 취향押韻趣向과, 심상心象 그리고 정조情調에 있어 일정한 합치점을 보여주고 있다. 〈쌍녀분기〉 삽입시 15수 가운데 6수가 '진眞'자 운통韻統이다. 작중 인물 최치원이 쌍녀분雙女墳의 석문石門에 써 붙인 시, 두 여인이 각각 화답해 보내온 두 편과 그 후폭後幅에 쓴 시, 최치원이 두 여인의 화답한 시에 다시 화답한 시, 최치원이 두 여인을 만났을 때 지은 시가 그것이다. 이것은 물론 최초로 석문에 써 붙인 시가 우연히 진운眞韻이어서 이어 두 여인과 작중 인물 최치원 사이에 수작한 시가 자연히 같은 운을 밟게 되어서 빚어진 결과이겠지만 〈쌍녀분기〉에 나오는 최초의 시, 즉 작중인물 최치원이 석문에 써 붙인 시가 하필이면 진운眞韻이냐에 대해서, 두 계열系列의 시를 대비하는 마당에 관심을 안 가질 수 없다. 시인이 평소에 특히 선호하는, 시적詩的 취향에 관계된 일이기 때문이다.

여기에 대하여 《동문선》에 전하는 최치원의 시 29수 가운데서 진운眞韻으로 지은 시가 6수나 되어 다른 시인에 견주어 상대적으로 가장 많다는 점을 들어 〈쌍녀분기〉가 최치원이 지은 작품이라고 하는 견해가 있다.[41] 그러나 최광유의 시는 진운眞韻으로 쓴 작품이 비율로 보아 최치원보다 더 많다. 《명현십초시》에 실려 전하는 10수의 작품 가운데 3수가 진운眞韻으로 쓰였다.[42] 백분율로 환산하면 최치원이 20%강인데 견주어 최광유는 30%약이다. 최광유가 훨씬 우세함을 알겠다. 게다가 진운眞韻 가운데서 운각韻脚의 선호 취향 역시 두 계열의 시가 일치한다. 〈쌍녀분기〉의 시는 작중인물 최치원이 석문에 써 붙인 시의 운자를 그 뒤의 일련의 화답시가 밟으므로 숫적으로 같은 운자가 많은 것은 당연하게 되어 있지만, 문제는 진운眞韻 가운데서 하필이면 많은 화답시를 지을 것이 전제가 된 운각으로 '춘春'·'진塵'·'인人'·'신神'을 선택했느냐에 있다. 역시 시인의 평소 취향에 관계된 일일 터다.

---

41) 김건곤, 위의 논문.
42) 〈長安春日有感〉, 〈題知己庭梅〉, 〈細雨〉가 그것이다.

《명현십초시》의 최광유의 시 10수 가운데 3수의 진운眞韻 가운데서 춘春자가 3회, 진塵자가 3회, 인人자가 2회, 신神자가 1회이다. 《동문선》 가운데 최치원의 시 29수 가운데서는 인人자가 5회, 춘春자 4회, 진塵자가 3회, 신神자가 1회이다. 비율로 보면 최광유의 시에서 압도적으로 높다. 최광유가 진운眞韻 가운데서 춘春·진塵·인人·신神자에 상대적으로 더 많은 집착執着을 보임에 대하여 최치원은 최광유에 견주어 정도가 낮다. 이렇게 《명현십초시》 가운데 최광유의 시와 〈쌍녀분기〉의 삽입시 사이의 압운 취향의 동일성은 결코 우연한 일이 아니라고 생각한다. 최광유의 평소 압운 취향이 〈쌍녀분기〉에서도 나타난 결과로 보아 마땅하다.

다음으로 두 계열의 작품에서 심상의 경향성傾向性의 일치를 들 수 있다. 시적詩的 심상은 개별 작품의 제재와 그리고 주제가 다른 만큼 작품에 따라 편차가 천차만별이지만 전체적으로 시인에 따른 일정한 경향성을 가지기 마련이다. 《명현십초시》의 최광유 시의 주된 심상은 '춘春'이다. 즉 '봄'에 관련되는 심상이 압도적이다. 10수의 작품 가운데 최소한 6수가 봄에 관련된 심상을 가지고 있다. 각 편의 시에 있는 봄에 관련된, 그 작품에서 중심되는 심상을 보이면, 이를테면 "墻花春半影含紅(담 꽃 빛엔 봄이 한창 벌겋게 스며드네)", "故園芳樹夢中春(내 고향 꽃다운 나무는 꿈 속의 봄일 뿐)", "庭隅獨占臘天春(뜰 한구석에서 섣달의 봄을 독차지했구나)", "陰曀濛濛海岳春(봄의 산과 바다에 어스름 부실부실)", "春登時嶺雁回低(봄날 시령時嶺에 오르니 기러기 나직이 도는데)", "遊春蘭舸泛桃花(봄 놀이 목란木蘭 배는 복숭아꽃 물결에 둥실 떴지)" 같은 것들이다. 한편 〈쌍녀분기〉의 삽입시 역시 주된 심상은 '春', 즉 '봄'에 관련되는 심상이 지배적이다. 각 편에 있는 봄에 관련되는 중심 심상을 보이면, 이를테면 "寂寂泉扃幾怨春(적막한 저승에서 몇 번이나 봄을 원망했던고)", "桃臉柳眉猶帶春(복숭아 빰 버들잎 눈썹엔 아직도 봄이라오)", "花開花落世間春(꽃이 피고 꽃이 지는 세간의 봄이여)", "紅袖應含玉樹春(붉은 소매에는 응당 玉樹의 봄 머금었으리)", "何事無言對暮春(어찌하여 말없이 가는 봄 마주하랴)", "對殘花傾美酒(남은 꽃 마주하여 아름다운

술 기울이네)", "正是艶陽桃李辰(때는 바야흐로 복숭아꽃 오얏꽃 피는 계절)", "但見花枝泣朝露(아침 이슬에 흐느끼는 꽃가지만 보이누나)", "暮春風暮春日(늦은 봄바람, 늦은 봄날에)", "花開金谷一朝春(金谷에 핀 꽃은 하루 아침의 봄)" 같은 것들이다. 최광유가 평소 가졌던 '봄(春)'의 심상 경향이라는 시적 취향이 〈쌍녀분기〉의 삽입시에 나타난 결과에 다름 아닐 터다.

나는 앞에서 《명현십초시》의 최광유의 시에 우수, 또는 비애의 정조가 감도는 특색이 있다고 했다. 당시 견당 유학생은 '탁제동환擢第東還'이 꿈이다. 그리고 더 나아가서 최치원의 경우처럼 급제 후 당나라에서 지방 관부의 관료나 절도사節度使의 막직幕職을 얻어 출사出仕 길에 오르는 것이 또한 꿈이다. 따라서 일이 여의치 못할 때는 스스로의 처지를 한탄하는 시를 짓기도 한다. 최광유의 시의 우수 또는 비애의 정조도 그의 낙방落榜과 물론 무관하지 않다. 직접적으로 과거에 급제하지 못한 데서 기인한 우수 또는 비애의 정감을 언표言表한 작품만도 3수나 된다.[43] 그리고 《명현십초시》에 그 작품이 뽑힌 다른 사람에게도 낙방 또는 구직에 관련하여 우수 또는 비애의 정감을 토로한 시가 한두 수씩은 남아 있다. 그런데 최광유의 경우는 단순히 낙방만이 그의 작품에서의 우수 또는 비애의 정조의 원인이 아닌 것 같다. 급제하지 못한 데서 오는 우수 또는 비애의 정감을 직접적으로 언표하지 않는다고 해서 바로 그러한 연유를 가진 정감이 아니라는 보장은 없지만 언표하지 않은 작품도 3~4수가 된다.[44] 이렇게 원인이야 무엇이든 우수 또는 비애의 정조를 띤 작품이 10수 가운데 6~7수나 되는 작품 세계의 성향은 아주 개성적이고, 따라서 그것 자체로 하나의 시적詩的 특징이 된다고 할 수 있다. 아무리 여러 차례 과거에 낙방했기로 그로 해서 작품의 6~7할이 우수 또는 비애의 정감을 머금은 경우를 우리는 한시사상 그 유래를 찾기 힘들기 때문

---

43) 〈長安春日有感〉·〈送鄉人及第歸國〉·〈郊居呈知己〉가 그것이다.
44) 〈題知己庭梅〉, 〈早行〉, 〈商山路作〉을 들 수 있다. 그러나 주43)번의 작품과 여기 3편의 작품을 제한 나머지 작품에도 어딘가 엷은 이내처럼 우수 또는 비애의 정감이 感知되는 작품이 있다.

이다. 그것은 우수, 또는 비애의 정감 자체를 시적詩的으로 누리고자 하는, 이 시인의 생래 체질의 한 결과로 보인다. 더구나 앞의 예시例詩에서 보았다시피 〈쌍녀분기〉의 삽입시에서와 마찬가지로 그러한 정감과 호흡이, 남성 시인이면서 여성적으로 섬약纖弱한, 그래서 더욱 감상적感傷的인 점이 다분히 그러한 심증을 굳혀주고 있다.

아래에 낙방 또는 구직에 관련된 '우수 또는 비애의 정감'을 읊은 다른 세 사람의 시를 보자.

최치원, 陳情上太尉

海內誰憐海外人, 해내에서 누가 해외 사람을 어여삐 여기리,
問津何處是通津. 나루를 묻노니 어느 곳이 통하는 나루인지.
(중략)
客路離愁江上雨, 객지에서 이별하는 시름은 강위에 비 내릴 때,
故園歸夢日邊春. 고원故園으로 돌아가는 꿈은 저 햇가.
濟川幸遇恩波廣, 내(川) 건너다 요행히 은혜 물결(恩波) 만나서,
願濯凡纓十載塵. 이 못난 사람 갓끈의 십 년 먼지를 씻었으면.

박인범, 寄香巖山睿上人

(전략)
雲山凝志知何日, 어느 날사 운산雲山에서 마음 수양할까,
松月聯文已十年. 벌써 십 년이라오, 소나무 사이 달빛에 글 짓던 것이.
自嘆迷津依闕下, 나루를 못 찾는 궁궐 밑 내 신세 가엾어라.
豈勝抛世臥溪邊. 세상을 버리고 시냇가에 누워 지냄이 나으리.
(하략)

최승우, 春日送韋太尉自西川除淮南

瘡痍從此資良藥, 백성들의 헌데, 생채기는 이제 좋은 약을 얻었고녀.
宵旰終須緩聖君. 밤낮으로 애쓰는 성군聖君의 근심 늦추고야 말리.
應念風前退飛鷁, 바람 앞에 거꾸로 나는 익鷁새를 생각해 주오,
不知何路出鷄群. 어찌 하여야 닭무리에서 학鶴처럼 뛰어날고.

낙방의 심정, 또는 구직의 하소를 읊은 작품에서 상대적으로 우수, 또는 비애의 정감이 짙다고 생각되는 대목들이다. 그런데 모두 명의命意의 방향, 조사措辭, 그리고 호흡이 대범하다. 최광유의 그 여성적 섬약과 감상과는 실로 거리가 멀다. 여기서 우리는 최광유의, 시적詩的으로 체질적인 섬약성과 감상성을 다시 확인하게 된다. 결국 이러한 시적詩的인 섬약성과 감상성이 대량의 삽입시로 유로流露된, 시에 의한 전기 〈쌍녀분기〉를 창작하게 된 것이다.

3) 〈쌍녀분기〉는 최치원의 최측근인最側近人(최광유)이 지은 것

(1) 최광유의 시적詩的 관습의 최치원과의 공유

〈쌍녀분기〉가 최치원의 최측근인에 의해 지어졌음이 작품의 결미 부분의 서술에 약여하게 드러나지만, 최광유의 일부 시적 관습이 최치원과 공유되고 있어 최광유가 최치원의 최측근인임을 시사해 주고 있다. 최치원과 최광유가 시의 풍격에서는 판이하게 다르면서 시적 관습은 일정 부분 공유되고 있는 점이 주목된다. 앞에서 이미 본 바와 같이 진운眞韻의 선호와 진운 가운데 운각 '춘春'·'진塵'·'인人'·'신神'의 선호 같은 것은 두 사람의 선호 정도는 약간 다르나 크게 보아 같은 경향성을 보이고 있다. 그리고 사어詞語에 있어서도 두 사람의 시 사이에 일정한 공유점이 보인다. 가령 '노기진路岐塵'과

같은 말은 일반적으로 우리가 접하는 당시唐詩나 기타 한시에서는 그 용례用例를 찾기가 힘든데 두 사람의 작품에 이 말이 쓰이고 있다. 최치원이 "登臨暫隔路岐塵(산에 오르니 길거리의 먼지 잠시 멀어졌나)"(〈登潤州慈和寺上房〉)·"東飄西轉路岐塵(동서로 떠도는 몸 길거리의 먼지에)"(〈途中作〉)의 구절을 두고 있는데, 최광유 또한 "麻衣難拂路岐塵(삼옷엔 길거리의 먼지도 털기 어려운데)"(〈長安春日有感〉)이라고 읊었다. '노기진路岐塵' 뿐 아니라 '진塵'자를 유별나게 애용하는 점도 서로 같은 경향을 가지고 있다. 번거로움을 피하기 위해 용례는 일일이 들지 않거니와 이 또한 주목되는 현상이다. 다음으로 역시 당시唐詩나 기타 한시에서 그 용례 찾기가 힘든 '강반江畔'·'계반溪畔'·'운반雲畔'과 같은 말이다. 최치원이 "遠樹參差江畔路(먼 나무는 강가 길에 우뚝우뚝)"(〈送吳進士巒歸江南〉)·"白雲溪畔刱仁祠(흰 구름 긴 시내 가에 절을 짓고서)"(〈贈金川寺主〉)·"雲畔構精廬(구름 가에 절을 짓고서)"(〈贈雲門蘭若智光上人〉)의 구절을 두고 있는데, 최광유 또한 "形影空留溪畔月(형영은 부질없이 시내 가의 달빛으로 남아)"(〈雙女墳記〉)이라 읊고 있다.

이렇게 시적 내지 문학적으로 일정하게 동일한 경향성을 보이고 있는 것은 우연의 소산所產으로 치부하기엔 석연찮은 점이 있다. 두 사람 사이에 모종의 문학적 수수授受 관계가 있음이 확실한 것 같다. 〈쌍녀분기〉의 삽입시가 최치원의 시와 압운 취향押韻趣向·사어詞語에 있어서 일정한 공통성을 보이는 것은 최치원을 주인공으로 내세우니까 그럴 수 있겠다고 생각할 수도 있지만, 문제는 최광유의 재당在唐 시절 작품에서부터 그의 작품에 압운취향·사어에 있어서 일정하게 최치원적 경향성을 보이고 있다는 것이다. 시의 풍격과 같은 본질적인 문제, 체질적인 성향도 노력에 의해 어느 정도 수수授受가 가능한데 시의 이러저러한 형식적인 면은 더더구나 작품을 애독함으로써 용이하게 공유가 가능하다. 우리는 실제로 문학사에서 그러한 사례를 항용 접한다.

최광유(867년경~?)의 최치원(857년~?)에 대한 관계는 충분히 그럴 수 있다.

최광유는 최치원의 10년 좌우 후배로,[45] 최치원이 당나라에서 귀국하던 헌강왕 11년(885)에 당나라로 유학을 떠났다. 최치원은 주지하는 바와 같이 신라의 견당 유학생 가운데 가장 성공한 경우다. 젊은 나이에 과거에 급제하고 당나라 문인文人들도 임용되기 어려운 지방 관부의 관료가 되고, 이어서 절도사의 막직幕職을 가졌던, 능력과 함께 행운이 따랐던 인물이다. 당연히 후배들로부터는 선망羨望의 적的이 되었을 터다. 최광유가 당나라에서 습업習業하는 동안 그때까지 유학에서 가장 성공한 선배인 최치원의 작품을 애독하는 것은 충분히 가능한 일이다. 최치원이 재당 시절 창작한 시문의 분량은 《계원필경집》을 제하고도 8권 분량이었다. 주지하듯이 당시 등주登州·초주楚州 지역의 신라방新羅坊을 중심으로 당나라에 신라의 교민僑民 사회가 일정 범위로 형성되어 있었는데, 최치원의 시문은 주로 이 교민 사회에 저류貯留되어 최광유와 같은 후배 유학생에게 제공되었을 것이다. 뒤에서 말하겠지만 최광유는 나중에 귀국해서도 최치원의 측근에 있었던 것으로 보인다. 따라서 최치원의 귀국 후 작품도 최광유는 더욱 애독할 수 있는 기회를 가졌던 것이다. 최치원의 시적 취향 내지 관습의 일부는 이런 과정을 통해 최광유에게 전수되었을 것이다. 그리고 그것이 〈쌍녀분기〉에 일정하게 반영되었던 것이다.

45) 당나라 國子監의 입학 연령이 14~19세로 되어 있었으므로 견당유학생은 여기에 맞추어서 일반적으로는, 崔彦撝의 경우처럼(《삼국사기》〈薛聰〉 말미 참조), 18세에 유학을 갔던 것 같다. 최광유도 이 일반적인 경우에 해당한다고 보아 885년에 입당했으므로(최치원의 〈奏請宿衛學生還蕃狀〉에 "臣의 亡父 (중략) 晸(憲康王)이 陪臣 試殿中監 金僅을 慶賀副使로 充任해 보내어 (중략) 그 崔渙·崔匡裕 두 사람은 김근이 玉階에 얼굴을 조아려 유학할 것을 청하였던 바, 聖上께서 윤허하시니 (중략) (臣亡父 (중략) 晸, 遣陪臣試殿中監金僅, 充慶賀副使. (중략) 其崔渙崔匡裕二人, 金僅面叩玉階, 請留學問, 聖恩允許.)"라는 기록으로 최광유가 헌강왕 11년, 885년에 입당했음을 알 수 있으니, '慶賀副使'란 그 전해(884)에 黃巢의 亂이 평정된 것을 경하하는 사절로서 885년에 당에 갔기 때문이다. 여기에서 18년 정도를 소급하면 867년 경이 되고, 따라서 857년에 태어난 최치원과는 10년 좌우 후배가 된다.

(2) '후치원(탁제)동환後致遠(擢第)東還' 구句 이하의 서술에 대하여

〈쌍녀분기〉의 말미에 나오는 '後致遠擢第東還' 구句로 이하의 부분은 최치원의 원작原作에 후인이 《삼국사기》의 〈최치원전崔致遠傳〉을 보고 가필해 넣은 것이라는, 도저히 납득할 수 없는 주장이 제기되어 있다.46) 대부분의 사람은 이 주장을 믿지 않는 터여서, 굳이 박정駁正할 필요를 느끼지 않으나, 초두의 '일거등괴과一擧登魁科'와 말미의 '탁제擢第'가 모순에 해당하는 문제라서 여기에 해명하고자 한다. 그리고 《삼국사기》 〈최치원전〉의 내용으로 보충한 것이라는 주장에 대해 거꾸로 〈최치원전〉이 〈쌍녀분기〉의 결미 부분을 참고했고, 따라서 〈쌍녀분기〉는 최치원의 측근의 창작임을 입증하고자 한다.

한마디로 '탁제擢第'는 필사본으로 유전流傳되는 과정에 생겨난 연문衍文으로, 항용 보게 되는 전사간傳寫間의 오류일 뿐이다. 이런 유의 오류 앞에 노출되어 있는 것이 필사본의 한 생리이기도 하다. 경서經書조차도 연문이 있음을 면할 수 없었다.47) 〈쌍녀분기〉는 최소한 《신라수이전》에 수재收載될 때까지 필시 필사본으로 통행했을 터다. 이 과정에 연문 두 자의 오류만 있는 것이 아니라 여타 글자의 오자誤字도 아울러 많다. 오늘날 〈쌍녀분기〉가 실린 《태평통재》 잔권殘卷마저 인멸되어 이인영과 최남선의 두 신연활자본新鉛活字本에 의존할 수밖에 없는데, 이 두 본이 저지른 오자를 제외하고 명백히 《신라수이전》에 실리기 이전의 필사본으로부터 인습因襲되어 온 오자로 보이는 것이 몇 있다. "偏隱姓名寄俗客", "正是一雙明玉", "何以示現美談", "周良作將", "唯傷廣野千秋月", "泉戶寂寥誰爲開", "是知風雨無常主", "尋僧於山林江海", "尋石臺"의 '寄'·'玉'·'以'·'良'·'廣'·'戶'·'雨'·'僧'·'尋'자

---

46) 김건곤, 위의 논문 참조. 아울러 이혜순의 위의 질의서에도 이 설을 지지했음.

47) 예를 들면, 《論語》〈公冶長〉의 "(子曰): 始吳於人也"의 '子曰'(《論語》와 《中庸》에는 '子曰' 두 자의 연문이 한 두 군데가 아니다.) 《孟子》〈告子·下〉의 "(異於)白馬之白也, 無以異於白人之白也"의 '異於', 〈盡心·下〉의 "仁之於父子也, (중략) 聖(人)之於天道也"의 '人', 《周易》〈否〉의 "否(之匪人)"의 '之匪人', 〈同人〉의 '(同人曰)' 등이다.

가 작자의 원본에는 차례대로 '欺'·'珠'·'不'·'郎'·'曠'·'扃'·'流'·'勝'·'築'으로 되어 있을 것이다. '玉'·'廣'·'戶'는 딱히 오자라고 할 수 없으나, 작자의 원본에는 아마 '珠'·''曠'·'扃'으로 되어 있음직하고, 나머지 네 글자는 그 문맥에서는 명백히 오자다. 그런데 이들 오자는 오자임에도 글을 읽어서 막히지는 않다. 어색한 대로 뜻이 이루어진다. 그래서 인습되어 온 것이다. 뿐만 아니라 '皆其遊歷也'에 '之所'나 '處'가 '遊歷' 다음에 들어가야 글이 완전하게 된다. 이처럼 불완전한 필사본에 연문衍文 두 자가 있는 것이 그리 크게 이상한 일이 아니다.

그런데 하필 '탁제擢第' 두 자의 연문이 생겼을까? 나는 이렇게 생각한다. 견당 유학생이라면 누구나 금의환향錦衣還鄕을 꿈꾼다. 금의환향이란 일차적으로 당나라 과거에 급제하여 동쪽으로 고국에 돌아옴을 가리킨다. 그러므로 당시 사람들의 의식에는 당나라에서 동쪽으로 고국에 돌아올 때는 돌아오는 자체가 중요한 것이 아니라 과거 급제 여부가 중요한 관심사다. 즉 '~동환東還'에는 필연적으로 '탁제擢第'를 관건으로 요구한다. 그래서 '탁제동환擢第東還'이 나말 여초의 특히 문인들 사이에는 입에 익은 하나의 숙어熟語로 자리잡게 된 것이다. 그래서 '후치원동환後致遠東還'이라고 써야 할 자리에 '후치원(탁제)동환致遠(擢第)東還'이라고 자연스레 연문이 생겨나고, 읽는 사람도 또한 크게 거역 없이 자연스럽게 받아들여진 것이다.

그리고 서사구조 상 처음부터 말미 부분이 없고서는 온전한 작품이 되지 않는다. 앞에서도 지적한 바와 같이 작자는 최치원의 청년 시절과 만년의 사전史傳을 서두와 결미에 서술하여 하나의 액자額字 틀을 만듦으로써 최치원의 일생一生에 대응시키고 있다. 그리고 구조 내부적으로,

> 後致遠(擢第)東還, 路上歌詩云: "浮世榮華夢中夢, 白雲深處好安身." 乃退而長往. (나중에 치원은 동쪽으로 고국에 돌아오면서 길에서 이렇게 시를 읊었다. "뜬 세상 영화는 꿈 속의 꿈 / 흰 구름 깊은 곳에

좋이 지내세"라고. 그리고는 물러나 피세避世의 길로 갔다.)

의 대목은 유계幽界의 두 여인과의 허망한 정사와 이 정사를 처음부터 허망하도록 만든 작중인물 최치원의 현실허무의식現實虛無意識을 실제 인물 최치원의 만년 세외世外에서의 삶의 사전史傳 서술에 연결시켜 주는 거멀못 구실을 하도록 되어 있다. 말하자면 전체적으로 치밀한 집필 계획에 따른 결미 부분이다. 없어도 좋고 보충해도 좋은 그런 결미가 결코 아니다.

결미 부분의 최치원의 사전 서술은 후인이《삼국사기》의〈최치원전崔致遠傳〉을 보고 보충한 것이 아니라, 거꾸로《삼국사기》의〈최치원전〉이《신라수이전》에 실린〈쌍녀분기〉를 참고한 것이다.〈쌍녀분기〉의 그 대목은 더 구체적이고 친밀親密한 서술임에 대하여《삼국사기》의 그 대목은 거리가 있는, 상대적으로 추상적인 서술이다. 최치원의 측근에서 최치원의 동정動靜을 잘 아는 사람이 아니고서는〈쌍녀분기〉의 그 대목은 서술할 수 없다.

〈쌍녀분기〉의 최치원 만년 서술: 乃退而長往, 尋僧(勝)於山林江海; 結小齋, 尋(築)石臺; 耽玩文書, 嘯咏風月, 逍遙偃仰於其間. 南山淸凉寺, 合浦縣月影臺, 智理山雙溪寺·石南寺·墨泉石臺, (種牧丹, 至今猶存) 皆其遊歷(處)也. 最後隱於伽耶山海印寺, 與兄大德賢俊, 南岳師定玄, 探賾經論, 遊心沖漠, 以終老焉.

(이에 물러나 피세避世의 길로 가서 산림강해山林江海에 승경勝景을 찾아 작은 집을 짓기도 하고 석대石臺를 쌓기도 하며, 책을 탐독하고 풍월을 읊조리며 그 사이에서 소요하며 한가롭게 지냈다. 남산의 청량사, 합포현의 월영대, 지리산의 쌍계사·석남사·묵천 석대 (모란을 심었는데, 지금도 있다)가 모두 그의 유력遊歷하던 곳이다. 최후에는 가야산 해인사에 은거하여 형인 대덕大德 현준賢俊 및 남악사南岳師 정현定玄과 경론의 깊은 이치를 탐구하고 허정虛靜한 경계에 마음을 노닐며 노년을 마쳤다.)

《삼국사기》의 최치원 만년 서술: 致遠自西事大唐, 東歸故國, 皆遭亂世, 屯邅蹇連, 動輒得咎. 自傷不遇, 無復仕進意, 逍遙自放, 山林之下·江海之濱, 營臺榭植松竹; 枕藉書史; 嘯詠風月. 若慶州南山, 剛州氷山, 陜州清涼寺, 智異山雙溪寺, 合浦縣別墅, 此皆遊焉之所. 最後帶家隱伽耶山海印寺, 與母兄浮圖賢俊及定玄師, 結爲道友, 棲遲偃仰, 以終老焉.

(치원이 서쪽에서 대당大唐을 섬긴 때부터 동으로 고국에 돌아와서까지 모두 난세를 만나 행세하기가 자못 곤란하고, 또 걸핏하면 비난을 받았다. 스스로 불우함을 한탄하고 다시는 벼슬에 나갈 뜻이 없었다. 그래서 산림 아래와 강해 가를 소요·방랑하며 대사臺榭를 경영하고 송죽을 심으며 서책으로 베개를 삼고 풍월을 읊조렸다. 이를테면 경주의 남산, 강주의 빙산, 합주의 청량사, 지리산의 쌍계사, 합포현의 별서別墅와 같은 곳이 모두 그의 놀던 곳이다. 최후에는 가족을 데리고 가야산 해인사에 은거하여 동복형인 부도浮圖 현준 및 정현사와 더불어 도우道友로 맺고 한가롭게 지내며 노년을 마쳤다.)

보다시피 전자의 서술은 사실이 구체적이고 친절하다. 그리고 현장現場에 밀착한 흔적이 있고 표현이 진솔하다. 말하자면 더 사적私的인 서술에 가깝다. 이에 대하여 후자의 서술은 정사正史의 체통을 고려한 표현에 장식裝飾·미화美化 흔적이 있고, 당연한 일이지만 최치원을 이미 역사적 인물로 객관화한, 즉 일정하게 거리를 둔 서술이다. 아래에 몇 가지 문제에 대해 분석·음미해 보자.

먼저 〈쌍녀분기〉에서는 "結小齋, 築石臺(작은 집을 짓기도 하고 석대石臺를 쌓기도 하며)"라고 구체적이고 자상하게 표현되어 있었던 것이 《삼국사기》에서는 "營臺榭(대사臺榭를 경영하고)"라고 개괄적으로 처리하고 있다. "結小齋, 築石臺"에서 "營臺榭"로의 개괄화는 쉬우나 "營臺榭"로부터 "結小齋, 築石臺"

로의 구체화·자상화는 특별히 조작적인 서술이 아닌 한 가능하지가 않다.

다음 〈쌍녀분기〉의 '南山淸凉寺'의 '南山'은 해인사海印寺의 남산南山 즉, 해인사 남쪽 월류봉月留峰을 가리키는 말이다. 그 봉우리 밑에 청량사가 있다.[48] 지금까지도 그 산을 인근지역에서는 '남산제일봉南山第一峰'이라 부르고 있다. 그런데 《삼국사기》에서는 그 '남산南山'을 경주의 남산으로 오인하여 '경주남산慶州南山'이라고, 〈쌍녀분기〉의 '남산南山'에 따로 소재지명 '경주慶州'를 보충하고 있다. 그리고 '청량사淸凉寺'는 또 따로 보아 역시 소재지명을 보충하여 '합천陜州 청량사淸凉寺'라 쓰고 있다. 《삼국사기》의 '경주남산慶州南山'은 바로 최치원이 해인사에 은거하기 전의 거처였다.[49] 경주는 바로 최치원이 싫어서 떠나온 '난세亂世'의 진원지인데 그 곳을 최치원이 세상을 피해 '놀던 곳'으로 적는 모순을 《삼국사기》는 결과적으로 범하고 있다. 그리고 최치원의 '놀던 곳'의 열거에서 '경주남산慶州南山'을 첫머리에 놓은 것 역시 〈쌍녀분기〉에서 최치원의 '유력遊歷하던 곳'으로 '남산청량사南山淸凉寺'를 첫머리에 놓은 사실과 무관하지 않다. 《삼국사기》가 〈쌍녀분기〉를 참고한 명백한 증거다.

《삼국사기》에서는 최치원이 지리산에서 '놀던 곳'으로 '쌍계사雙溪寺'만 거명했으나 〈쌍녀분기〉에서는 '쌍계사雙溪寺'외에 '석남사石南寺'·'묵천석대墨泉石臺' 등 다분히 지방적 성격을 가진 승지勝地까지 들고 있다. 물론 경주가 수도이던 시절에는 경주에서 상대적으로 가까웠던 곳이었던 만큼, 반드시 지방적인 승지라는 인식이 없었을 수 있다. 아마 경주 일원의 신라 지배층 사회에서는 십중팔구 그러했을 것이다. 그러나 개성이 수도가 된 지 2세기가 훨씬 넘어 《삼국사기》가 나온 시점에 '석남사石南寺'·'묵천석대墨泉石臺'

48) 《新增東國輿地勝覽》 권30, 陜川, 佛宇, "淸凉寺, 在月留峯下. 崔致遠嘗遊于此."
49) 최치원이 살던 집을 고려 왕조에서는 王建에게의 上書(믿을 수 없음)를 기념하여 上書莊이라 이름하여 보존하였는데, 南山의 북동쪽 기슭에 있다. 鄭知常은 그의 〈栢栗寺詩〉(《신증동국여지승람》 권21, 慶州, 佛宇)에서 "지금 南山에는/오직 한 뙈기 채마밭만 남았네.(至今南山中, 唯有一遺圃.)"라고 읊었던 것이다.

따위는 이미 까마득히 잊혀진 지명이다. 그래서《삼국사기》에서는 이 지명들을 올리지 않았던 것이다.[50)]

그리고 위의 '남산청량사南山淸凉寺'란 표현 역시 그런 의미의 지방적 성격을 띤 표현이다. 당시 최소한 가야산伽耶山 인근 지역의 주민, 그리고 경주 일원의 신라 지배층 사회에서는 청량사淸凉寺가 해인사의 남산에 있다는 사실은 하나의 공공적公共的인 정보였다. 그러기 때문에 이 경우 '남산南山'이 어디에 있는지를 설명할 필요가 없었다. 그러나 중앙부中央部가 개성으로 옮기고 난 뒤에는 신라 때의 공공 정보도 점차 지방화되어 마침내《삼국사기》에서 경주의 '남산'으로 오인하게 된 것이다. 이것은 〈쌍녀분기〉의 창작이 최소한 최치원 사후로부터 경주가 중앙부로서의 위치를 완전히 상실하기 전에 있었음을 말해준다.

---

50) 〈쌍녀분기〉의 "南山淸凉寺, 合浦縣月影臺, 智理山雙溪寺·石南寺·墨泉石臺, (種牧丹, 至今猶存.) 皆其遊歷(處)也"란 서술 방식으로 보아 '石南寺'와 '墨泉石臺'는 명백히 '雙溪寺'와 함께 '智異山'에 속해 있다. 그런데 역대로 '石南寺'라 이름하는 절은 李耘虛의《불교사전》에 5개처가 소개되어 있으나 지리산에 있는 石南寺는 없다. 절이 세워지는대로 다 기록에 남을 리 없다. 작은 절은 더욱 그렇다. 생각건대 최치원이 유력했다는 石南寺는 그리 큰 절로는 생각되지 않는다. 그런데 지리산에서 지금의 河東湖의 上流가 靑鶴洞 골짜기를 흐르는데 현지인들은 그 시내를 '묵계'라고 부른다. 그리고 그 묵계의 언저리에 지금의 행정구역으로 '默溪里'가 있다. 그 묵계리와 하동호 사이, 하동호에서 대략 4km 가량의 지점에 '절터'라는 조그만 마을이 있다. 나는 이 '절터'가 바로 廢石南寺의 터가 아닐까 한다. 물론 '묵계'의 '묵'은 '墨'이나 '默'으로 필사될 수 있다. 더구나 신라 시대 명사 내지 고유명사의 音寫에 있어 漢字는 同音이면 꼭 한 가지 글자만을 고집하지 않았다. 일례로 아찬을 '阿湌'·'遏粲'·'阿餐' 등으로 記寫하듯이 '墨'이나 '默'은 문제가 되지 않는다. 그리고 '墨泉'의 '泉'은 바로 '山谷間에 흐르는 물'을 뜻해서 산을 나와 '들에 흐르는 물'을 뜻하는 '川'과는 다르다. 그러니까 '石南寺'와 '墨泉石臺'는 상거가 먼 지점이 아니다. 그런 점에서 '절터' 근처에 시내가 굽이 돌고 巖石이 많아 경치가 빼어난 곳이 있다. 그곳을 중심으로 몇 개의 작은 마을들을 '가리바위'라 부른다. 여기의 이 경치 좋은 곳이 아마 墨泉石臺 터일 것이다. 최치원이 "石臺를 쌓았다"고 한 것은 바로 墨泉石臺도 쌓은 사실을 가리키는 것일 것이다. 이 추정에 신빙성을 더해 주고 있는 것이 '절터'에서 묵계 상류 청학동을 지나 고개 넘어에, 절터에서 11km 가량의 지점에 孤雲洞이 있다는 것이다. 현지인들은 최치원이 마지막에 이곳에서 살다가 죽은 것으로 믿고 있으며 무덤도 근처 어딘가에 있다는 것이다.(고운동은 지금은 揚水발전소의 댐이 되어 있음.) 뿐만 아니라 역시 지리산에 속하는 斷俗寺에는 최치원의 讀書堂이 있었다.(《신증동국여지승람》 권30, 晉州, 佛宇, 斷俗寺 참조.) 이처럼 최치원은 지리산에 많은 足跡을 남겼다.

'남악사정현南岳師定玄'이란 표현 역시 위의 '남산청량사南山淸凉寺'와 같은 유의 표현인 것 같다. 당시 해인사에는 화엄사華嚴宗의 두 고승 관혜觀惠와 희랑希朗이 있어 각각 파당을 지어 전자는 후백제 견훤甄萱의 복전福田이 되어 있고 후자는 고려 왕건王建의 복전이 되어 있었는데, 당시의 무리들이 관혜의 계열은 남악南岳이라 부르고 희랑의 계열을 북악北岳이라고 불렀다.51) 그런데 최치원은 북악계열인 희랑과 특히 가깝게 지냈다.52) 따라서 여기 '남악사정현南岳師定玄'의 '남악南岳'은 '견훤甄萱을 지지하는 계열'의 정치적 파당을 가리키는 말로 보기는 어렵다.53) 왕건을 지지하는 희랑과 가까운 최치원이54) 견훤을 지지하는 관혜 계열의 승려와 함께 경론經論의 깊은 이치를 탐구한다는 것은 생각하기 어렵기 때문이다. 필경 '남악南岳에 주석住錫하는 스님 정현定玄'의 뜻으로, 이 '남악' 역시 청량사가 있는 해인사의 남산을 가리킴이 확실한 것 같다.55) 정현이 최치원 당대에는 알아 줄 만한 고승이

---

51) 赫連挺, 《均如傳》.

52) 《伽耶山海印寺古籍》(日本東洋文庫 소장) "希郎大德이 여름날 伽倻山 海印寺에서 《華嚴經》을 강했다. 내가 오랑캐를 방어하는 일에 구애되어 나아가서 들을 수가 없다. 그래서 한 쪽은 吟體로 하고 한 쪽은 詠體로 하여, 5편은 仄聲字 韻을 쓰고 5편은 平聲字 韻을 써서 絶句 10편을 지어 그 일을 歌頌했다. 防虜太監 天嶺郡守 遏粲 崔致遠.(希朗大德君, 夏日, 於伽倻山海印寺, 講華嚴經. 僕以捍虜所拘, 莫能就聽, 一吟一詠, 五側五平, 十絶成章, 歌頌其事. 防虜太監 天嶺郡守 遏粲 崔致遠.)"(李佑成, 〈南北國時代와 崔致遠〉, 《韓國의 歷史像》, 1982, 160쪽, 주석에서 재인용) 10편의 절구는 오늘날 최치원의 문집에 〈贈希朗和尙〉 6수가 그것이다. 4편은 일실된 것이다. 6수 가운데 仄성자 韻으로 된 작품이 4수, 平성자 韻으로 된 것이 2수다. '防虜太監'이란 당시 後百濟의 甄萱軍을 방어할 임무를 띤 직책으로, 天嶺郡守는 이 방로태감을 겸직했던 모양이다. 천령(지금의 咸陽)은 八良峙를 넘어 견훤의 본거지 全州와 통하는 要路에 있기 때문에 후백제 立國 이후 그곳 군수는 방로태감을 例兼했던가 보다. 진성여왕 8년(894) 최치원 38세에 阿湌이 되었으므로 그가 방로태감 겸 천령군수를 지낸 것은 최소한 894년경 이후의 일이다.

53) 定玄은 教宗이므로 9세기초에 성립된 禪宗계열의 南岳禪門(智異山의 洪陟)의 法脈이랄 수는 더더구나 없다.

54) 최치원도 신라에 대해 節義를 저버리지는 않았지만 왕건에 대해서는 友好的이었던 것 같다.

55) '南岳'이 해인사의 '南山'을 가리킬 것이라는 것은 李鍾文의 견해다. '岳'과 '山'은 통용하되, '岳'은 산세가 險한 경우에만 특히 붙이는 것 같다. 필자는 해인사 남산을 등반해 보았는데 산세가 인근의 다른 산에 견주어 상대적으로 좀 험한 것 같았다.

었는지 몰라도 후세에 그 자취가 전하는 바 없다. 그런 만큼 '남악사南岳師'란 주로 당대에 그를 아는 사람 사이에 통용되던 별호別號에 불과할 터다. 〈쌍녀분기〉가 최치원 당대를 최치원과 함께 산 사람의 작품이란 증거의 한 가지다.

그러한 증거는 '형대덕현준兄大德賢俊'이란 표현 속에서도 찾을 수 있다. 현준은 당시 화엄교학華嚴敎學에 일정한 지보地步를 가진 승려로서 신라의 고위승직인 대덕大德의 반열에 있었다.[56] 그런데 《삼국사기》에서는 '모형부도현준급정현사母兄浮圖賢俊及定玄師'라고 하여 '정현定玄'과 함께 구분 없이 '부도浮圖'란 일반적 호칭으로 묶고 있다. '부도浮圖'란 주로 유가儒家에서 불승佛僧을 가리켜 부르는 일반적 호칭이다. 《삼국사기》로서는 당연한 표현이다. 그런데 〈쌍녀분기〉가 창작된 지 2세기 반 이후의 시점에서 《삼국사기》의 가치중립적인 표현인 '부도현준浮圖賢俊'에서 어떻게 극존칭일 수도 있는 '대덕현준大德賢俊'이란 표현으로 비약하여 보충될 수 있단 말인가. 이로써 〈쌍녀분기〉는 수미일관首尾一貫 최치원의 측근에 따른 창작임을 알 수 있다.

다만 《삼국사기》의 서술 가운데 한 가지가 〈쌍녀분기〉의 서술보다 더 구체적인 듯한 표현이 있다. '대가은가야산해인사帶家隱伽耶山海印寺'의 '대가帶家(가족을 데리고)'라는, 〈쌍녀분기〉에는 없는 사실이 있다. 우선 최치원이 과연 해인사에 가족을 데리고 들어갔느냐, 단독으로 은거했느냐부터 문제될 법하다. 정지상鄭知常의 〈백률사시栢栗寺詩〉에, 몰락하여 졸오卒伍에 섞여 있는 최치원의 9세손을 경주에서 만난 감상을 읊고 있기 때문이다.[57] 그러나 이 사이의 자세한 사정을 모르기 때문에 이 사실 하나만으로 최치원이 가족

56) 최치원, 〈上宰國戚大臣等奉爲獻康大王結華嚴經社願文〉(《崔文昌侯全集續集》)의 "聖上이 (중략) 드디어 別大德 賢俊으로 하여금 《화엄경》을 강하도록 했다.(聖上 (중략) 遂敎別大德賢俊, 請講華嚴經)"

57) 《新增東國輿地勝覽》 권21, 〈慶州〉, 〈栢栗寺〉, "崔儒仙(치원)을 기억컨대/문장이 중국을 감동시켰네//(중략) 아득하구나 九世孫/머리를 묶고 卒伍에 섞여 있네//불러서 보니, 冠을 높직이 쓴 것이/사람들로 하여금 어진 이의 후손임을 알게 하네.(記憶崔儒仙, 文章動中國. (중략) 邈哉九世孫, 結髮混卒伍. 喚來峩其冠, 人識賢者後.)"

을 데리고 해인사에 들어가지 않았다고 단정할 수는 없다. 《보한집補閑集》에서도 최치원이 왕건에게 올린 편지 가운데 '계림황엽鷄林黃葉, 곡령청송鵠嶺青松'구가 있어 신라 왕의 미움을 받자 가족을 데리고 해인사에 은거했다고 했다.[58] 왕건에게 편지를 올렸다는 사실은 믿을 수 없지만 가족을 데리고 해인사에 은거했다는 사실은 유의할 만하다. 그런데 〈쌍녀분기〉가 이 사실을 쓰지 않는 데에는 아마 무엇보다 작품의 효과를 고려해서일 것 같다. '대가帶家'라 쓴다면 위와 같은 정치적인 사건이 떠오를 뿐만 아니라, 단순히 가족을 거느렸다는 사실 자체만으로도 현실허무주의를 회포懷抱에 안고 만년을 세외世外에서 형이상학적 세계에 노니는 최치원의 형상화形象化에 오히려 거추장스럽고 방해가 된다고 생각했음직하다. 당연하지만 서두나 결미의 사전도 최치원의 개인사個人史를 있는 대로 다 서술한 것이 아니라 작품을 위해 필요한 사실만을 선택적으로 서술한 것이다.

이상과 같이 〈쌍녀분기〉 결미 부분의 최치원의 사전에 대해 《삼국사기》의 그것과 비교해서 분석적 검토를 가하고 그 의미를 음미해 보았다.[59] 그 결과 우리는 최치원 사전의 서술 태도에 경주가 중앙이던 시절의 상황과 분위기가 있고, 그리고 최치원의 동정動靜에 대해 최소한 심리적으로라도 근접近接 관찰이 있었음을 확인했다. 따라서 〈쌍녀분기〉는 최치원을 측근에서 따랐던 이름난 시인詩人의 창작일 수밖에 없다. 우리는 그 시인이 최광유崔匡裕임을 앞에서 그의 시의 품격, 시적詩的 관습, 심상 등 전반적인 시풍詩風의

---

58) 崔滋, 《補閑集》 上, "우리 太祖가 막 일어날 즈음에 신라의 최치원이 반드시 天命을 받을 것을 알고는 우리 태조께 上書하였다. 그 편지에 '계림황엽鷄林黃葉, 곡령청송鵠嶺青松'이란 말이 있었다. 신라 왕이 듣고서 최치원을 미워하자 곧 가족을 데리고 伽耶山海印寺에 은거하였다." 최치원이 왕건에게 上書했다는 것은 왕건 세력이 민심을 모으기 위한 하나의 계략일 것이다.

59) 최치원에게는 行狀이나 墓誌는 없었음을 《삼국사기》 〈崔致遠傳〉을 통해서 알 수 있다. 〈최치원전〉은 주로 최치원의 〈桂苑筆耕集序〉 및 〈上太師侍中狀〉, 그리고 〈雙女墳記〉, 〈顧雲送別詩〉의 기계적인 모자이크로 이루어졌다. 행장이나 묘지가 있었다면 〈최치원전〉의 사정은 달라졌을 것이다. 이종문도 〈《三國史記》 崔致遠 列傳에 投影된 金富軾의 意識의 몇 局面〉(《어문논집》 35, 고대 국어국문학연구회, 1996)에서 〈최치원전〉의 불안정성, 편향성을 논했다.

〈쌍녀분기〉 삽입시와의 합치에서 이미 보았다. 그렇다면 〈쌍녀분기〉를 지은 최치원의 측근으로 최광유 말고는 따로 그 사람을 찾을 수가 없다.

최광유는 최치원의 측근이 될 수 있는 가능 요인을 많이 가지고 있었다. 우선 그는 20대 청년 시절부터 최치원의 작품을 애독하여 그 시적 관습의 일부까지 전수해 가졌던 만큼 정신적으로는 이미 최치원에게 다가서 있었던 셈이다. 그런데 최광유는 견당 유학생의 유학 허용 기간인 10년의 연한을 채우고도 과거에 급제하지 못했다. 그는 결국 진성여왕 10년(896) 초에 신라의 요청에 의해 송환 조치를 당했다.[60] 그 송환을 요청하는 국서國書를 최치원이 썼다.[61] 그런데 최치원이 그때 이미 실의기失意期로 접어 든 때다. 당나라에서 실의한 후배와 본국의 벼슬길에서 실의한 선배, 그것도 아마 같은 骨品인 선후배 간에[62] 모종의 인간적인 관계가 성립될 가능성은 충분하다. 더구나 최광유는 귀국 후에도, 당나라에서 과거에 급제하지 못했다는 점에서 예상되는 바이지만 썩 득의得意하지는 못한 것 같다. 오히려 불우한 편이

---

60) 최치원,《崔文昌侯全集》권1, 〈奏請宿衛學生還蕃狀〉, "그 崔渙·崔匡裕 두 사람은 金僅이 玉階에 얼굴을 조아려 유학할 것을 청하였던 바, 聖上께서 윤허하시어 學宮에 곁붙게 되었던 것이온데, 지금 이미 10년의 기한을 채웠고, (중략) 하물며 국경에는 난리가 많사와 부모들이 절절히 돌아오기를 기다리고 있사옵기로 비록 大成은 못했을망정 선뜻 갖추어 올려 청하오니 (중략) 賀正使 金穎의 배편에 수행하여 본국으로 돌아가게 하여 주시오면, (其崔渙崔匡裕二人, 金僅面叩玉階, 請留學問, 聖恩允許, 得厠黌中, 今已限滿十年. (중략) 況乃國境尙多亂離, 家親切待放歸, 雖乖大成, 輒具上請. (중략) 隨賀正使級餐金穎船次還蕃.)" 앞 뒤 문맥으로 보아 특히 '비록 大成은 못했을망정'은 이들이 과거에 급제하지 못했음을 뜻한다. 그리고 최광유가 만일 급제했다면 '一代三崔'(崔致遠·崔彦撝(仁滾)·崔承祐. 〈太子寺朗空大師白月棲雲塔碑後記〉)가 아니라 필시 '一代四崔'의 일컬음이 되었을 것이다. 따라서《海東繹史》권67, 崔致遠條에 인용된 훨씬 후대에 이루어진 陸應陽의《廣輿記》(明·淸代로 추정됨)에서 최광유가 최치원을 곧 뒤따라 進士가 되었다는 기록은 오류다. 아울러 安鼎福의《東史綱目》五上, 眞聖女王 3년조의 역대 빈공급제자의 記名에 '崔匡裕'가 있음도 오류다. 그리고 최광유가 진성여왕 10년초(896)에 송환되었음은 신라로 돌아오는 '賀正使 金穎의 배편' 바로 이때에 있었기 때문이다.

61) 최치원이 〈奏請宿衛學生還蕃狀〉을 쓴 것은 진성여왕 9년(895) 후반기, 그의 나이 39세 때였다. 아마 天嶺郡守로 있을 때일 것이다. 그 뒤 3년만에 관직으로부터 영구히 떠난다.

62) 최광유의 骨品은 모른다. 그러나 십중팔구 6두품으로 짐작된다.

었을 것이다. 어쩌면 동병상련同病相憐의 처지가 되었을 선후배간이라 그들은 쉽사리 가까워졌을 것이다. 최광유는 최치원에게 거의 심복心服하지 않았나 생각된다. "種牧丹, 至今猶存(모란을 심어 두었는데 지금도 있다)"은 이렇게 심복하던, 그리고 지금은 함께 하지 못 하는 선배 최치원을 회고하는 감회에 빠진 나머지에 나온 것이다.[63] 최치원이 승지를 찾아 방랑하다시피 한 것은 그의 40대부터다. 효공왕 2년(898)에 그의 마지막 관직으로 생각되는 방로태감防虜太監·천령군수天嶺郡守를 '죄가 있어 면직'되고[64] 난 뒤에 유력을 시작한 것 같다. 그 유력의 기간 석남사에 머물며 심어둔 모란[65], 최광유에게는 그냥 지나칠 수 없는 회억懷憶의 물건이었던 모양이다. 그래서 〈쌍녀분기〉에서 유력지遊歷地의 열거가 끝나는 대목에 이르러 최치원이 심어둔 모란을 감회롭게 주註로 언급하고 있는 것이다.

그렇다면, 〈쌍녀분기〉는 좀 더 정확하게 언제쯤 지어졌을까? 최치원은 최소한 52세(908) 경까지는 생존해 있었던 것이 확실한 만큼[66] 그 뒤 어느 때 사거死去한 것 같다. 최치원보다 10년 좌우 후배인 최광유는 신라가 멸망할 즈음(935)에 나이가 70세에 가까웠다. 그러니까 최치원 사후로부터 경주가 중앙부이던 시기에 〈쌍녀분기〉는 지어진 것이다. 최광유의 나이를 생각해 보면 아무래도 신라 멸망 이전, 어쩌면 최치원 사후 오래지 않은 시기에 지어졌을 가능성이 훨씬 크다.[67]

---

63) "種牧丹, 至今猶存"은 後人의 주석으로 볼 수도 있으나, 최광유의 회고로 보는 것이 더 자연스러울 것 같다. 최광유는 최치원의 유력처를 최치원의 생전·사후 그도 유력한 것 같다. 물론 최치원의 생전에는 최치원과 함께 하는 경우도 있었을 터다.

64) 安鼎福,《東史綱目》5下, 孝恭王 2년조, "아찬 최치원이 罪가 있어 면직되다.(阿飡崔致遠, 有罪免.)"

65) 善德女王 때 唐나라에서 들여왔다는 모란은 최치원 당시는 아마 희귀한 꽃나무였을 것이다.

66) 현존 최치원의 작품에 마지막으로 확인되는 〈新羅壽昌郡護國城八角燈樓記〉가 908년에 저작되었다.

67) 졸고, 〈고려 전기의 한문학〉(《한국사》 17, 국사편찬위원회, 1994)에서는 〈쌍녀분기〉를 "최치원의 바로 다음 세대에 지어졌거나 늦어도 그 다음 세대를 넘지 않을 것"이라 했다. 근본적으로 다른 것은 아니나 좀더 정확한 창작 시기를 잡기 위하여 기존의 견해

3. 창작배경創作背景

1) 최치원의 재당시在唐時 연애와 쌍녀분 제시題詩

〈쌍녀분기〉의 주제는 시각에 따라 일정하게 다각적으로 파악될 수 있다. 그러나 주류적으로는 현실허무주의現實虛無主義에 따른 출세出世(세외世外로 나감)가 그것이다. 이러한 주제를 하필이면 두 여인과의 정사를 제재로 한 데에는 그럴만한 계기가 현실 최치원에게 있었던 것이다. 즉 최치원의 재당 시절의 체험 두 가지가 〈쌍녀분기〉의 제재의 정황적, 또는 직접 제재적 배경이 되었다. 그 한가지는 최치원의 재당 시절 여도사女道士와의 연애 사건이고[68], 다른 한 가지는 쌍녀분雙女墳에의 제시題詩다.

여도사와의 연애 사건은 28세 때 당나라를 떠나올 때 지은 두 수의 시詩로 알 수 있다. 그 가운데 한 수를 앞에서 이미 소개했거니와 필요상 여기에 다시 인용한다.

留別女道士

每恨塵中厄宦途,	진세塵世의 벼슬길에 쪼들림 매양 한恨하더니,
數年深喜識麻姑.	수년래로 마고麻姑를 알아 매우 기뻤다오.
臨行與爲眞心說,	떠나감에 그대에게 진심을 말할 양이면,
海水何時得盡枯.	저 바다는 어느 때나 다 마를까요.

내용으로 보아 기녀妓女와의 일시적 정애情愛와는 성격이 다르다. '수년數

에 약간의 수정을 가한다.

68) 唐代 女道士들은 비록 修道를 명분으로 삼으나 실제에는 일종의 變形된 私妓들이 많았다. 그녀들은 머리에 芙蓉黃冠을 쓰고, 素服을 입고, 얇디얇은 너울을 걸치고, 화장을 해서 瀟灑한 韻致가 있었다. 그녀들은 士大夫와 많이 오고 갔다. 때로는 醮祠를 핑계로 사대부의 집에 초대되어 술을 권하고 풍악을 잡았다.(《守節·再嫁·纏足及其它》, 陝西人民出版社, 1990, 219쪽 참조)

年' 동안 지속되어 온, 그리고 시의 끝 구절과 다음에 소개할 시를 보면, 상당히 열정적인 연애였다. 말을 하자면 할 말이 바다처럼 한량없는 '진심眞心'을 말하고 있다. 그런데 여인이 실제로 여도사女道士이기에 '마고麻姑', 즉 '선녀仙女'라 부르는 것은 오히려 근사近似한 표현이지만, 그 '선녀仙女와의 연애'를 '진세塵世의 벼슬길에 쪼들림'에 대비적으로 구성된 것이 주목된다. 즉 〈쌍녀분기〉에서 유계의 두 여인을 '선녀仙女' 또는 '선려仙侶'로 미화하고 그 두 여인과의 '풍류風流'(풍류에는 정사情事의 뜻이 있음)를 '풍진말리風塵末吏'의 '범류凡流'적 삶에 대비하고 있기 때문이다. 한쪽은 시이고 한쪽은 소설로서, 두 작품의 큰 틀이 같은 것은 작품적 교섭에 의해서기보다는 더 비중 크게는 최치원의 체험과 그 체험에 따른 심경이 최광유에게 전수傳授되었기 때문일 터, 여기서 우리는 최치원의 연애 사건이 이 작품의 제재의 정황적 배경이 되었음을 확인하게 된다. 더구나 〈쌍녀분기〉에서 두 유계 여인과 이별할 때 작중 최치원이 가졌던 애틋하게 아쉬운, 그리고 허망한 심정이 다른 한 수의 시적詩的 상황에 방불함을 확인하게 되어 더욱 그런 생각이다.

題海門蘭若柳

廣陵城畔別蛾眉,	광릉성 언저리에서 미인美人을 이별하고,
豈料相逢在海涯.	어찌 알았으랴, 이 바닷가에서 만날 줄을.
只恐觀音菩薩惜,[69]	관음보살이 아까워할까 봐,
臨行不敢折纖枝.	떠나며 여린 가지를 꺾어가지 못하네.

(《계원필경집》 권20)

이 시는 최치원이 귀국 길에 산동山東 반도의 동모현東牟縣(지금의 산동성 봉래현蓬萊縣) 동쪽 해안에서 일기 불순으로 겨울을 나고 이듬해 885년 이른 봄

69) 관음보살像에는 으레 淨瓶이 손에 들려져 있고, 그 정병에는 버드나무 가지가 꽂혀 있으므로 한 표현이다.

그곳을 떠나기 직전에 지은 작품이다. 이별한 '미인美人(아미蛾眉)'은 앞의 시에서의 여도사女道士다.

여도사를 이별하고 이미 3~4개월 가량 지났건만 아쉬운 마음은 더욱 절실했던 모양, 봄을 맞아 파아랗게 물이 오르고 있는 버드나무 여린 가지를 보아도 그녀인 냥 애틋해하고 있다. 그래서 가능만 하면 여도사를 모국 신라로 데려가고 싶은 심정을 말하고 있다.70) 이 열애熱愛의 중단에서 오는 애틋한 아쉬움을 뒤집으면 바로 허망감이다. 〈쌍녀분기〉에서의 최치원이 가졌던 허망함은 이 시에서와 같은 실제 최치원의 이별의 심정이 최광유에게 가서 추체험적으로 심각화深刻化되어 나타난 것이다.

다른 한 가지 제재적 배경으로서 가능한 것은 실제로 최치원이 쌍녀분雙女墳에 제시題詩했을 것이란 것이다. 쌍녀분은, 지금 그 분묘의 실체가 밝혀져 있고71), 초현관招賢館은 원대元代의 지리지에 "쌍녀분雙女墳은 율수주溧水州 남쪽 110리 지점 폐초현관廢招賢館 곁에 있다"72)고 한 것으로 실재했음이 확인된다.

그런데 당대唐代의 문사文士들은 기녀와의 유탕遊蕩을 하나의 풍상風尙을 이루었다. 심지어 유학의 도道로서 자임하는 한유韓愈에게도 가무歌舞에 능한 두 첩妾이 있었으며, 단적으로 백거이白居易는 그의 시詩에 그 이름이 나타나는 가기家妓만 해도 20인에 안 들지는 않은 정도다.73) 최애崔涯라는 시인은 시로써 기녀를 조희嘲戱하기를 능사로 삼아 그의 시에 어떻게 묘사되느냐에 따라 찾는 손님의 증감增減이 좌우되기도 했다.74) 이런 풍상 속에 죽은 기녀의 무덤가 나무 위에 시를 써 붙이는 풍조까지 생겨났다. 오국吳國 명기名妓

70) "떠나매 여린 가지를 꺾어 가지 못 하네.(臨行不敢折纖枝.)"라는 구절이 그런 심정을 표현한 것이다.

71) 《人民日報》, 1996년 10월30일자에 〈高淳發現唐代雙女墓〉 기사가 실려 있다.

72) 張鉉, 《至大金陵新志》 권12下, 〈古蹟志〉 下, 〈陵墓〉, 雙女墳條註 "墳在溧水州南一百一十里廢招賢館側."(李劍國, 〈《新羅殊異傳》考〉(《外遇中國》, 2001), 129쪽에서 재인용)

73) 李志慧, 《唐代文苑風尙》, 陝西人民出版社, 1988, 290-291쪽.

74) 이지혜, 위의 책, 294쪽.

진랑眞娘이란 여인이 죽은 뒤에 당시 문인文人들이 그녀의 생전의 염려艶麗함을 못 잊어 그녀의 무덤가 나무에 허다한 염시艶詩를 써 붙였다.75)

이런 풍조 속에 최치원이 쌍녀분에 제시했을 가능성은 충분하다. 그러니까 〈쌍녀분기〉의 '致遠題詩石門(최치원이 쌍녀분의 석문石門에 시를 쓰다)'이란 실제 사건을 두 유계幽界의 여인과 관계를 맺게 하는 결정적 계기로 삼는 제재로 채택한 것이다. 다만 〈쌍녀분기〉에서 石門에 쓴 시는 최치원의 실제 작품이 아니다. 시풍이나 내용으로 보아, 그리고 쌍녀분 현장의 정황으로 보아 그렇다.

誰家二女此遺墳, 뉘 집 두 규수閨秀 여기에 묻혔던고,
寂寂泉扃幾怨春. 적막한 저승에서 몇 해나 봄을 원망했던가.
形影空留溪畔月, 형영形影은 부질없이 시냇가 달빛으로 머무니,
姓名難問塚頭塵. 무덤을 향해 성도 이름도 묻기 어려워라.
芳情倘許通幽夢, 꽃다운 정 그윽한 꿈에라도 통하여,
永夜何妨慰旅人. 기나긴 밤 이 나그네 몸을 위로한들 어떠랴.
孤館若逢雲雨會, 외로운 관사館舍에서 운우雲雨로 어울리기만* 한다면,
與君繼賦洛川神. 그대들과 함께 〈낙신부洛神賦〉를 이어 부르리.
*운우雲雨로 어울리기만: 남녀가 육체적으로 어울리는 것을 말함.

시풍에 관해서는 앞에서 논의했으므로 여기서 더 논급하지 않겠거니와 내용으로 보아, 특히 경련頸聯 이하는 양가집 두 규수閨秀의 무덤을 향해 현장에서 할 소리가 아니다. 아무리 기녀의 무덤에 제시하는 풍조가 있었기로, 이런 풍조에 힘입어 최치원이 여인의 무덤에 제시할 수 있다는 것이지, 더구나 이국異國땅에서 첫 출사出仕길의 관료로 있는 몸이 어떻게 "기나긴 밤 이 나그네 몸을 위로한들 어떠리// 외로운 관사館舍에서 운우雲雨로 어울리기만

75) 이지혜, 위의 책, 같은 곳.

한다면"이라는, 거의 음담淫談에 가까운 내용을 양가집 규수의 무덤을 향해 할 수 있겠는가. 최치원이 이처럼 철없는 경망輕妄한 짓을 했으리라고는 생각하지 않는다.[76] 그러나 최광유는 할 수 있다. 쌍녀분이 만리나 떨어진 이국 땅에 있을 뿐 아니라 최치원이 제시題詩한 지도 대략 반세기 가량이나 격해 있어서 현장의 박절한 윤리감倫理感으로부터 완전히 해방되어 있었기 때문이다. 그리고 현장에서는 무덤의 규모가 사람을 위압할 정도로 커서 위와 같은 내용의 시상詩想이 떠오를 수 있는 계제가 아니기도 하다. 지표에서 2m 좌우 높이의 장방형으로 길이가 26m, 너비가 18m나 된다. 그리고 무덤의 뒤로 완곡한 반월형의 못이 무덤을 향해 둘러있다.[77]

〈쌍녀분기〉의 머리부분에 나오는 이 시는 〈쌍녀분기〉 전체의, 특히 두 여인과의 정사의 복선複線의 구실을 하는 작품으로, 〈쌍녀분기〉 전반에 관한 최광유의 면밀한 계획을 보여준다. 특히 "그대들과 함께 〈낙신부洛神賦〉를 이어 부르리"의 구절은 이 작품의 작품적 배경으로 〈낙신전洛神傳〉이 긴밀히 관련되어 있음을 암시하고 있는 듯하여 더욱 흥미롭다. 〈낙신전〉이 문헌적 배경이 되었음은 뒤에서 논의하겠다.

2) 최치원의 생애生涯와 최광유의 현실허무주의에로의 경사傾斜

〈쌍녀분기〉에서 유계의 두 여인과의 정사를 통해 최치원은 고독과 울읍鬱悒의 정회, 그리고 현실허무의식에 사무친 인물로 형상화되고 있다. 실제로 그는 48세 때 쓴 〈법장화상전法藏和尚傳〉의 말미에서 이와 유사한 심경을 토

---

76) 최치원이 高駢의 幕下에서 '署充館驛巡官'에서 '署館驛巡官'으로 승진되고, 殿中侍御史內供奉의 內職을 받으며, 4·5품 관리의 章服인 '緋·銀魚袋'를 받게 된 데에는 고변 막하의 諸郎官들이 최치원을 "힘을 함께 하여 薦揚(同力薦揚)"한 힘이 크다.(최치원, 《계원필경집》 권18, 〈長啓〉 참조) 최치원의 인품을 짐작할 수 있는 대목이다.

77) 주71)와 같은 곳.

로하고 있다. 이러한 그의 만년의 심경이 〈쌍녀분기〉의 제재가 된 것은 어김없는 사실이다. 그러나, 최광유의 현실허무의식은 그 색조가 최치원보다 더 깊은 그것이었을 듯하다. 만년의 최치원이 세외世外로 나간 것은 사실이지만 적어도 30세 경까지의 최치원은 당나라에서, 그리고 귀국 직후 신라에서 득의得意의 생애였다고 할 수 있다. 그리고, 그 뒤 42세 경까지도 그는 입세入世의 관료로 있었다. 그런데, 〈쌍녀분기〉에서는 이런 경력을 거의 완벽하게 무화無化시키고 있다. 그의 실제 경력은 작품의 먼 배경으로 잠잠한 침묵 속에만 존재시켰다. 그리고 최치원의 고독과 울읍, 그리고 현실허무의식으로 작자의 끝없는 경사傾斜를 본다. 그러한 경사가 작품에 짙은 음영陰影으로 배어 있다. 여기서 우리는 최광유에게서 최치원의 정회와 의식을 읽는다. 이 점은 〈쌍녀분기〉 창작의 근본 동기가 어디에 있는가를 우리에게 알려준다. 즉 최광유의, 만년 최치원과의 동병상련적同病相憐的인 계합契合, 이것이 〈쌍녀분기〉 창작의 근본 동기다.

최치원의 재당在唐 생애는 전체적으로 보면 상대적으로 득의의 그것이었다. 18세에 급제하고, 20세~23세 말까지는 맹교孟郊 같은 시인도 진사進士 후後 4년 만에 그 현위縣尉가 된[78] 율수현溧水縣이란 상현上縣의 현위(從9品上)가 되어 월봉으로 전錢 20관貫(2만전二萬錢)과 그밖에 정당한 수입이 적지 않았다.[79] 최치원은 이때의 자신의 생활을 "봉급은 많고 공무는 한가하여, 편안히 날을 보내게 되었다"고 회고하고 있다.[80] 그래서 초현관招賢館에 가서 한유閒遊할 수도 있었다.

24세 여름경~28세 7월경까지 4년간을 당시 막강한 실력을 가진 고변高駢의[81] 막료幕僚가 되었다. 처음 서충관역순관署充館驛巡官에서 서관역순관署館

---

78) 이지혜, 위의 책, 93쪽.

79) 金榮華, 〈崔致遠在唐事跡考〉(《中韓交通史事論叢》, 福記文化圖書有限公司, 1985). 최치원의 在唐 생애 추적에 이 논문에 힘입은 바 많았다.

80) 최치원, 〈桂苑筆耕集序〉, "祿厚官閒, 飽食終日."

81) 최치원이 그 막하로 들어가던 당시 高駢은 淮南節度副大使知節度事였는데 실질적으로는 '正節度'와 다름 없었다. 安史의 亂 이후 절도사는 반독립적 割據 상태였는데 고변

驛巡官을 거쳐 그의 25세 때에는 순관巡官으로 승진했다. 순관은 막부幕府의 편제상 고위직에 해당된다. 그와 함께 관계도 종8품 아래 승무랑承務郎에서 1년이 못 되어 종7품하에 해당하는 내직內職 전중시어사내공봉殿中侍御史內供奉의 직함을 받았다. 뿐만 아니라 고변은 최치원을 위해 조정에 그의 장복章服을 주청奏請하여 종7품 아래 신분으로서 4품·5품 관리의 그것인 '비緋·은어대銀魚袋'를 착용하게 했다. 고변에게 올린 감사의 장계狀啓에,

> 저는 강외江外의 한 상현위上縣尉로부터 문득 내전內殿의 헌질憲秩이 주어지고, 장복章服을 겸하게 되었습니다. 성조聖朝에 벼슬하는 혁혁한 집안의 자제들을 보더라도 과거에 급제하여 입사入仕한지 2·30년에 오히려 남포藍袍(8·9품品 소관小官의 관복)를 입고, 막부에 나아가지 못하는 자가 많거늘 하물며 저와 같은 이역異域의 선비이겠습니까?[82]

라고 하여 최치원도 그러한 승진과 대우가 극히 어렵다는 것을 말했다. 이러한 일련의 승진과 대우는 최치원의 당나라에서의 벼슬길에서 장래의 전망을 아주 밝게 해 주었다.

그러나 884년 6월에 장소黃巢가 죽임을 당하고, 고변은 의기소침해졌다.[83] 최치원도 고변의 몰락을 예감하고 당나라에서의 자기의 벼슬길이 여의치 않으리라는 것을 알았다. 그래서 그는 그 해 8월에 이미 이직離職을 하고 10월 하순에 귀국길에 올랐던 것이다.

이 있던 淮南道節度使는 劍南道節度使와 함께 그 권한의 크기가 왕왕이 宰相과 出入할 정도였다. 고변은 여기에 檢校司空·檢校司徒의 高銜 外에 江淮鹽鐵轉運使라는 재정상의 요직도 갖고 있었다. 최치원이 署館驛巡官으로 승진되기 몇 달 전에 고변은 諸道兵馬行營都統으로 승진되었고, 나중에 渤海王으로 봉해졌다.(김영화, 위의 논문)

82) 최치원, 〈長啓〉(《계원필경집》 권18), "某自江外一上縣尉, 便授內殿憲秩, 又兼章紱. 且見聖朝簪裾烜赫子弟, 出身入仕, 二三十年, 猶掛藍袍, 未趨蓮幕者多矣. 況如某異域之士乎."

83) 고변은 黃巢 토벌에 적극적으로 出兵해 주기를 바라는 僖宗의 소망을 따르지 않고 자신의 이익에 견인되어 머뭇거리는 동안에 亂은 끝나고 말았다.

고변은 귀국 길의 최치원에게 최대의 호의를 베풀었다. 여러 가지 물질적 호의는 말할 것도 없거니와[84] 최치원이 신라에 돌아가서의 벼슬 길의 입지를 강화해 주기 위해 그는 실로 거의 파격적인 조치를 취해 주었다. '회남입신라淮南入新羅 겸兼 송국신등사送國信等使·전도통순관前都統巡官·승무랑承務郎·전중시어사내공봉殿中侍御史內供奉·사비은어대賜緋銀魚袋'가 그가 중국을 떠날 때의 관함官銜 및 신분이었을 것이나,[85] 귀국 뒤 신라왕에게《계원필경》등 재당 시절 작품을 들이면서 올린 장주狀奏에는 '회남입본국淮南入本國 겸兼 송조서등사送詔書等使·전도통순관前都統巡官·승무랑承務郎·시어사내공봉侍御史內供奉·사자금어대賜紫金魚袋'라 되어 있다. 아마 산동山東 반도 동안東岸에서 순풍을 기다리는 사이에 개함改銜되었을 것이다.[86] 전후의 관함 사이에는 신분적으로 적지 않은 차이가 개재한다. 최치원이 가져가는 것이 회남절도사淮南節度使 발해왕渤海王 고변高騈의 '국신國信'에서 당나라 황제의 '조서詔書'로, 종7품 아래 '전중시어사내공봉殿中侍御史內供奉'에서 종6품 아래 '시어사내공봉侍御史內供奉'으로, 그리고 4품·5품관이 착용하는 비복緋服과 은어대銀魚袋가 아니라 3품 이상의 관원들이 착용하는 자복紫服과 금어대金魚袋로 승격했던 것이다.[87] 이렇게 고변으로부터 지우知遇를 입었던 것이다.

그런데, 이러한 득의의 전경前景만이 최치원의 재당 생애의 전부는 물론 아니다. 과거에 급제하고 난 뒤 1년 남짓 낙양洛陽에서 낭인浪人 생활을 한 적도 있고[88], 23세 말에 율수 현위를 만기로 면직하고 24세 여름에 고변의

---

84) 고변은 최치원에게 평소에도 거주할 집을 주고, 그를 위해서 專用船隻을 안배하고, 衣物과 節日酒食도 보내고, 땔나무 값으로 매월 二十貫(二萬)을 더 지급하는 등 베풀었다. 귀국할 때도 그는 최치원이 이미 離職했음에도 여전히 月俸을 지급하고 별도로 또 20만을 더 주었다. 귀국하는 배도 특별히 專船을 안배해주고, 심지어 당시 道教秘術의 하나로 뱃머리에 風浪을 진압할 藥袋도 걸어주었다.(최치원, 위와 같은 책 권17~20 및 김영화, 위의 논문 참조)

85) 최치원, 위의 책, 권20, 〈祭巉山神文〉.

86) 김영화, 위의 논문.

87) 김영화, 위의 논문.

88) 최치원, 위의 책, 〈桂苑筆耕集序〉, "얼마 안 있다가 洛陽에 遊浪하여 붓으로써 생활 밑천을 삼았다.(尋以浪跡東都, 筆作飯囊.)"

막료가 되기까지의 반년 남짓 실직 상태에서 '글 읽을 양식이 모자라는' 처지를[89] 겪기도 했다. 이런 일시적인 낙척落拓과 무관하지는 않지만, 그러나 이 일시적인 낙척에 대응해서이기 보다는 최치원에게는 근원적인 고독과 불만이 있었다. 그는 인간적인 한 특징으로 자부심自負心이 무척 강했던 것 같다.[90] 그래서, 현실적으로 상대적인 득의의 국면을 만났으나 외국인으로서의, 자신의 역량에 상칭相稱하는 관직이 늘 보장되지 않으리라는 절대 한계에서 오는 고독을 떨칠 수 없었던 것 같다.[91] 그리고 그는 무엇보다도 당시 당나라의 현실 — 민중의 처지, 관료 및 지식인들의 행태 등의 현실에 대해 강한 불만을 가지고 있었던 것 같다.[92] 이런 절대한계에서 오는 고독과 현실 불만이 최치원의 재당 생애의 이면을 흐르고 있는 의식이었던 것 같다.

고변의 파격적인 지우를 입어 가며 귀국 길에 있는 최치원은 한껏 희망에 부풀었다. 그는 〈동풍東風〉이라 제題한 시에서 이렇게 읊었다.

> 知爾新從海外來, 동풍아 너 새봄 맞아 바다 건너서 불어 왔지,
> 曉窓吟座思難裁. 새벽 창 시 읊는 자리에서 생각마저 싱숭생숭.
> 堪憐時復撼書幌, 어여뻐라, 때때로 서재의 휘장 흔드는 것이,
> 似報故園花欲開. 고향의 꽃 피려는 소식 알리려는 것 같아.
>
> (《계원필경집》 권20)

---

89) 최치원, 위의 책, 권18, 〈長啓〉, "俱緣祿俸無餘, 書糧不濟."

90) 최치원의 강한 자부심을 그의 시문 도처에서 접하나, 특히 〈無染和尙碑銘幷序〉의 첫머리에 있는 王과의 대화를 전후한 부분, 〈智證和尙碑銘幷序〉의 꼬리에 있는 자기를 소개하는 부분의 서술 태도에서 단적으로 드러나 있다.

91) 〈秋夜雨中吟〉과 〈蜀葵花〉 같은 시에 그의 고독감이 잘 나타나 있다. "세상길에는 知音이 적네.(世路少知音)", "사람들의 버림받음 참으로 한스럽네.(堪恨人棄遺)" 같은 구절이 특히 그렇다.

92) 그의 〈寓興〉·〈江南女〉·〈古意〉·〈野燒〉 같은 시에 잘 나타나 있다.

이 시에서 최치원은 고국에서의 벼슬길에 대한 부푼 희망을 피력하고 있다. 단적으로 '고향의 꽃 피려는 소식'을 말하고 있는 끝 구절의 내용이 그것이다.[93]

그는 과연 헌강왕憲康王의 환대를 받았다. 마침 최치원이 귀국하기 두어 달 전에 지증대사智證大師가 입적入寂하였다. 그래서 헌강왕은 "누갈縷褐을 걸친 동국의 선사禪師가 서방으로 선화遷化함을 처음 슬퍼하였으나, 수의繡衣를 입은 서토西土의 사자가 동국으로 귀환함을 매우 기뻐하노라"고 하며 귀국을 환영했다.[94] 헌강왕은 또 당나라 빈공급제자賓貢及第者 방방放榜 때 신라와 발해와의 석차 서열에서 신라의 최치원을 발해 출신보다 위에 놓아준 점에 감사하는 뜻이 주된 내용이기는 하지만, 최치원을 뽑아준 시관 배찬裵瓚에게 감사하는 내용의 편지를 보내기도 했다.[95] 말하자면, 헌강왕은 그를 '국사國士'로 대우해 주었던 것이다.[96] 그리고, 시독侍讀 겸兼 한림학사翰林學士·수병부시랑守兵部侍郎·지서서감知瑞書監에 임명했다.

그러나, 헌강왕으로부터의 지우知遇도 잠깐이었다. 이듬해(876) 7월에 헌강왕이 죽자 최치원은 중앙 정계 진골 귀족으로부터 견제와 소외를 당했다. 《삼국사기》〈최치원전〉에 "치원이 서토西土에 유학하여 얻은 것이 많아, 돌아와서 자기의 뜻을 실현하려고 하였으나 말세를 당하여 의심과 시기를 많이 받아 용납되지 못했다"[97]고 하여, 당시의 정황을 말하고 있다. 이때 최치원은 귀국 길의 부푼 희망이 채 2년도 못 되어 허망하게 꺼지는 것을 경험했다. 헌강왕이 죽은 지 오래지 않은 시기에 쓴 것으로 보이는, 〈당성唐

---

93) 최치원은 詩文에 寓意하기를 비교적 즐겨 했다. 가령 주92)에 든 작품도 거의 모두 우의시다.

94) 최치원, 〈智證和尙碑銘幷序〉(《孤雲集》 권2), "縷褐東師, 始悲西化; 繡衣西使, 深喜東還."

95) 《崔文昌侯全集》 권1의 〈與禮部裵尙書瓚狀〉이 그것이다.

96) 최치원, 〈無染和尙碑銘幷序〉(《孤雲集》 권2), "康王視國士禮待之."

97) 김부식 등, 위의 책, 권46, 〈최치원〉, "致遠自以西學多所得, 及來, 將行己志, 而衰季多疑忌, 不能容."

城에 여행하니 당나라로 돌아가려는 선왕先王의 악관樂官이 있었다. 밤에 두어 곡曲을 불며 선왕의 은혜를 그리워하여 슬피 울기에 시를 지어 주다.(旅遊唐城, 有先王樂官, 將西歸, 夜吹數曲, 戀恩悲泣, 以詩贈之.)〉란 긴 제목의 시가 있다.

人事盛還衰, 인사란 성盛했다가 쇠衰하는 것이,
浮生實可悲. 부생浮生이 참으로 서럽지 않은가.
(중략)
攀髯今已矣, 선왕先王을 이제 뵈올 수 없으니,
與爾淚雙垂. 이 몸도 그대 더불어 눈물을 흘리네.

(《동문선》 권9)

끝 구절에 악관과 더불어 눈물을 흘린다는 표현에서 분명히 알 수 있듯이 성쇠盛衰가 있는 '부생浮生'을 서러워하는 것이 악관만의 일이 아니다. 무엇보다 자기에게 닥친 '부생'의 허망함을 슬퍼하는 것이다.

중앙 정계에서 좌절을 겪은 최치원의 그 뒤 관력은 대산군大山郡·부성군富城郡·천령군天嶺郡의 태수太守가 전부다. 42세에 죄가 있어 면직될 때까지다. 진성여왕 8년(894) 38세 때, 최치원은 〈시무10여조時務十餘條〉를 올렸다. 신라를 위한 마지막 의욕과 충정衷情의 발로다. 그는 이 일로 해서 관계가 6두품의 마지막인 아찬阿飡으로 올랐다. 그러나 진성여왕은 이런 허례虛禮만 갖추었을 뿐 〈시무10여조〉를 시행한 흔적도, 더구나 최치원을 중앙 관계官界로 불러 올린 흔적도 없다. 완강한 진골 귀족의 견제가 여전히 있었던 것 같다. 면직된 뒤, 최치원은 주로 승지勝地를 찾아 독서에 침잠하며 시를 읊는 것으로 되어 있다. 그런데, 902년이나 903년경에, 즉 그의 나이 46세나 47세 경에 당나라에 사신을 간 흔적이 있다.[98] 〈시무10여조〉에서와 같은 정

98) 최치원, 위의 책, 위와 같은 곳, 〈上太師侍中狀〉이 그것인데, 《삼국사기》〈최치원전〉에서는 언제갔으며, 太師侍中의 성명이 누구인지 알 수 없다 했다. 그런데 김영화의 위의

치적 개혁의 의욕은 사라졌어도 신라가 자기를 필요로 하는 곳에는 나아가는 정도의 충성심은 이때까지도 잃지 않고 있었던 셈이다.

최치원은 48세 때 해인사에서 〈법장화상전法藏和尙傳〉을 쓰고 있었다. 그런데, 대략 7천여 자의 이 긴 전기傳記 말미에 660자 가량의 부언附言을 붙여 당시의 심경을 토로하고 있다. 전래해온 필사본에[99] 오자가 많고, 묘서描敘의 방식이 난해하여 명확한 문맥 파악에는 어려움이 있으나, 한 마디로 말해서 허탈虛脫 그것이다. 허탈한 속에 염세·자조·유희遊戱·허망·고독·울읍鬱悒 등, 착잡하기 이를 데 없는 심경이다.

> 때 천복天復 4년(904) 갑자에 시라국尸羅國 해인사 화엄원華嚴院에서 난리도 피하고 병도 수양하여 두 가지 편리를 도모했다.
>
> 비록 하계下界에 태어났지만 다행히 높은 재실齋室에 의거하여 모든 봉우리와 나란히 읍揖하고 세상 길을 멀리 던져 버렸으며 (중략) 게다가 병든 몸은 날마다 쑥뜸질 하기에 수고로운데 (중략) 삶이 귀찮아 때로는 몸을 태워 버리려는 뜻까지 있었다. (중략) 공연히 해동海東의 한 냄새 나는 풀이 된 것이 부끄럽지만 향香을 도둑질할 수도 없고, (중략) 법장화상전法藏和尙傳의 초안草案을 이룬 뒤 한 꿈을 꾸었는데 (중략) 그때 마침 법장대덕法藏大德의 유상遺像께 공양하던 차, 두 개의 짧은 대쪽을 깎아서 '시是'·'비非' 두 글자를 써서 꼬아서 (중략) 어떤 사람이 웃으며 빈정거리기를 마지않으면서 말했다. "그대의 표標로써 증험하였다는 말은 봄 꿈이라고 하면 마땅하겠습니다." 나는 서서히

논문에서 당시의 태사시중은 楊行密로 밝히고, 그 연대를 추정했다. 한편 이종문은 그의 〈崔致遠 硏究(1) — 그의 再入唐 與否와 現存 漢詩 作品의 創作 時期에 關한 考察〉(《韓國漢文學硏究》 13, 한국한문교육학회, 1999)에서 최치원이 再入唐을 안 했을 수도 있음에 유의했다.

99) 성균관대학교 대동문화연구원 刊本《崔文昌侯全集》에 실려 있는 〈法藏和尙傳〉은 日本의《大正 新修大藏經》에 실려 있던 것으로, 최치원의 문집이 사라진 뒤로부터는 필사본으로 전래·통행했을 것이다.

대답하였다. "이 몸은 꿈이 아닌가?" 그는 말했다. "옳습니다." "그렇지만 꿈속에서 꿈을 내치려 하니 그것은 눈을 밟으면서 발자국이 없기를 구하고, 물 속에 들어가서 물에 젖지 않기를 원하는 자와 같다. (중략) 지금 나가면 득실이 허망한 데를 군색하게 걷고, 들어오면 번뇌의 화택火宅에 단잠을 자니, 잠깐 동안 처처凄凄한 한탄을 그치고 마땅히 꿈속에 훨훨 날아 노니는 것을 쫓겠네." 객客은 이미 자기의 웃음에 빠져들었고 나는 이에 나의 졸음을 맡았다.(予乃宰予之睡興)[100] 이어 오吳 땅의 시수詩叟 육귀몽陸龜蒙(당나라 시인)의, "뜬세상 생각하니 이다지도 꿈 같을까 / 시험삼아 남창南窓에 졸아볼까 하노라"는 글귀가 생각난다. 이에 쥐었던 붓을 던지고 그윽한 베개를 끌어다, 멀리는 재여아宰予我(재여宰予의 자字가 자아子我)를 찾고 가까이는 변효선邊孝先[101]을 찾았더니 (낮잠을 자려는 것을 이름) 별안간 이 두 현인賢人을 만났는데 (낮잠에 드는 것을 이름) 각기 5자씩 읊조렸다. "거름흙으로 된 담장엔 스승의 훈계가 있고 / 경전經傳 상자야 내 어이 부끄러우리"[102] 나는 황홀한 가운데 그 뒤끝을 이었다. "어지러운 이 세상에 무슨 일을 이룰까 / 다만 7불감七不堪을[103] 더할 뿐이네."[104]

---

100) "나는 이에 나의 졸음을 맡았다.(予乃宰予之睡興)"는 절묘한 語戱다. '宰予'는 人名으로 낮잠 자다 공자에게 "썩은 나무는 조각할 수 없고, 거름흙으로 된 담장은 흙손질할 수가 없다"는 핀잔을 들은 것으로 공자의 제자다.

101) 後漢 때의 학자 邊韶의 字가 孝先이다. 일찍이 낮잠을 자는데 제자가 몰래 비웃어 말하기를, "변효선은 배가 뚱뚱해서 글읽기에는 게으르고 잠자기만 좋아한다"고 하자, 효선이 가만히 듣고 있다가 "배가 뚱뚱한 것은 五經이 들은 상자이고, 잠자려고 하는 것은 周公과 꿈으로 통해 고요히 공자와 뜻이 같으려는 것이다"고 응대했다는 것으로 유명하다.

102) 주100), 101) 참조.

103) 중국 삼국 시대 魏나라 嵇康이 당시 집권세력인 司馬氏 집단에 대해 불만을 품고, 그들이 選曹郎에 추천한 친구 山濤를 絶交하는 편지에 자기가 벼슬할 수 없는 이유로 '일곱 가지 반드시 감당하지 못할 것'을 들었다. 후세에는 '七不堪'으로 '疏懶', 즉 '일에 등한하고 게으름'을 뜻한다.

104) 최치원, 〈法藏和尙傳〉, "于時, 天復四年春, 枝幹俱首, 於尸羅國迦耶山海印寺華嚴院, 避寇養痾, 兩偸其便. 雖生下界, 幸據高齋, 平揖群峰, 敻抛世路. (중략) 加復病躬目(日)勞燒炙(灸). (중략) 厭生, 而或欲梵(焚)軀志. (중략) 空慚海畔一蕕, 無所竊香. (중략)

이와 같이 온갖 착잡한 정회情懷를 거느린 허탈의 심경이다. 당나라에서는 외국인으로서의 절대 한계, 돌아와서는 6두품으로서의 절대 한계 속에 자신의 포부를 맘껏 펴 보지 못한 채, 당나라는 지금(904) 멸망 직전에 있고[105](907년에 멸망), 모국 신라도 이미 견훤甄萱이 입국한 지 13년째에 궁예弓裔가 선 지도 3년이 되어 나라가 온통 전란에 휩싸여 있다. 그래서 자기 자신 그 전란 사태의 객체客體가 되어 그것을 피해 지금 해인사에 몸을 부치고 있는 처지가 된 것이다. 지난날의 득실·영욕이 한갓 꿈으로, 특히 세상을 광정匡正해 보겠다고 가졌던 날카로운 현실의식도(그의 시에 나타난), 그리고 그러한 의식이 기반이 된 현실개혁 의욕도(〈시무10여조〉에 나타났을) 지금은 아득히 하나의 꿈으로 느껴졌던 것이다. 즉, 현실허무주의의 허탈이 그의 흉회胸懷를 맴돌았던 것이다. 그래서, 그는 더욱 세외世外의 종교인 불교, 특히 화엄華嚴의 세계로 마음을 노닐어 갔던 것이다. 바로 당시 최치원의 이러한 삶을 포착하여, 최광유는 〈쌍녀분기〉에서 "뜬세상 영화는 꿈속의 꿈 / 흰 구름 깊은 곳에서 좋이 지내세.(浮世榮華蒙中蒙, 白雲深處好安身.)"라고 했던 것이다.

최치원의 이와 같은 경력 가운데 그 전경前景을 최광유는, 초년의 율수현위溧水縣尉와 만년의 세외世外에서의 삶을 제하고는 완전히 무無로 돌리고 그 자리에 하룻밤 유계幽界 여인과의 정사로 대체해서 작품화했다. 가공 인물이 아닌 실존 인물을 주인공으로 하면서 그 실존인물의 현실적인 경력은 작품의 먼 후경後景으로 돌려버리고 그 자리에 순전한 허구의 정절情節을 엮은 것이다. 전기傳奇 가운데 실존 인물을 주인공으로 한 경우도 드물거니와, 실

傳草旣成, (중략) 適得藏大德遺像供養, 因削二短簡, 書是非二字爲筊. (중략) 或人不止輾然且攎胡曰: '子所標證, 說春夢可乎哉!' 愚徐應曰: '是身非夢歟!' 曰: '是.' '然則在夢而欲黜夢, 其猶踐雪求無迹, 入水願不濡者焉. (중략) 今也出則窘步樵原, 入則酣眠燬室, 暫息凄凄之歎, 宜從栩栩之遊.' 客旣溺客之笑容, 予乃宰予之睡興. 因憶得吳中詩叟陸龜蒙斷章云: '思量浮世何如夢, 試就南窓一寐看.' 於是乎擲幄筆, 引幽枕, 遠尋宰予我, 近訪邊孝先. 瞥遇二賢, 各吟五字曰: '糞牆師有誡, 經笥我無慚.' 僕於恍惚中, 續其尾云: '亂世成何事, 唯添七不堪.'"

105) 최치원은 902-903년경에 당나라에 갔을 때 멸망 직전의 당나라의 참담한 상황을 보고 왔을 것이다.

존 인물을 주인공으로 한 경우에도 〈쌍녀분기〉와 같이 실재를 허구로 대체한 사례는 극히 드물지 않나 생각된다. 앞에서 지적했듯이, 최치원이 재당 시절에 주로 외국인으로서의 절대 한계에 오는 고독이 없지는 않았지만 역시 앞에서 보았다시피, 실은 상대적으로 득의의 세월이라고 할 수 있다. 그리고 귀국 초기 헌강왕 때도 역시 득의의 세월이었다. 그의 생애가 우울의 색조로 물들여진 것은 주로 만년, 특히 〈법장화상전〉을 쓰던 48세 이후의 일이다. 그런데 〈쌍녀분기〉에서는 최치원의 이 만년의 의식과 정회를 그의 초년 재당 시절로 모두 소급시켜서 형상화했다. 그리고, 신라에서의 생애는 '흰 구름 깊은 곳에서 좋이 지내'고자 한 생애만 있다. 허구로써 실재를 대체하고, 그리고 만년의 현상을 초년의 사실로 소급하여 작품화한, 이 두 가지 점만으로서도 〈쌍녀분기〉가 얼마나 용의주도하게 구상構想되었나 하는 것을 알 수 있다. 게다가 유계의 두 여인과의 정사를 반추한 장편시의 삽입으로 작품의 구조를 중층화重層化하고 있는 점까지를 고려하면 이 작품에 개재된 치밀한 작품적 전략, 고도한 기획성企劃性을 읽고도 남음이 있다.

우울한 정회와 허무의식을 형상화하기에 이렇게 비상한 구상을 행사한 데서, 그리고 정절情節의 묘서描叙에 배어든 정감의 특히 절실함에서 우리는 〈쌍녀분기〉가 결국 최치원의 이야기이면서 최광유 자신의 이야기임을 낌새채게 된다. 작가는 결국, 그리고 절대로 자기의 계급, 자기의 처지, 그리고 자기의 퍼스널리티를 숨길 수 없는 것이다. 최광유는 앞에서 지적한 바와 같이 귀국 후 필경 불우不遇의 처지에서 지낸 것 같다. 적어도 득의의 처지를 못 만난 것은 확실하다. 그와 같이 헌강왕 11년(887)에 입당入唐 유학한, 최언위崔彦撝는 과거에 급제한 뒤 내쳐 중국에 머물다가 효공왕孝恭王 13년(909)에 신라에 돌아와 집사성시랑執事省侍郎, 서서원학사瑞書院學士로 벼슬하다가 왕건이 즉위하자 즉시 가족을 데리고 고려로 옮겨가 대상大相·원봉대학사元鳳大學士·한림원령翰林院令·평장사平章事까지 역임했다.[106] 그보다 5년

---

106) 정인지 등, 《고려사》〈列傳〉, 〈崔彦撝〉.

늦게(898) 입당 유학한 최승우崔承祐는 입당한 지 4년 만에 급제[107], 귀국하여 견훤의 휘하로 가 그 문한文翰의 직임을 맡았다. 그리고 최치원과 같은 시기에 입당한 것으로 짐작되는 박인범朴仁範은 당 건부乾符 4년(877)에 급제, 귀국하여 한림학사翰林學士·수례부시랑守禮部侍郎을 역임했다.[108] 《명현십초시名賢十抄詩》에 작품을 남긴 사람으로서 오직 최광유만이 사록史錄에 그 흔적이 전무하다. 동시대의 최씨자제崔氏子弟로서 당나라에서 빈공급제한 사람이 셋이나 되어, 즉 최치원·최언위·최승우를 가리켜 '일대3최一代三崔'라 했거니와[109] 만일 최광유까지 급제했더라면 필시 '일대4최一代四崔'의 칭예稱譽가 있었고, 그리고 최광유도 신라·후백제·고려 가운데 어느 나라의 문한직文翰職의 말석에나마 이름이 비칠 법했다. 그런데 사록의 어느 구석에도 그의 이름은 없다.

최광유는 특히 시詩에만 능하고, 문장 기량은 다른 사람과의 비교에서 상대적으로 떨어진 것 같았다. 당시의 문장은 변려체문騈儷體文이다.[110] 변려체문이 곧 당시의 관각館閣의 문장이고 경세經世의 문장이다. 3최三崔는 말할 것도 없고 박인범도 문장을 잘 했다.[111] 그러니까 최광유는 전형적인 '조충전각지도雕蟲篆刻之徒', 즉 오늘날의 순수한 시인, 순수한 예술가의 기질이었던 것 같다. 그래서, 그렇지 않아도 6두품의 신분적 한계가 있음직한 위에 관각의 문장, 경세의 문장에 능하지 못해서 문한직의 어떤 자리에도 참여해 보지 못한 그는 어쩌면 자신을 당세의 '기물棄物'로 자의식하고 살았을지

---

107) 김부식 등, 위의 책, 〈列傳〉, 〈薛總〉에 崔承祐의 과거에 급제한 연도가 '景福二年'이라 했으나, 과거가 子·吾·卯·酉년에 시행되는 점을 고려하면 경복 2년(893)은 癸丑年이므로 아마 착오가 있는 것 같다.

108) 《조선금석총람》, 〈興寧寺澄曉大師寶印塔碑〉.

109) 주109)와 같은 책, 〈太子寺朗空大師白月栖雲塔碑後記〉.

110) 騈儷體文은 復古文運動 이후 그 기세가 꺾이는 듯 했으나 唐末에 다시 부활하는 勢를 보였다.

111) 최치원의 변려체문 능력은 이미 주지의 사실이거니와 최승우도 四六만 모은 5권의 《餬本集》이 있었고, 박인범도 〈澄曉大師寶印塔碑〉를 撰하라는 王命을 받았으나 홀연히 죽어버렸기 때문에 崔彦撝가 대신 썼다.(《조선금석총람》, 〈澄曉大師碑〉)

모른다. 그는 불우한 속에 자신의 고독과 울읍, 그리고 현실허무주의를 어루만지며 살면서 최치원의 생애 후반기, 특히 만년의 불우에 계합契合되어 간 것이다. 〈쌍녀분기〉는 이렇게 하여 지어진 것이다. 최치원이나 최광유는 다 같이 당말唐末·나말羅末의 역사, 즉 동북아 역사가 새 체제로 가기 위해 한 차례 쇠란衰亂을 겪는 틈바구니에 서식했던 두 지식인이다. 그래서 그들의 인생도 시대와 함께 쇠헐衰歇의 고뇌를 가졌다. 〈쌍녀분기〉는 그러므로 그런 각도에서 역사적 존재의 존재론적 고뇌의 문서다. 단순히 정애情愛 문제 차원에 머무를 전기가 아니다.

3) 작품적 배경으로서의 〈낙신전洛神傳〉

유계의 두 여인과 허망한 정사를 나누고 그 계기로 최치원이 세외로 나가게 되는 〈쌍녀분기〉의 서사구조의 큰 틀은 당나라 문종文宗 때(827~840) 사람 설형薛瑩의 전기소설 〈낙신전〉에서 그 모티브가 왔다.

최광유는 '조충전각지도雕蟲篆刻之徒'답게 지괴志怪·전기류傳奇類와 만당晚唐의 사詞에 밝았던 것 같다. 〈쌍녀분기〉에서 후세 《태평광기太平廣記》에 〈임씨任氏〉(권452)·〈진랑비陳朗婢〉(권375)란 제목으로 오른 작품을 명백히 전고로 쓴 자취도 있지만, 〈쌍녀분기〉에서 최치원이 장시長詩를 통해서 지난밤의 정사를 반추하며 비감悲感에 빠진 뒤 끝에 "대장부여, 대장부여 / 장한 기백으로 아녀자 같은 한恨 없이 해서 / 요괴한 여우에 미련을 두지 말아야지(大丈夫大丈夫, 壯氣須除兒女恨, 莫將心事戀妖狐)" 같은 대목은, 〈앵앵전鶯鶯傳〉의 "무릇 하늘이 낳은 절색미녀絶色美女는 그 몸을 요괴롭게 하지 않으면 반드시 사람을 요괴롭게 한다. 최씨崔氏의 딸(앵앵鶯鶯)로 하여금 부귀와 어울린다면 총애를 타고 구름이나 비가 되지 않으면 교蛟나 리螭가 될 것이니 나는 그 변화가 어디까지 갈지를 알지 못한다.(大凡天之所命尤物也, 不妖其身, 必妖於人. 使

崔氏子遇合富貴, 乘嬌寵, 不爲雲爲雨, 則爲蛟爲螭, 吳不知其變化矣.)"[112]라는 대목과 기식氣息이 상통함을 본다. 또 〈쌍녀분기〉의 두 여인과 시詩로써의 수작과 삽입시의 대량 구사, 그리고 변려문체로써의 묘서는 〈유선굴遊仙窟〉의 체제를 본땄음이 확실하다. 〈쌍녀분기〉에서 아래에서 논급되는 〈낙신전〉을 포함하여 그 흔적을 찾을 수 있는 지괴·전기류가 한두 가지에 그치지 않는다는 점에서 최광유가 이 방면에 얼마나 밝았는가를 짐작할 수 있다.

뿐만 아니라 그는 특히 만당의 사詞도 애독했다. 그의 시적 체질로 보아 만당의 사문학에 심취할 가능성은 충분하다. 〈쌍녀분기〉에 나오는 〈소충정사訴衷情詞〉는 그가 애독한 많은 사 작품 가운데 한 수일 터다. 그는 이미 사詞에 숙달되어 있었던 것 같다. 무엇보다 〈쌍녀분기〉의 후반부를 이루는 장시長詩에서 "紅錦袖, 紫羅裙(붉은 비단 소매, 자줏빛 깁 치마)", "對殘花, 傾美酒(지다 남은 꽃을 대해, 맛좋은 술을 기울이네)" 같은 구절은 바로 사詞의 구기口氣이기 때문이다. 최광유가 읽었을 〈소충정〉의 사패詞牌를 전사塡詞한 것으로는 온정균溫庭筠(812?~866)과 위장韋莊(836~910)의 작품일 터다. 어느 것이나 다 그 내용과 정감이 〈쌍녀분기〉의 내용과 정감에 어울리는 것이다.[113]

지괴志怪·전기傳奇나 사詞 같은, 오늘날로 말하면 순수문학에 심취한 최광유는 〈낙신전〉이란 그리 수작秀作이랄 것도 없는 작품까지 찾아 읽었다.[114] 그런데 이 〈낙신전〉이 사실은 〈쌍녀분기〉의 서사의 큰 틀의 모티브를 제공해 주었다. 줄거리를 간략히 소개하면 다음과 같다.

---

112) 元稹, 〈鶯鶯傳〉(《元稹集外集》 권6, 〈補遺〉6).

113) 溫庭筠, 〈訴衷情詞〉(趙崇祚, 《花間集》, 華夏出版社, 1998), "鶯語花舞春晝吾, 雨霏微. 金帶枕, 宮錦, 鳳凰帷. 柳弱蝶交飛, 依依. 遼陽音信俙, 夢中歸.(꾀꼬리 노래하고 꽃 춤추는 봄 한낮/ 비는 부슬부슬// 玉縷金帶枕/ 궁중의 비단/ 봉황새 휘장// 버들 가녀린데 나비 서로 나는 것/ 아련해// 邊方의 소식 드물어/ 꿈으로 돌아가네.)"; 韋莊, 〈訴衷情詞〉, (위와 같음) "燭盡香殘簾半卷, 夢初驚. 花欲謝, 深夜, 月朧明, 何處按歌聲, 輕輕. 舞衣塵暗生, 負春情.(촛불 다하고 향기 쇠잔한데 주렴은 반쯤 걷혀 있어/ 첫 잠을 깨었네// 꽃은 지려하고/ 밤이 깊은데/ 달빛은 흐릿해// 어느 곳의 노래소리인가/ 가볍게 가볍게// 춤 옷엔 먼지 몰래 생겨/ 춘정을 저버리네.)"

114) 李昉, 《太平廣記》 권311에 〈蕭曠〉이란 제목으로 실려 있다.

태화중太和中에 처사 소광蕭曠이 낙수洛水 동쪽에서부터 놀아 효의관孝義館에 이르러 밤에 쌍미정雙美亭에서 쉬었다. 그때 달은 밝고 바람은 맑아 소광이 금琴을 탔다. 야반夜半이 되자 가락이 몹시 괴로운 기상을 띠었다.

조금 있으려니 낙수 가에 한 미인美人이 길게 탄식하며 다가왔다. 소광이 물어보니 바로 낙포洛浦 신녀神女였다. 낙포의 신녀란 바로 위魏·문제文帝의 견황후甄皇后로, 자기가 조식曹植의 재주를 흠모했더니 문제가 노하여 마음 속의 고민으로 죽었다(유사幽死)는 것이다. 나중에 그 정혼精魄이 조식을 낙수 가에서 만나 그 억울함을 말했더니 이에 조식이 느낀 바 있어 부賦를 지어 〈감견부感甄賦〉라 했으나, 부賦의 이름이 수상쩍게 여겨질까 염려하여 〈낙신부〉라 고쳤다는 것이다.

이런 〈낙신부〉의 유래를 이야기하고 조금 있노라니 한 비녀婢女가 자리와 주효酒殽를 가지고 왔다. 그래서 금琴·〈낙신부洛神賦〉·조식曹植을 화제로 이야기를 나누고 있노라니 한 청의靑衣 동자가 직초낭자織綃娘子라는 한 여인을 인도해 왔다. 낙포 신녀가 낙포洛浦 용군龍君의 사랑하는 딸이라고 소개하고, 수부水府에서 얇은 비단 깁을 잘 짜는데 자기가 불렀다는 것이다.

그리고는 소광과 용녀龍女(직초낭자) 사이에 용龍에 관한 긴 이야기가 있고 나서 신녀가 드디어 좌우左右에게 명해서 술잔을 돌리게 했다. 그리고는 소광과 두 여인은 정사情事에 들어갔다. 소광은 마치 왼쪽에 경지瓊枝, 오른 쪽에 옥수玉樹를 낀 듯 긴 밤을 情이 끊이지 않았다. 그래서 정회를 시원하게 풀었다. 소광이 "두 선아仙娥를 여기에서 만났으니 그야말로 '쌍미정雙美亭'이구나"라고 말했다.

홀연히 닭 우는 소리가 들리자 신녀와 용녀는 떠날 태세로 시를 남겼다. 시는 모두 헤어지고 난 뒤의 적막함과 슬픔을 말했다. 소광도 여기에 화답하여 다시는 못 만나는 정情을 한恨하였다. 그리고는 두 여인이 선물로서, 신녀는 명주明珠와 푸른 깃(취우翠羽)을, 용녀는 가벼운 깁 한 필을 주었다. 전자는 조식의 〈낙신부〉 가운데 "혹은 명주를 캐며, 혹은 푸른 깃을 주으며"라는 구절이 있어, 〈낙신부〉의 영詠을 이루자는 뜻에서, 후자는 만약 호인胡人이 있어 살려고 한다면 만금萬金이 아니면 불가할 정도로 진귀한 것이란 뜻에서라고 했다.

그리고 신녀는 소광에게 말한다. "그대의 골상骨相이 기이하여 마땅히 세외世外로 나가야 하오. 다만 속미俗味에 담박하고 맑은 금회襟懷로 양진養眞을 한다면 첩妾이 마땅히 음조陰助를 해 주겠소." 말을 마치고는 초연超然히 허공을 밟고 가버렸다.

나중에 소광이 그 명주와 비단 깁을 보존하여 많이 숭악崇岳에 놀았다. 친구가 일찍이 소광을 만나 그 일을 자세히 적어 두었다. 지금 세상을 피해 다시는 보이지 않는다.

보다시피 유계의 두 여인과의 정사와 그것이 계기가 된 최치원의 출세出世가, 소광과 유계의 두 여인과의 정사와 소광의 출세 그것과 닮아 있다. 다만 〈낙신전〉에서는 두 여인의 관계가 자매간姉妹間이 아니고, 각각 비녀婢女와 청의青衣 동자를 데리고 있는 수계水界의 독립적인 존재이나 용녀龍女는 신녀神女의 명命에 의해 늦게 부름을 받고 나온 점에서 간주되는 관계는 자매간에 방불하다. 그리고 달 밝은 밤이라는 시간적 배경에 있어서나, 사건이 이루어지는 공간이 꿈이라는 명시적인 지시가 없어 마치 현실 공간에서 사건이 이루어지는 듯한 착각을 하게 되는 점에 있어서 두 작품은 전혀 일치한다. 또 〈쌍녀분기〉에서 장씨張氏 자매가 결혼 상대가 마음에 차지 않아 그것이 울결鬱結이 되어 그만 죽게 되었다는 것이 하나의 실제적 사실일 수도 있으나, 〈낙신전〉에서 견황후甄皇后가 마음 속의 고민으로 죽었다는 것과 상통한다.

그러나 〈낙신전〉은 소광과 두 여인과의, 작품의 편폭의 대부분을 차지하는 대화와, 불과 20여 자로 서술된 정사와, 그리고 역시 아주 짧게 서술된 소광의 출세出世가 균형도 맞지 않지만, 세 사건이 아무런 필연必然도 유인誘因도 없이 모두 갑작스럽게 일어난, 그래서 거의 무매개적無媒介的인 나열로 되어 있다. 서사 구성이 지극히 미숙하다. 디테일에 있어서도 어색함을 면치 못 한다. 가령 구슬픈 이별의 시를 주고받는 자리에서 용녀龍女가 선물을 주면서 소광에게 한 말, "만약 호인胡人이 있어 살려고 한다면 만금萬金이 아니면 불가하다"는 말 같은 것이 그것이다. 그리고 이 말은 바로 뒤의 신녀神女가 소광에게 출세出世를 권하는 말과도 전혀 어울리지 않는다. 여러 면에서 〈쌍녀분기〉와는 비교도 안 되는 작품이다. 〈쌍녀분기〉는 〈낙신전〉으로부터 납을 가져와 금金으로 변화시킨 격이다.115)

4. 중국 강남江南 지방으로의 유전流傳에 대하여

〈쌍녀분기〉는 최치원 사후 오래지 않은 시기에 창작되어 꽤 널리 읽혀진 것 같다. 널리 읽힐 조건을 〈쌍녀분기〉는 충분히 가지고 있었다. 주인공이 유명한 최치원이고, 사건이 유계의 두 여인과의 정사요, 최광유의 시가 사람을 매료魅了하는 수작秀作이기 때문이다. 그리고 사실은 작품의 짜임새도 당대唐代 전기를 망라하여 최상급이다. 작품 단독으로 전사傳寫되어 널리 퍼져 나갔을 것이다. 그래서 중국 강남 지방, 즉 쌍녀분雙女墳이 있는 현장으로 유전되어 갔다. 그리고, 《육조사적편류六朝事迹編類》에 축약되어 실리게 된 것이다. 이 책은 강남 지방의 연혁·산천·고적 등을 소개하는 인문지리서이므로 그 체제에 맞게 〈쌍녀분기〉의 내용을 극히 간략하게 요약했던 것이다.

다만 여기에 요약 대본이 된 필사본은 적어도 송宋·태평흥국太平興國 6년(981) 이후에 주로 강남지방에서 유전되던 필사본 가운데 하나다. 그것은

115) 일찍이 池浚模가 그의 〈《新羅殊異傳》 研究〉(《語文學》 35, 1976)에서 〈洛神傳〉과 〈雙女墳記〉와의 관련성을 말했으나, 그 시각이 필자와는 다르다.

이 책에 실린 〈쌍녀분기〉 요약본에 송·태평흥국 6년에 생겨난 '개화현開化縣'이 본래의 '율수현溧水縣'을 대체해 있기 때문이다. '개화현開化縣'은 송대宋代 구주衢州의 속현屬縣이다.116) 그런데 이 축약본에는 '선성군宣城郡 개화현開化縣'이라 되어 있다. 그러니까 군명郡名은 당대唐代 율수현溧水縣이 속했던 그 군명을 그대로 두고서 현명縣名만 '개화開化'로 대체되었다. 뿐 아니라 원본의 '초성향楚城鄕'이 축약본에는 '마양향馬陽鄕'으로 되어 있다. 그리고 원본에 없는 쌍녀분에 관한 정보가 한 가지 더 첨가되어 있다. "天寶六年, 同葬于此.(천보 6년에 함께 이 곳에 묻혔다)"가 그것이다. 이것은 최광유가 몰랐거나 알았더라도 작품상 꼭 필요한 요소가 아니라고 생각하여 서술에서 제외시킨 것이다. 그랬던 것이 쌍녀분의 현지에 가서 쌍녀분에 관해 전해오던 정보가 첨가된 것이다. 어쨌든 강남에 유전되던 필사본에는 이 《육조사적편류》에서 요약 대본이 된 필사본 이외에 이것과 필사상筆寫上 차이 나는 이본異本이 더 있었을 것이다. 필사본의 생리는 본래 그런 것이다.

그런데 〈쌍녀분기〉의 중국 강남지방으로 유전에 대해 회의하는 시각이 있다. 당시, 즉 나말羅末 여초麗初의 우리나라와 중국 사이의 인적人的, 물적物的 교류를 생각해 보면 〈쌍녀분기〉와 같은 중국과 연고가 있는 작품이 오히려 유전되지 않은 것이 이상할 정도다. 앞에서 잠시 언급한 바와 같이 등주登州·초주楚州 등지의 신라방新羅坊을 거점으로 하여 신라의 교민사회僑民社會가 일정하게 형성되어 있었다. 신라방은 그 장長으로서 총관總管과, 그리고 그 아래에 전지관全知官과 역어譯語가 있을 정도, 즉 일정한 규모의 행정 체제가 요구될 정도로 큰 것이었다.117) 무엇보다 장보고張保皐(?~841)의 청해진淸海鎭을 근거지로 한 해상활동이 그러한 중국의 교민사회를 전제로 하고서야 가능한 것이었다. 특히 강남 지방에서 가까운 초주는 회하淮河와 양자강揚子江 하류 지역에 거주하던 신라인의 본거지이자 연락 거점이었다. 최치원이

---

116) 이검국, 위의 논문.
117) 정신문화연구원, 《한국민족문화대백과사전》 13, 신라방.

당에 있을 당시에는 본국과의 사이에 2년마다 한 번씩 정기적으로 배가 다녔다.[118] 이것은 당시 신라에서 입회해사入淮海使라고 하여 남중국南中國을 내왕한 사절단使節團과 관계가 있을 듯하다. 민간의 상선商船도 물론 내왕이 끊이지 않았을 터다. 본국의 후삼국기와 당나라 말기의 전란으로 한동안 교류가 다소 저조해진 듯하지만[119] 전란 가운데서도 오히려 피난을 남중국으로 가는 경우도 있었다. 장연우張延祐의 아버지 장유張儒가 가족을 데리고 오초吳楚로 간 경우가 그것이다.[120] 남중국이 당시 우리나라 사람에게 얼마나 낯익은 지방이었는가를 잘 보여준다. 위에서 언급한 바 있지만 최언위崔彦撝도 유학을 떠난 지 24년 만에 귀국했는데, 그 한 아들 광윤光胤은 빈공진사賓貢進士로 북중국北中國의 진晉에 들어갔다가 걸안契丹에 포로가 되어 그곳에서 벼슬을 했고, 또 한 아들 행귀行歸는 남중국의 오월吳越에 유학하여 비서랑秘書郎의 벼슬을 받은 바 있다.[121]

그러므로 최해崔瀣가 빈공급제자로 당나라 멸망 이전 신라 사람 58인 이외에 5대五代 때 32인을 "五代梁唐, 又三十有二人"이라고 하여 '양梁·당唐'에 귀속시키고 있는데,[122] 북중국에서 계기繼起한 왕조인 후양後梁·후당後唐 이외에, 후당이 멸망한 뒤 937년에 남중국에 남당南唐이 세워져 975년까지 존속했다. 최해의 이 글은 수사상修辭上 5대10국五代十國을 두루 들지 못했고,

---

118) 최치원, 〈酬楊贍秀才送別〉(《桂苑筆耕集》, 권20), "배가 비록 隔年으로 돌아가기를 정해졌지만 / 錦衣還鄕할 재주가 없음이 부끄럽소.(海槎雖是隔年迴, 衣錦還鄕愧不才.)"

119) 羅末의 戰亂 사태로 인해 公的 교류가 저조해진 것은 최치원이 당나라에 보내는 國書에서 "근자에 이 땅에 안개가 자욱하여 (중략) 오래 뱃길이 막혔사오니(近屬霧暗醍岑, (중략) 久阻梯航.)"(〈新羅賀正表〉) "관할하는 九州와 百郡이 모두 도적의 불난리를 만나서 (중략) 使節이 서쪽(唐)으로 들어갈 적에는 배가 침몰되고, 冊書가 동쪽(新羅)으로 내릴 적에는 행차가 중간에서 되돌아가(所管九州, 仍標百郡, 皆遭寇火, (중략) 況乃西歸瑞節, 則鷁艦平沈, 東降冊書, 則鳳軺中輟."(〈讓位表〉)라고 하는 등 表·狀에 누차 언급되고 있다.

120) 李基東, 〈羅末麗初 南中國 여러 나라와의 交涉〉(《歷史學報》 115, 1997).

121) 정인지 등, 위의 책, 같은 곳.

122) 최해, 〈送奉使李中父還朝序〉(《拙藁千百》 권2).

또 '당唐'은 '후당後唐'을 일컫는 것 같으나 남중국의 왕조에도 최행귀처럼 유학을 하고 그 가운데는 빈공급제자가 나왔을지 모를 일이다. 최행귀나 장연우는 후일 본국으로 돌아와 고려 광종조光宗朝에 벼슬을 했다. 그와 동시에 여초, 특히 광종 대에는 중국인으로서 고려에 귀화한 사람 또한 적지 않았다. 그 가운데 쌍기雙冀는 북중국의 후주後周에서 왔지만 왕융王融은 남중국의 민閩 지방에서 왔다.[123] 어쨌든 나·당간 교류가 5대五代 시기를 지나 고려 전기 여·송의 교류로 이어졌는데,[124] 중국인의 고려로 귀화가 활발했다는 점에서 교류는 더욱 심화되어온 양상이다. 후일 김택영金澤榮이 망명지로 남통주南通州를 선택한 것이 결코 우연이 아님을 알겠다.

물론 당시 재당在唐 신라인, 또는 재중국在中國 후삼국인 및 고려인은 주로 상업·운송업·무역업·조선업 등에 종사하는 사람이었다.[125] 그러나, 본국에서 중국의 각 왕조의 빈공과를 목표로 유학하는 사자士子가 적지 않았고, 또 중국 현지에 정착한 교민 가운데서도 식자인識字人이 나왔을 것이므로 당시 본국과 중국과의 교류에서 공적 영역은 말할 것도 없지만 사적 영역에 있어서 지식인의 비중은 적지 않았다. 이러한 지식인의 공사 간의 교류를 통해 〈쌍녀분기〉가 남중국, 특히 강남 지방으로 유전될 가능성은 충분한 것이다. 더구나 최광유는 강남 지방에 사는 이처사李處士란 이와 아주 절친하여 일찍이 그의 집을 방문한 적도 있는, 강남 지방에의 개인적인 연고도 있었음에랴.[126]

123) 이동환, 위의 논문.
124) 이기동, 위의 논문.
125) 정신문화연구원, 같은 책, 같은 곳.
126) 《협주명현십초시》, 〈憶江南李處士居〉, "일찍이 江南 隱者의 집에 들렀었지.(江南曾過戴公家.)"

5. 맺음말

이상에서 여러 문제에 걸쳐 다각적인 시각에서 분석·검증함으로써 〈쌍녀분기〉의 작자와 창작 배경을 밝혀내었다.

종래 〈최치원〉의 원제原題는 〈쌍녀분기〉이며, 신라시대의 '수이殊異'한 일을 기록한 여러 다른 자료들과 함께 박인량에 의해《신라수이전》으로 찬집되었다. 〈쌍녀분기〉의 작자는 실전되었으나, 그동안 학계에서는 최치원·박인량·김척명, 또는 여말 선초의 어느 작가일 것이라고들 했다.

〈쌍녀분기〉는 당대唐代 전기傳奇를 망라하여 삽입시의 밀도가 가장 높다. 따라서 이 풍부한 삽입시와 나말 견당유학생들의 시를 대조하여 검증하는 것이 작자를 밝히는 신빙할 만한 첩경이다. 그 결과 최광유의 시가 그 수염愁艶한 풍격, 압운 취향押韻趣向, 심상心象 등에 있어 일치됨을 밝혀냈다. 따라서 작자는 최광유다. 아울러 〈쌍녀분기〉 결미 부분 사전史傳의 서술 태도를 분석하여 최광유가 최치원의 만년 사생활을 근접 관찰한 최치원의 측근 후배임을 알았다. 그리고 창작 시기는 신라 멸망 이전 최치원 사후 오래잖은, 경주가 중앙부이던 시기다.

창작 배경으로서는, 나당이 함께 쇠란해가는 시기에 살았던 실의한 최치원과 최광유의, 현실허무주의의 동병상련적 계합契合이 근본 동기가 되었으며, 그 밖에 최치원의 재당시在唐時 연애 사건, 쌍녀분에의 제시題詩, 그리고 당대唐代 전기 〈낙신전〉 등이 각각 정황적 및 제재적 배경과 작품적 배경이 되었다.

그리고 이 작품이 중국 강남 지방으로 유전하여 현지에 있는 쌍녀분의 고사故事로 자리잡았다.

그 작자와 창작 배경을 검증하는 과정에 우리는 〈쌍녀분기〉가 고도한 기획, 치밀한 전략에 의해 창작된, 당대 전기를 망라해서 발군拔群의 작품임을 알았다. 그리고 이 작품은 동아시아가 쇠란을 겪는 역사의 틈바구니에 서식했던 두 실의의 지식인의 세계내에서의 존재상황을 묻는 역사적 존재의 존재론적 고뇌를 담은 문서임을 알았다. 그 세계 내에서의 존재 상황에 대해 묻는 형식이 세계외 탈리脫離로 형상화된 것이 이 작품의 특징이다. 유계幽界의 두 여인과 허무의 정사情事에 파멸적으로 침몰함으로써 이 세계를 하강下降 방향으로 탈리하는 상징과, 마침내는 '유심충막遊心沖漠'이라는 초월계超越界로의 상승 방향으로 탈리하는 실제가 그것이다.

(《민족문화연구》 37, 고려대학교 민족문화연구원, 2002)

고려전기 한문학

1. 한문학의 본격화와 그 양상

1) 본격화 과정

고려 전기(태조 초년~의종 말년)는 여러 국면에서 민족사의 전환이 진행되던 시기이거니와 문학사에서의 전환은 향찰문학鄕札文學이 쇠멸하고 한문문학漢文文學이 본격화되는 현상으로 집약된다.

진정한 의미에서 문학의 역사적 본격화는 작가 집단이 하나의 독립된 사회신분 범주로 분화되기를 기다려서야 이루어진다. 그렇지만 관인官人으로서의 신분과 작가作家로서의 신분이 미분화상태였고 한문학 역량이 관인신분 획득의 도구로 쓰이던 시대의 경우 한문학의 역사적 본격화는 크게 다음 두 가지 지표에 의해 파악된다. 그 한 가지는 한문학이 왕조의 정교선양政教宣揚 및 교빙交聘이라는 공공적 경영의 실용적 도구로서의 기능을 넘어서서 작가의 개인성個人性에 입각한 사상·감정의 표현체제로서의 기능을 수행했느냐이다. 또 다른 한 가지는 이 개인성 측면의 기능이 그 시대 문화적 욕구대상欲求對象들 안에 불가결한 요소로 편입·정착되었느냐이다. 전자는 대체로 양식의 채용 범위—특히 개인성을 표현하기에 적합한 양식의 채용 범위

—와 작가들의 저작의식의 개인성의 정도에 의해 검증된다. 그리고 후자는 개인성에 입각한 작품의 저작·향유의 사회적 확대 정도에 의해 검증될 성질의 것이다. 여기에서 표현의 기교도 지표의 하나로 당연히 설정됨직하다. 그러나 한문이라는 언어를 문학적으로 구사하면서 정상 수준에 도달한 이후의 기교 문제는 그 측정 기준이 한결같지 않다. 뿐만 아니라 개인차를 넘어선, 한문학의 사적史的인 국면에서 기교의 일반 수준의 문제는 앞의 두 가지 지표에 대체로 해소된다고 보기 때문에 굳이 따로 설정할 필요를 느끼지 않는다.

지표의 전자만을 가지고 본다면 삼국시대에 이미 그러한 현상이 나타나기 시작했다고 할 수 있다. 그러나 작가는 극히 제한적이었던 것 같고, 양식에서는 주로 시, 그것도 형식이 비교적 간편한 것을 채용했던 것 같다. 따라서 전자의 지표를 채우기에도 매우 빈약했던 셈이다. 첫 번째 지표를 어느 정도 채우면서 후자까지도 일정하게 충족시켜 가는 징후가 나타나기 시작한 것은 역시 신라말·고려초이다. 즉, 그동안 중국에 유학하거나 본국에서 공적·사적 수학경로를 통해 점진적으로 성장해 온 유사계儒士系 문인들이 현저하게 사회적으로 대두한 후부터이다.

이들의 대두는 역사 전환의 촉진소의 하나로 작용하였는데, 이들 유사계 문인들은 나말에서 여초에 이르는 혼란한 왕조교체기에 그 대응하는 방향에 따라 크게 두 부류로 나눈다. 즉, 어느 조정에건 입사入仕한 부류와 자의든 타의든 끝내 재야인으로 남는 부류가 그것이다. 박인범朴仁範·최승우崔承祐·최응崔凝·박유朴儒·최언위崔彦撝 등이 전자에 속하고, 최치원崔致遠·왕거인王巨人 및 망명 지리산 은자 등이 후자에 속한다.[1] 고려왕조 성립 이후 신라계 문사들—종래의 재야문사 및 경순왕과 함께 개경으로 옮겨진 옛 신라조정의 문관들—의 수와 그 거취는 묘연하다. 그런데 숫적 규모는 신라가 망하기 약 1세기 전인 문성왕 2년(840)에 당에서 돌려보낸 질자質子 및 학생이 105

1) 崔滋,《補閑集》下.

인이었다는 사실에서 어느 정도 짐작이 간다. 그리고 고려조정에서 그들의 거취는 역시 입사入仕와 재야 두 부류로 나누어졌을 것이다.

전자의 경우로는 확실하게 밝혀져 있는 사례가 없다. 다만 신라계 2세라고 할 수 있는, 신라가 망할 때 9세 소년이었던 신라 원보元甫 최은함崔殷含의 아들 승로承老와, 광종 때 과거에 급제한 최량崔亮 정도가 드러나 있을 뿐이다. 후자의 경우로는 망명亡命 지리산 은자가 하나의 실마리가 되겠는데, 대략 다음 몇 가지 유형의 어느 한 가지에 속하거나, 또는 두 가지 이상이 중첩되었던 것으로 볼 수 있다.

㉮ 한문학 역량이 상대적으로 약하거나, 그 문학성향이 신흥 고려왕조의 경국지문經國之文으로는 적합하지 못한 경우.

㉯ 승려와 대대對待되는 한문지식인이란 점에서 유사儒士이기는 하나, 고려왕조가 수용·정착을 힘써 추진하고 있는 유교적 가치·전장典章에 대해 지적知的으로 소략하거나 그 의식·태도에서 소극적인 경우.

㉰ 신라, 즉 옛 자기들의 왕조에 대한 회고의식에 잠겨 있거나 또는 지절의식志節意識을 가진 경우.

㉱ 기본적으로 현실을 거부하고 세속으로부터 도피한 경우.

왕의 초빙에 "나라에서 부르는 글이 골짜기에 들어오니/아뿔싸 내 이름이 세간世間에 떨어졌군"[2]이라는 싯구를 남기고 사라진 지리산 은자는 ㉱의 유형에 들겠고, 〈최치원崔致遠〉(〈쌍녀분기雙女墳記〉[3])의 작자 (최광유崔匡裕)는 ㉮와 ㉯를 아울러 가졌던 인물이다. 그리고 현종대의 장연우張延祐에 의해 한역漢譯된 향찰가사鄕札歌詞 〈한송정寒松亭〉의 작자도 이 작품만 가지고는 한

2) 崔滋, 앞의 책, "一片絲綸來入洞 始知名字落人間."

3) 종래에는 작품명 〈崔致遠〉에 작자가 '최치원'으로 통행해왔으나, 작품명은 〈雙女墳記〉, 작자는 崔匡裕로 밝혀졌다. 李東歡, 〈雙女墳記의 작자와 그 창작 배경〉(《민족문화연구》 37, 고려대학교 민족문화연구원, 2002) 참조.

문학과의 직접 관련지을 수는 없지만, 작품의 내용이나 정조情調로 보아 신라유민계로서 ㉰의 유형에 들 가능성을 배제할 수 없다.

아무튼 한문학의 본격화는 나말에서 여초, 대략 성종연간에 이르는 시기의 이들 재야문사들에 의해 그 단초적인 징후가 양성釀成되기 시작했다. 최치원은 종래에 우리나라 한문학의 시조로 인정되어 왔거니와 특히 한문학의 개인성을 지표로 하여 접근했을 때에도 그는 여전히 본격화의 단초를 연 존재로 확인된다. 현재 수습된 그의 문집의 잔여분에서나마 양식의 채용 범위가 일정하게 확장되었고, 저작의식의 개인성이 일정하게 제고되었음을 볼 수 있다. 그리고 그의 문학적 명성은 주로 〈격황소서檄黃巢書〉 같은 공용문장이 매개가 되었지만 그것이 한문학의 개인성의 측면에 대한 인식도 높여주는 계기로 되었을 것이기 때문이다.

그리고 전기傳奇의 출현이다.[4] 전기계의 작품은 대개 나말부터 지어지기 시작하여 고려 초기에 들어와 주로 신라유민계 재야문사 1세나 또는 2세들에 의해 지어진 것으로 추단된다. 전기는, 그 양식의 성격이 순전히 개인성을 지닌 것이란 점에서 이 시기 한문학의 본격화 징후를 밀도 높게 보여주는 셈이다. 유민계 문사들의 문학적 저작으로 이 밖에도 시詩를 비롯하여, 개인성이 상대적으로 높은 양식을 채용한 것들이 의당 있었음직하다. 그러나 이런 저작들이 인멸되는 가운데 유독 전기계 작품이 일부나마 전해지게 된 것은 그 서사적인 내용이 가진 흥미도 흥미려니와 무엇보다, 작품내의 서사敍事가 의擬, 또는 준역사사실準歷史事實로 인식되어 온 때문이었을 것이다. 역사기록이야말로 한문학이 지닌 공공적 기능의 가장 우선적인 과제였고, 따라서 역사기록이 문헌들 가운데 역시 가장 우선적인 보존 대상이었다는 점을 상기해 보면 수긍될 것이다.

한편 앞에서 예시한 삼국의 각 정권에 입사한 문인들의 경우는 실용적이며

---

4) 이 시기의 전기에 대한 본격적인 논의로는 林熒澤, 〈羅末麗初의 傳奇文學〉(《韓國漢文學硏究》 5, 韓國漢文學硏究會, 1980·1981)이 있다.

공공성을 지닌 문장을 넘어 개인성에 입각한 한문학 작품을 쓸 때, 시를 제외한 다른 양식에까지 채용하여 확대해 갈 만큼 정신의 잉여영역을 미처 갖지 못했던 것으로 생각된다. 당의 빈공과賓貢科에 급제하여 최치원崔致遠·최인연崔仁渷(언위彦撝)과 함께 문장으로 '일대삼최一代三崔'[5]라 일컬어지던 최승우崔承祐조차도 그 문학적 저작은 시를 제외하고는 사륙변려체四六騈儷體로 쓰인 공용문장 5권에 그친 사례가 이 점을 잘 시사해준다. 최승우의 4·6변려체 문장 5권이 최치원의 《계원필경집桂苑筆耕集》과 같은 유형의 공용문장 위주였음은 그 스스로 문집을 《호본집餬本集》, 즉 '호구지본 餬口之本'이라 명명한 데 잘 드러나 있다. 그리고 3최 가운데 최언위 역시 태조~정종연간에 왕명을 받들어 지은 고승들의 탑비塔碑 이외에 남긴 작품이 보이지 않는다.

그런데 최치원의 저작과 전기계傳奇系 작품의 출현으로 드러나기 시작하던 한문학 본격화의 징후는 그 자체로서 확실한 하나의 역사현상으로 정착되면서 고려 전기의 전반기, 대략 정종靖宗 연간까지를 관철하여 후반기로 이어진 것 같지는 않다. 고려 초기의 중국 문사들의 열성적인 영입과 과거제의 실제 추이 등을 살펴보면, 이 시기 고려는 마치 한문·한문학을 비로소 수용하기 시작하기라도 하는 듯한, 이 분야에서 일종의 무인지경적 상황을 보는 듯하다. 적어도 조정朝廷이라는 중앙부에서는 그러하다. 광종대 서필徐弼의 유명한 항거를 불러 일으킬 정도의 중국 문사 영입에의 열성과 광종~성종대의 과거에서 쌍기雙冀와 왕융王融 두 귀화인이[6] 각기 세 차례와 열두 차례에 걸쳐 지공거知貢擧를 거의 독점한 사실, 그리고 여기에 맞물려 진행된 성종의 일련의 과거응시 추동책推動策 등은, 다른 정치·외교적인 이유도

---

5) 〈奉化太子寺郎空大師白月栖雲塔碑〉(《朝鮮金石總覽》 上, 朝鮮總督府, 1919).

6) 王融이 귀화인임은 왕융이 지은 〈康州智谷寺眞觀禪師碑〉(《釋苑詞林》 191)에서 崔承老가 왕융을 가리켜 '閩川拂衣者', 즉 '(중국의) 閩 지방에서 (고려로) 歸隱해 온 사람'이라고 일컬은 데서 분명히 알 수 있다. 그리고 李穡의 〈賀竹溪安氏 三子登科詩序〉(《牧隱文藁》 8)에서도 다시 확인된다. 자세한 내용은 李基東, 〈羅末麗初近侍機構와 文翰機構의 擴張〉(, 《歷史學報》 77, 1978; 《新羅骨品制社會와 花郎徒》, 韓國文化硏究院, 1980, 270~273쪽) 참조.

개재해 있었을 것이다. 그러나 이 시기 고려조정의 토착 한문학 역량이 공적公的 수요에 대응하기에 실제로 빈약했거나, 적어도 통치자의 이 방면에의 의욕 수준, 또는 중국을 의식한 이 시기의 통념적 기대 수준에 크게 미달했음을 반영하고 있음에 틀림없다. 이 점은 왕명을 받들어 지었으므로 다분히 공공성을 지녔던 문장인 탑비塔碑·사비류寺碑類의 이 시기 저작상황에서도 드러난다. 찬자 판독이 가능한 현존 자료에서 태조~정종 연간 9건 가운데 7건이 최언위, 광종~경종 연간 7건 가운데 3건이 김정언金廷彦, 2건이 왕융에 의해 지어졌다. 고려 전기의 후반기로 넘어가서는 찬자가 여러 사람으로 교체되어 등장하는 것과는 대조적인 현상이다. 이 시기 고려조정의 한문학 역량의 인적 빈곤상을 드러내어 주는 현상의 하나임에 틀림없다.

우리나라에서 한문학을 수용하려는 일차적인 요구는 왕조의 정교선양 및 교빙에의 공공적 기능성으로부터 나왔으며, 관인이 되어 이러한 공공적 기능성을 가지고 실현하는 것이 문사들이 우선적으로 바라는 바였다. 이러한 점에 비추어 생각하면 위에서 제시한 두 가지 지표에 부합하는 한문학의 본격화의 정상적인 진행은 조정의 공공적 수요를 일정하게 충족시키고 난 다음의 잉여영역剩餘領域으로서의 실현일 터이다. 그런데 이 시기 한문학의 본격화 징후는 공공적 수요라는 본류로本流路에 일종의 공동적空洞的인 국면을 둔 채 일어난 방류傍流 현상이었던 것이다. 전기傳奇 양식은 중국에서도 문언문학文言文學의 정통양식이 그 역사적인 생성의 누적으로 거의 완비된 체계로 이루어지고 난 당나라 중기에 들어와서야 성행하기 시작하였다. 이러한 중국의 예를 굳이 적용하지 않더라도 전기 같은 양식은, 우리나라 한문학 수용에의 일차적인 요구에 비추어, 고려의 건국과 함께 확대·상승된 정교政教·전장典章·의례체계儀禮體系에 부응하여 확충되었을 정통양식, 특히 공공성을 지닌 그것들에 대한 역량의 일정한 성숙·충족이 있고 난 뒤에야 출현함직한 것이었다. 따라서 고려 초기 신왕조의 정교·전장·의례체계에 부응하는 영역에서의 역량에 일종의 공동국면을 둔 채 전기 같은 양식이 유행했다는 것은 한문학사 그 자체의 표면으로만 본다면 하나의 이상 현상으로 떠오른다. 그러나 앞에서 언급한 바 주로 6두품계인 신라 말의 재야문사 및 이들의 뒤를 이은 고려초 신라 유민계 재야문사들의 사회적 처지상 상대적으로 앞서 발달할 수밖에 없는 자아의식과, 비슷한 시기에 중국에서 이 양식이 성행한 사실을 연결해 생각하면 역사적으로는 충분히 개연적인 현상인 것이다.

이러한 성향의 한문학적 성과는, 이들 집단이 고려사회에서 최치원 후손의 처지에서 보이는 바와 같은, 주로 침강적沉降的인 소멸과[7] 함께 더 이상 상승적인 발전을 하지 못하고 말았다. 그러나 그것이 공동을 채워 나가는 조정권朝廷圈의 한문학 본류와 아무런 연관도 없이 한갓 부질없는 방류傍流로 끝난 것은 결코 아니다. 이들의 문학이 가진 낭만의식이며 유미풍唯美風은 이 시기 조정권朝廷圈의 문학에 일정한 영향을 주었을 것이며, 특히 전기계 작품들은 이 시기 조정권에서 구시대 역사의 채록·편성에 자극을 주면서 실제적으로 사료의 일부로 편입되기도 했을 것이라고 본다.

한문학의 본격화는 결국 이와 같은 우여곡절을 겪으며 진행되었는데, 특히 성종대의 유학·과거 진흥을 위한 일련의 추동책이[8] 있은 이후로 급속히

---

7) 鄭知常, 〈柏栗寺〉(《新增東國輿地勝覽》 卷21, 〈慶州〉), "記憶崔儒仙 文章動中土 (중략) 邈哉九世孫 結髮混卒伍."

8) 성종대에는 그 재위 16년 동안 원년과 9·11년을 제하고는 해마다 과거를 시행했다. 또 과거를 이렇게 시행할 수 있는 기반 조성을 위해 그 즉위 초기에 널리 諸州의 자제 260여 명을 뽑아 올려 중앙에서 공부하게 했다. 동 5년 7월에 귀향하고 싶어 하는 학생 207명을 돌려 보내고는 그 후속 조처로 이듬해 8월에 12牧에 經學博士 각 1인을 醫學博士 각 1인과 함께 파견하여 지방 자제들을 교육하게 하였다. 그리고는 8년 4월, 이러한 장려책을 폈는데도 학업이 과거에 응할 수준에 이른 자의 수가 기대에 차지 않자 마침내 이 문제를 일정한 범위의 관료의 인사고과에 연계시키기에 이르렀다. '무릇 文官으로서 제자 10인 이하를 둔 자'를 그 職의 임기가 만료될 즈음 有司로 하여금 보고하게 하여 포폄의 자료로 쓰게 하고, 12목의 경학박사로서 그 문하에 한 사람도 應擧者를 못낸 자는 비록 임기가 차더라도 그대로 유임케 하여 성과를 내도록 독려하는 것을 일정한 격식으로 삼게 했던 것이다. 성종은 한 걸음 더 나아가 그 14년에 文臣月課制까지 제정했다. 즉 나이 50세 이하로서 아직 知制誥를 거치지 아니한 중앙에 있는 문신들은 翰林院에서 출제하여 매월 시 3편, 부 1편씩을 지어 바치게 하고, 지방에 있는 문신들은 임의의 제목으로 매년 시 30편, 부 1편씩을 지어 매년 말에 바치게 하여 한림원에서 평가하여 왕에게 보고하게 한 것이다.

진전되어 갔다.

성종대의 유학·과거 진흥책들은 요컨대 한쪽편에 중국을 전범典範으로 둔 고려 왕조의 총체적인 문화적 약진 지향의 한 표현이며, 왕권 강화의 정치적 책략성도 전망하는 문화적 구도의 일부 내용 요소로 결합되어 있었다고 보아야 할 것이다. 성종은 '주周·공孔의 기풍'과 '당唐·우虞의 다스림'에의 성취에 이르는 주요한 방도의 하나로 '과목科目'을 내세웠는데,[9] 이는 유학에 대한 이해의 소박성을 드러내고 있지만, 유학을 통한 새로운 문화적 약진 의욕의 한 표현으로 보아 마땅하다. 더구나 당시 국제관계에서도 태조가 '금수지국禽獸之國'으로 규정한 거란과의 갈등이 더욱 심각한 국면으로 접어들 때라, 중국을 전범으로 한 문화 약진을 통해 국가의 격을 높이 상승시켜 중국과는 다른 편에 있는 거란과의 문화적 낙차를 더욱 벌임으로써 대응하자는 대외관계의 문맥도 포함되어 있다고 보아야 할 것이다. 그런데 유학을 통한 문화 약진 지향의 주요한 방도의 하나로 과거를 힘써 시행했고, 제술업製述業을 과거의 수위과首位科로 설정하고 있었다는 점에서 한문학이 문화 약진 지향의 바로 중심부 위에 두어져 있었던 셈이다. 경학은 문학과 함께 한문을 매개로 하는 문화의 양대 분야이다. 그러나 과거에서 명경업明經業이 중시되지 못하고, 유사·문인 일반의 의식·사고에 있어서나, 저작 실제에서 '경술經術'과 '문장文章'이 미분화이거나, 분화되었다 하더라도 극히 초보적인 단계에서 경술보다는 문장을 우위로 하는 이 시기의 일반적 경향이 또한 이 점을 받쳐주고 있었다. 그래서 과거제 시행을 통한 한문학 장려 그 자체를 표적으로 삼은 것은 아니라고 하더라도, 왕의 '낙모화풍樂慕華風'에 대한 '민民'의 '불희不喜'의 정서를 대변한 이지백李知白의 유명한 반발[10]은 광종~성종연간 국왕들이 주도한, 중국을 전범으로 삼은 문화약진정책이 얼마나 적극적으로, 바꾸어 말하면 얼마나 급진적으로 추진되었는가를 반증해

9) 《高麗史節要》 권2, 성종 5년 7월 敎書.
10) 《高麗史節要》 권2, 성종 10년 10월.

주고 있다. 이러한 추세는 한문학의 본격화를 하나의 역사현상으로 정착되도록 하였던 것이다.

이어 문종대의 사학 발흥에 촉진되어, 예종·인종연간에 이르러서는, 마침내 "위로 조관朝官들은 사채辭采가 넉넉하고, 아래로 여염누항간閭閻陋巷間에도 경관經館·서사書社가 여기저기 서로 마주할 정도이며, 졸오卒伍·동치童稚에 이르기까지 향선생鄕先生에게 (한문을) 배우기에"[11] 이를 정도였다. 서긍徐兢의 표현을 그대로 믿을 수는 없지만, 한문 내지 한문학적 역량을 지닌 사람들이 일종의 피라미드적 구조를 이루고 있었던 윤곽을 파악할 수 있다.

2) 본격화의 양상

그러나 한문 내지 한문학의 인적 역량이 이같이 축적되고 있었다고 하더라도 고려 전기에 도달한 한문학의 본격화는 흔히 통념적으로 인식되고 있는 만큼 그렇게 실질적이고 안정된 것은 아니었던 것으로 생각된다. 당초 개인성의 사상이나 감정에서 표현체계로서의 기능이 정착하는 데 한문학을 본격화하는 지표의 하나를 두고, 여기에 상응하는 양식의 채용 범위와 저작의식에 반영된 개인성의 정도를 그 검증대상으로 삼았었는데, 이런 점에서 이 시기가 끝나도록 아직 다분히 불안정한 편향성의 징후가 농후하기 때문이다. 주지하듯이 이 시기의 자료 가운데 전해지는 것이 매우 엉성한 터라 당시의 실제 양상에 대한 정확한 검증은 어렵다고 하더라도 기본적인 대세의 파악까지 불가능할 것으로 보이지 않는다.

먼저 《동문선東文選》·《대각국사문집大覺國師文集》 등에서 조사되는, 이 시기에 통행된 양식들의 목록을 제시하면 다음과 같다.

---

11) 徐兢, 《高麗圖經》 권40, 儒學.

㉮ 조칙詔勅·교서敎書·제고制誥·책冊·비답批答·불도소佛道疏·청사青詞·치어致語

㉯ 표表·전箋·장狀·계啓·제문祭文·송頌·비碑·상량문上樑文·서書·사전史傳

㉰ 부賦·오언고시五言古詩·오언율시五言律詩·오언배율五言排律·오언절구五言絶句·칠언율시七言律詩·칠언배율七言排律·칠언절구七言絶句·사詞·명銘·찬贊·묘지墓誌·전傳·기記·서序·주의奏議·의議·전기傳奇·잡록류雜錄類·발사發辭·원문願文

확연히 나누기 어려운 경우도 없지 않으나, 대개 ㉮의 것은 거의 전적으로 공공성의 사상·감정의 표현에, ㉯의 것은 공공성과 개인성의 사상·감정을 함께 표현하는 데, ㉰의 것은 주로 개인적인 표현에 쓰이는 양식들이다. 이 목록의 외형으로만 보면 양식의 채용이 일정하게 균형 잡힌 체계구성으로 나아간, 그래서 앞에 제시한 지표의 일부를 충족시켜 줄 만한 것도 같다. 한문학의 양식들은, 중국에서부터 대체로 정교政敎·전장典章·의례儀禮에의 실용이라는 공공적 요구를 중심으로 생성되어 온 점에 비추어 보면, 위에 든 목록의 외형이 보여주듯이 일정한 균형적 체계성은 이 시기 한문학의 본격화가 안정적 정착을 인정하는 데 별 문제가 없을 것 같아 보인다. 작품이나 다른 자료의 인멸에 따라 묻혀버린 양식이 있다면, 그것은 공공성적일 가능성보다 개인성적일 가능성이 더 크리란 점까지 고려하면 더욱 그렇다.

그러나 중요한 것은 양식체계의 외형적 성격보다 사용의 실제 내지 작가의 저작의식, 그리고 각 양식 나름의 통행의 일반화 정도이다. 우선 앞의 목록에서 ㉮의 것들은 아예 공공적 실용에만 쓰였으므로 거론할 필요조차 없거니와, 공공성과 개인성의 공용共用인 ㉯의 것들도 현재 전해지는 작품실제를 통해 보건대는 대부분 공공적 실용에 바쳐지고 있다. 가령 가장 많이 전하고 있는 130여 편의 표表는, 전箋과 함께 그 양식의 기본 성격이 신臣이 군君을 향해 소회·소견을 진술하는 것이고, 따라서 그만큼 격식적인 것이다.

즉 그 사용의 입지를 공공과 개인으로 나누는 것 자체가 애초에 무의미할 정도로 공공성의 지배를 받는 터이다. 그러므로 개인의 입지에서 쓰인 50편 내외의 작품들에서 진정으로 개인성에 입각한 저작의식을 보여주는 작품으로는 윤언이尹彦頤의 〈광주사상표廣州謝上表〉, 이자현李資玄의 〈진정표陳情表〉 등 손꼽을 정도 뿐이다. 주로 금석으로 전하는 비문은 거의 전부가 '봉교찬奉教撰'이라 공공성의 강한 제약 안에서 개인성이 한계적으로 드러난 것이다. 서書·장狀·제문祭文에 개인의 입지에서 쓰인 것이 비교적 많은 편이나, 앞의 두 가지 경우는 역시 양식의 본래적 속성상 대개 사무적이거나 사교적 실용성이 지배적인 만큼 문학성은 약하다. 나머지 계啓·송頌·상량문上樑文은 남은 작품이 각기 두세 편을 넘지 못하는데, 계는 대체로 비교적 개인성이 높게 쓰인 것 같으나, 송은 물론 상량문 역시 공공성이 지배적이었던 것 같다. 사전史傳은 기본적으로 공공성과 개인성의 합일을 지향하는 양식이다. 이러고 보면 ㉯의 양식들은 그 작품적 실현에서 전반적으로 공공성이 지배적이었던 셈이다.

그리고 ㉰를 보면 우선 시 양식에서 7언고시 한 가지 말고는 당대唐代 이래 중국에서 통행하던 양식들은 거의 다 망라되어 있다. 한문학 수용 이래 개인성 양식으로는 가장 일찍이 정착한 문학사적 누적의 결과와도 무관하지 않지만, 이 시기에도 개인성의 문학적 실현은 주로 시양식에 집중되었음을 외형만으로도 단번에 알 수 있다. 이와는 달리 선종 7년(1090)에 고려에 들어온 《문원영화文苑英華》의[12] 양식체계 가운데—실은 이 이전부터 작품을 통해 이미 분산적으로도 접해 온—특히 개인성이 강한 산문양식인 잡설雜說·송서送序·증서贈序·우언寓言·잡기雜記 등은 보이지 않는다. 뿐만 아니라, 삼국시대 이래로 문학의 필수교본이 되어 온 《문선文選》에 편입되어 있는 논論·잠箴·애哀조차도 보이지 않는다. 이 양식들은 일반적으로 통행의 정도가 그리 높은 편이 아닌 것은 사실이나, 그렇다고 또 그렇게 형식이 까다롭거나 그

12) 《高麗史》 권10, 世家10, 선종 7년 12월.

시대 사람들의 삶에서 이런 양식들이 요구되는 경우가 극히 예외적인 데 속하는 것도 아닌 것이다. 이들 양식이 이 시기에 실제로는 채용되었는데 그 자취를 남기지 못했다면, 그것은 이 시기 작품을 주로 전해 주고 있는 《동문선東文選》의 선문選文 태도로 보아[13] 이때 걸리어 없어졌다기보다는 그 이전에 이미 없어져 버릴 만큼 그 사용이 극히 드문 사실에 속했음을 뜻하는 것 외에 다름 아니다. 이 시기 최고의 대가인 김부식金富軾의 20권 문집은, 《동문선》의 선문상황으로 미루어 볼 때 이 책의 편찬 당시까지 남아 있었을 가능성이 높다.[14] 그런데 이 책에 20종의 양식이 실린 김부식에게서 이들 《문선》의 세 양식을 사용한 자취를 볼 수 없다는 사실은 한문학의 미숙한 발전의 양상을 여실히 보여준다.

아무튼 이 시기의 산문 양식으로서 저작의식의 개인성에 대응하는 것들은 그 채용 범위도 그리 넓지 못할 뿐만 아니라 그 개인성의 실현 기대성에서도 상대적으로 낮은 편에 속하는 것들이 대부분이다. 이 문제와 관련하여 힘써 고문古文을 배워 해동 제일로 일컬어졌던, 문종~예종 연간의 김황원金黃元이 역시 고문을 표방한 이재李載와 함께 당시 재상宰相 이자위李子威로부터 "이런 무리들이 오랫동안 문한文翰의 지위에 있으면 후생들을 그르치고 말겠다"는 규탄을 받고 폄직貶職된 사실은[15] 많은 시사를 준다. 결국 이 시기에는 대체로 공공적 용도와 저작의식의 공공성에 입각한 양식 및 여기에 결합된 변려문체의 압도적 관철 속에 순수한 산문양식, 특히 개인의식성이 강한 양식은 그 채용·통행이 허여될 여지가 별로 없었던 것 같다.

한편 위의 ㉰에서 문예적인 산문양식 가운데 묘지墓誌의 문예적 발달이, 예외적인 몇 편을 제외하고는 극히 낮은 단계에 머물고 있는 사실, 남아있는 7편의 기記 가운데 왕(실)에 관련된 것이 6편이나 된다는 사실에서 개인성

---

13) 李東歡, 〈東文選의 選文方向과 그 意味〉(《震檀學報》 56, 1983) 참조.

14) 成俔의 《慵齋叢話》 권8에 나오는 문집 목록은 당시 行世本 전부라고 볼 수 없다는 전제에서다.

15) 《高麗史節要》 권8, 예종 12년 8월.

산문양식이 실현된 실제 상황의 일부 국면을 가늠할 수 있다. 전傳은《삼국사기三國史記》열전 외에 특히 승전僧傳이 많이 지어진 것으로 생각되나, 문예성 및 개인의식성에 입각한 본격적인 인물형상화란 점에서는〈균여전均如傳〉과 병렬할 만한 작품이 더 있었을 것 같지는 않아 보인다. 과거 제술업에서 시와 함께 핵심과목의 하나인 부賦 가운데 전해지는 것은 김부식이 쓴 단 두 편뿐이다. 부는 후세에도 작품이 상대적으로 많은 편이 아니었기는 하나, 그 양식이 주로 과거시험 과목으로만 기능했고 개인적 창작욕구로의 연결은 극히 희소했음을 뜻한다고 할 수 있다.

이상의 검토로 미루어 보건대, 이 시기에 도달한 한문학의 본격화는, 한마디로 삼국시대 이래 일부 공공성 양식이 정착한 것을 이어받아, 왕조의 확대된 정교·전장·의례체계에 대응하여 공공성 양식의 채용 범위가 확대되는 가운데 개인성 산문양식이 일정하게 확대되고, 개인성 실현에서 시 양식으로 높은 집중도를 보인 것이라고 규정할 수 있다.《동문선》에 남겨진 아래와 같은 김부식의 작품 양식체계도, 결국 이 시기의 이러한 형세를 단적으로 반영하고 있는 것이라고 할 수 있다.

부賦·오언고시五言古詩·오언율시五言律詩·칠언율시七言律詩·칠언배율七言排律·오언절구五言絶句·칠언절구七言絶句·교서教書·제고制誥·책册·비답批答·표表·계啓·장狀·명銘·찬贊·기記·의議·소疏·청사靑詞

(《동문선》의 배열 순서에 의함)

개인성의 문학적 실현이 시 양식으로 집중되는 것은 문학사에서 보편적 현상이나, 문제는 여타 개인성을 지닌 산문양식과의 비례 관계에 있다. 이런 관점에서 보아 고려 전기는 우리나라 한문학사의 후세 양상에 견주어 상대적으로 시쪽의 집중도가 현저히 높았다는 말이다. 이 점은 사詞 양식에서도 극명하게 드러난다. 사는 특히 선종·예종의 경우 직접 지은 자취를 역사 기록에 남길 정도로[16] 당시 궁정문학宮廷文學의 중요 양식 가운데 하나였던 것이다. 그리고 《예종창화집睿宗唱和集》의 존재와, 이자연李子淵의 원찰願刹 감로사甘露寺를 제재로 한 시승詩僧 혜소惠素와 김부식의 시에 화답한 시가 무려 거의 1,000여 편이나 되어 거질을 이루었다는 사실이[17] 이 시기 시의 문화·사회적 비중이 어떠했는가를 상징적으로 보여주는 바이다. 그리고 다음 시대로 넘어가기 바로 《파한집破閑集》·《보한집補閑集》의 두 시화詩話가 잇따라 나온 것은 이 시기 한문학사의 이러한 정형情形의 필연적 결과였던 것이다. 여기에서 서긍이 "대저 성률聲律을 숭상하고 경학에는 아직 별로 익숙하지 못하다"[18]라고 한 견문담이 당시 한문학의 정형에 대한 촌철적寸鐵的 증언임을 다시 확인하게 된다.

주로 화려華麗·숭엄崇嚴한 풍격의 변려문체로 실현된 공공성 양식의 압도적 관철과, 궁정을 위시한 지배층의 사교에 널리 기능하기까지에 이른 시 양식의 편향적 흥성興盛의 면모를 두고 흔히 이 시기, 특히 예종·인종 연간에 이르러 마치 한문학이 총체적으로 발전·성숙·융기隆起된 양 잘못 인식하고 있는 경우가 많다. 그런데 앞에서 제시한 지표에 비추어서는 공공성 편향, 시 편향 등 편향성의 한계를 드러내 보이는 형세다. 바꾸어 말하면 한문학의 역사적인 본격화로서는 아직 미숙 내지 불완전하다는 말이다.[19] 이 점은 이 시기에서 문집 '편성'이 드물었던 사실에서도 드러나고 있다.[20] 이는 한문학 본격화의 미숙성·불완전성에 기인한다고 보아야 할 것이다. 왜냐하면 그 저변에 한문학에 대한 인식에서, 일반적으로 작품적 성과를 후세에

---

16) 선종의 〈賀聖朝詞〉가 남아 있으며, 예종의 〈迎春詞〉·〈萬年詞〉·〈臨江仙〉 등 6수의 詞 제목이 전한다.

17) 李仁老, 《破閑集》 권中.

18) 徐兢, 《高麗圖經》 권40, 儒學.

19) 崔滋, 《補閑集》 序 "漢文唐詩 於斯爲盛"에서의 '漢文'은 주로 공공성 문학적 저작을 두고 이른 것으로 修辭性이 강하다.

20) 崔滋 〈補閑集序〉에 따르면 고려 초에서 자기시대까지 300여 년간 65명의 저명한 작가 가운데 문집을 편성한 이는 단지 수십 家에 그칠 뿐이었다고 한다(崔滋, 《補閑集》 序).

전할 정신적 소산으로서의 보귀성寶貴性이나, 또는 이것과도 무관하지 않는 가문의 격格의 징표성보다 당대에서의 부귀·영화를 얻고 누리기 위한 도구로서의 효용성에 그 비중이 더 크게 두어져 있었던 점과[21] 결코 무관할 수 없을 것이기 때문이다.

이에 견주어 김부식보다 1세기 반 가까이 앞서는 신라 말 최치원의 저작은《계원필경집》을 제외한《문집》만 30권에 이른다. 이것은 일종의 전도적顚倒的 현상으로 최치원의 한문학 역량이 우리나라 한문학의 역사적 발전에 따른 순행적巡行的 결과가 아니라, 16년간 당나라 문원文苑을 체험한 성과를 끌어들인데 따른 몫이 압도적으로 컸음을 뜻한다.

여기서 자세히 논구할 여유가 없지만, 수용한 지 적어도 7~8세기를 지나서야 역사적으로 가시적인 본격화의 길에 들어서고, 정책적인 추동을 받으며 2세기를 지나서 도달한 정도가 위에서 논의된 편향성의 한계적인 형세이게 된 배후에는 불교를 함섭涵攝하면서 새로운 힘을 얻어 신장·상승해 있었던 본유本有의 자기전통의 완강한 견제가 있었다고 보아야 할 것이다. 이런 점에서 현종 12년(1021)에 현화사玄化寺를 낙성하고 왕 자신 '향풍체鄕風體'에 의거한 시가를 짓고, 신하들이 지어 바친 〈경찬시뇌가慶讚詩腦歌〉 11수와 함께 법당 밖에 걸어두고 유관자遊觀者들로 하여금 각기 '익힌 바에 따라' 음미·감상하도록[22] 한 사실은 이 문제와 관련하여 중요한 하나의 단서로 보아야 할 것이다. 다음으로는 한문학이 본격화된 역사적 주요 동인이 태조 왕건이 새로운 국가 경영의 준거로 유교를 도입한 데 따라 보편가치가 불교에만 국한하지 않고 유교로 옮겨감에 있었던 만큼 이 전이과정轉移過程의 세계관의식의 구조와도 결코 무관하지 않아 보이므로 이 또한 구명되어야 할 과제다. 요컨대 우리나라에서 한문학이 본격화된 것은 크게 보아 우리 역사

---

21) 가령 崔沖의 〈戒二子詩〉(《補閑集》 上) 가운데 "家世無長物 唯傳至寶藏 文章爲錦繡 德行是珪璋 今日相分付 他年莫散忘 好支廊廟用 世世益興昌"에서 그런 인식을 읽을 수 있다.

22) 〈開豊玄化寺碑〉, 《朝鮮金石總覽》 上.

의 변동·발전에 따른 내적 요구와 조건에 의하되 우리 역사 내부에서 이러저러한 대립·견제 요소들과의 길항과정을 겪으며 행해진 일정한 자기조정自己措定의 결과로서의 그것이었다.

2. 고려 전기 한문학에서의 상상력 · 의식 · 풍격

1) 제 1기(태조~정종)

앞에서 논급한 바와 같이 이 시기 한문학사의 첫머리에는 당唐나라 전기계傳奇系를 체험한 신라 말의 연속으로서의 전기계가 자리하고 있다. 각종 문헌에 편입되어 각 문헌 그 자체의 문맥 속에 매몰되어 온 이 계열 작품들로서 기왕에 표출되어 온 것에 새로이 2편(아래의 ㉳·㉴)을 추가하여 목록을 제시하면 다음과 같다.

㉮ 최광유崔匡裕 〈쌍녀분기雙女墳記〉(《태평통재太平通載》), ㉯ 조신調信, ㉰ 김현감호金現感虎(이상 《삼국유사三國遺事》), ㉱ 수삽석남首揷石枏(《대동운부군옥大東韻府群玉》), ㉲ 온달溫達, ㉳ 설씨녀薛氏女, ㉳ 도미都彌(이상 《삼국사기三國史記》), ㉴ 백운白雲·제후際厚(《삼국사절요三國史節要》)

㉮·㉯는 전기임이 확실한 것이고, ㉰는 전형에서 다소 일탈된 정도로 확장된 것이고, ㉱는 온전한 1편 전기의 축약태縮約態인 것으로 보인다. ㉲~㉴는 본래 전기적 양식의식으로 쓰인 것이 역사편찬자의 일정한 첨삭을 거친 것으로 생각된다.

㉮는 최치원보다 10여 년 후배인 최광유가 지었다. ㉯가 고려에 들어와

오랜 후대에 지어진 것이 아님은 작품 초두의 "옛날 신라가 서울이었을 때"라는, 신라에의 회고적 정조情調가 유난히 개연하게 표출되어 있는 점으로 단서를 삼을 수 있다. ㉰는 그 원저작 시기가 신라 말 어느 때로 추정되고, ㉱는 ㉮와 함께 문종대 박인량朴寅亮의 《신라수이전新羅殊異傳》에 실려있었다는 점으로 미루어 대체로 이 시기에 지어졌을 것으로 본다. ㉲~㉴는 그 원저작 시기를 추정할 수 있는 구체적인 단서는 없다. 그러나 이 작품들이 편입되어 있는 사서史書 안에서 다른 인물 서술과 대조해 보면 전기양식의 세례를 받은 흔적이 역연하다는 점이 신라 말 이래 이 시기에서 크게 벗어나지 않을 것으로 추측케 한다. 특히 ㉲와 ㉳는 각기 고구려와 백제에 대한 회고적 관심의 바탕에서 관련 사료 또는 전설을 작품화한 것으로 보여, 어쩌면 후삼국에서 이 시기에 이르는 사이 각각 그 계통의 문사에 의해 지어졌을지도 모를 일이다.

이 시기의 전기는 대개 구전설화나 문헌자료에서 자료를 취하여 지어졌다고 추측되고, 따라서 상상력·의식·주제 등 작품의 내포에 있어 작가의 몫이 자연히 한정성을 가질 수밖에 없다. 그러나 기본적으로 자아와 세계와의 관계에 대해 일정한 대자적對自的인 전신轉身이 없이는 지어지기를 기대하기 어려운 양식이다. 바로 이 점이 한문학의 역사적 본격화와 관련하여 주목되게 된 것이다. ㉲~㉴는 아직 이 시기 전기로서의 정립에 더 면밀한 검토가 필요하므로 일단 논외로 해야겠거니와, ㉮~㉱의 경우 우선 공통적으로 애정 모티브를 가지고 있음을 보게 된다. 이 점은 ㉲~㉴도 마찬가지다. ㉲~㉴를 일단 유보하고 ㉮~㉱만 가지고 보더라도 우리 한문학의 역사에서 이처럼 애정 모티브의 집중 현상을 보인 경우는 유례를 찾을 수 없을 것 같다. 이 현상은 비슷한 시기 당나라 전기의 그러한 성향을 수용한 것으로만 간단히 치부하고 말 수 없는, 우리 내부의 사회사·정신사적인 의미를 분명히 가지고 있을 것이나 현재로서는 하나의 과제로 미루어 둘 수밖에 없다. 다만 이 애정 모티브가 주제 그 자체로 발전한 것은 〈수삽석남〉 뿐이며, 〈쌍녀분기〉와

〈조신〉·〈김현감호〉에서는 상위의 다른 주제에 종속되고 있다. 그러나 〈수삽석남〉에서도, 〈조신〉의 경우도 마찬가지인데, 신분갈등 모티브와 맞물려 있다는 점에서 그 비중이 절대적인 것은 아니다.

〈쌍녀분기〉는 유구幽媾를 그 정절情節 구성의 중심축으로 한 점에서나, 시의 삽입을 구성의 주요 성분으로 삼은 점에서나, 그리고 그 시풍의 염려艶麗함과 시가 도달한 수준에서 후세 김시습金時習의 《금오신화金鰲新話》의 일부 작품에 방불한 작품이다. 삽입시의 대량적 구사와 정절의 짙은 색정성에서 8세기 초 무렵 당의 장작張鷟의 〈유선굴遊仙窟〉의 영향을 받은 자취가 역연하나, 의식이나 주제의 방향에서는 거의 대척적對蹠的이다. 요컨대 〈쌍녀분기〉는 주인공 최치원의 고독하고 울읍鬱悒한 정회情懷와 현실 허무의식이 짙은 음영으로 배어있는, 비극성이 농후한 작품이다. 저승의 두 미녀와의 짙은 색정은 이러한 주제성향을 효과적으로 부각시키는 데 아주 적합하게 쓰이고 있다. 주인공 최치원의 고독·울읍함과 현실 허무의식은, 실존 최치원의 행적과 마찬가지로 작품의 결말에서 '유심충막遊心沖漠'이라는 초월계로의 등척登陟으로 귀결되고 있다. 그 동기는 다르나 고독과 현실 허무의식의 결과 초월계로의 안주安住가 모색된 것은 〈조신〉에서도 마찬가지다. 다만 여기서는 태수의 딸과의 삶이 낙樂보다는 전적으로 고苦의 국면에서 묘사되고 있음이 전자와는 달라서 불교적 상상력이 강하게 투사投射되어 있음을 볼 수 있다. 이런 차이점에도 이 두 작품은 고려 초기 신라유민계 재야문사들의 고뇌의 소산임에는 일치할 것 같다.

애정 모티브를 도입한 네 작품에서 〈수삽석남〉만이 그 결말이 희극적이고 나머지 셋은 모두 비극적이다. 그러나 어느 것이든 낭만의식이 작품 산출의 기반적 자질이 되고 있음을 본다. 이 네 작품뿐 아니라 위의 목록 ㉲~㉵ 작품들도 모두 짙은 낭만의식에 기반하고 있다. 그리고 〈쌍녀분기〉·〈김현감호〉·〈수삽석남〉의 구성에는 신화적인 상상력이 지배적으로 개입되고 있다. 이 신화적 및 불교적 상상력과 낭만의식은 전시대로부터 이어와 이 시기에 이르러 전기양식으로 일종의 극적 확충과 표출을 보인다.

이 시기 문학에서 신화적 상상력이 이처럼 개입되는 것은 근원적으로 이 시기가 아직 신화적 세계관의 지배 아래에 놓여 있었기 때문이다. 이 사실은 이 시기의 공공성 저작인 역사기록이 웅변해 주고 있다. 우선 잘 알려진《구삼국사舊三國史》는 대체로 왕권 확립의 기틀이 잡혀진 현종 연간 전후에 편찬된 것이 아닌가 생각된다. 이규보의 〈동명왕편東明王篇〉에 협주로 남아 있는 그 '무졸蕪拙한 문자'의 잔편을 통해서나마, 아니 오히려 문자가 무졸함으로 해서 더욱 이 시기 신화에의 주관적인 열정을 행간에서 감지할 수 있다. 뿐만 아니라 문종 말기에 쓰인 〈가락국기駕洛國記〉의 경우 이런 저작에서는 극히 이례적인 명銘까지 첨가되어 있고, 당연한 일이지만 이 명은 신화에의 고양된 열정으로 차 있다. 의종대 김관의金寬毅의《편년통록編年通錄》으로부터《고려사高麗史》에 전재되어 있는 〈고려세계高麗世系〉 역시 한미寒微한 왕건의 가계를[23] 삼국 이래 전해 오던 신화들을 빌려 신격화한 한문 작품이다. 이 저술은 필시 예종이 일찍 읽었다는《편년통재編年通載》로부터 김관의의《편년통록》으로 전재되었을 것인즉, 바로 이 시기 왕권수립 과정의 산물로 보아 무리 없을 것이다.《고려사》에 전재된 김관의의 이 저작은, 김관의에 의해서인지 아니면《고려사》 편찬자들에 의해서인지는 알 수 없지만 작문 과정에서 일정한 수정을 거친 것으로 보인다. 다시 말하면 신화적 사실만 단순히 기술해갈 뿐 신화에의 주관적 열정은 이미 제거되어 있으나, 앞의 두 사례로 보아 원저작은 그렇지 않았음을 짐작하기에 어렵지 않다. 설령 〈고려세계〉가 저작 주체의 입장에서는 단순히 정치적인 책략의 일환이었다 하더라도 이러한 책략이 실효를 거둘 기반, 즉 신화적 세계관이 두루 퍼짐이 없이는 그런 책략을 쓸 필요가 없었음은 두말할 것도 없다.

금석金石으로 전해온, 왕명을 받들어 지은 고승들의 탑비는 대개 최치원이 이 방면에 남긴 작품들을 전범으로 삼은 듯하나, 최치원의 그것들에 견주어

---

23)《高麗史》 권2, 世家2, 태조 26년 4월조에서 "朕亦起自單平"이라 하였다.

훨씬 격투성格套性이 강하다. 우선 대개는 서두에 비의 주인공에 이르기까지 선종 법맥을 인도·중국으로부터 추적해 와 주인공에게 연결했다. 그리고 가계, 태몽, 출생과 어린시절, 출가 및 본국 법사에게의 투신, 중국에서의 구도, 귀국, 왕으로부터 우대, 홍법弘法·순화順化·송종送終·수비樹碑 과정의 순서로 서술하고 나서 명사銘詞로 끝맺는 이 단선 구성의 격식을 거의 지키고 있다. 사람이든 물건이든 불교적 신성존재들을 매재媒材로 삼은 태몽, 어렸을 때의 이를테면 훈채葷菜 혐오 등으로써 불교적 근기根機가 생래성을 지닌 것으로 표현되는 점은 최치원의 작품에서도 보이지만, 이 시기의 탑비에서 하나의 격투格套로 자리잡고 있다. 특히 중국 대사와의 만남에서 두 사람 사이의 전생인연 모티브가, 최치원의 작품들에서 볼 수 없는, 다른 또 하나의 예투例套로 자리잡고 있음을 본다. 최치원의 작품들에서 볼 수 있는 구성의 변화도 볼 수 없을 뿐 아니라 수사적 변화도 빈약하여 전반적으로 다분히 기능적이다. 태조~정종 연간에 이 방면의 글을 도맡아 쓰다시피한 최언위가 '삼최三崔'의 한 사람으로 일컬어졌다지만 그 역량에서는 최치원에게 크게 미치지 못한다. 고승들을 추모하는 큰비는 세속 고려왕조의 신성원리로서 불교의 지위를 엄연히 상징하고 있다. 그렇지만 정작 비문에는 이 신성원리를 담지한 그들의 정신세계에 대한 묘사가 빈약한 국면에서 왕실·귀족의 기복 성향과 결합된 당시 불교 세속화의 한 단면이 드러나고 있다.

이 시기의 시 작품 가운데 현존하는 것으로는 전기 〈쌍녀분기〉의 삽입시와 주로 궁정에서 송축을 목적으로 한 작품 몇 편이 있다. 장장 63구의 7언 기조 장단구까지 그 가운데 들어있는 난숙한 솜씨의 삽입시에 견주면, 궁정의 송축시 계열은 일반적으로 그 수준이 낮은 편이다. 그러나 이들 모두 그 시풍이 유미적인 점에서는 일치하고 있다. 궁정의 송축시들은, 뒷 시기에서도 그러했지만 주로 영물詠物의 형태로 지어졌다. 광종대 조익趙翼의 〈현학송玄鶴頌〉을 위시한 이들 영물체 송축시 계열은 대개 궁정에 있거나, 헌상한 새·꽃·나무 등을 즉물적으로 섬세하게 묘사하고 나서 송축적 의미의 서술로 결말짓는 것이 예사다. 따라서 감각적 섬세성이 이 계열 시들의 두드러진 풍격적 면모다. 이 감각적 섬세성은 이 시기의 시뿐만 아니라 그 뒤 시기의 시에도 일정하게 적용된다. 그런데 영물은 송축으로만 쓰인 것이 아니라 때로 풍간諷諫으로도 쓰였다. 최승로는 그의 〈동지신죽東池新竹〉24)에서 다음과 같이 읊기도 했다.

宸遊何必將天樂, 임금님 노시는 데 꼭 천악天樂으로만 할까,
自有金風撼玉聲. 가을 바람에 이 대나무 절로 옥소리 내네.

유학자 최승로는 그답게 《시경詩經》에서의 '미美'뿐만 아니라 '자刺'까지도 아울러 실현해 보이고자 애쓴 듯하다. 고려의 궁정문학은 광종대부터 이미 시작되었거니와, 최승로 같은 이가 따로 《금중잡저시고禁中雜著詩藁》를 엮었다는 데서 그 창작·향수의 양적 정도를 짐작할 만하다. 한편 강감찬姜邯贊의 문집 《낙도교거집樂道郊居集》·《구선집求善集》을 이룬 작품들은 이 문집의 제호로 미루어 생각하건대 어쩌면 궁정시의 감각적 유미풍唯美風과는 다른 성향의 풍격이 아니었던가 생각된다.

2) 제2기(문종~의종)

이 시기는 앞에서 논의한 바 한문학 본격화의 형세가 잡힌 시기이다. 그 핵심 국면은 변려체 공공성 문학의 난숙과 개인성 실현의 시 양식으로의 집중으로 드러나지만, 여타 개인성 양식들도 한문학 담당층의 삶의 변화와 요구에 부응하여 그 양과 질에 편차를 가진 채로 일정하게 실현되어 갔다.

이 시기 한문학사에서는 앞에서 다룬 전기작품의 일부가 실린 박인량의

---

24) 崔滋, 《補閑集》 上.

《수이전》을 먼저 꼽을 수 있다. 평상적인 것과는 '殊異한', 즉 초자연적인 일에 관한 기술물들을 모은 이 책은 현재 전하고 있는 남은 부분으로 미루어 보아 기술물들의 내용이 주로 신라를 배경으로 한 것이어서 《신라수이전》이라는 별칭도 있게 된 것 같다. 책의 제호에서 초자연적인 일들을 분명하게 '수이殊異'라고 규정한 만큼 적어도 편자 자신은 이미 신화적인 세계관을 벗어나 그런 일들을 객관화하고 있음을 알 수 있다.

자신이 객관화하고 있는 신화적인 사유의 산물들에 적극적인 관심을 가지게 된 박인량의 의도는 무엇일까. 우선 그 기술물들이 가진 서사적인 흥미와도 무관하지 않을 것이니, 이런 태도 자체는 그 나름으로 문학사적 의의를 가지나, 기본적으로는 당시 국제관계의 전개 속에서 고려의 진로 정립이라는 역사 진행의 큰 국면과도 무관하지 않을 것으로 본다. 박인량은 당시 고려의 대송·요 문장외교의 주역이었다.[25] 그는 일찍이 김근金覲과 함께 송에 사신으로 가서 두 사람이 지은 척독尺牘·표장表狀·제영題詠 등 시문을 현지인들이 간행하여 《소화집小華集》이라 일컫는 환대를 받은 적이 있고, 〈상대요황제고주표上大遼皇帝告奏表〉로 요遼의 영토침탈 기도를 중지케 한 일이 있다. 박인량이 택한 고려의 진로는 정치적으로는 요의 세력에 어느 정도 순순히 따르면서, 중국을 전범적 상대방으로 삼은 문화 상승을 통해 요나라보다 문화적 우위를 내세우되, 적어도 박인량에 한해서는 중국에 대해서는 문화적 자기입지를 결코 포기하지 않는 그런 것일 터이다. 정치적으로 또는 문화적으로 강한 두 세력 사이에서 고려의 지배층은 민족적 자기정체성 의식에 일정한 긴장이 가셔질 수 없음은 자연스러운 일이다. 더구나 안으로는 이러한 진로에 대한 '국풍파國風派'의 도전의식이 지속적으로 자극해 오고 있음에랴. 이러한 상황이라 지배체제의 안정적 균형을 위해서도 민족이 역사적으로 쌓아 온 삶의 실체로서 자기전통을 챙겨 두 상대방에의 대응 기반을 다지고자 하는 요구는 당연히 있음직한 것이다. 박인량이 《고금록古今錄》 10

25) 《高麗史》 권 95, 列傳 8, 朴寅亮.

권을 편찬한 것은 당시의 이 같은 역사 현실의 맥락에서 이해될 일이고,《수이전》의 찬집은 그 부수적인 결과로 이해된다. 요컨대 제한적이나마 민족 전통에 대한 전진적인 인식의 지평 안에서 나온 산물이다. 박인량의 이같은 자세는 그가 지은 〈문왕애책文王哀册〉의 다음 대목이 분명히 그 단서를 제공해 주고 있다.

> 군자君子의 나라가 해동에 솥발처럼 셋이 있었다. 대대로 임금을 세웠는데 하늘이 예지睿智있고 총명한 이들을 내었다. 알 속에서 나온 동자童子 혁거세赫居世요, 해의 아들 주몽朱蒙이오, 백가百家로서 제濟하니, 세 나라 모두 웅雄이라 이를 만하다. 우리 신성神聖하신 태조에 미쳐서 천명에 응하시었다. 여러 나라 통일하여 빛을 거듭하고 경사스러움을 포개었다. (중략) 성명聲名이 환히 빛나고 문물이 미성美盛하였다. 융성하기 상국上國에 견줄 만하여 소중화小中華라 일컬었다.[26]

유가경서와 중국의 사서로부터 가져온 전고典故로 엮어 나가는 것이 상례인 당시의 공공성 문장 속에 삼국의 시조신화를 당당하게 전고로 구사한 박인량의 이같은 자세는 족히 주목할 만하다. 다음 세대인 김부식이 〈진삼국사기표進三國史記表〉에서, "하물며 신라씨新羅氏·고구려씨高句麗氏·백제씨百濟氏가 기업基業을 열어 솥발처럼 존립하면서 능히 예禮로써 중국에 통했음에랴"라고 한 것과는 자못 대조적이라고 할 만하다. 이러한 의식에 연계되어 찬집된《수이전》은 그 뒤 김척명金陟明의 개찬본改撰本이 나오기도 하고, 경주의 안일호장가安逸戶長家에 소장되기도 하는 등 당시 식자층에게 다소 광범하게 유통된 것 같으며, 그 가운데 상당 부분은 일연一然의《삼국유사三國遺事》, 특히 그 〈기이紀異〉의 자료로 쓰였다.

고려왕조와의 관련에서 삼국의 존재 의의에 대한 박인량과 김부식의 시각

---

26)《東文選》권28.

차이는 예종·인종 연간의 문벌귀족 집단의 민족적 자아의식의 현저한 퇴축退縮을 단적으로 보여준다. 정치적으로 이러한 대외적 퇴축의식의 심화에 맞물려 문화적으로도 내부로의 소모성이 고조되어 갔다. 이러한 소모성이 한문학 분야에서는 공공성 문장에서 문체의 화미華靡와 시를 도구로 한 궁정문학의 난숙화로 나타났다.

현재《동문선》에 실려 있는 150여 편 전후의 공공성 양식의 작품들이 이 점을 실증해 주고 있거니와, 최자崔滋의 다음과 같은 논평이 단적으로 증언해 주고 있다.

> 본조本朝의 사고詞誥가 이전에는 전칙典則이 있었는데, 예왕대睿王代에 이르러 화미華靡로 일변一變했다. 그런데 지금 또 삼변三變하여 모두 번화한 수사와 허황된 미화다. 심지어는 배우의 희찬戱讚과 같다.[27]

최자의 이 논평은 물론 제고制誥를 들어서 한 것이나 오늘날 전하고 있는 이 시기의 작품 가운데 130여 편으로 압도적 비중을 점하고 있는 표表에도 대체로 해당될 것 같다. 그러나 이 시기 공공성 문장의, 이 화미의 풍격의 이면에 놓인 경직되지 않은 미에의 욕구는, 한편으로는 사고思考의 유연성柔軟性 가치에의 개방 지향과 유기관계에 있다는 점에서 일정한 생산성이 인정되는 일면도 있음을 간과할 수 없다. 아울러 이 시기 공공성 문장에는 후세의 그것에 견주어 현저히 높은 숭엄미崇嚴美가 실현되어 있어 당시 한문학 담당층의 국가에 대한 상대적으로 드높은 자존의식·위신의식을 보여주고 있다는 점에서 역시 유의할 만한 국면이라고 하겠다.

궁정문학의 난숙화는 이 공공성 문장에서 화미의 풍격과 맞물린 현상이다. 지나치게 시를 숭상하고 유연遊宴을 좋아하는 예종에 대한 최약崔瀹의 간언은 잘 알려진 바이거니와,[28] 위의 최자의 논평에서처럼 번화한 수사와

---

27) 崔滋,《補閑集》下.

허황된 미화로의 삼변三變이 진행된 의종 연간의 극에 이른, 유연을 동반한 궁정시회가 마침내 무신의 변란을 가져온 사실도 이미 알려진 대로다.

시詩를 도구로 한 궁정문학이 이 시기 한시문학의 발달을 추동한 것은 사실이나, 그것이 이 시기 한시문학사의 본령일 수는 물론 없다. 이 시기 한시문학사의 본령은 당연히 궁정문학에서와 같은 공유적 의식·서정이 아닌 시인 독자의 의식·서정의 전개 국면에 놓여 있다.

이 시기 한시사의 두드러진 면모는 도가적 상상력과 유가적 상상력이 상위급 시인집단에서 일정하게 대조적 면모를 보여주고 있다는 점이다.29) 시적 상상력의 영역에 관한 한 유가와 도가의 구별은 무리일 수 있다. 유가사상을 지닌 시인이라 하더라도 시작의 동력은 대개 도가적 정신에 의지하는 몫이 많기 때문이다. 그러나 유·도 양가의 사상적 성향의 차이가 상상의 주체를 근원적으로 제약한다는 점에서 일정한 층위에서는 구별이 가능하고, 또 구별이 요구되기도 한다. 이러한 구별성이 비교적 뚜렷이 하나의 형국을 이루고 있는 경우가 바로 이 시기의 한시사가 아닐까 한다.

먼저 도가계는 곽여郭輿와 정지상鄭知常의 작품이 대표한다. 예종의 '금문우객金門羽客'이기도 했던 곽여는 그야말로 예종 때의 대표적인 궁정시인인 셈이다. 남아 있는 작품이 5편인데 선명하게 구별되는 두 측면을 보여준다. 도가적 상상력의 측면과 도가적 상상력의 측면이 그것이다. 선계仙界 공간을 다소는 환상적으로 그려낸, 그리고 화려한 〈동산재응제시東山齋應製詩〉30)는 전자의 경우이고, 다음의 〈수가장원정 상등루만조 유야수기우 방계이귀隨駕長源亭 上登樓晩眺 有野叟騎牛 傍溪而歸〉는 후자의 경우다.

---

28) 《高麗史節要》 권8 睿宗 11년 4월, "帝王當好經術, (중략) 安有事童子之雕蟲, 數與輕薄詞臣, 吟風嘯月, 以喪天衷之淳正耶!"

29) 이 시기 한시에 대한 사상사적 시각에서의 접근으로는 李鍾文, 〈高麗前期 漢文學 研究〉(高麗大 博士學位論文, 1991)가 있다.

30) 《高麗史節要》 권9.

太平容貌恣騎牛, 태평스런 거동으로 아무렇게나 소를 타고,
半濕殘霏過壟頭. 부슬비에 반쯤 젖어 밭머리 지나는구나.
知有水邊家近在, 아마도 집은 가까운 물가에 있나 보지,
從他落日傍溪流. 지는 해 아랑곳 않고 시내따라 가고 있네.

위의 글은 도가적 '무위無爲'가 상상력의 근원으로 된 작품이다. 곽여의 이 작품과 같은 양식에 제재적 공간까지 같은 정지상의 〈장원정長源亭〉[31]을 보면 다음과 같다.

玉漏丁東月掛空, 물시계 또록이고 달은 허공에 걸렸는데,
一春天與牧丹風. 봄 하늘 가득 불어오는 모란 바람.
小堂捲箔春波綠, 작은 마루 발 걷자 봄 물결이 푸르러,
人在蓬萊縹緲中. 아스라한 봉래경蓬萊境에 떠오른 나여.

전자의 시에서 상상력이 동정動靜 미분화적인 무위에 집중되어 있음에 대하여, 후자의 시는 매우 역동적이다. 작품에서 상상력은 경험적 자아의 현실적 삶의 문맥의 한 승화된 변형이기도 하다. 이런 점에서 후자의 상상력의 역동성은 세속의 구속을 벗어나고자 하는 도가적 정신지향의 일면에, 그의 서경천도西京遷都·칭제건원稱帝建元이라는 이상추구 의식의 결합으로 생성된 것이란 해석이 가능하다. 〈송인送人〉[32] 등 일련의 작품으로 그가 곧잘 표출한 이별의 정서도 현실에서의 결핍의식의 한 변형이라고 본다면 기본적으로 같은 맥락이라고 할 수 있다. 그의 이러한 상상력의 역동성과 함께 맑고 화사한 언어 감각은 그의 시를 낭만풍으로 규정하게 하는 근거가 된다. 낭만풍이란 점에서는 전자의 시 역시 마찬가지다.

---

31) 《東文選》 권19.
32) 주31)과 같음.

유가계의 김부식은 이 시기 최고의 대가답게 작품세계 역시 다채롭다. 이 시기의 작품 가운데 부賦로서는 그가 남긴 〈중니봉부仲尼鳳賦〉[33] 와 〈아계부啞鷄賦〉[34] 만 남아있는데, 소품에 속하지만 그의 유가적 지성과 상상력을 유감없이 보여 준다. 특히 공자를 '인중지봉人中之鳳'으로 형상화한 전자에서 그 상상력이 매우 견실하고 치밀함을 보게 된다. 유가적 지성의 전형적 발현 형태의 하나를 잘 보여주는 〈결기궁結綺宮〉[35] 같은 작품은 이 시기에 찾기 힘든 풍간시諷諫詩이거니와, 문신귀족으로서의 그의 경험적 자아를 잘 드러낸 작품은 역시 〈감로사차혜소시운甘露寺次惠素詩韻〉[36] 같은 시일 것이다.

俗客不到處, 세속 사람 닿지 못할 곳
登臨意思淸. 올라보니 마음이 맑구나.
山形秋更好, 산 모습은 가을이라 더욱 좋고,
江色夜猶明. 강빛은 밤이라 오히려 밝네.
白鳥孤飛盡, 흰 새는 외로이 날아 사라지고,
孤帆獨去輕. 외딴 배 홀로라 경쾌하구나.
自慙蝸角上, 부끄럽구나, 달팽이 뿔 위에서
半世覓功名. 반생半生토록 공명功名 찾아 헤맨 일이.

같은 유가계이면서 김부식보다 20년 늦은 세대인 최유청崔惟淸의 시는 조선시대 유학자들의 시에서와 같은 사유와 감각을 가지고 있다.

幽人夜不寐, 숨어 사는 사람 밤내 잠 못이뤄,
待曉開窓扉. 새벽 기다려 창문을 여네.

33)《東文選》 권1.
34) 주33)과 같음
35)《東文選》 권4.
36)《東文選》 권9.

曙色天外至, 하늘 밖에선 먼동이 밝아 오는데,
空庭尙熹微. 텅빈 뜨락은 아직도 희미하구나.
南枝動春意, 남쪽 가지엔 봄기운 동하는데,
歸雁正北飛. 돌아가는 기러긴 북쪽으로 날아가네.
萬物各遂性, 만물 제각기 제 성명性命대로 따라 살아,
仰賀璇與機. 우러러 천도의 운행 고마와 하노라.

〈잡흥구수雜興九首〉[37] 가운데 한 수다. 고려 유학에서 성리학적 사유의 맹아는 앞의 제 1기에 속하는 최충崔沖 이래 간헐적으로 보이는 바이다. 그러나 시로서 이 정도의 형상화는 일정한 체득이 없고서는 어려우리란 점을 생각한다면 사상사의 궁금한 한 국면이 아닐 수 없다. 같은 시편의 다른 곳에 있는 "내 당초에 선禪이라곤 모르다/한가롭기에 시험해 보았는데(我未始知禪 因閑聊試貫)"라는 말로 미루어서는 선을 계기로 얻은 정신경계 같아 더욱 흥미롭다.

이 시기 불가의 시로는 의천義天의 작품이 다수 남아 있으나 의천의 시적 사유나 시풍은 오히려 그 어느 유가계 시인의 그것보다 훨씬 더 유가적이다. 의천의 제자 계응戒膺과 시승詩僧 혜소惠素의 작품 약간에서 불가시다운 상상력의 편린을 볼 뿐이다. 그리고 이자현의 상상력과 시풍은 불가적이기보다는 다분히 도가적이다.

특히 의종대에 들어와 민중의 처지에서 현실비판 의식을 표출한 시들이 출현하고 있는데, 한 망명亡名 조대措大와 김신윤金莘尹의 〈제역벽題驛壁〉[38] 같은 시가 그 실례이며, 다음 시대 이규보의 그런 성향의 작품으로 이어진다.

이 시기 한문학 가운데 산문분야에서의 성과는 혁련정赫連挺의 《균여전均如傳》, 김연金緣(인존仁存)의 〈청연각기淸讌閣記〉[39]와 김부철金富轍의 〈청평산

---

37) 주35)와 같음.
38) 李仁老, 《破閑集》 卷下.

문수원기清平山文殊院記〉[40], 그리고 김부식의《삼국사기》등을 통해 가늠할 수 있다.

최치원의〈법장화상전法藏和尙傳〉[41]의 구성을 원용한〈균여전〉은 서序와, 10문門으로 분류된 본전本傳과, 그리고 후서後序로 짜여 있어 매우 체계적이다. 균여가 화엄종 승려란 점에 맞추어 그 일대기 구성의 이러한 10문 분류를 중심으로 한 체계성은 다분히 인위적인 격식성을 띠는 것이라고 볼 수도 있겠다. 그러나 불교전성이라는 그 시대 기풍과 아울러 통합되고 자족적인 사회체제가 빚어낸 전형적 상관물로서의 의미도 없지 않다고 할 수 있다. 균여의 인물 형상화를 신화적인 상상력과 수사적인 문장으로 신성원리에 입각하여 실현하고 있으나, 비귀족 출신 승려로 대중 교화에 힘써서 신성 그 자체로 속세를 크게 벗어나지 않은 진정한 '성인聖人'으로서의 균여의 인간상을 부각하고자 했다. 이런 점에서〈균여전〉의 저작은 앞 시기 이래 선종 고승들이 정치권력에 영합하고 대중으로부터 고답적으로 자기를 격리시키는 행태에 대해 저항의 성격을 띠고 있다고 하겠다. 사실의 기록성에 주안을 둠으로써 문학적으로 승화되지 못한 일반 승전僧傳들과는 물론이거니와 왕명을 받들어 쓴 앞 시기 이래 고승들의 탑비와도 매우 다르게 열정적이고 신선한 세계를 보여주고 있다.

〈청연각기〉는 이제현이 "애연藹然히 덕있는 사람의 말"이라고 평했듯이[42] 그 풍격의 순정醇正함에서는 이 시기 고문古文이 도달한 수준을 보여주는 작품이다.〈청평산문수원기〉는 같은 고문으로서〈청연각기〉와는 일정하게 대조되는 풍격을 대표할 만한 작품일 것 같다. 이제현은 그 수다스러움을 애석하게 여겼으나[43] 실은 사실을 매우 진솔하게 서술한 생기있는 문체다.

---

39)《東文選》권64.
40) 주39)와 같음.
41) 崔致遠,《崔文昌侯全集》(성균관대학교 대동문화연구원 刊).
42) 李齊賢,《櫟翁稗說後集》권2.
43) 주42)와 같은 책.

《삼국사기》의 문학적 성과는 특히 그 열전 부분에 있다. 그 가운데 전기계로 추측되는 일부는 빼어난 서사 작품이다. 사료의 제약이 가져온 뜻하지 않았던 문학적 성과일 수도 있겠으나, 이를테면 〈검군劒君〉과 같이 부분 행적의 집약적 서술에 따른 인물의 전체상에의 도달에 성공한 경우로 볼 수 있는 작품도 있다. 그러나 지나치게 자기류의 문예적 풍격에 집착한 나머지 인물의 형상성이 더 생동적이지 못한 경우가 많다. 김택영金澤榮은 그 문체의 풍격을 '박고樸古'·'풍후豊厚'·'소탕疏宕'으로 파악했다. 이러한 문체미가《삼국사기》 서술 주체가 속한 세력이 묘청의 난을 진압한 뒤 보수적 안정 위에 여유와 자신을 누리는 가운데서 가질 법한 의식지향과 결코 무관하지 않으리라는 점에서 서술주체 자신들의 이념성향을 문예미로 구현하는 데에는 일단 성공적이라고 할 수 있다. 그러나 다 알다시피 이 책이 역사서로서의 사실성이 약하다는 점에서 이러한 문예미적 성과도 어디까지나 편면적片面的이다.

이 시기부터 일반화되어 간 것으로 생각되는 묘지명은 전반적으로 문예성과는 아직 거리가 먼 편이다. 그런데 최루백崔婁伯이 쓴 〈최루백처염경애묘지명崔婁伯妻廉瓊愛墓誌銘〉[44]은 그 수법이며 기풍에 있어 놀랍게도 후세 박지원朴趾源의 산문을 연상케 할 만큼 개성적이다.

(《한국사》 17, 국사편찬위원회, 1994)

44) 金龍善,《高麗墓誌銘集成》, 93쪽.

임춘론林椿論

–고려 무신집권 하 문인지식층의 의식의 한 단면–

1. 종래의 도피(은둔)설 대하여

고려 무신집권시대는 우리나라 전통사회에서 역사적으로 비상한 상황의 전개란 점에서 이 시대의 문인지식인들의 동향이나 의식에 대해 비교적 높은 관심을 보여 왔고, 또 그래서 마땅할 것이다. 그러나 관심의 정도에 견주어 그동안 이루어진 실질적인 성과는 여기에 상응할 만큼 만족한 형편에는 아직 이르지 못한 것으로 보이며, 오히려 하나의 오해에 줄곧 사로잡혀 왔다. 최근 이우성李佑成 교수가 이 시대 문인지식층의 동향에 관한 간명하나마 체계적으로 제시하여,[1] 종래의 오해에 수정이 주어질 것으로 기대되지만, 필자 역시 미흡한 대로 일찍이 이 오해의 수정을 기도한 적이 있었다. 즉 이 오해란, 죽림고회竹林高會를 그 대표적인 경우로 들어, 당시 무신정권에 대한 문인지식인들의 지배적인 대응자세가 마치 현실권 외로 도피 그것인 것처럼 알아온 것인데,[2] 이에 대해 죽림고회 자체가 당초 그런 류의 그룹이 아니라

---

1) 李佑成, 〈高麗武臣執權下의 文人知識層의 動向〉(영남대학교 개교 30주년 기념 국제학술회의발표논문, 1977, 5.)

2) 종래의 통설이라 번거로움을 피하기 위해 일일이 예시는 않겠으나, 趙潤濟의《韓國文學史》(1963, 7.)에서부터 최근 金東旭의《國文學史》(1976, 6.), 李基白의 개정판《韓國史新論》(1976, 9.)에 이르기까지 거의 예외 없이 그렇게 되어 있다. 다만 국사편찬위원회의《한국사 7》에서는 뒤의 글인 필자의 졸고의 논지에 접근되어 있다.

는 것을 논증해 보인 적이 있었다.[3]

여기서 일단 '도피'의 개념이 문제되겠는데, 전통사회의 지식인에 관한 한 그것은 일반적으로 '은둔'과 거의 동의어로 쓰이고 있다. 즉 현실을 거부하고 현실권외에 은둔하여 고답적인 삶을 지향함으로써 현실로부터 자기를 지키려고 함을 뜻한다. 이 정의가 틀리지 않는다면 이런 류의 도피는, 이차二次의 대살육이 진행되던 무신집권 초기 4~5년간을 제하고는, 적어도 죽림고회에는 해당되지 않을 뿐 아니라, 아마도 당시 대다수 문인지식인들에게도 해당되지 않을 것이다. 물론 현실 안에서 당시 현실에 관여해 가는 과정에 좌절을 겪거나 또는 다른 연유로 하여 빚어진 의식의 한 분기로서 도피(은둔) 지향의 일면을 안으로 가지게 되는 경우는 있었으나, 이런 경우는 실제 행동적인 대응의 한 양식으로 선택된 그것과는 일단 구별해서 보아야 할 것이다.

특히 죽림고회를 고답적인 도피(은둔) 그룹으로 오해하게 된 연유는 다분히 그 명칭에서 받는 선입견에 지배된 때문으로 보이는데, 사실은 그들의 대부분(7인 가운데 5인)은 관인사회官人社會에 실제로 진출했고, 나머지(2인)도 진출하려고 자천自薦 타천他薦 행동으로 노력했던 사람들이었으며, 그룹이 형성된 시기도 관인사회와 떨어져 있을 때가 아니라, 관인으로 재직하고 있거나 진출하려고 애쓰던 때이며, 그 공간적인 배경도 또한 흔히 알아오듯이 세속을 피할 만한 무슨 산림하山林下가 아니라 바로 수도 개경開京이었다.[4] 그들의 진대晉代 죽림칠현竹林七賢과의 연결성은 단지 '7인'이라는 인원수와 "시와 술로써 함께 놀았다(以詩酒相娛)"는 외피적인 행태의 일면일 뿐 그 이상도 이하도 아니다.[5]

다음으로 죽림고회뿐 아니라 다른 문인지식인들에게도 해당되는 오해의

---

3) 졸고, 〈高麗竹林高會硏究〉(高麗大學校大學院 碩士學位請求論文, 1968, 11).
4) 앞의 글 참조.
5) 앞의 글, 참조.

다른 한 가지 연유는, 문인지식인들에 대한 살육과 횡포가 자행되던 무신집권 초기 4~5년간에 있었던 현상만을 보고 정작 그 이후의 추이에는 유의하지 않았던 데 있는 것 같다. 살벌한 분위기가 지배했던 이 초기 얼마 동안의 상황으로는 무신들이나 군인들에게 예외적으로 용납되었던 소수를 제외한 대부분의 문인지식인들에게는 사실 도피(은둔)만이 거의 유일하게 선택가능한 것일 수밖에 없었다. 그것은 엄밀한 의미에서 주체적인 선택으로서의 도피(은둔)라기보다는 차라리 생명의 위해로부터 '도망'이라 함이 더 적절할 것이다. 그러나 그 뒤 정세가 완화되어 다른 선택의 여지가 열리면서부터 그들의 선택에는 분기가 오는데, 대부분은 현실 안으로의 복귀를 택하고, 나머지 소수만이 종교적인 세계로 귀의를 택하거나(신준神駿·오생惡生의 경우), 그야말로 고답적인 은둔을 택하여(권돈례權敦禮의 경우) 내쳐 현실권외에 남아 자기를 지키려고 했던 것이다.[6)]

이 시대 문인지식인들의 현실 대응의 자세나 의식에 문제가 있다면 오히려 그런 은둔의 의미로서의 도피조차도 많지 않았던, 그리고 현실로 되돌아온 사람들이 진정한 의미에 있어서 '현실도피'를 한 바로 거기에 있을 것 같다.

이 글은 필자의 전고前稿에서 가진 문제의식의 연장으로, 당시 유수한 문인으로 알려져 온 죽림고회의 일인이었던 임춘林椿의 시를 의식의 탐색이란 입장에서 해명해 봄으로써 그 시대 지식인의 의식의 한 단면을 드러내 보자는 것이다.

2. 임춘의 개인적 상황

이 글에서 취하고 있는 방법적 입장은 임춘이 처했던 개인적 상황에 대한

---

6) 林椿, 〈寄山人惡生書〉(《西河集》 卷4); 앞의 글; 이우성, 전게 논문 참조.

이해를 필요로 한다. 그의 시가 거의 자전적自傳的 성격을 갖고 있어서 더욱 그럴 필요가 있다.

임춘은 무신란의 가장 혹독한 피해자의 한 사람이다. 그것은 그의 생애에 비극적 전기를 가져다주었다. 그는 대개 40세 가까이 살았던 것으로 추정되는데,[7] 정중부란鄭仲夫亂을 당한 것은 그의 나이 20세 전후 때였다. 그러니까 그는 전반생을 구귀족사회에서 귀족자제다운 자기기대自己期待에 살았고, 후반생은 무신집권 전기사회(최씨정권 대두 이전)에서 실의에 찬 지식인으로 살았던 셈이다. 그는 일차 대살육 때 일가一家가 화를 당하고,[8] 조상 대대의 공음전功蔭田조차 일개 병사에게 탈취 당한 채,[9] 개경에서 5년간의 은신 끝에 친지들로부터도 경원 당하자 살아남은 가속家屬을 이끌고 영남지방(상주경내尙州境內 개령開寧)으로 피해 가 약 7년 남짓, 그의 표현대로 '유락流落'을 겪었다.[10] 이로 보아 그는 최소한 개인적 동기에서도 당시 무신정권의 현실을 거부할 법했지만, 그러나 바로 개인적 동기로 그는 '유락'에 있을 때부터 당시 정권에 참여한 유연인사有緣人士를 통해 누차 자천을 시도, 그 정권에의 기탁을 모색했던 것이다.[11] 다시 개경으로 올라와 과거 준비까지 한 적이 있었으나, 결국 뜻을 이루지 못하고 실의와 궁곤 속에 방황하다가 조사早死하고 말았다.

임춘이 당시 정권에 기탁하려고 한 개인적 동기란 먼저 그의 경제적 여건을 들 수 있다. 공음전조차 탈취당한 그에게는 사실 최소한의 생존을 보장해주는 경제적 기반마저 없었고,[12] 따라서 그만큼 선택 가능의 폭이 좁을 수

---

7) 앞의 글, 27쪽 주49) 참조.

8) 《高麗史》 권102, 〈列傳〉, 〈李仁老〉 참조.

9) 林椿, 〈上邢部李侍郎書〉(앞의 책, 卷4) 참조.

10) 앞의 글, 58~63쪽 참조. 단, 前稿의 '10년간'은 '7년 여'로 수정한다.

11) 앞의 글, 60~61쪽 참조.

12) 그는 때로 쌀·먹·종이 따위를 지인들에게 구걸하기까지도 했다. 그리고 李仁老는 그의 《破閑集》 卷下에 그의 경제 사정을 이렇게 적고 있다. "耆之避地江南幾十餘載, 携病妻還京師, 無托錐之地."

밖에 없었다. 그를 평가하는 마당에 그의 이 경제적 조건은 무시하고 넘어갈 수 없다. 이 점은 사실 임춘에게만 국한되는 문제가 아니라, 정도의 차이는 있지만 당시 현실로 돌아온 문인지식인 일반에게도 해당되는 문제다. 즉 전시과田柴科 체제 아래 그들의 경제적 기반은 국가 또는 정치권력에 예속적일 수밖에 없었으니 관인으로 진출해서야 일정한 경제적 보장을 얻게 되어 있었기 때문이다. 이 시기에는 물론 구귀족사회舊貴族社會 말기에 이미 진행되어 온 전시과의 붕괴가 급격히 확대되었다고는 하나, 그것은 주로 집권무신세력의 횡탈橫奪·점유에 의했던 것인 만큼 그것이 곧 구귀족을 위시한 문인지식층의 경제적 독립을 보장해 주는 것은 아니었다. 임춘의 경우에서 보듯이 오히려 난전에는 가능했던 사적 소유의 토지조차 무신세력에 탈취당하는 형편이었다.

그러나 이 경제적 조건이 임춘을 포함한 그들 대부분을 현실로 불러들인 중요한 이유이기는 하나, 더 비중이 큰 이유는 다른 데 있는 것 같다. 즉 그것은 그들의 귀족체질다운 가문의식家門意識과 이에 결부된 공명의식功名意識이다. 설령 경제적 독립이 이루어졌다 하더라도 과연 그들의 어느 정도가 당시 무신정권의 현실을 감연히 거부했을까는 지극히 회의적이다. 난후 무려 24년간을 전원에 머물러 살다가도 천거에 선뜻 응해 나와 그리 대단치도 않는 관력으로 최씨정권에 봉사한, 그리고 퇴관할 때 "공명을 세워 마침내 조선祖先의 유업을 욕되지는 않게 했다"고 말한 박인석朴仁碩의 경우[13]에서 그들의 의식지향을 단적으로 볼 수 있다. 임춘도 여기에서 결코 예외는 아니었다.

그는 물론 난전의 중앙귀족 출신이다. 그의 집안은 고려 건국공신의 후예로[14] 그의 조부는 근시직近侍職에 속하는 관직을 지냈으며[15] 특히 형제가

---

13)《朝鮮金石總覽》上, 朴仁碩墓誌 참조.
14) 임춘, 〈上邢剖李侍郎書〉(앞의 책, 卷4) 참조.
15)《東文選》卷45, 〈上座主權學士謝及第啓〉(林宗庇) 참조.

다같이 한림원翰林院의 학사직學士職을 지낸 그의 백부와 친부에 이르러 문학적 명성으로 구귀족사회에 일정한 정치·사회적 지보地步를 점하고 있었던 것 같다.[16] 그 자신도 진작 유교적 교양과 문학으로 입신할 것을 표방, 난전 청소년 시절에 이미 상당한 명성을 얻었고,[17] 특히 당나라 한유韓愈를 열렬히 수용한 것으로 보인다. 그는 그의 집안과 그리고 그 자신의 이 문학적 명성에 크게 자부심을 가지고 있었다. 요컨대 그의 집안은 구귀족사회의 권력 중심부였던 명문귀족권에 드는 것은 아니었으며, 유교적 학식과 문학적 교양에 의해 그 정치·사회적 지위가 바야흐로 상승과정에 있었고, 그리하여 그 자신이 문음門蔭에 의해 관인으로 진출하는 데에는 별로 어려울 것이 없을 정도의 지반地盤에는 이르러 있었던,[18] 말하자면 구귀족사회 권력구조의 중간권 정도에 위치하고 있었던 것으로 판단된다.

이러한 사실은 그의 문집을 통해서도 넉넉히 간취되는 바이기는 하지만, 그의 백부 임종비林宗庇가 그 자신 세세世世 귀관貴官의 집 출신이 아니기 때문에 '업문業文'을 하지 않으면 섭세涉世하기 어렵다고 한 말이나,[19] 그리고 임춘의 조부가 그 아들에게 유언으로 한 말-"너희들은 힘써서 배우고 익히며 범용한 무리를 좇아 놀지 말고 마땅히 문학으로 드러나라"고 한 이 말은[20](전후 문맥으로 보아 이 말의 본래 취지는 음서蔭敍로 입관入官하지 말고 유교적 학식과 문학적 훈련을 충분히 쌓아 과거를 통해 진출하는 것이

---

16) ㉠ 林椿, 〈上吳郎中啓〉(앞의 책, 권6), "蓋念自吾家伯叔以來, 有當代文章之譽, 翺翔翰掖, 出入承明." ; ㉡ 林椿, 〈與皇甫若水書〉(앞의 책, 권4), "所念者, 吾家俱以文章, 名於當代, 僕若棄遐荒, 莫承遺緖, 則亦終身之恥也." ; ㉢ 林椿, 〈法住寺堂頭惠紙筆, 因謝之〉(앞의 책, 권3), "吾家二公俱英賢, 不慙康樂與惠連. 白衣繼入翰林院, 弟兄高步八花塼." ; ㉣ 林宗庇, 〈喜舍弟新除翰林〉(《東文選》 권19). "鴈行聯拜玉堂春" ; ㉤ 高宗 乙丑(1865) 간본《西河集》의 후미에 부록되어 있는 〈高麗西河林公行狀〉(申錫禧 撰)에 기술되어 있는 임춘의 가계는 신빙하기 어려운 점이 있어, 임춘 자신과 그의 伯父 林宗庇, 그리고 그의 친구 李仁老의 기록만을 토대로 한다.

17) 林椿, 〈與王若疇書〉(앞의 책, 권4); 〈次韻李相國見贈長句二首〉(앞의 책, 권2) 참조.

18) 주 17)의 두 저작과 李仁老의 〈祭林先生文〉(《東文選》 권109) 참조.

19) 임종비, 주15)와 같은 啓(《동문선》 권45) 참조.

20) 임종비, 주15)와 같은 啓(《동문선》 권45) 참조.

관도官途에 유리함을 일러준 것으로 보이나) 결과적으로는 임춘의 출신에 관한 저간의 소식을 잘 시사해 주고 있다고 하겠다. 아무튼 임춘의 이러한 계층적 지위·성격·전통은 그의 의식을 크게 지배하고 있었다.

3. 임춘의 시와 의식

1)

임춘의 시는 거의 그의 생애의, 산문적散文的 서술이라고 할 만하다. 이 점은 실은 그가 시에서조차 실패했음을 의미한다.

임춘은 당대에도 문명이 있어, 자신의 집안의 그것과 함께 이것이 그를 버티어 준 거의 유일한 기둥이 되고 있었고, 후세의 평가들도 그를 고려의 유수한 시인으로 대체로 꼽아 온 터이지만,[21] 그러나 현전 그의 문집을 검토해 본 바로는 그의 문학가, 특히 시인으로서 그리 탁월한 것은 아니었던 것 같다. 그는 시와 문에 겸장兼長한 것으로 그의 문집 서문에서 이인로李仁老가 지적하고 있으나,[22] 시에서 그는 거의 실패하고 있는 것 같다. 이 실패의 원인은 그의 시에 드러나 있는 강한 산문성 때문이다. 다시 말하면 그의 시의 대부분은 그의 생애(정의현상情意現象까지를 포함한 넓은 의미로 쓰임)와 일정한 대응관계에 서는 상징적인 구성체로서 존재하는 것이 아니라, 생애의 사실 자체와 바로 산문적으로 결합, 관념적이고도 산문적인 기술로 흘러 버리고 있다. 이런 류의 작품들이 그래도 시적 밀도와 분위기를 얻게 된 것

21) 崔滋, 〈補閑集序〉; 徐居正, 〈牧隱詩精選序〉 및 《東人詩話》 卷下; 成俔, 《慵齋叢話》 권1 등에서 그를 고려의 유수한 시인의 한 사람으로 꼽고 있다.

22) 李仁老, 〈西河先生集序〉(《西河集》 所載), "大抵秉筆之徒, 工於詩則短於爲文, 互有得失, 右(?)擅其美, 罕有兼得之. 先生文得古文, 詩有騷雅之風骨, 自海而東, 以布衣雄世者, 一人而已."

은 주로 그가 즐겨 구사한 용사와, 그리고 다분히 체질적이며 그 자신 이론적 표방을 하기까지도 했던 주기主氣의 창작 태도[23]에서 얻어진 분방한 일기逸氣의 덕분에 있는 것 같다. 이 두 가지를 걷어내고 나면 범연한 산문적 문맥만이 남는 것이 그의 140여 제 작품 가운데 대다수다. 물론 일반적으로 한시에는 한 편의 전체에서나 부분에서나 산문적인 작품이 많다. 그리고 실은 시에서의 산문성 그 자체가 곧바로 실패의 징표도 아닐 것이다. 문제는 다같이 산문적이라고 하더라도 그 시적 국면 구성이 어느 정도로 유기적인 총체성과 긴장성을 가지느냐에 있을 것이다. 이 유기적인 총체성과 긴장성의 정도에 따라 국면 구성은 시작주체詩作主體에의 산문성으로부터 시작주체와 일정한 대응관계에서는 상징성으로 그만큼의 전화도轉化度를 가질 것이며, 일정한 전화도에 이르면 그것은 이미 산문성의 테두리를 벗어나 있을 것이다. 그런데 임춘시에서의 산문성은 바로 그 전화도가 매우 낮아 산문성의 테두리에 그대로 머무르고 있는데 문제가 있는 것이며, 이것은 말할 것도 없이 시의 국면 구성이 산문적으로 배포排布되어 있는 데서 연유된 것이다. 성현成俔이 그의 《용재총화慵齋叢話》에서 임춘시를 한 마디로 평하여 "능진밀이불관能縝密而不關"이라고 한 것도 바로 그의 시의 이런 형편을 두고 한 말일 것이다. 즉 시의 문맥이 (산문적인) 촘촘함은 있으나 그 국면이 (시적詩的인) 가두어짐은 없다는 말이다.

그의 시 전반에 드러나 있는 이 산문성은 그가 서사적 장형長形 선택의 빈도가 비교적 높은 데서도[24] 많이 연유하겠지만(그에게 이 서사적 장형 선택의 높은 빈도도 산문성이 유래한 근원과 무관하지는 않을 것이다.), 근본적으로는 그의 시에서의 서정적 상황 설정의 미숙성과 초월적 비전의 결여성에 의해 규정되고 있다. 여기서 말하는 초월적 비전이란 반드시 세계 밖의 절대자로의 지향

23) 林椿, 〈與皇甫若水書〉(앞의 책, 권4), "凡作文以氣爲主"
24) 시 140여 題 가운데 20구 이상의 작품이 30여 제에 이르고, 〈次韻李相國見贈長句二首〉 같은 작품은 240구에 이르고 있다.

을 의미하는 것은 물론 아니다.(주지하듯이 유교문화권에는 상고를 제외하고는 그런 인식이 희박하다.) 최소한 세속에 놓여 있는 존재로서 세속으로부터 자기고양에의 지향도 그에게는 희박하다는 말이다. 서정적 상황 설정의 미숙과 초월적 비전의 결여는 결국 그가 자기를 포함하여 세계에 대해 일정한 서정적 관조와 형이상학적 성찰을 갖지 못한 채 세속 속에 침몰하고 말아버린 결과다. 이를테면, 그는 시간 즉 세월을 강하게 의식했는데, 그것을 죽음이라든가 소멸이라든가 하는, 자아와 세계의 한 근원적인 문제와 연결된 방향으로가 아니라(시간의 이런 방향으로의 인식은 특히 동양시에서는 실은 상투화되다시피 했는데도) 주로 세속적인 공명의 문제에 연결해 의식하고 있다. 아니 그것은 거꾸로 세속적인 공명에의 집념이 계기가 되어 비로소 시간을 의식했다 함이 더 정확할 것이다.

〈病中有感〉

年年虛過試闈開, 해마다 과시科試 때를 헛되이 지내 오누나,
臨老猶堪矍鑠哉. 늙어도 몸은 아직 정정하다네.

〈次友人見贈詩韻〉

十載崎嶇面撲埃, 십 년을 기구한 신세, 얼굴엔 먼지 가득,
長遭造物小兒猜. 오래도록 조물애녀석의 시기를 받았네.
(중략)
科第未消羅隱恨, 과거엔 아직도 나은羅隱의 한을 풀질 못해,
離騷空寄屈平哀. 이소離騷엔 부질없이 굴원屈原의 설움 부쳤다.

〈聞湛之擢第, 以詩賀之〉

天下英雄幾人在, 천하에 영웅이 몇몇이더냐,
可憐空老瘴江邊. 가련타, 부질없이 남황南荒에서 늙고 있네.

여기에서 단적으로 보듯이 그의 세계관은 지극히 세속지향적이었다. 이 세속지향의 세계관-의식의 세속성이 바로 그의 시의 산문성의 적어도 반 이상의 비중을 가진 연유다.

그의 세속성의 의식이 그렇다고 해서 당대의 사회현실 쪽으로 향해 있었던 것도 아니다. 인생과 자연에 대해 형이상학적, 서정적 시선視線을 갖지 못했듯이 그는 세속 속에 있으면서도 정작 당대 현실에 대해서도 비판적 시선을 갖지 못했던 것이다. 이것은 물론 당시 무신집권 아래 현실이 그를 압복해 버릴 정도의 무슨 진실로 가득 차 있어서 그런 것은 결코 아니었다. 여기서 번거롭게 언급할 것 없이, 이 시대의 현실은 그의 전반생이 속하고 있었던 구귀족사회 이상으로 부조리와 모순에 차 있었다. 그 단적인 징표가 그의 생애 기간에 민중반란이 전국에서 연달아 일어나고 있었고, 이것은 바로 당시 사회경제적인 모순으로부터 민중들의 자기구제운동이었다는 점이다. 그러나 임춘에게는 이런 현실은 대안對岸의 화재일 뿐이었다. 임춘의 시에 단 한 번 비친 이런 현실은 이렇게 읊어졌다.

〈寄山人益源〉

今聞羣盜盛, 들으니 지금 군도羣盜가 성히 일어나,
侵邑而攻都. 고을을 침노하고 도회를 친다지요.
朝廷懸美賞, 조정에선 좋은 상 내걸고,
州郡募壯夫. 고을에선 장부를 모은다지요.
世患非吳事, 세상 근심은 내 일이 아닌 것,
食肉者謀謨. 벼슬하는 이들이 꾀할 일이죠.

'세상의 근심은 내 일이 아닌 것'이라는 데 직설적으로 표현되어 있듯이 그는 바로 현실 안에서 진정한 의미의 현실도피를 했던 것이다. 물론 위 인용시만 본다면 일견 그가 세상으로부터 초연하려는 은둔지향을 지닌 것으로 보이겠지만, 그리고 위의 시 이외의 다른 곳에서도 곧잘 그런 태도를 내보였지만, 그러나 그의 은둔지향은 어디까지나 자신의 개인적 좌절과 실의에 대한 관념적 위안에 불과했다. 그는 실제로나 의식에서나 끝내 현실, 그것도 자기본위의 세속적 현실에 침몰, 또는 계박繫縛되어 있었다. 한 마디로 그의 시의 대부분은 세속적 자기의식의 산문적 분비물이다.

2)

세속적 자기 의식의 주조主調는, 위에서 이미 시사되었듯이 양자가 불가분으로 결합되어 있는 가문의식家門意識과 공명의식功名意識이다. 이것은 굳이 분석적인 안목을 거칠 필요 없이 그의 문집을 한 번 정도만 통독하고 나도 그대로 독후讀後의 공간을 가장 크게 차지하고 남는다. 그의 사후 동시대의 시인 김극기金克己가 그의 시권을 읽고,

> 득의得意한 뭇사람들에 끼어 보진 못하고,
> 과거엔 헛되이 실패만 했지.
>
> 하느님인들 차마 끝내 버려두리,
> 천국天國의 그 벼슬은 시랑侍郎이렷다.[25]

라는 조시弔詩를 쓴 것도 그 독후의 공간에 가장 크게 남는 것과 결코 무관하지는 않을 것이다. 여기 임춘 자신의 직접적인 표백表白을 한 번 보자.

---

25) 金克己, 〈讀林大學椿詩卷爲詩弔之〉(《東文選》 권13), "未過劉郎舟側半, 空遊羿氏彀中央. 天翁豈忍終遐棄, 碧落官曹借侍郎."

> 진실로 청운青雲에 성예聲譽를 빌지 않는다면 또 어떻게 후대에 이름을 남기겠습니까? (중략) 바야흐로 욕됨을 참고 부끄러움을 안은 채, 후세에 이름을 날려 효孝를 다하려 하였습니다. 연작燕雀이 어찌 홍곡鴻鵠의 뜻을 알겠습니까. 그 뜻은 사해구주四海九州에 있습니다. 천리마는 저 둔마鈍馬와 다투지 않습니다. 그는 하루에 천리를 갑니다. 개연慨然히 옥玉덩이를 안고서 발돋움하여 구취求取해 주기를 기다렸습니다. (중략) 대개 생각하옵건대, 우리 집안은 백숙伯叔(백부伯父와 부父를 일컬음) 이래 당대 문장의 성예가 있어 한림원에 넘나들고 승명전承明殿에 출입하면서 자손들에게는 한 권의 경적經籍을 물려주어 소업素業으로 전함만 같지 못하다 하였고, 만약 적선積善하면 반드시 여경餘慶이 있어 의당 후손에게 미칠 것이라 하였습니다. 만약 끝내 이 먼 시골에서 그냥 늙어 죽고 가업을 계승하지 못한다면 장차 무슨 면목으로 지하에서 선인先人을 뵈올 수 있겠습니까?[26]

이를테면 여기서 보는 이런 범주에 들거나 또는 관련을 갖는 의식들이 그의 시에서도 기조基調로 도도히 저류하면서 도처에 그 모습을 드러내고 있는 형편이다.

〈寄從兄〉

自從避地便忘歸, 난亂을 피해온 뒤로 돌아가길 잊었지만,
夜夢時時入試闈. 꿈속에 때때로 과장科場엘 들어가지요.
要使家聲今復振, 우리 집 명성을 다시 떨치자면,

---

26) 林椿, 〈上吳郞中啓〉(앞의 책, 권6), "苟非借譽於靑雲, 又安得施名於後代? (중략) 方忍辱以包羞, 願揚名於爲孝. 燕雀焉知鴻鵠志, 四海九州, 騏驥不與駑駘爭, 一日千里. 慨然抱璞, 翹以待求. (중략) 蓋念自吾家伯叔以來, 有當代文章之譽, 翺翔翰掖, 出入承明. 謂遺子不如一經, 相傳素業, 若積善必有餘慶, 宜及後昆. 苟終沒於遐荒, 而莫承於遺緖, 知將何面, 下見先人?"

青雲相伴鶺鴒飛. 청운青雲 길에 나란히 날아야지요.

가문의식과 공명의식은 당시 문인지식층, 특히 난후 잔류한 구귀족층에는 일반적인 것이라고 보아야 할 것이다. 그런데도 동시대의 이를테면 이인로李仁老나 김극기金克己의 문학에 견주어(현전 이들의 작품들이 이들 문학의 전모를 어느 정도 집약해 주고 있을 것이란 관점에는 크게 무리가 없을 것이다) 유독 임춘의 문학에 이토록 노골적이고 강하게 드러나 있는 이유는 무엇일까? 이 두드러진 편차의 연유는 역시 임춘의 개인적 상황에서 찾을 수밖에 없을 것이다. 즉 그 가장 큰 비중의 이유는 그가 구귀족 출신으로서 무신의 난과 집권이라는 하나의 단애斷厓를 만나 계층적 몰락을 가장 전형적으로 당했다는 점이다. 이인로나 김극기, 그 밖에 구귀족 출신 문인지식인으로서 관인신분을 획득하는 데 성공하여, 그 당장 '지배권력'은 아니라고 하더라도 여전히 '지배계급'으로는 남을 수 있었던 사람들은 새로운 지배세력으로서 무신의 권력에 대해 상대적으로 자기한계는 가졌겠지만, 그러나 최소한 임춘의 경우에서 보는 문자 그대로 몰락은 아닌 것이다. 임춘의 경우는 말하자면 난전 구귀족사회에서 별로 저항 없이 보유해 왔던 지배귀족계급다운 의식이 무신지배라는 막강한 저항을 만나 철저하게 난파당했다는 사실과 함께, 그의 집안이 놓여져 있었던 계층적 위치가 구귀족사회 속의 상승과정에 있던 중간권이란 사실을 아울러 상기할 필요가 있겠다. 즉 권력구조의 중간권이 항용 갖기 마련인 권력에 민감한 생리에다, 상승과정의 기세가 갑작스러운 저지를 당함으로써 오히려 더 강한 반응력을 내보이게 된 것이다. 더구나 임춘은 열렬한 유교주의자였고,[27] 당시 고려의 그리고 임춘 자신의 유교수용의 수준은, 한 개인의 구제救濟나 사회의 구제 문제는 조선조 사대부에게서 보는 그런 심폭深幅과는 거리가 먼 차원의 것이었다. 이는 '사문斯文'과 '오도吾道'에의 사명의식을 도도히 가지고 있었던 임춘 자신이 꼽고

27) 그가 排佛的 崇儒主義者임은 그의 문집 전반에서 간취할 수 있기에 인증은 생략한다.

있는 역대명유歷代名儒가, 가의賈誼·한유韓愈·소식蘇軾 등 그야말로 '양명어후세揚名於後世'한 문장가들이 고작이었던 데서 단적으로 드러나 있다.[28] 아무튼 임춘이 가문·공명의식을 주조主調로 하는 세속적 자기의식에 지배되게 된 내력은 위의 언저리를 크게 벗어나지는 않을 것이다.

3)

임춘이 무신정권의 현실을 거부하지 않았다고 해서, 또 그 정권에의 기탁寄托을 모색했다고 해서, 그가 무신정권 자체를 긍정했다고는 물론 볼 수 없다. 오히려 무신집권 초기, 적어도 그가 영남지방으로 피해 갈 즈음에는 비장한 대결의식을 보여 주기까지 했다. 그의 장형시 가운데서 그래도 가장 성공적인 작품으로 보이는 〈장검행杖劍行〉은 바로 그 즈음 대결의식을 배경으로 하여 쓰인 것이다.

〈甲吾年夏, 避地江南, 頗有流離之歎. 因賦長短歌, 命之曰杖劍行〉
(전략)
可笑文章不直錢, 우습다, 문장은 값 한 푼 안 나가네,
萬乘何曾讀子虛. 만승천자萬乘天子가 언제 자허부子虛賦를 읽었다더냐.
紛紛世上鄙夫輩, 세상의 이런저런 더런 사내들아,
舐痔猶得三十車. 치질痔疾을 핥아주고 수레를 얻는구나!
我欲唾面去, 내 너희 낯짝에 침 뱉고 가련다,
浩然賦歸歟. 호연浩然히 돌아가련다.
(중략)
遲遲回首望中原, 머뭇머뭇 머리 돌려 서울을 바라보니,
可憐久作風波地. 가련타, 오래도록 풍파지風波地가 되었구나.

---

28) 林椿, 〈答靈師書〉(앞의 책, 권4) 참조.

黃鷄夜鳴非惡聲, 밤중에 우는 닭소리 나쁜 징조 아니네,
起舞自有英雄志. 일어나 춤을 추자, 이때야말로 영웅이 될 때란다.
(중략)
笑彼拔山力, 가소로운 저 힘센 자 항우項羽를,
捕取等嬰兒. 어린애 잡듯 잡았구나.
龍顔隆準一相遇, 용안龍顔에 콧마루 우뚝한 사람(유방劉邦) 만나,
萬戶封侯帝者師. 만호후萬戶侯에 제왕의 왕사王師가 되었지.
丈夫事業固如是, 장부 사업은 진실로 이러해야 하나니,
何爲乞米還遭嗤. 어찌 걸미첩乞米帖으로 되려 웃음을 살까보냐.
(중략)
此行不是求爲田, 이 길이 전원에 살자고 가는 건 아니지,
祇恐祖生先著鞭. 나 먼저 공명 이룰 자 있을까 두려울 뿐.
感慨無言淚如洗, 감개하여 묵묵히 눈물을 뿌리는데,
茫茫鳥外空長天. 망망茫茫히 나는 새 저 편엔 부질없이 먼 하늘.
匣中霜劍寒三尺. 갑匣 속엔 서슬 푸른 삼척검三尺劍,
壯士有心終報國. 장사壯士는 끝내 나라에 보답코 말리라.

이 시는 문면에서 보듯이, 무력武力에 의해 무력화無力化되어 버린 문文에의 자조의식自嘲意識을 바탕으로, 항우項羽와 같은 완매頑昧한 무신(임춘 생애 기간의 집권무신들은 대체로 이런 형이었다.)을 타도한 지략가적인 전쟁영웅 장량張良에다 자기동일화를 꾀함으로써 당시의 무력에 대한 대결을 지향한 것이 그 기본구조다. 문제는 이 시에서 보는, 사뭇 비극적이기조차 한 이 대결의 에너지가 과연 공적 차원-즉 사회적·역사적 지평을 가지느냐, 아니면 사적 차원에 머물고 마느냐이겠는데, 얼핏 보아 전자에 속할 일면이 없지는 않으나 역시 근본적으로는 후자에 속하고 있다. 이는 여기 인용되지 못한 부분까지를 아울러 고려하지 않더라도 인용분에 나타난 두 가지 점에서도 명백하다. 즉 자기동일

화의 비전으로서 장량의 설정이 진秦의 학정을 제거하는 데 공헌한, 그의 생애의 공적 측면에 두어져 있는 것이 아니라, '만호후 제자사萬戶侯 帝者師'라는 사적 측면에 두어져 있다는 점과(이 점은 걸미첩乞米帖의 안진경고사顔眞卿故事를 대비함으로써 더욱 두드러져 있다.), 그리고 시의 구조상 결미부분(인용분 제4단)에서 대결구조가 해체되어 있다는 점이다. 대결구조의 해체란 장량에의 자기동일화에서 깨어나 실제의 시작주체詩作主體(임춘)로 돌아와서는 중앙관인사회에의 권토중래捲土重來를 다짐하는 방향으로 결말짓고 있는 것이 그것이다. "이번 행차에는 밭을 구하는 것이 아니요/ 다만 조생祖生들이 먼저 채찍을 잡을까 두렵다네// (중략) 장사의 마음은 끝내 나라에 보답하는데 있다네(此行不是求爲田/ 祇恐祖生先著鞭// (중략) 壯士有心終報國)"이 무슨 실제의 무신타도 결의가 아니라, 자신이 관인사회로 출진 의욕을 단순히 비유적으로 표현하는 데 불과하다. 따라서 '삼척검三尺劍'은 자신의 자질을 그렇게 자긍적自矜的으로 비유한 것일 뿐이다.(그는 한 자천서自薦書 〈상이학사서上李學士書〉에서도 자신을 명검에 비유한 적이 있다.) 이리하여 모처럼의 대결의 에너지도 임춘 자신의 사적 차원의 공명의식의 한 극적인 표현에 불과하고 말았다. 현존 임춘의 작품 대부분은 난후에 쓰여졌고, 그 주조도 이제까지 검토에서 어느 정도 드러나게 된 바, 그런 점에서 난초亂初에 쓰인 이 〈장검행杖劍行〉은 그 이후의 그의 작품의 주된 방향에 대해 기초적인 위치를 점하고 있는 셈이다.

이 〈장검행〉의 분석에서 확인하게 되는 바이지만, 그는 당시 무신정권에 대한 부정의식否定意識을 가지고 있으면서도, 이 사적 차원에서 출발된 부정의식을 공적 차원-즉 사회적·역사적 지평에로 전화轉化시키는 에너지는 끝내 갖지 못했다. 그런 전화가 비교적 용이한 권력권외의 위치에 있으면서도 말이다. 이 이유는 물론 다름이 아니라, 부정의식과는 당착되는, 즉 권력권내로 줄기차게 지향된 의식에 의해 지배됨으로써 그런 에너지를 갖게 될 틈을 갖지 못했기 때문이다. 다시 말하면 그의 개인적 공명의식이 일정한 사회적 현실의식의 생성가능을 압도해 버린 때문이다.

이 권외의 위치와 권내로 지향된 의식이라는 모순된 정황에 필연적으로 갖게 마련인 것이 소외의식이다.

〈有感〉
七年浪迹寄南州, 7년을 떠도는 자취 남주南州에 부쳐,
輦下重來夢寐遊. 서울엘 다시 오긴 꿈속의 일.
(중략)
世受君恩是文翰, 대대로 문장으로 임금 은혜 받았는데,
䨻才何日可能酬. 못난 이 재주 어느 날에사 갚을 수 있으리

〈次韻金蘊珪題觀音院〉
天下英雄幾人在, 천하에 영웅이 몇몇이더냐,
可憐空老瘴江邊. 가련타, 부질없이 남황南荒에서 늙고 있네.
(재인용)

郡樓登眺遠蒼茫, 다락에 올라 바라보는 창망蒼茫히 머나먼 곳,
戀國情深淚數行. 서울 그린 정情에 겨워 눈물이 흐르네.
誰識多情白司馬, 누가 알랴, 다정한 백사마白司馬(낙천樂天)는,
天涯流落老潯陽. 천애天涯에 유락하여 심양潯陽 땅에서 늙고 있음을.

일일이 매거할 수 없지만 임춘은 줄곧 소외의식에 사로잡혀 있다. 특히 영남지방에 거주하고 있던 7년 남짓은 더욱 그러했다. 임춘이 줄곧 소외의식에 사로잡혀 왔다는 것은 그의 의식이 그만큼 권력권내로 지향되어 있음을 나타낸다. 그래서 그는 7년 남짓을 전원에 사는 동안, 적어도 현존 그의 문집을 통해 보는 한, 중앙관인사회의 동정에는 민감한 반응을 가졌으나,[29]

---

29) 이를테면 〈賀皇甫沆及第二首〉·〈聞湛之擢第以詩賀之〉·〈作詩賀李壯元眉叟〉·〈與皇甫若

자연을 깊이 관조할 여유는 못 가졌던 것으로 보인다.

좌절을 겪고 또 의식해가는 동안 임춘의 의식에는 운명이 하나의 고정관념으로 자리잡게 된다. 그러나 그의 운명의식은 지극히 투식적이고, 따라서 작품에도 대체로 투식적인 관념 그대로 튀어나온다. 이를테면,

〈書懷〉

詩人自古以詩窮, 시인은 예부터 시 때문에 궁窮하다지,

顧我爲詩亦未工. 허나 나는 시도 그리 잘 하지 못해.

何事年來窮到骨, 어째서 연래年來로 궁곤이 뼈에 사무쳐 와,

長飢却似杜陵翁. 오랜 굶주림이 두보杜甫와 같단 말인가.

라든가,

〈有感〉

早抱虛名驚衆耳, 진작에 헛된 명성 뭇사람 놀래이었더니,

那知有命壓人頭. 어찌 알았으랴, 운명이 머리를 내리누를 줄을.

또는,

〈奉寄天院洪校書〉

自古吾曹例困厄, 예부터 우리들은 곤액困厄이 상례常例,

天公此意眞難會. 하늘의 이 뜻은 참으로 알기 어려워.

水(其二)〉에서 보는 바와 같이 동료들의 及第消息에 접하고 일일이 詩나 書翰으로 반응을 보이는 한편, 〈上吳郎中啓〉와 같은 自薦書를 올린 등의 사실에서 단적으로 看取할 수 있다.

하는 류가 그것이다. 이들 시에 표현된 그의 운명에 대한 의식은 다음의 그의 산문의 내용과 거의 거리가 없다.

> 아아! 예부터 현인재사들은 으레 궁액한 경우가 많다고는 하지만 나와 같은 사람을 없을 것입니다. 두보杜甫는 유락했고, 한유韓愈는 어려서 어버이를 여의었고, 지우摯虞는 기곤飢困했고, 풍당馮唐은 때를 만나지 못했고, 나은羅隱은 급제를 못했고, 사마상여司馬相如는 병이 많아, 고인들은 이와 같이 특히 그 가운데 한 가지를 범했는데도 또한 이미 불행인이라 합니다. 그런데 나는 지금 이런 불행을 모두 다 범하고 있으니 어찌 비통하지 않겠습니까![30]

이와 같이 그는 자신의 가위 비극적인 생애에 대해 역시 비극적으로 강하게 자의식하고 있었지만, 그러나 운명의 문제에 대한 그의 의식은 세속적이고도 산문적인 인식의 차원, 말하자면 천격賤格의 범속한 팔자타령의 언저리를 크게 넘어서지 못하고 있다. 이를테면 '문장은 본래 궁窮한 법이다'라는 동양 전래의 세속적인 관념의 틀에 간단히 자신을 방임해 버리는, 다분히 체념에 따른 평면적인 자기 도피의 태도이고, 더 승화된 경지는 스스로 마련하지 못하고 있다. 이는 곧 그의 운명의식이 평면적인 위안처는 제공했어도, 끊임없는 자기초월의 에너지로는 기능하지 못했음을 의미한다. 그의 불우가 무신집권이라는 역사적·사회적 상황에 직접 관련되어 있음에도 그는 그런 차원에서도 일정한 좌표설정도 하지 못한 채 운명에 자기를 내맡겨 버리고 말았을 뿐 아니라, 자기를 운명에 맡기었음에도, 또한 형이상학적 차원에서 일정한 자기확립에도 도달하지 못하고 말았다. 그를 기초에서 지배하고 있

---

30) 임춘, 〈與趙亦樂書〉(앞의 책, 권4), "嗟乎! 自古賢人才士, 例多窮厄矣, 而無有如僕者. 子美之流落, 韓愈之幼孤, 摯虞之飢困, 馮唐之無時, 羅隱之不第, 長卿之多病, 古人特犯其一, 而亦已爲不幸人. 僕今皆犯之, 豈不悲哉!"

는 세속적 자기의식이 이를 가능하지 않게 했기 때문이다.

4. 맺음말

왕조시대의 지식인에게는 물론 한계가 있었다. 고려의 경우 그 기저에 가로놓인 경제적인 예속관계로 하여 더욱 제약적이다. 이런 조건을 전제한다 하더라도 임춘의 경우 당시의 객관적인 역사상황과 그 자신의 개인적 처지로 보아, 그것이 개인적 진실에 속하든, 사회적 진실에 속하든 뭔가 자신으로부터 떨어져 나와 객관화될 수 있는 일정한 가치체계를 창출할 것이 기대되었음에도, 위에서 검토해 본 바로는 그런 기대와는 먼 차원에 주저앉아 있음을 확인하게 된다. 결국 그는 자신도 사회도 구제하지 못할 사적이고도 범속한 세속의 지평을 방황하다 끝나고 말았다. 그의 생애를 가위 비극적이라고 했지만 이런 점에서 정말 비극적이라고 할 만하다.

그를 사적 의식에 지배된 지식인으로만 말해 왔지만, 그에게도 당시 현실의 일면에 관련된 공적 문제의식이 전혀 없었던 것은 물론 아니다. 그에게서 발견할 수 있는 거의 유일하다고 할만한 공적 문제의식은 당시 고려의 문화·문학의 유교문화, 고문화古文化로의 개조의식이다. 이는 난전 사회 이래의 유교와 과문科文의 문화적 현실에 대한 그 나름의 비판의식과, 무신집권 후 권력중추가 무武에게 들어감으로서 문文의 권위와 기능이 상대적으로 실추·무력화된 현실에 대한 그 나름의 인식이 기초가 된 것으로 보여 일단 주목할 만하다. 그러나 이 문제는 이 문제대로 주목한다 하더라도, 그의 이 공적 문제의식 역시 다분히 사적 공명의식의 한 굴절로서 성격을 띠고 있음도 간과할 수가 없다.

논리전개의 편의를 위해 도중 언급은 될 수 있는 대로 회피해 왔는데, 위에서 검증된 임춘의 의식양태가 단순히 임춘 일인에게만 국한될 성질의 것은 아닐 것이다. 개인적 편차는 물론 자있겠지만, 굳이 임춘과 여타 관인으로 진출한 문인지식인들의 처지를 바꾸어 놓고 보지 않더라도 위의 임춘의 의식양태의 상당부분이 공유될 가능성이 있다. 당시 정권에 대해 근본적으로 부정의식을 가졌으면서도 임춘과 마찬가지로 그것을 사회적·역사적 차원으로 전화·확대를 이루지 못한 이인로·김극기의 경우를 단적인 예[31]로 지적할 수 있다. 더구나 임춘 이후의 최씨문객들을 상기해 본다면 이런 가설은 어렵지 않게 성립될 것으로 본다.

덧붙이고 싶은 것은 지식인의 사회의식의 발전도發展度를 역사발전의 척도로 본다면 이 시대의 지식인들의 체질은 여전히 고대적이라는 점이다.

(《語文論集》 19 · 20, 고려대학교, 1977)

31) 이인로의 〈續行路難〉(《동문선》 권6), 김극기의 〈醉時歌〉(《동문선》 권6)에서 그들의 否定意識을 읽을 수 있다.

고려 중기 의리유학義理儒學의 실상

—기존 학설에 대한 비판과 왕안석의 신학新學을 중심으로—

1. 문제 제기

이 논문에는 종래 학계에서 거의 쓴 적이 없는 유학에 대한 분류 개념이 자주 구사되는 만큼 이에 대한 논의부터 하겠다. 유학은 그 사상의 구현 방식에 따라 전장유학典章儒學·사장유학辭章儒學·의리유학義理儒學, 그리고 기저유학基底儒學으로 나눌 수 있다. 전장유학은 유학사상에 입각한 국가의 제도·의례·법령·문물과 그 운용을 내용으로 하는 것을 말하고, 사장유학은 유학사상을 문예적으로 처리한 것을 말하고, 의리유학은 경전의 의리, 즉 경의經義를 기층으로 하여 경의와 경의,[1] 경의와 유학 외적 의리의 일정한 스펙트럼으로의 연계·융합으로 성립한다. 다시 말하면 의리유학은 유학사상 내지 유학철학 자체다.[2] 그리고 기저유학은 위의 세 방식으로의 구현의 기저에 서

1) 經義에는 경서의 저작 주체가 제시한 원초적인 것과 후대의 경서 해석자들이 생산하는 부차적인 것이 있다. 역사의 변천에 따라 생겨난 경서 이해의 장애를 訓詁·傳注·義疏 등의 방식으로 극복하고, 원초의 경의에 회귀했다고 생각하는 것이 말하자면 부차적인 경의다. 부차적인 경의에는 해석자에 따라 편차가 있게 마련이다. 경의는 크게는 正文의 문맥을 유지하면서 해석과정을 거치는 것과, 정문의 문맥을 돌파 또는 비약하여 해석을 내는 것으로 나눌 수 있는데, 전자는 표층적 경의를, 후자는 심층적 경의를 생산한다. 그리고 이 표층과 심층 사이에는 그 심도에 당연히 스펙트럼이 있게 마련이다. 대체로 경의라는 말은 심도가 얕은 데서 깊은 쪽으로의 경향을 일컫는 것이 일반적이다. 경의는 곧 의리유학의 하부구조다.

식하는, 경사經史에 내재하여 일차적으로 학습의 대상이 되는 유학사상을 말한다. 사장유학에 유학의 의리의 농도가 짙은 경우 의리유학으로 간주할 수 있다.[3] 우리는 일반적으로 유학과 유교를 구분해서 사용하기도 한다. 유학은 주로 이론적·사색적인 학문 체계를 가리키고, 유교는 주로 실천윤리 및 교화를 가리킨다.[4] 여기 분류로 말하면 전장유학과 기저유학이 주로 유교에 해당한다. 그러나 이 논문에서는 논리전개의 편의상 유학으로 통일해서 쓰기로 하되, 불가피한 경우 유교란 용어도 사용한다.

지금까지 학계에서 연구되어 온 고려 중기 유학은 대개 다음 세 범주의 문제로 나누어진다. 첫째는 최충의 9재학당 재호齋號 명명의 북송 도학과의 관계, 둘째로는 예종·인종 연간의 2정二程 도학의 이해 또는 수용의 문제, 셋째는 임춘林椿·이규보李奎報 등 문인들에게서의 정주程朱도학 수용의 문제가 그것이다.

여기에 대한 학계의 주장들은 대략 다음과 같이 정리할 수 있다. 첫째 범주의 문제에 대해서는, 9재학당 재호로 '성명誠明'·'솔성率性'이라는 〈중용편〉의 주요 개념이 취택된 것으로 보아 〈중용〉의 가치 발견과 도학적 사유의 발생이 2정보다 최충이 앞섰다는, 말하자면 도학의 고려 선발설先發說,[5]

---

2) 의리유학의 '의리'는 오늘날의 사상 내지 철학에 해당하는 전통시대 용어다. 그러니까 의리유학은 의리유학 자체를 포함하여 전장·사장·기저유학을 統攝하는 위치에 있다. 기저유학을 제외한, 審級이 일정하게 높은 단계의 유학에서 의리유학은 주로 論理思惟에 의존하고, 전장유학은 논리사유이되 다분히 비체계적인 것에 의존하고, 사장유학은 주로 形象思惟에 의존한다. 모든 분류는 필요악이다. 대체로 분류는 그 경계가 모호하기 마련인데, 이 모호함에서 분명함을 지향하려는 연구자들의 각기 다른 견해가 나와 다양한 시각의 연구가 이루어진다. 청나라의 戴震과 姚鼐는 한 편의 문장에서 義理·文章·制數 또는 考證 세 요소로 나누어 의리의 비중 또는 균형을 논의했는데(戴震, 〈與方希原書〉(《戴震文集》, 中華書局, 1980), 143쪽; 姚鼐, 〈述菴文鈔序〉, 〈復秦小峴書〉(《惜抱軒全集》, 권4·권6) 참조), 나의 분류와는 다르나 의리의 개념 내지 함의는 같다. 유학사가 이 분류에 따라 입체적으로 서술된다면 훨씬 정확하고 역동적이 될 것이다.

3) 고려시대의 이색, 조선시대의 서경덕·이언적·이황의 작품, 특히 道學詩를 대표적으로 들 수 있다.

4) 이병도, 《韓國儒學史》(아세아문화사, 1987), 1쪽. 참조.

5) 홍양호, 〈紫霞洞九齋遺墟碑〉(《耳溪集》 卷25), "時則有文憲崔先生, 首倡性理之說. (중략) 如誠明率性, 出於中庸之訓, 則表章中庸. 已先於程子, 而傳道之功, 暗合於千載之

최충의 도학적 사유가 2정 이전의 북송의 전도학적前道學的 사유와 동시에 평행관계로 발생했다는 여·송 병발설竝發說,[6] 그리고 전자가 후자의 영향 하에서 발생했다는[7] 주장이 있다. 둘째 범주의 문제에 대해서는 예종·인종 연간의 고려 문헌에 '성명도덕지리性命道德之理' 같은 북송 도학의 명제의 등장,[8] 예종대 김단金端·권적權適 등의, 도학이 완숙한 북송 국자감에의 유학,[9] 인종이 북송 사신을 접견하는 자리에서 2정의 제자 양시楊時의 동향에

下."; 홍양호는 〈文憲書院九齋記〉(앞의 책, 권12)에서도 비슷한 주장을 했다; 이병도는《한국유학사》(아세아문화사, 1987), 67쪽에서 홍양호와 같은 주장을 했다; 김충렬, 〈崔沖私學과 高麗儒學〉(《崔沖研究論叢》, 경희대 전통문화연구소, 1984), 45쪽, "고려 유학자 가운데 최충 같은 이는 당당히 북송보다 앞서거나 또는 같은 시기에 유학의 새로운 세계인 성리학을 주체적으로 제창했는데도 그것을 성취시키지 못하고 결국 元을 통해 중국의 성리학을 수입했다." 이 도학의 선발적 자생설은 이제 더이상 효력이 없다. 다만 학설사로서의 의의만 있을 뿐이다.

6) 문철영, 〈麗末 新興士大夫들의 新儒學 수용과 그 특징〉(《韓國文化》 37, 서울대 한국문화연구소, 1982), 104쪽, "우리는 고려 중기 사상계와 북송 초기 사상계에서 공통적으로 보이고 있던 유학 부흥의 기운이 유교철학의 중요한 내용을 담고 있는《예기》의 〈중용〉에 관심을 돌리게 했고 그러한 관점이 최충과 范仲淹 간의 평행하는 〈중용〉에의 중시로 표출되었던 것임을 알 수 있겠다." 그는 아래의 논문들에서도 꼭 같은 주장을 되풀이하고 있다. 문철영, 〈고려중기 사상계의 동향과 新儒學〉(《國史館論叢》 37, 국사편찬위원회, 1992), 55-56쪽; 〈高麗 中·後期 儒學思潮 研究〉(서울대 박사학위논문, 2000), 18-19쪽; 윤남한, 〈儒學의 性格〉(《한국사》 6, 국사편찬위원회, 1995), 246-249쪽에서 문철영과 같은 논리를 폄.

7) 유명종,《韓國思想史》(이문출판사, 1981), 137-138쪽, "그 齋名이 大中·聖明 등을 (중략) 〈중용〉·《주역》에서 나온 것이다. (중략) 北宋學의 선구자의 하나인 范仲淹은 (중략) 〈중용〉으로 후진을 교도하였으며, 宋 仁宗은《戴記》에서 〈중용〉·〈대학〉을 표출하여 儒臣을 권장하였으므로 이때에 이미 四書가 성립되는 실마리가 나타났던 것이다. (중략) 이로부터 宋商들과 宋使의 왕래는 활발해졌다. 이들을 통하여 宋의 학계 혹은 정계의 새로운 움직임이 알려졌음은 당연했을 것이며, 최충과 같은 고려의 대학자가 대륙의 학문적인 움직임에 무관심할 리가 없다." 이하는 유명종과 같은 견해를 밝힌 연구들이다. 윤사순, 〈朱子以前의 性理學 導入問題〉(《崔沖研究論叢》, 경희대 전통문화연구소, 1984), 163-165쪽; 변동명,《高麗後期 性理學 受容 研究》(일조각, 1995), 12쪽; 최영성, 〈高麗中期 北宋性理學의 受容과 그 樣相〉(《大東文化研究》 31, 대동문화연구원, 1996), 129쪽; 이원명,《高麗時代 性理學 受容 研究》(국학자료원, 1997), 23-29쪽.

8) 이들 명제의 등장을 곧바로 북송 도학의 전래로 이해한 주장은 변동명, 같은 책, 11-12쪽; 최영성, 같은 글, 123쪽; 최일범, 〈고려중기 유불교섭의 철학적 근거에 대한 연구〉(《동양철학연구》 25, 동양철학연구회, 2001), 15-116쪽; 최영성,《한국유학통사》 上(심산출판사, 2006), 248-249쪽; 이원명, 앞의 책, 37-38쪽; 윤사순,《한국유학사》 상(지식산업사, 2013), 129-130쪽에 나온다.

대한 물음으로 보아 도학에 대한 이해가 일정 정도에 도달했다는 주장이 있다.10) 그리고 왕안석王安石의 신학新學도 전래되어 도학과 함께 존재했다는 주장이 있다.11) 셋째 범주의 문제에 대해서는, 임춘·이규보에게서의 '궁리진성지묘窮理盡性之妙', '인성순리因性循理'의 명제, 정의鄭義의 〈도열일화괴귤합위형제부道閱一和槐橘合爲兄弟賦〉에서의 '리일분수理一分殊'의 논리로 보아 고려 중기에 정주도학程朱道學까지 수용되었다고 하는 주장이 있다.12)

---

9) 유명종은 앞의 책(1981) 140쪽에서 "예종 10년에 金端과 權適 등 5명이 宋 太學에 입학, 그때는 이미 북송 휘종 政和 5년이므로 北宋 道學이 완숙했고, 二程의 문인들이 활동하였다"라고 하여 마치 김단 등이 二程의 문인들이 활동하던 태학에서 완숙한 북송 도학을 배우기 위해 유학을 간 것 같이 서술하고 있다. 유명종의 논지가 발전된 행태의 주장을 문철영은 앞의 글(1982), 104-105쪽; 앞의 글(1992), 55-86쪽; 앞의 글(2000), 32쪽; 〈이규보의 교우관계망을 통해 본 북송 신유학의 수용 양상〉(《역사와 담론》 69, 호서사학회, 2014), 93쪽에서 되풀이하고 있다.

10) 인종이 북송의 사신을 접견하는 자리에서 二程의 제자 楊時의 동향에 대한 물음이 고려 군신들이 도학에 대해 충분히 이해하고 있는 증거라는 것인데, 자세한 것은 주82)와 주 84)로 미룬다.

11) 道學의 수용과 아울러 王安石의 新學도 전래되어 학계에 존재했다는 주장도 유명종이 그의 〈高麗儒學硏究序說〉(《石塘論叢》 10, 동아대, 1985), 14쪽에서 "또 王安石의 新學이 주자학 수요에 앞서서 전수되었다는 사실은 주목된다. 왕안석의 '新學'과 북송의 道學은 서로 대립한 학문이었다"고 말함으로써 두 학문의 병존이 처음 발설되었다. 문철영은 앞의 글(1992), 57-58쪽에서 "하지만 宋末까지 고려는 주자성리학보다 왕안석의 유학이 유행했던 것을 볼 수 있다" 하고《三經新義》가 전래된 사실만 말하였다. 그는 앞의 글 58쪽에서 權適의 〈入宋船次上朴學士啓〉(《동문선》 권45)의 "王丞相大變頹風, 聖宋之儒術興矣"를 들고 있으면서 같은 논문 56쪽에서 "특히 예종 10년(1115)에 김단과 권적 등 5인이 송나라 태학에 입학했을 당시는 송에서 신유학(도학)이 대세를 이루면서 二程의 문인들이 활동하고 있던 시기로"라고 상반되는 서술을 하고 있다. 그는 또 앞의 글(2000), 37쪽에서 "북송에서의 성리학적인 경향성뿐만 아니라 오히려 왕안석의 新學이 고려의 유학자들에게서 크게 영향을 끼칠 수 있었다"고 종래의 논조와는 거의 대척적인 논지를 펴면서도 마땅한 증거제시도, 해명도 못하고 있다. 최영성은 앞의 글, 138-140쪽에서 "北宋 학술과 사상의 수용은 道學뿐만 아니라 도학과 대립하였던 新學 등에 이르기까지 폭이 넓었다. (중략) 왕안석 신학까지 수용되어 상당히 오랫동안 관심 있게 연구되었던 것을 보면, 그 精深의 정도는 차치하더라도 북송의 도학이 고려 학계에서 상당히 폭넓게 이해되었을 것임은 거의 의심의 여지가 없다고 하겠다"고 하여 신학에의 연구가 도학에의 폭넓은 이해를 증명한다는 식의 이상한 논리를 펴고 있다. 요컨대 유명종 외 여타 연구자들은 유명종을 따라 新學의 전래가 발설되어 있으나, 유명종을 포함하여 실제 자료를 수색하고 검증하는 작업은 하나도 없이 空言만 되풀이해온 셈이다.

12) 셋째 범주의 문제들에 대한 비판은 뒤의 본론 4-2)·3) 참조.

이러한 주장들의 상당수가 증거제시도 없이 때로는 추상적 독단으로 주장되고 있다. 물론 문헌의 부족은 다 같이 부딪히는 난관이다. 그러나 있는 자료조차 활용하지 못하는 사례를 흔히 본다. 그래서 논문·저서들의 적잖은 부분을 앞사람이 내세운 주장을 뒷사람이 다시 되풀이하고 있어 가위 매너리즘의 연속이다. 게다가 주로 조선조 말기에서 일제강점기 이후 출판되어 나온, 검증되지 않은 정체불명의 자료에 기대어 자신의 견해를 밝히는 경우도 한둘이 아니다.[13] 이러한 연구로 인해 고려 중기 유학사상사는 크게 잘못되어 있다.

결론부터 말하면 이렇다. 나는 위의 문제 범주 가운데 첫째 범주의 문제에 대해서는 9재九齋의 9개의 재호 가운데 일부가 북송 전도학적 사유의 영향하에 취택, 명명된 것으로 본다. 말하자면 기존의 영향설을 따르는 셈이다. 나머지 재호와 그 편성의 논리는 당연히 최충 본인의 몫이다. 9재학당은 쉽게 말해 장차 관인官人이 될 인재를 공자孔子 같은 성인으로 배양하기를 희구하는 교육이념 아래에 취택된 재호들의 의미 내용과 그 편성의 논리에서 최충의 의리유학적 사유를 엿볼 수 있다는 것이다.

둘째 범주의 문제에 대해서는 ①'성명도덕지리'는 왕안석의 명제로, 사실은 예종대에서 의종대까지 고려의 국시적國是的 명제로 통행되었으며, ②김단·권적 등 5인의 유례 없이 많은 인원의 송 국자감에의 파견은[14] 왕안석의 국자감 개혁이 실행되어 전적으로 신학新學 체제로 운용될 때 3사제三舍制·경의과목 등 고려 국학의 정비·운영을 위한 체험이 목적이었고, 도학은 송 철종 재위 전반기에 다소 유리한 국면을 만나는가 싶더니 철종 후반기에서 휘종 연간에 다시 왕안석 체제의 강화로 되돌아갔으며,[15] ③2정의 도학에

---

13) 기존 논문에 인용된 정체 불명의 자료로는《崔子全》·《海州崔氏文獻錄》(《首陽世稿》)·《東國名賢言行錄》·《性理會要》 등이다.

14) 예종 이전에 문헌상으로는 경종 5년에 崔罕, 王琳 두 사람이 유학간 예를 찾을 수 있을 뿐이다. 《고려사》〈選擧二·科目二〉 참조.

15) 喬衛平, 《中國宋遼金夏教育史》(人民出版社, 1994), 36-42쪽 참조.

대해 고려 지식인들이 이해했음을 증거한다고 연구자들이 하나같이 들고나온 양시의 동향에 대한 인종의 질문의 진의는 목하目下 금金나라의 등장으로 인한 여·송간의 외교상 민감한 문제에 관련된 것으로, 복잡한 내용을 가지고 있어 주 84)로 미룬다. 그리고 ④도학과 신학이 함께 존재했다는 주장은 그럴 가능성은 인정되나 아직 실증이 없는 공언으로 남아 있다. 도학의 수용설을 하나의 가설로 인정하고 그 진실 여부를 검증하는 것도 이 논문이 가진 하나의 임무다. 주로 본론 3-2)에서 논의될 것이다.

셋째 범주의 문제에 대해서는 명종·신종 이후 남송과의 국교의 단절, 몽고와의 전쟁 등으로 공식적인 정주성리학程朱性理學 수용의 기회를 놓쳤다고 본다. 정주성리학은 고종대에 재야 지식인에 의해 전래된 것이 확실하다고 본다. 신학 담론도 무신란 이후 완전히 사라지고 새로운 고심급高審級의 의리유학의 수혈輸血이 없는 고려 유학은 주로 경사經史에서 발원하는 기저적基底的 의리유학에 대한 이해의 점진적인 확대·심화가 진행되고 있었는데, 그것은 주로 사장유학 방면에서 이루어졌다고 본다. 그리고 '궁리진성窮理盡性' 등 명제가 정주성리학을 수용한 증거라는 설에 대한 비판은 아래 4-2)에서 행해지게 될 것이다.

2. 9재학당 재호齋號와 그 편성編成의 논리

9재학당 문제는 우리에게 이미 거의 해결된 과제처럼 인식되고 있다. 그것도 그럴 것이 1936년 유홍렬 이래 2000년대 박찬수 등에 이르기까지 많은 논문·저서가 정면으로, 또는 부수적으로 거론해 왔기 때문이다. 그것은 박찬수의 지적대로 "새로운 내용이 없이 다른 문제를 다루면서 부수적으로 언급한" 논문·저서가 많기 때문이기도 하거니와,[16] 어쨌든 고려 역사에서

16) 박찬수, 《高麗時代 教育制度研究》(경인문화사, 2001), 242쪽 참조.

중요시되어 온 문제임에는 틀림없다. 이미 낡은 과제로 인식되는 9재학당 문제를 다시 거론하는 것은 기존 유학사상사 연구에서 간과하거나 소홀히 다루어져 아직 거의 연구가 되지 않은 상태나 마찬가지이기 때문이다.

1) 9재학당 설립의 배경

9재학당의 성립에는 정치·사회 등 여러 가지 배경이 있을 수 있겠거니와, 나는 여기서 유학사상사 자체의 배경에 주목하고자 한다. 먼저 들고 싶은 것은 최충 자신의 유학에 대한 특단의 고양된 인식이다.[17] 의리유학적인 전통이 극히 미약하고 불교를 국교로 신봉하는 나라에서 불교에 침윤浸潤된 유자들이 편재遍在하는 마당에 개인으로서 준태학準太學 체제의 유학 사립대학을 세운다는 것은 유학에 대한 한층 높은 인식 없이는 불가능하다. 물론 과거 준비기관으로서의 한계가 지적될 수 있으나 최충은 바로 이 과거 준비란 현실적 기능을 개방적으로, 그리고 적극적으로 활용한 것이다.

그러나 최충의 유학에 대한 특단의 인식이 평지돌출로 된 것은 아니다. 최충의 사학이 설립되기 대략 70년 전에 최승로의 유명한 상서上書와 성종의 유학전장의 확충이 있었다. 최승로의 상서는 주로 전장유학적인 사고에서 태조에서 경종에 이르기까지 5조五朝의 치국에 대해 비판·반성하고 28조(6개조는 일실됨)의 경륜을 피력한 것으로, 불교의 폐해를 청산하고 유학적 정치이념을 수립하고자 하는 것이 주안이었다.[18] 성종은 종묘제·5복제服制·사직제를 확정하고, 12목에 경학박사를 두어 과거진흥책을 도모했으며, 민간에 효도와 절의를 장려함으로써 본격적인 유교적 치국체제를 갖추었다.[19] 태조 왕건의 유교 장려가 있었다고는 하나 아직 신라적 문화 체질에

---

17) 최충에게는 〈奉先弘慶寺記〉·〈居頓寺圓空國師碑〉 같은 불교 관련 문자가 있긴 하나 어디까지나 王命으로 지은 것이다.

18) 자세한 것은 김철준의 〈崔承老의 時務二十八條〉(《韓國古代史硏究》, 지식산업사, 1975), 참조.

제약되어 低廻하던 고려 지식인의 유학 의식이 이 두 가지 동시적 사건으로 하여 크게 증진된 바탕 위에 최충이 있었다.

특히 최승로의 상서에는 최충으로 하여금 본연의 유학관을 자각할 계기가 될 내용이 피력되어 있었다. 즉, 최승로는 "불교를 행하는 것은 수신의 근본이고, 유교를 행하는 것은 치국의 근원"이라 했다.[20] 다 알듯이 공·맹 이래 유학은 수기(修己·수신)와 치인(治人·치국) 두 영역이 일원적으로 통합되어 있는 것이 그 본령이다. 그런데 최승로는 수기의 영역을 불교에 할양하고 유교를 치인의 영역에만 한정했다. 물론 불교와 유교의 수신이 꼭 같을 수는 없다. 그러나 성리학 이전의 유교의 수신은 그 원형질에서 불교와 크게 다르지 않다. 이를테면 성리학 이전의 '인仁'과 불교의 '자비慈悲'와는 대체적으로는 거의 같은 개념이라 할 수 있다. 뒤에서 말할, 최승로가 성종에게 수신의 과제로 제시한 '순일지덕純一之德'과 '무사지심無私之心'도 '자비'와 상통할 여지는 얼마든지 있다. 다만 수신의 효용에서는 엄청나게 차이가 난다. 불교의 수신이 다분히 개인의 내세를 위함에 한정되는 것이라면 유교의 수신은 타자와의 관계를 위함이다. 이러한 효용에서의 차이를 원형질로 소급해가면 거기에는 효용에서 차이가 날 계기가 분명히 잠복해 있을 것이다. 그러나 잠복해 있는 계기 때문에 개념이 상통하는 수신의 원형질을 별개로 볼 수는 없다. 이렇게 유교 본령의 한 부분인 수신을 불교의 영역으로 치부하는 것은 필경 불교지배시대 이래의 보편적인 관점일 것이니, 유교주의자 최승로까지도 그러한 관점에서 피력하도록 한 것이다. 그러나 최승로는 한편으로 수기를 유학의 영역으로 인정하는 발언을 동시에 했다. 즉 성종에게 '성인의 순일지덕과 무사지심'이라는 수기의 과제를 제시했다. 제왕에게는 수기가 치인의 근본임을 밝힌 것이다.[21] 최승로의 이런 피력을 뒤이어 최충은 수기를

---

19) 《고려사》·《고려사절요》의 성종대 참조.

20) ①《고려사》〈列傳〉, 〈崔承老〉, "行釋敎者, 修身之本, 行儒敎者, 理國之源." ② 현종대의 채충순도 〈玄化寺碑陰記〉(《朝鮮金石總覽》上, 247쪽)에서 "儒書韞志勤修, 則政敎是興; 佛法在心虔敬, 則福緣克就."라 했다.

제왕에게만 한정하지 않고 보편화함으로써 그동안 유교의 본령을 왜곡한 관점을 깨뜨리고 유교의 본령을 복구하는 인식에 도달했다. 이 인식이 9재의 재호와 그 편성으로 구현되었던 것이다.

최충의 유학에 대한 특단의 인식에는 당말·북송의 전도학 그룹으로부터의 영향도 무시할 수가 없다. 한유韓愈·이고李翱[22]를 위시하여 범중엄范仲淹·호원胡瑗·손복孫復·석개石介 등은 한·당의 장구주소章句注疏 유학을 뛰어 넘어 상대적으로 심급 높은, 후세의 도학에 가까운 의리유학적 사유를 지향했던 문인 또는 학자들이다.[23] 최충은 이들과 기식氣息을 통해 자신의 유학에 대한 인식을 높여 왔던 것이다. 여기에 호원은 남쪽에서, 손복·석개는 북쪽에서 펼친 사학운동私學運動이 전국적으로 번져 각지에 사학이 족출하고, 이어 범중엄이 가세하여 호원을 교수로 하는 소주蘇州와 호주湖州 주군학교州郡學校의 모범사례가 더하여 마침내 경력흥학慶歷興學을 가져오도록 북송 사회의 인문정신을 한껏 자극하고 고무시켜 주고 있었다.[24] 당시 고급 관인으로 있었던 최충이 거란으로 인하여 여·송 국교가 여의치 않은 가운데도 빈번한 북송 상인들의 내왕 등을 통해[25] 북송 사회의 이러한 움직임을 소상히 알고 있었을 터이다. 최충의 사학 9재학당은 이렇게 싹이 튼 것이다.

---

21) 《고려사》 권93, 〈崔承老傳〉, "聖人所以感動天人者, 以其有純一之德, 無私之心也." 句가 修己에 해당한다.

22) 李翱의 《復性書》는 〈中庸〉의 義疏라 할 정도로 특히 '誠明'에 관해 다각적인 해설을 했다. 최충이 재호 '誠明'의 정립에 큰 영감을 받았을 것이다.

23) 胡瑗 등 북송 3인의 전도학적 지위는 程頤가 "不敢忘三先生"이라는 말(王壽南,《中國歷代思想家》, 24, 〈孫復篇〉(臺灣商務印書館, 중화민국 68년), 19쪽) 속에서도 잘 드러난다. 최충과 동시대의 범중엄과 3인은 모두 최충보다 늦게 태어나서 최충보다 일찍 죽었기 때문에 최충이 그들과 기식을 통할 수 있었다. 당시 고려와 송은 다 같이 개방국가로서 정보의 전달에 거의 시간차가 별로 없었다. 최충의 생몰년이 984-1068년임에 대하여 범중엄은 989-1052년, 손복은 992-1057년, 호원은 993-1059년, 석개는 손복의 제자로 1005-1045년이다.

24) 王壽南, 앞의 책; 喬衛平, 앞의 책, 25-42쪽; 周湘斌 등,《中國宋遼金夏思想史》(人民出版社, 1994), 9-32쪽 참조.

25) 이진한,《高麗時代 宋商往來 研究》(경인문화사, 2011)에 따르면 胡瑗의 湖學이 성립되던 1039년부터 최충이 致仕하던 1053년까지 14년 동안에 14차나 宋商이 고려에 왔다.

2) 성신聖臣으로서의 공자상孔子像과 진정한 유교국가에의 희구

수신과 치국을 유학에 일원적으로 통합하여 파악한 인식의 전환을 이룬 최충에게 공자는 더 긴절한 현실적 관련으로 다가왔다. 그것은 과거준비기관으로서의 9재학당의 건학이념을 공자와 같은 격格을 갖춘 관인官人 후보를 길러내는 데 두고 있기 때문이다. 말하자면 '성인으로서의 신하'가 될 인재를 길러내자는 것이다.[26]

공자에 대한 평가는《맹자》에 재아宰我의 말을 빌려 "요순보다 훨씬 훌륭하셨다"고 하고, 또 맹자 자신의 말로 "인류가 있은 이래로 공자만 한 이가 없었다"고 했으나,[27] 역사는 이《맹자》에서의 평가를 곧바로 그대로 받아들이지 않았다. 인물에 대한 사후 평가를 뜻하는 시호諡號를 보면 공자는 동주東周 시대의 '니부尼父'를 위시하여, 한대에는 '포존후褒尊侯' 등 여러 곡절을 겪어, 최충 당대에는 '지성문선왕至聖文宣王'이었다. 성인 가운데서도 지극한 성이요, 왕 가운데서도 후왕侯王이 아닌 문왕·무왕과 같은 격이었다. 시대가 내려올수록 평가가 더욱 높아짐을 본다. 이 시호와 같은 공자에 대한 인식으로는 공자와 같은 성인 신하는 생각할 수는 없을 것이다. 시호와는 별개로 관용하는 공자에 대한 성인서열로서의 일반적인 인식은 '요·순·우·탕·문·무·주周·공孔'이라는 성인들 가운데 말석이었다.(이것은 성인들의 시대순이기도 하다.) 그리고 유교의 역사에서 실질적으로 유교를 일으킨 주공과 공자가 많이 병칭되어 왔다. 성종의 교서에 "주공과 공자의 기풍을 일으켜 당우(요

---

26) '聖人으로서의 신하'는 劉向《說苑》의 '六正六邪'에 나오는 '聖臣'(거룩한 신하)과는 물론 완전히 다른 개념이다.《설원》의 '聖臣'은 6개 유형의 바른 신하(六正) 가운데 '사태의 조짐이 있기 전에 미리 예견하여 처리함으로써 군주를 항상 영광되게 하는 신하'를 뜻한다. 성종 때 김심언의 건의에 의해 '六正六邪文'을 內外 官府의 벽에 게시한 적이 있는데, 문종 대에 이르러 그 게시문이 흐려져 최충의 건의에 의해 改書한 적이 있다. (《고려사》〈열전〉,〈金審言〉;〈열전〉,〈崔沖〉 참조) 최충의 '성인으로서의 신하'의 발상에《설원》의 '聖臣'이 영감을 주었을 법하다.

27)《맹자》〈公孫丑上〉, "宰我曰: '以予觀於夫子, 賢於堯舜遠矣.'"; "孟子曰: '自有生民以來, 未有孔子也.'"

순)의 지극한 다스림에 이르고자 한다"[28]는 것이 그 한 예다. 실은 당대唐代의 시호로도 주공이 '선성先聖'이었고 공자는 '선사先師'였다. 그러던 것을 당 태종이 주공의 '선성'을 폐지하고 공자를 '선사' 대신에 '선성'으로 바꾸었고, 송대에 들어와서 '지성문선왕'으로 바뀌었다. 그럼에도 주공〉공자의 관용적 서열은 여전히 그대로여서, 예종대의 〈청연각기淸讌閣記〉에는 '주공가웅周孔軻雄'이라고 하여[29] '주공〉공자'의 인식이 의연히 존재했다. 공자에 대한 이러한 상대적으로 저급한 인식에서 최충이 공자 같은 성인신하가 될 인재를 키우기를 발상할 수 있었지 않았나 생각한다.[30] 공식적인 공자의 시호와 후세 도학이 심화되던 시대의 공자의 격에 대한 인식으로는 생각할 수 없었을 것이다. 그리고 학당學堂의 한 구역에 '선성당宣聖堂'이라는 공자의 사당을 두고 있었다.[31]

최승로는 성종에게 성인들의 '순일지덕'과 '무사지심'을 본받아 성군이 되기를 바랐다. 이제 최충은 성인 신하 후보를 양성하는 학당을 세웠다. 고려 전·중기 두 유학의 거장巨匠 사이에 흐르는 모종 정신의 맥을 찾을 수 있거니와, 그것은 고려로 하여금 진정으로 유교적인 성군·성신이 다스리는, 그래서 단적으로 최소한 최승로의 상서에서 거론되는 불교의 폐해를 위시하여 기타 불교적인 전장·의례 따위가[32] 없는 진정한 의미의 유교국가가 되게

---

28) 《고려사》 권74, 〈選擧2〉, "尙切崇儒, 欲興周孔之風, 冀致唐虞之理."

29) 金緣, 〈淸讌閣記〉(《동문선》 권64).

30) 고려인들의 공자의 격에 대한 상대적으로 저급한 인식은 최충·윤언이·이규보를 '海東孔子'로 比定한 데서도 잘 나타난다. (《고려사》〈열전〉, 〈崔沖〉; 김용선, 《高麗墓誌銘集成》(한림대, 1997), 〈尹彦頤墓誌銘〉·〈李奎報墓誌銘〉 참조) 최충·윤언이는 보는 시각에 따라 공자로 비정하는 것이 近可할 수도 있으나, 이규보는 왜 '해동공자'인지 이유를 알 수 없다. 아마 博學多識이 그 이유인 것 같다.

31) 최충헌 집권기에 弘文公徒로서 급제출신 林得俟가 홍문공도의 宣聖堂을 私賣했다는 기록이 있는데(《고려사》 卷21, 熙宗 元年 6월조) 文憲公徒였던 이규보가 江都에서 자기 출신 齋인 誠明齋의 夏課 소식을 듣고 지은 〈寄金學士敞〉(《東國李相國後集》 卷7)의 "遙知林林白面生, 夫子影前成拜起." 句를 연결시키면 최충의 문헌공도에 공자의 영정을 봉안한 사당이 있었음을 알 수 있다. 문헌공도가 최초의 사학이니만치 공자 사당은 문헌공도로부터 시작되었을 것이다. 혹시 북송 호원 사학의 선례를 따른 것인지 모르겠다.

하려는 염원이 아닐까 한다. 최충의 사학 설립은 말하자면 고려 국가의 정신·문화적 지주支柱를 유교의 그것으로 바꾸려는 프로젝트의 시작인 셈이다. 공자가 긴절한 현실적 관련으로 다가서는 이유다. 성군聖君으로서의 책무는 일단 현실의 고려 군왕에 기대하는 전제하에서 공자와 동격의 인재를 양성한다는 목표를 가지고 교육을 시작한 것이다. 10대 때 위리委吏로부터 50대 초에 노魯의 사구司寇로 재상의 일을 섭행攝行하기까지 남의 신하 신분이었던 공자는 성신의 모델이 되기에 아주 적합하기도 했다.

3) 재호와 그 편성의 논리

9재학당은 호원의 학교에서 영향받아 설립되었지만 학생에 대한 편제 방식은 이와는 달리했다. 호주 주학州學에서 호원은 '경의재經義齋'와 '치사재治事齋' 두 재로 해서 전자는 치국·평천하의 기본인 6경六經의 경의를 궁구하게 하고, 후자는 행정·군사·수리水利·산수 등에서 재능을 따라 전공케 하였다.[33] 최충이 편제 방식을 달리하게 된 것은 기본적으로 양국의 유학 역량의 심도가 현격히 다른 데서 기인한 것일 것이다.

9재의 재호 편성은《고려사》〈선거지〉나 〈최충전〉의 '낙성樂聖'·'대중大中'·'성명誠明'·'경업敬業'·'조도造道'·'솔성率性'·'진덕進德'·'대화大和'·'대빙待聘'의 순서로 되어 있는 것이 당초의 정본正本이다.[34] 재호는 '낙성'만이

32) 고려에는 불교적인 전장·의례가 많았다. 예를 들면 왕의 출행에 〈護國仁王經〉을 받들어 선도하는가 하면(《宋史》〈열전〉, 〈高麗〉) 종묘의 제사에 梵唄가 불려지고(《高麗圖經》 권22, 〈雜俗〉), 官人들의 喪事도 빈소를 사찰에 차리는 것이 하나의 禮로서 준행되는 등이었다.(김용선, 앞의 책. 참조) 진정한 유자라면 이런 폐해 및 전장의례에의 거부감을 떨칠 수 없었을 것이다.

33) 왕수남, 앞의 책, 〈胡瑗〉, 6-9쪽. 참조

34) ① 하필 9재로 한 데에는《禮記》〈學記〉의 9년 재학설이 작용한 것 같다. 학생이 입학한 지 1년만에 '離經辨志'(경문의 口讀와 志趣의 방향을 시험해 아는 단계)에서 2년마다 한 단계를 거쳐 9년만에 大成의 단계에 이르기까지다. 그래서 종래의 연구자들은 9재를 進學階梯로 보기도 했다. ②《고려사》 권74 〈選擧2〉, "凡私學, 文宗朝, 大師中書令崔冲收召後進, 敎誨不倦, 靑衿白布, 塡溢門巷. 遂分九齋. 曰: 樂聖·大中·誠明·敬業·造

양웅揚雄의 《법언法言》에서 취해왔고, 나머지는 《주역》·《예기》·《맹자》에서 취해왔다. 9재의 마지막을 '군왕의 초빙을 기다린다'는 뜻의 '대빙待聘'으로 재호를 삼은 점에서 9재학당은 과거준비기관으로서의 한 성격을 당당히 내세웠으나, 첫째 재호에서 셋째 재호까지 공자의 성인으로서의 상像을 제시한 데서 제생들로 하여금 성현의 인격을 갖추도록 하는 것을 대전제로 하고 있다.

9개 재호는 성격에 따라 몇 개의 단위로 나누어진다. '낙성'·'대중'·'성명'이 한 단위, 이 단위는 방금 언급했듯이 성인으로서의 공자의 상을 제시했다. '경업'·'조도'가 한 단위, 이 단위는 '9경3사九經三史'라는[35] 주로 지적知的 학습의 단위다. '솔성'·'진덕'·'대화', 이 단위는 심성心性 공부의 근간을 제시했다. 그리고 '대빙'이 한 단위, 이것은 위에서 언급한 바와 같다. 9재를 두고 진학 계제라는 학설이 있으나,[36] 이규보가 성명재에 14세에 입재入齋하여 2년 가량 재적하고 난 뒤에 과거에 응시한 것 등의 예로 보아 진학 계제는 입증되지 않는다.[37] 다만 공자의 성인상聖人像을 제시한 앞 세 재호를 제외한 나머지 6개의 재호의 배열은 하나의 의제擬制로서의 진학 계

道·率性·進德·大和·待聘, 謂之侍中崔公徒." ③ 한편 〈紫霞洞九齋遺墟碑〉(《耳溪集》 卷25)에서는 〈선거지〉와 〈최충전〉의 편제 순서를 따랐으나, 〈文憲書院九齋記〉(《耳溪集》 卷12)에서는 "設九齋以處學者, 一曰敬業, 二曰進德, 三曰修道, 四曰率性, 五曰樂性, 六曰泰和, 七曰待聘, 八曰誠明, 九曰造道"라고, 2개 재호의 변경에 전자와 전혀 다른 편제를 기술하고 있다. 해주 최충의 舊居에서 그가 '講學授徒'(〈文憲書院九齋記〉 참조)했다는 것부터 재호와 그 편성의 변경에 이르기까지 석연찮은 조작의 흔적이 역연하다. 아마 최충의 후손들의 선부른 도학지식에 따른 변경을 홍양호가 그대로 따른 것 같다.

35) 《고려사》 〈열전〉, 〈崔沖〉, "擇徒中及第學優未官者, 爲教導, 授以九經·三史."

36) 박성봉, 〈高麗時代 儒學發達과 私學十二徒의 功績〉(《史叢》 2, 1957), 44쪽; 윤남한, 〈儒學의 性格〉, 앞의 책, 248쪽; 김충렬, 앞의 책, 91쪽 등 앞선 연구자들은 9재 재호의 배열을 진학의 순서, 또는 과정으로 이해했으나, 박찬수는 그의 앞의 책, 257-263쪽에서 증거를 들어 충분히 비판하고 있는데, 전적으로 같은 견해다. 다만 그의 '단순한 分班'설은 최충의 재호 편성의 논리를 발견하지 못한 데서 온 것일 것이다.

37) 이규보의 《東國李相國集》 〈年譜〉에 의하면, 이규보는 14세에 文憲公徒 誠明齋에서 수업을 받다가 2년째인 16세에 司馬試에 응시했으나 낙방하고, 그 아버지의 任地에 가서 侍奉하는 것으로 되어 있을 뿐 문헌공도에 다시 복귀하는 것으로는 되어 있지 않다.

제 구실이 부여되어 있다.

최충은 9재학당 재호들에 대해 별도의 설명이나 개념 정의를 하지 않았거나, 또는 했으나 전해지지 않았다. 아마 개념 정의를 하지 않았을 가능성이 더 크다. 각 재호가 속한 원전 장절章節의 의리가 재호의 개념 구실을 충분히 할 수 있다고 생각했을 것이기 때문이다. 그러므로 우리는 재호가 속한 원전 장절의 의리에 접근함으로써 최충이 생각한 개념에 정확하다고는 자신할 수 없지만 근접은 가능하다. 여기에 최충이 따랐을 경서의 해석서가 일단 문제 되겠으나, 당시의 표준적 해설서였던《오경정의》와 경전에 따라 전도학前道學 그룹의 해석서의 범위를 크게 벗어나지 않았을 것이다. 그러면 이들 문헌에 중점적으로 입각하여 재호를 해명할까 한다.

(1) 낙성樂聖: 양웅의《법언法言》〈문명問明〉의 "天樂天, 聖樂聖.(하늘은 하늘의 직분을 즐기고, 성인은 성인의 직분을 즐긴다.)"에서 취해왔다. 여기의 성인은 공자를 가리킨다. 출전 전문단을 보이면 다음과 같다.

> 어떤 사람이 이르기를 "중니仲尼는 평생토록 하는 일이 많았으니, 이것은 하늘이 그를 수고롭혔기 때문이다. 정말 피곤했겠다!"라고 말했다. 나는 이렇게 답했다. "하늘이 유독 중니만 수고롭힌 것은 아니다. 또한 스스로 수고롭혔다. 하늘이 어찌 피로했겠는가! '하늘은 하늘의 직분을 즐기고, 성인은 성인의 직분을 즐겼다.'"라고.[38]

이렇게 '낙성'은 공자의 사실이다. 즉 세상 경영에 영일寧日이 없었던 공자의 일생은 하늘의 사역使役에 따른 성인으로서의 직분의 수행이었고, 그것을 수고로움이 아니라 즐거움으로 받아들인 공자의 면모를 제시하여 장차

---

38) 揚雄,《法言》〈問明〉, "或謂: '仲尼事彌其年, 蓋天勞諸, 病矣夫!' 曰: '天非獨勞仲尼, 亦自勞也. 天病乎哉? 天樂天, 聖樂聖.'"

관인官人으로서 국정 수행의 자세가 어떠해야 하는가를 말하고자 한 것이다. 즉, 9재 첫머리에 제생諸生은 개인의 명예나 녹봉을 위해서가 아니라 구세의식救世意識으로 관인의 직분에 임할 것을 가르친 것이다.

(2) 대중大中: 《주역》〈대유괘大有卦(☰)·단사彖辭〉의 "大有, 柔得尊位, 大中而上下應之, 曰大有.(대유는 부드러움이 높은 지위를 얻고 '크게 가운데 위치하여(大中)' 위아래가 호응하므로 크게 소유함이라 한다.)"에서 취해왔다. 즉 음효(六)가 상괘上卦의 중앙인 높은 위치(상하괘의 아래로부터 제5효위爻位)를 얻어 아래 위의 양효(九)들의 호응을 받아들이지 않는 것이 없으므로 '크게 소유함'이라 한 것이다. 제5효위는 군왕의 지위이나, 이 자리를 얻은 효가 음효이므로 군왕이 될 수 없었다. 내성內聖의 경지는 이룩했으나 외왕外王의 지위를 갖지 못한 공자를 대유괘의 육오효六五爻로 상징한 것이다. '대중'의 재호로 성인의 포용성을 본받게 한 것이다.

(3) 성명誠明: 《예기》〈중용〉의 "自誠明, 謂之性; 自明誠, 謂之教.(誠으로 말미암아 명덕明德이 있게 되는 것은[39] 성인의 본래부터의 성품이고, 명덕으로 말미암아 성誠해지는 것은 현인의 교학教學이다.)"에서 취해왔다. 재호 '성명'은 '자성명'과 더불어 '자명성'까지 포괄하고 있다고 보아야 한다. '자성명'이 성인의 존재론적 면모라면 '자명성'은 현인의 당위론적 면모다. 현인의 당위론적인 '자명성'에서 출발하더라도 성誠의 결과에 이르러선 성인과 동격이라는 것이다. 같은 〈중용〉의 "성誠은 하늘의 도道이고, 성誠해지려고 하는 것은 사람의 도이다"[40]에 대응된다. 범중엄은 '자성명'은 공자에 해당되고, '자명성'은 안회에 해당되는 것으로 보았다.[41] 최충은 범중엄의 이 글을 보았을 것이다. '성명'의 재호를 게시함으로써 성인의 내면의 인격 경계를 제생들로 하여금

---

39) '自誠明'의 '明'을 《예기정의》에서 '明德'으로 해석했으나 후세 도학에서의 해석으로는 '밝아짐'이다.

40) 誠者, 天之道; 誠之者, 人之道也.

41) 范仲淹, 〈省試 自誠而明謂之性賦〉(《范文正集》 권20), "顔生則自明而臻謂賢人而可擬; 夫子則自誠而至與天道而彌彰. 若然則誠之道也, 旣如此; 明之道也又如彼, 蓋殊途而同致, 亦相須而成."

지향해 나아가도록 한 것이다.

첫 번째 재호 '낙성'이 공자의 구세의식, 두 번째 재호 '대중'이 공자의 대중적大中的 위치, 그리고 세 번째 재호 '성명'이 공자의 내면경계內面境界를 제시했다. 의리유학적 시각에서는 당연히 '성명'의 경계가 앞 두 재호를 포섭하는 위치에 있게 된다. 이렇게 공자의 성인으로서의 인간상을 제시하여 제생들로 하여금 궁극적으로 도달해 가야 할 목표로 설정한 것이다.

(4) 경업敬業:《예기》〈학기〉의 "三年, 視敬業樂群"에서 취해왔다. 최충이 접했을《예기정의》에서는 "입학한 지 3년에 학생들이 학업이 자기보다 더 나은 사람을 존경하고 친애하는지와 붕우와 무리지어 거처하면서 선한 자를 즐겨하는지를 본다"[42]고 해석했다. 그런데 경업敬業에 대해선 최충보다 훨씬 뒷 시대의 주희는 "'경업'이란 마음과 뜻을 집중해서 그 학업을 일삼는 것이다"[43]라고 해석했다. 후자가《예기》원전의 문맥과, 그리고 재호 편성의 논리에도 더 적합하다. 최충은 필연코 후자의 취지로 해석했을 것이다. 주희의 해석이 최충의 해석에 우연히 일치된 경우라고 하겠다.

(5) 조도造道:《맹자》〈이루하〉에 나오는 "君子深造之以道, 欲其自得之也.(군자가 공부방법을 따라 깊숙이 나아가는 것은 자득하고자 해서이다.)"에서 취해왔다. 곧 '일정한 공부 방법을 따라 순차로 깊이 나아가 구극에까지 이르려는 것은 본원을 터득하여 소유함으로써 좌우의 사위事爲에 여유롭게 응대하기 위한 것'이라는 것이다.[44] '경업'과 '조도'는 공부하는 태도와 방법을 항상 유념케 하기 위한 재호다.

(6) 솔성率性:《예기》〈중용〉의 "天命之謂性, 率性之謂道, 修道之謂教.(하

---

42) 孔穎達,《禮記正義》〈學記〉, "三年, 視敬業樂羣者, 謂學者入學三年考校之時, 視此學者: 敬業, 謂藝業長者, 敬而親之; 樂羣, 謂羣居朋友善者, 願而樂之."

43) 朱熹,《儀禮經傳通解》,〈學記篇〉, "敬業者, 專心致志, 以事其業者也."

44) 孫奭,《孟子註疏解經》,〈離婁章句下〉, "造致也. 言君子學問之法, 欲深致極竟之以知道. 意欲使已得其原本如性自有之然也. 故曰欲其自得之." 북송 손석은 생몰년이 962-1033년으로, 최충이 9재학당을 개설한 70세(1054) 전후까지 그의 저서를 충분히 입수해 볼 수 있었다.

늘이 명부命賦한 것을 성이라 이르고, '성을 따라 행하는 것을 도라' 이르고, 도를 닦는 것을 교라 이른다.)"에서 취해왔다. 문제의 핵심은 성性의 개념이다. 정현鄭玄은 "하늘이 목·금·화·수·토의 신神에게 명하여 인·의·예·지·신의 가치를 사람에게 부여한 것이 성性"이라 했다.45) 호원의《중용의中庸義》가 일실되어 참고할 수 없으나, 그의《주역구의周易口義》에 "사람의 부귀·수요壽夭를 하늘이 잠자코 정한다"고 하여, 하늘을 인격신적으로 보는 것으로 미루어 보아,46) 호원의 '솔성' 해석도 정현의 해석과 같았을 것으로 보인다. 최충도 이를 따랐을 것이다. 맹자는 4단四端을 통해 인·의·예·지가 생득적인 것임을 말했지만, 그 이상의 내원來源은 밝히지 않았다. 그러나 최충이 받아들인 '솔성'은 인·의·예·지·신이라는 인간의 5대 가치를 하늘로부터 부여된 것으로 보았다. 제생들에게 이 천부의 5상常을 실현하여 성인됨의 기초를 닦게 하고자 한 것이다.

(7) 진덕進德:《주역》〈건괘乾卦·문언전文言傳〉의 "君子, 進德修業. 忠信, 所以進德也; 修辭立其誠, 所以居業也.(군자는 '덕을 증진시키고 공적을 닦는다.' 충신함은 덕을 증진시키는 소이요, 문교文教를 닦음에 성실함을 세우는 것은 공적을 보유하는 소이다.)"에서 취해왔다. '진덕수업'이 한 명제이기 때문에 '진덕'의 재호에 '수업'의 개념까지 통섭되어 있다고 보아야 한다. 그리고 '수사'를 후세의 정이程頤와 주희朱熹는 다 '말(言語)'의 문제로 보았으나, 공영달과 호원은 '문교'로 해석했다. '말'의 문제든 '문교'의 문제든 최충의 재호 편성의 논리에서 보았을 때 중요한 것은 '입기성立其誠'이다. 즉 사업에 임하는 태도의 성실성이다. '진덕'의 방법인 '충신忠信'도 실은 '성誠'의 범주에 드는 개념의 정신자세다. 그러니까 '진덕'의 재호는 앞으로 제생들이 관인이 되어 치국의 실제에 '성실'을 동력으로 삼아 덕을 증진시키라는 함의를 가지고 있

---

45) 공영달,《禮記正義》〈中庸〉,〈天命之謂性章〉. 鄭玄注, "天命謂天所命生人者也, 是謂性. 命木神則仁, 金神則義, 火神則禮, 水神則信, 土神則知"

46) 胡瑗,《周易口義》,〈乾·彖〉, "按書曰: 惟天陰騭下民. 是或富或貴, 或夭或壽, 皆上天默定之也."

다. 물론 '진덕'에서의 '성실'은 '자성명自誠明'의 '성誠'의 하위 단계의 개념으로, 현인에서 성인으로 나아가기 위한 당위의 것이다.

(8) 태화大和: 《주역》 〈건괘·단사彖辭〉의 "保合大和, 乃利貞.('아주 화순한 기운을 보전하여' 만물을 이롭고 바르게 한다.)"에서 취해왔다. 공영달은 《주역정의》에서 "건乾은 순양純陽으로 이루어져 있으므로 강폭剛暴하다. 화순함이 없으면 만물이 이로움을 얻지 못하고 바름을 잃어버린다"47)라 했고, 호원의 《주역구의》에서도 근본 취지는 공영달과 같으나 만물이 '점진적으로 이루어지는 것'에 강조점이 두어져 있다.48) 원전이 〈건괘〉이므로 '순양純陽'(공영달의 경우), 또는 '양강陽剛'(호원의 경우)이 지나치다 했고, 그러므로 만물의 생성이 균형과 조화를 잃어 제대로 결실을 보지 못한다고 하여, 자연의 생성론으로 설명했거니와, 이를 인사의 당위론으로 전환시켜 적용하는 것이 보편적이었고, 최충도 이를 따랐음은 물론이다.

경업의 태도와 조도의 방법의 지속적인 견지 하에 솔성에 함섭涵攝되어 있는 인·의·예·지·신과, 진덕에 이르는 '충신', 거업에 이르는 '입기성'을 균형과 조화를 이루어 병진竝進하기를 요구하고 있다. 특히 '충신'과 '입기성'은 현인의 당위론적 경계인 '자명성'의 범주에 듦으로, 앞의 성인의 내면경계로 비중이 크게 두어졌던 '성명'에 호응되어 있다. 최충의 재호정립齋號定立의 배경에는 〈중용〉의 일련의 '성誠' 관련 내용49)이 크게 자리하고 있음을 알겠다. 최충보다 한 세대 남짓 늦게 태어난 주돈이周敦頤가 그의 《통서通書》에서 '성誠'을 강조한 바 있는데, 최충이 선편先鞭을 쳤다고 할 수가 있다. 그렇다고 해서 이것이 곧 도학의 고려 선발설先發說이 될 수는 없다. 최충이 이고·호원 등의 〈중용〉 해석의 영향을 받은 뒤의 일이기 때문이다.

(9) 대빙待聘: 《예기》 〈유행儒行〉의 "儒有席上之珍以待聘.(유자는 보료 위의

47) 공영달, 《周易正義》, 〈乾·彖〉, "純陽剛暴, 若無和順, 則物不得利, 又失其正."
48) 호원, 《周易口義》, 〈乾·彖〉, "天以剛陽之德, 生成萬物. 必以漸成之, 以保合太和之道."
49) 〈中庸〉의 한 특징은 '誠'의 철학의 강조다. 제20장-26장까지는 주로 誠에 관련되는 내용이 집중적으로 다루어져 있다.

보물을 가지고서 임금이 초빙해 주기를 기다린다.)"에서 취해왔다. 《예기정의》에서는 "옛적 요순의 선도善道를 펼쳐 놓고 불러 주기를 기다린다"[50]고 해석했다. 최충은 이를 취했다.

위의 9재학당의 재호와 그 편성의 논리는 작성방법作聖方法으로서의 하나의 소박한 의리유학의 체계다. 중국의 전도학 그룹으로부터 자극과 영향을 받았으나, 최충이 별개로 가진 의리유학적 사유와 비전이 성취한 것이다. 이것은, 앞에서도 말했지만, 그가 최승로를 뛰어넘어 수신과 치국을 일원적으로 파악한 유학관이 가져온 결과다. 최충의 재호의 편성의 논리에 따른 작성방법은 수기修己 중심의 내향화로 심화되어 갔던 후세 도학의 그것과는 방향을 달리하고 있다. 도학이 도가·불가 사상의 수혈輸血을 받지 않고 순수하게 공맹孔孟 유학으로 독자적인 발전을 했다면 그 작성방법은 아마 최충의 그것과 최소한 그 방향은 같지 않았을까 생각한다.

그러나 재호와 그 편성의 논리를 낳은 최충의 사유가 단순히 재호와 그 편성으로 그치지 않고 논의류論議類의 문장으로 정착하여 그것을 근거로 한 후세의 발전을 기약하지는 못했다. 최충은 그 자손들에게 "문장과 덕행으로 나라를 바르게 하는 재목이 되어 대대로 더욱 창성하라"는 취지의 훈계하는 시문을 남겼다.[51] 사고의 근원으로 본다면, 9재학당 건학이념과 별로 다른 것이 없는 훈계다. 여기에서 최충의 건학이념과 계자손戒子孫이 거의 공사일철公私一轍의 진실성이 입증되거니와,[52] 그럴수록 후세에도 논의될 토대로

---

50) 공영달, 《禮記正義》〈儒行〉, "儒有席上之珍以待聘者, (중략) 言儒能鋪陳上古堯舜美善之道, 以待君上聘召也."

51) 崔滋, 《補閑集》 上, "崔文憲公冲有二子, 常戒之曰: '士以勢力進, 鮮克有終, 以文行達, 乃爾有慶. 吳幸以文行顯, 誓以淸愼終于世.' 乃作訓子孫文傳之. 中葉不謹失其本, 有二詩. 其一曰: '家世無長物, 唯傳至寶藏. 文章爲錦繡, 德行是珪璋. 今日相分付, 他年莫散忘. 好支廊廟用, 世世益興昌.'"

52) 최충의 후손에 의리유학에 독실한 인사들이 많았다는 것도 公私一轍의 진실성을 담보해준다. 최충 자신의 유자적 위상은 '累代儒宗'·'儒宮圭臬' 등 (《고려사》〈열전〉〈崔沖〉)의 호칭이 입증하거니와, 아들 惟善은 문종의 興王寺 창건에 반대했고(《고려사》

서의 저작이 아쉽다. 그것은 최충의 이른바 '문장'이 주로 당면한 고려 조정이 요구하는 제고制誥·표전表箋 류의 공공성의 사장을 뜻하고 후세로 이월移越되는 가치를 지닌 '문장'을 생각하지 못한 탓이다. 최충의 내면에 있는 고려 지식인의 공통된 한계 탓이다. 뒤이어 고심급의 의리유학인 왕안석王安石의 신학新學의 전래가 소박한 논리의 최충의 9재 재호와 그 편성 논리의 의리유학을 무색하게 만듦으로서 우리 유학사의 잃어버린 가능성의 한 지평이 되고 말았다.

3. 예 · 인 연간을 고조기高潮期로 한 신학 유행의 실상

고려 중기 의리유학은 신학의 성명도덕지리性命道德之理의 국시화國是化와 경의학의 흥기로 특징지워진다. 이 두 가지는 예종대에 시작되어 성명도덕지리 명제는 의종대 후반기 최윤인崔允仁(1112-1161)의 묘지명의 것을 마지막으로 현존 문헌에서는 사라진다.(뒤에 상론함) 신학의 기초인 《삼경신의三經新義》가 문종대에 전래되었으나 신학의 흥기는 40-50년 뒤에야 나타나서 대략 60여 년을 지속하다가 경의학만이 고식화 되어 남게 되었다. 적어도 현존 문헌에 나타난 바로서는 그러하다.

이제까지 학계에서 성명도덕지리를 2정二程의 명제로 알아 왔다. 크게 잘못된 것이다. 왕안석과 2정 외에 소옹·장재도 성명性命을 탐耽했다.[53] 물론

〈열전〉〈崔惟善〉), 손자 思諏는 "爲文必本於仁義性命之說" 했고(김용선, 앞의 책, 〈崔思諏墓誌銘〉), 증손자 瀹은 詞臣과 遊宴을 좋아하는 예종에게 '帝王當好經術'로 간했고(《고려사》〈열전〉, 〈崔沖 附瀹〉, 현손 允仁은 '仁義道德性命之理'에 조예가 깊었고(김용선, 앞의 책, 〈崔允仁墓誌銘〉), 또 다른 현손 允儀는 王의 下命으로《古今詳定禮》를 편찬했고(《고려사》〈열전〉, 〈崔沖 附允儀〉), 7대손 滋는 "文者, 蹈道之門"이라는 명제를 낸 것(최자, 〈補閑集序〉) 등이다. 최충의 유학 정신이 후손에 영향을 끼쳐 家學의 전통을 이루었다고 하겠다.

53) 번거로움 때문에 일일이 출전을 못밝히지만 왕안석과 2정의 '道德性命' 또는 '性命道德'과 邵雍·張載의 '性命之學' 또는 '性命之理'는 그 개념 내지 함의에서 차이가 나지

실질 개념은 사상가마다 크고 작은 편차가 당연히 있다. 그런데 이 가운데 성명도덕의 개념 등 여기에 딸린 문제를 가장 많이 논의한 것은 왕안석의 경우다. 사실《역전易傳》에 나오는 유서 깊은 어사語詞를 새로이 각광을 받게 한 것은, 뒤에서 자세히 논의하겠지만, 왕안석의《회남잡설淮南雜說》을 위시한 일련의 저작이다. 이 여러 사상가의 성명지학性命之學 가운데 왕안석의 성명도덕론이 압도했다.

1) 왕안석 저작의 전래

오늘날 대부분이 일실되고 없지만 왕안석은 유가 이외에 도가·불가를 포함하여, 모두 10여 종의 저작을 남겼다.[54] 그의 아들 왕방王雱을 위시한 신학파에 속하는 인사들의 저작도 40여 종, 경사자집經史子集 총괄해서 210여 종으로 보기도 한다.[55] 당시 신학의 성세로 보아 상당 부분은 북송 당대에 간행되었을 것이다. 고려에 전래된 증빙을 남기고 있는 왕안석의 저작은 대략 6, 7종을 넘나들고 있다.

(1)《삼경신의》

《시의》(20권),《서의》(13권),《주례의》(22권)로 구성되어 있다.《고려도경》에 "신종 황제가 속학의 폐단을 민망하게 여겨서 3경을 훈석訓釋하여 천하에

만 모두《易傳》에서 근원해 온 것으로 한 범주 안에 든다.

54) 《淮南雜說》·《洪範傳》·《易義》·《論語解》·《老子注》·《孟子解》·《楞嚴經疏解》·《鍾山日錄》·《字說》·《詩義》·《書義》·《周禮義》 그리고《臨川集》등이 그것이다. 候外廬,《中國思想通史》 권4上(人民出版社, 1959), 441-447쪽; 劉成國,《荊公新學研究》(上海古籍出版社, 2006), 83-92쪽 참조.

55) 候外廬, 앞의 책(1959), 447-448쪽; 劉成國, 앞의 책(2006), 92-98쪽. 참조; 張鈺翰, 〈北宋新學研究〉(復旦大學, 2013), 199-208쪽 참조.

덮씌어진 어리석음을 벗기도록 하라 하고, 그 책을 고려에도 사여賜與하여 대도大道의 순수하고 온전함을 볼 수 있게 하라고 특별히 명하셨다"[56]는 기록이 나온다. 그러니까《삼경신의》가 고려에 사여된 것은 여·송간 국교가 거란 때문에 50년가량 막혔다가 다시 트인 때인 문종 30년(1076) 견송사遣宋使 최사량崔思諒에 이어 문종 32년(1078) 송宋 국신사 안도安燾·기거사인 진목陳睦 등이 고려에 올 때가 아닐까 생각한다.[57] 최사량의 회국시로 짐작되는데 당시 재상으로 있는 왕안석이 문종으로부터 예물을 받고 문종에게 답례품과 함께 편지를 보내기도 했다.[58] 이때에 이루어진 신법당新法黨과의 밀월관계는 북송이 망할 때까지 지속되었다. 이것은 물론 철종대 한 때의 구법당의 집권을 제외하고는 줄곧 신법당이 집권했기 때문이다.

《삼경신의》는 주대周代까지의 선왕先王들의 문헌인《시경》·《서경》·《주례》의 의리, 즉 3경서의 경의를 새롭게 밝힌 책들이다. 왕안석이 젊어서 경서를 훈석한 경험이 기초가 되어 신종제가 재상이 된 왕안석에게 경의를 새롭게 찬술하여 과장취사科場取捨의 표준을 삼아 "도덕을 하나로 통일하여 풍속을 같게 하라.(一道德, 同風俗)"는 명을 내리매 이를 수락하고 경의국經義局을 설치

---

56) 徐兢,《高麗圖經》권40, 〈儒學〉, "命訓釋三經, 以發天下蔽蒙. 特詔賜其書本, 俾之獲見大道之純全."

57)《고려사》권9, 문종 30년 8월조, "丁亥, 遣工部侍郎崔思諒如宋, 謝恩兼獻方物.";《고려사》권9, 문종 32년 6월조, "甲寅, 宋國信使左諫議大夫安燾, 起居舍人陳睦等到禮成江."

58) 王安石, 〈答高麗國王啓〉(《臨川集》권78), "伏以繈疆阻闊, 覲止無階, 道義流聞, 瞻言有素. 使旆及國, 摯寶在庭, 逮以好音, 申之嘉惠, 眷存卽厚, 慰感實深. 恭惟大王膺保德名, 踐修猷訓, 纂榮懷之舊服, 襲壽豈之多祥. 冀順節宣, 架綏福履. 有少儀物, 具如別牋." 왕안석은 문종 24년 재상이 된 뒤 문종 28년에 파면되었다가 문종 29년 이후 한차례의 復相과 파면을 겪는데, 그가 문종에게 私信을 줄 기회가 최사량이 회국할 때 밖에 없을 것 같다. 한편 北宋 神宗도 고려에 대해서 특별히 예우했다고《고려도경》은 기록하고 있다. (徐兢,《高麗圖經》권5, 〈宮殿〉(앞의 책, 23쪽), "臣仰, 惟神宗皇帝, 誕敷文教, (중략) 惟高麗尤加禮遇.") 新法黨과의 밀월관계는 舊法黨으로부터 고려를 소외되게 했다. 예종 10년 5인의 유학생을 파견하면서 보낸 表文에 "及至神宗之世, 每馳使价, 衆遣生徒, 俾以觀周, 期於變魯. 厥後, 偶因中廢, 久闕前修"라고 한 데서 '偶因中廢'는 신종 다음 哲宗이 즉위하면서 구법당의 집권으로 송과의 교류가 끊긴 상태를 말한다. 그리고 신종대에는 송에 사신을 보낼 때마다 유학생을 딸려보냈던 것이다.

하여 왕방·여혜경呂惠卿 등과 함께 찬술, 1075년 국자감에서 간행·반포한 것이다.[59] 왕안석의 경서관經書觀은 "선왕의 이른바 도덕은 성명의 이치일 뿐이다.(先王之所謂道德者, 性命之理而已.)"[60]라는 명제에 잘 나타나 있다. 즉 상고 선왕들—요·순·우·탕·문·무왕—의 치세에 실현된 도덕은 성명의 이치로, 경서에 '순수하고 온전하게(純全, 신종대의 조서에 있는 말)' 온장蘊藏되어 있다는 것이다. 이러한 경서를 한·당식 장구주소章句注疏의 평면적 해석에 매몰되어서는 선왕들의 치세 이념의 발현이 불가능하다고 왕안석은 생각했던 것이다. 그래서 경서의 심급 높은 의리를 새롭게 해석해 내어 기존의 주소의 대부분을 쓸모없는 '흙우상(土梗)'이 되게 했다는 것이다.[61] 그러나 경서의 해석 자체에 비판도 많았다. 그 가운데 대표적인 비판은 양시楊時와 주희의 '천착穿鑿' 또는 '지리천착支離穿鑿'이다.[62]

《삼경신의》가 한편으로 왕안석 자신이 추진하는 신법新法의 경전적 근거를 마련하기 위해 경서의 신의를 강작强作했다고 하거니와,[63] 어쨌든 신법의 근거로 내세워진 만큼 숙종-예종 연간의 고려의 일련의 개혁 정책과 맞물려《삼경신의》가 각별한 애호를 받았을 법하지만 고려의 개혁정책은 경전적 근거를 찾을 것 없이 송의 신법을 바로 참작·근거로 삼아 입안되었다고

---

59) 후외려, 앞의 책(1959), 438-441쪽 참조. 여타 경서가 科場取捨의 표준에서 빠진 것은《춘추》·《예기》에 대해서는 왕안석이 특별한 언급은 없으나, 아마 두 경서는 요순·3대까지의 先王時代의 책이 아니어서 新義를 내지 않은 때문일 듯하고,《주역》은 왕안석이 그 신의를 젊어서 저작한 것이어서 미숙하다고 여겼기 때문에 과장취사에서 제외했다고 한다. 晁公武,《郡齋讀書志》卷1上,〈注易二十卷〉, "獨易解自謂少作未善, 不專以取士."

60) 王安石,〈虔州學記〉(《臨川集》 권82).

61) 程元敏,《三經新義輯考彙評》下(華東師範大學出版部, 2011), 670쪽, "宋王應麟曰: 自漢儒至於慶曆間, 談經者守訓故而不鑿. (宋劉敞)七經小傳出, 而稍尚新奇矣. 至三經義行, 視漢儒之學若土梗."

62) 정원민, 앞의 책, 689쪽, "宋楊時謂: 王安石以私智穿鑿說經."; 179쪽, "(朱熹謂:) 王氏支離穿鑿, 尤無義味."

63) 정원민, 앞의 책, 695쪽, "蓋託於先訓, 則可必聖主之遵行; 文以經術 , 則可以禁士大夫之竊議."; 晁公武,《郡齋讀書志》卷1上, "所以自釋其義者, 蓋以其所創新法盡傅著經義, 務塞異議者之口."

본다.[64] 예종 4년부터 국학國學의 7재齋 전문강좌제가 시행된 뒤 국학의 시험 과목으로 여전히 경의가 아닌 '첩경貼經'으로 실시한 것으로 보아,[65] 예종 초년까지도 《삼경신의》는 본격적인 보급이 이루어지지 않았던 것으로 보인다. 《삼경신의》는 예종대 김단·권적 등이 북송 국자감에 유학하고 들어올 때에도 휘종으로부터 사여 받아 왔다.[66] 《시의》·《서의》의 집일본輯佚本 약간과 《주례의》 상당량의 집일본이 있다.[67]

(2) 《홍범전洪範傳》

《홍범전》(1권)은 《서경》 〈홍범〉의 해석으로, 방대한 한 편의 논문이다. 1065년 전후에 이미 널리 보급된 것으로 보아,[68] 그 이전, 그러니까 왕안석의 출세작 《회남잡설》에 뒤이어 집필한, 그의 40대 초 전후의 저작이다. 중요 사상으로 2가지가 표백되어 있다. 그 한 가지는 '물질세계인 5행의 속성 12가지와 정사正邪·길흉吉凶 등 인간사에도 각기 대립되는 짝(耦)이 있으니', '성명지리性命之理와 도덕지의道德之意가 모두 이 가운데 있다' 했고, 다른 한 가지는 동중서董仲舒의, '어떤 실정失政에는 어떤 천변天變이 따른다'는 식의 천인감응설天人感應說을 부정한 것이다.[69] 이 책의 고려에의 전래는 윤언이尹彦頤(1090-1149)의 묘지명에 "性命之理, 道德之原"이란 구절이 있어,[70] 당

---

64) 정수아, 〈高麗中期 改革政治와 北宋新法의 受容〉(서강대 박사학위논문, 1999), 70-106쪽 참조. 정수아의 견해는 극히 온당하다.

65) 金坵, 〈上座主金相國謝衣鉢啓〉(《동문선》 권46), "廓開養士之規, 館置之區七分. (중략) 或校之以論策貼經."

66) 朱熹, 《朱子語類》 권133, 〈夷狄〉, "或問高麗風俗好. (중략) 嘗見先人同年小錄中有賓貢者, 卽其所貢之士也. 當時宣賜幣帛之外, 又賜介甫新經三十本."

67) 정원민, 앞의 책. 참조.

68) 유성국, 앞의 책, 84쪽 참조.

69) 王安石, 〈洪範傳〉(《臨川集》 권65), "蓋五行之爲物, 其時, 其位, 其材, 其氣, 其性, 其形, 其事, 其情, 其色, 其聲, 其臭, 其味, 皆各有耦. 推而散之, 無所不通. 一柔一剛, 一晦一明, 故有正有邪, 有美有惡, 有醜有好, 有凶有吉, 性命之理, 道德之意, 皆在是矣." "今或以爲天有是變, 必由我有是辠以致之. 或以爲災異自天事耳, 何豫於我. 我知修人事而已."

시 고려의 의리유학 수준의 창의로는 나올 수 없는 표현이라, 위의 왕안석의 표현에 글자 하나만 바꾼 것으로 보기 때문이다. 또 한 가지 증빙으로는 예·인 연간 경연經筵에서의 〈홍범〉 강론이 6차례로 가장 많았던 것도 왕안석의 〈홍범전〉과 어떤 형태로든 관련이 있을 것으로 보기 때문이다.

《회남잡설》(10권)에 대한 확실한 증빙은 없지만 워낙 송에서 이름난 책이라 고려에도 필경 전래되었을 것이라 생각한다. 20대 초에 진사시에 급제한 뒤 회남판관淮南判官으로 재직하면서 집필한 저작으로, 《홍범전》과 함께 1065년 전후에 이미 광범하게 보급된, 말하자면 왕안석의 출세작이다. 그의 사위 채변蔡卞이 쓴 〈왕안석전王安石傳〉(일실)에 《회남잡설》에 관한 대목이 다른 문헌에 인용된 것이 있다.

> 선왕의 은택이 고갈되자 (도덕 풍속이) 나라마다 다르고 집집마다 달라졌다. 한漢을 거쳐 당唐에 이르기까지 (경학의) 원류가 깊이 잠기었기 때문이다. 송나라가 일어나자 문물이 성했다. 그러나 '도덕 성명의 이치('선왕의 도덕이란 성명의 이치다'란 명제의 변형의 하나)'를 몰랐다. 안석이 백세 아래에서 분연히 요·순 3대를 궁구하여 주야 음양도 측량하지 못하는 데에까지 통하여 신神의 경지에 들어갔다. 처음 잡설 수만 言을 지으니 세상에서 그의 말이 맹가孟軻와 서로 겨룰 정도라고들 했다. 이에 천하 인사들이 도덕의 의리를 궁구하고 성명의 단서를 엿보기 시작하였다.[71]

《회남잡설》은 요컨대 요·순·3대의 치세의 자취인 경서를 탐구하여 한·당

70) 김용선, 《高麗墓誌銘集成》(한림대 아시아문화연구소, 1997), 115쪽.
71) 晁公武, 《郡齋讀書後志》 卷2, 〈王氏雜說十卷〉, "自先王澤竭, 國異家殊. 由漢迄唐, 源流浸深. 宋興, 文物盛矣. 然不知道德性命之理. 安石奮乎百世之下, 追堯舜三代, 通乎晝夜陰陽所不能測而入於神. 初著雜說數萬言, 世謂其言與孟軻相上下. 於是天下之士, 始原道德之意, 窺性命之端." 《회남잡설》이 저작된 경위와 그 영향력을 말하고 있으나, 한편으로는 왕안석의 經書觀을 명확히 보여주는 기록이다.

의 주소 유학을 뛰어넘은 고심급의 의리유학, 즉 성性과 명命, 도道와 덕德에 관련된 내용들을 논술한 철리적哲理的인 에세이집이다. 책은 일실되고 왕안석의 문집《임천집臨川集》권65~70에 실려 있는 논의論議 양식에 드는 여러 편이 그 일부라는 견해가 있는데 타당한 것으로 생각된다.[72] 저자가 왕안석의 사위라 그 책의 영향력의 표현에 과장이 있겠으나, 금金나라 학자 조병문趙秉文이 "왕씨王氏의 학문이 일어나고부터 사대부들이 도덕 성명이 아니면 말하지 않는다"[73]는 비판으로 보아 턱없는 과장은 아닌 것 같다. 이렇게 인구에 회자되는 저작이 중국의 책이라면 알뜰히 모으는 고려에 전래되지 않았을 리 없을 것이다.[74]

(3)《임천집臨川集》

왕안석의 문집《임천집》(100권)은 1140년에 간행된 중각본의 서序에 민본閩本·절본浙本의 원집이 있었다는 기록으로 보아서,[75] 왕안석이 사거한 1086년 이후 1140년 사이 어느 때, 필시 왕안석의 사거에서 가까운 해에 초간된 것이 아닌가 한다. 어쨌든 초간본이든 중간본이든 고려에 전래된 증빙이 확실한 것은 1162년에 쓰인 최윤인崔允仁(1112-1161)의 묘지명이다. 이 묘지명는 왕안석의《임천집》에 실려 있는〈비서승사사재묘지명秘書丞謝師宰墓誌銘〉을 표절해 온 것이기 때문이다. 이제 그 묘지명을 보이면 다음과 같다.

---

72) 후외려, 앞의 책, 44쪽; 유성국, 앞의 책, 85쪽 참조.

73) 趙秉文,〈原教〉(《滏水集》卷1), "自王氏之學興, 士大夫非道德性命不談." (候外廬, 앞의 책, 42쪽에서 재인용.)

74) 이제현의《櫟翁稗說》(뒤의 주200) 참조)에 고려의 한 士人이 退官한 왕안석에게《毛詩》강의를 전수받아 왔다는 기록이 있는데, 어쩌면 이 사인은 宋에 가기 전에《회남잡설》을 보았을 수도 있다.

75)《四庫全書總目提要》권153,〈集部6 別集類6〉,〈臨川集一百卷〉, "乃紹興十年, 郡守桐廬詹大和, 校定重刻, 而豫章黃次山爲之序, 次山謂集原有浙閩二本."

〈사사재 묘지명〉

君於忿不忮, 於欲不求, 雖學之力, 亦其天性. 故其孝弟忠信·寬柔遜讓·莊靜謹潔, 稱於兒童, 以至壯長, 而成不充其志, 施不盡其材, 此學士大夫所以哀其死而多爲之出涕也. 然君文學·政事·言語, 已能自達於一時, 其於道德之意·性命之理, 則求之而不至, 聞矣而不疑. 嗚呼, 可謂賢已![76]

〈최윤인 묘지명〉

君於分不忮, 於欲不求. 雖學之力, 亦其天性. 故其孝友·睦淵·任恤·莊靜·謹潔稱於幼稚, 以至壯長, 成不充其志, 施不盡其材. 此學士大夫鄕黨朋友間所以哀其死而歎惜流涕者也. 然君文學·政事·言語, 已能自達於一時, 其於仁義道德性命之理, 亦何求之而不得, 聞矣而有疑? 嗚呼, 可謂賢已![77]

몇 군데 어휘·구문을 바꿨지만 표절임을 알기에 족하다.

(4)《논어해論語解》와《역의易義》

지금은 없어진 김인존金仁存(초명은 김연金緣, ?-1127)의《논어신의論語新義》와 윤언이의《역해易解》가 저작된 것을 통해 왕안석의《논어해》(10권)와《역의》(20권)가 전래되었음을 알 수 있는 경우다. 양자 사이의 관련성은 뒤에서 다시 논의하게 될 것이다.

이 밖에 확증은 없지만 왕안석의 필생의 저작인《자설字說》(24권)이 전래되었을 가능성이 있다. 아마 전래되어 비각祕閣이나 임천각臨川閣에 소장되어 있었을 것이다.《자설》은 한자 해설서다. 허신《설문해자說文解字》의 6서六書

76) 王安石,《臨川集》권96.
77) 김용선, 앞의 책,〈崔允仁墓誌銘〉.

의 원칙에 상관없이 대부분의 한자를 회의자會意字로 보아 의미를 추출하느라 천착·부회가 많다는 평을 받아 왔으나, 당시는 광범한 영향력을 가져서, 왕안석의 제자·후배들의 《자설해字說解》 등 많은 부속 저작이 나오기도 했다.[78] 《자설》은 요컨대 왕안석이 경의의 통일된 해석을 위해서 그에게서는 꼭 필요한 저작이었으며, 경의의 통일은 궁극적으로 도덕의 통일(一道德)을 목적한 것은 말할 필요도 없다.[79] 그러므로 왕안석은 그의 〈희녕자설서熙寧字說序〉에서 "능히 이것(자설)을 아는 자는 도덕의 의의에 대해 이미 열에 아홉은 알게 된 것이다"라고 했던 것이다.[80]

그리고 예종대에 경연에서 《노자》를 강한 것으로 봐서 그의 《노자주》도 필경 전래되었을 것이다.

2) 고려 성명도덕지리의 사상적 귀속성 문제

고려 예종-의종 연간의 문헌에 '인의성명지설仁義性命之說', '성명도덕지리性命道德之理', '성명도덕지묘性命道德之妙', '성명性命', '성명지리性命之理 도덕지원道德之原', '인의도덕성명지리仁義道德性命之理'라는 어사語詞가 나온다. 결론부터 말하면 '인의성명지설' 한 가지의 내원來源이 불명확할 뿐 나머지 어사들은 왕안석의 도덕성명지리, 또는 성명도덕지리 명제의 문맥에 따른 변형들이다.[81] 그런데 종래에는 이것을 도학의 명제로 알아 왔다.[82] 이렇

78) 유성국, 앞의 책, 89쪽 참조.
79) 후외려, 앞의 책, 445-446쪽 참조.
80) 王安石, 〈熙寧字說序〉(《臨川集》 권84), "能知此者, 則於道德之意, 已十九矣."
81) '道德性命之理' 또는 '性命道德之理'는 왕안석 자신의 어사는 아니나 신학을 대표하는 大命題로 되었다. 왕안석은 '道德者性命之理' 또는 '道德出於性命之理'(《臨川集》 권82, 〈虔州學記〉 참조); '性命之理, 道德之意'(《臨川集》 권65, 〈洪範傳〉 참조); '道德之意, 性命之理'(《臨川集》 권96, 〈秘書丞謝師宰墓誌銘〉 참조); '性命之理'(《詩經新義》〈豳風·七月〉, "陰陽往來無窮, 而與之出入作者, 天地萬物性命之理, 非特人事也." 李祥俊, 《王安石學術思想硏究》(北京師範大學, 2000), 69쪽에서 재인용.)라고 하여 자신의

게 사상적 귀속성이 헷갈리는 것은 고려 문헌에 성명도덕이든 도덕성명이든 그 개념 내지 함의를 추측이라도 할 수 있는 일언반구도 관련 내용을 찾을 수 없기 때문이다.[83]

어쨌든 종래에 사상적 귀속으로 도학을 지목했던 한 유력한 증거로 제시한 것이, 앞에서 언급했듯이 인종 원년에 고려에 온 송리宋使에게 인종이 했던 2정의 제자 양시楊時의 동향에 대한 물음이었다. 제자의 동향에 관해 물을 정도였으니 그 스승의 학문이야 더 말할 필요가 있겠느냐는 생각에서였다. 인종의 이 물음은 사실은 예종 말년부터 송·요·금 3대국의 각축의 틈에 놓이게 되어 외교적으로 고민이 깊어 가던 시기, 정치적으로 고려와 밀월 관계에 있는 신법당의 우세 속에 구법당 주축인 도학파의 도전을 받고 있던 송의

성명도덕사상을 표명하였다. 적어도 현존 왕안석의 저작으로는 이러하다. 그런데 蔡卞의 〈왕안석전〉에서는 '道德性命之理'라 했고(晁公武, 앞의 책, "宋興, 文物盛矣, 然不知道德性命之理."), 송 철종대 禮部에서 황제에게 진달한 太學學官의 건의에는 '性命道德之理'(程元敏, 앞의 책, 331쪽, "其於性命道德之理, 則思過半矣 (중략) 乞除去《字說》之禁."(《續長篇拾補》 권10))라 했다. 이 두 어사는 당시 두루 통용되었던 것 같다. 두 어사의 구조는 '명사+명사'로 되어 있어, 명제로서의 왕안석의 어사인 '주어—술어'에 표명된 논리와는 일치되지 않는다. 그런데 '명사+명사' 구조의 어사도 왕안석 자신의 '性命之理+道德之意', 또는 '道德之意+性命之理'에서 이미 그렇게 되어 있는 만큼, 두 종류의 어사 사이의 논리의 불일치를 왕안석 자신부터 용인하고 있다. 말하자면 수직적 논리와 수평적 논리가 하나의 함의로 쓰이고 있다.

82) 인종 원년에 고려에 온 송사 路允迪 일행을 접견하는 자리에서 인종이 "龜山 선생(楊時)은 지금 어디에 계시오?"라고 물은 일이 유명종에 의해(유명종, 앞의 책, 143-144쪽) "북송 도학이 이미 이해되어 있었다는 뚜렷한 증거"로 주장된 이후, 문철영, 앞의 글(1982), 105-106쪽; 앞의 글(1992), 56-57쪽; 앞의 글(2000), 19-21쪽; 윤사순, 앞의 글(1984), 169-172쪽; 변동명, 앞의 책, 13쪽; 최영성, 앞의 글, 129-130쪽; 이원명, 앞의 책, 35-36쪽에서 모두 꼭 같은 이야기를 되풀이함으로써 고려중기 북송 도학에 대한 이해가 기정사실로 굳어져 왔다. 그러나 일찍이 정수아가 말한 것처럼 "북송대의 초기 성리학이 수용되어 유교적 실천 윤리에 대한 철학적 추구로서 이른바 심성화의 경향을 가져왔다고 주장을 하면서도, 정작 주자에 직접 연결되는 학자들—주돈이·정이천·정명도—의 영향을 받았다는 직접적인 근거를 찾지 못한"(정수아, 앞의 글, 4쪽) 공허한 울림뿐이었다. 도대체 양시의 동향에 대한 인종의 물음의 진의를 왜 달리 이해해 보려 하지 않았을까? 고려 중기 문헌에 보이는 '性命道德'·'窮理盡性' 같은 어사가 도학에서만 쓰이는 것으로 잘못 알고 선입견을 가졌기 때문일 것이다.

83) 性命道德之理의 관계 문헌 부족이 오죽했으면 고려후기의 白文寶가 그의 〈斥佛疏〉(《淡庵逸集》 권2)에서 성리학의 '天人道德之說'로 오해했을까.

정국을 예측할 정보를 얻기 위해서이지, 2정 도학 자체에 대한 궁금증 때문에 나온 질문이 아니다.[84] 그러나 제자의 동태에 대해 관심을 가진 만큼 2정 학파 내부의 인맥에 대해서는 어느 정도 알고 있었던 것은 사실일 터이고, 그 과정에 그들의 학문에 대해서도 어느 정도는 파악했을 것으로 짐작은 되나, 2정 학문의 주요 개념, 이를테면 '천리天理'라든가 '경敬' 같은 것은 고려 문헌에 일체 보이지 않는다.

이제 왕안석의 성명도덕 학설이 수용될 수 있는 조건을 아래에서 논의할

---

84) 양시의 동향에 대한 인종의 물음을 나는 송의 政·官界의 최근 상황을 떠보아 고려의 정략에 참고하기 위한 하나의 시험으로서의 물음이었다고 생각한다. 당시 송은 遼를 멸해 가는 金의 파죽지세 앞에 놓여 있었다. 갑자기 일어난 금이 예종 15년(1120) 이래 2년 남짓 만에 요의 上京·西京·燕京 등지를 함락하자(《金史》〈本紀〉 권2 天輔 4-7년 기사 참조) 開封의 송나라 조정은 완전히 金의 압박 하에 놓이게 되었다. 이러한 동북아 정세의 변동에 따라 여·송 간의 사절 교류가 상대적으로 빈번하였는데, 예종 13년을 기점으로 사신의 파견 양상이 달라졌다. 예종 13년 이전은 고려에서 21회, 송에서 10회의 使行이 있었으나 13년 이후, 좀더 정확히는 예종 15년부터 인종 원년(1123), 북송 종말을 2년 남긴 해까지 4년 동안은 송에서 6회, 고려에서는 단 1회만이 있었다는 것이었다(정수아, 앞의 글, 1-12쪽 참조). 송에서 고려에 대해 요청하는 것이 훨씬 많았다는 뜻이다. 여기에서 우리는 송에 대한 금의 위협이 빠르게 증대되는 과정과 송의 고려에의 사행의 빈도가 높은 것 사이에 모종의 함수 관계가 있음을 분명히 알 수 있다. 더구나 친고려적이었던 77세의 蔡京이 장기집권 끝에 강제로 致仕당한 송의 政局이었다(《宋史》〈蔡京傳〉 참조). 예종의 喪에 祭奠·弔慰使로 온 宋使에게 인종이 양시의 동향에 대한 질문은 이러한 배경에서 나온 순전히 외교적인 물음이었다. 하필 양시에 대해 물은 것은 양시가 謝良佐·游酢·呂大臨과 함께 '程門四先生'의 한 사람이었는데, 인종 원년 현재 사량좌·여대림은 이미 작고했고, 남은 두 사람 가운데 양시의 명망이 우월했기 때문이었을 것이다. 24세에 進士에 급제한 71세의 양시가 그때까지 중앙관직에 한 번도 오르지 못한 것은 채경 집단의 장기 집권과 결코 무관하지 않았을 터인데, 宋使는 인종이 양시를 특별히 존중하는 줄을 알고 임기응변으로 "현재 부름을 받아 서울로 오고 있는 중인데 바로 重用될 것"이라 답하고, 돌아가 양시를 천거하여 秘書郎으로 불렀다(王壽南, 앞의 책, 〈楊時篇〉, 4-5쪽). 宋使가 고려의 소년왕의 한 마디 물음에 임기응변으로 거짓말로 답하기까지 하고 귀국하여 양시를 바로 중앙관직에 천거한 것은 당시 송의 對金戰略에 고려의 협력이 절대로 필요한 때라 인종의 환심을 사기 위함일 터다. 양시에 대한 물음 자체는 대송 외교 전략을 위한 것이었지만 고려에서 2정과 그 제자에 관해 어느 정도는 알고 있었음은 부인할 수 없다. 송·요·금이 각축하던 예종 말년에서 인종 초년 사이에 고려가 대송 외교에 얼마나 신경을 썼는지는 다른 한 가지 사례에서도 드러난다. 송이 요를 치기 위해 금과 화친하고자 할 때 고려왕(예종)이 병을 핑계로 황제의 신임이 두터운 송의 國醫 두 사람을 파견해 줄 것을 요청, 그 편에 금의 뛰어난 一陣法을 전수시켜 황제에게 그 방법으로 금을 치기를 비밀히 아뢰도록 한 공작 같은 것이 그것이다(《朱子語類》 권133, 〈夷狄〉 참조).

까 한다.

첫째, 고려와 북송 신법당 조정과의 밀월 관계다. 문종과 왕안석 간에 일종의 사신私信이 오갈 정도로 친밀했으며, 이때의 여·송 관계는 남송 고종 연간에 고려의 남송에의 회표回表에서 "의義로는 군신이지만 정情으로는 골육骨肉 같았다"[85]고 회고하고 있다. 이런 양국 관계에서 도덕성명지리를 추구했다고 하는《삼경신의》가 사여되었던 것이다. 신법당의 조정과의 밀월관계는 북송이 끝날 때까지 지속되었으며, 예종대에는 가위 절정을 이루었다. 이 밀월관계의 흐름 속에서 신법이 고려의 개혁정책을 추동했으며,[86] 그리고 왕안석의 핵심 명제 성명도덕지리가 여타 사상가의 그것보다 절대 우월적으로 수용될 수 있었다.

둘째, 북송에서 신학이 가위 절정에 달한 휘종조의 전장·문물에 대한 예종의 끝없는 경도다. 신법당인 채경 집단이 장기 집권한 휘종 연간에는 왕안석을 안자·맹자 다음 서열로 문묘에 봉향하고, 또 그를 서왕舒王으로 봉한 위에[87] 도덕성명지리가 하나의 이데올로기로 관철되고 있었다.

> 신臣은 듣건대 "'선왕의 이른바 도덕이란 성명의 이치일 따름'이란 것이 왕안석의 정의精義입니다.《삼경신의》가 있고,《자설》이 있고,《일록日錄》이 있으니, 모두 '성명의 이치'입니다. 채변(채경의 아우)·건서진·등순무 들의 마음씀이 순일해서(비꼬는 어투) 왕안석의 가르침을 주장해 시행하고 있으니, 이른바 (황제께서) '크게 유위有爲하심'이란 것도 '성명의 이치일 따름'이오, 그 이른바 (황제께서) '선대의 유지遺志를 잘 계승하심'이란 것도 '성명의 이치일 따름'입니다. 그 이른바 '도덕을 하나로 통일하는 것(一道德)'도 '성명의 이치'로서 통일

85) 金富儀,〈回詔諭表〉(《동문선》권39), "況惟神宗皇帝, (중략) 備極仁憐, 義雖君臣, 情若骨肉."
86) 정수아의 앞의 글은 북송의 신법과 고려의 개혁정책을 전면적으로 소상히 다루고 있다.
87)《宋史》〈열전〉,〈王安石〉참조.

> 하고, ‘풍속을 같게 한다는 것(同風俗)’도 또한 ‘성명의 이치’로 같게 하는 것입니다. ‘성명의 이치’를 익히지 못한 자를 곡학曲學이라 하고, ‘성명의 이치’를 따르지 않는 자를 유속流俗이라 합니다. 유속을 내친즉 그 사람을 귀양보내고, 곡학에 분노한즉 그 책을 불사릅니다. 그러므로 채변 등이 권력을 행사한 이래 국시國是란 것이 모두 ‘성명의 이치’에서 나와서 도저히 움직일 수 없습니다.”[88]

휘종조 정화政和 연간의 한 신하가 휘종에게 한 진언이다. 왕안석의 도덕성명지리의 이데올로기화에 강력하게 저항하는 것이 진언의 본 뜻으로, 당시 휘종조에서 도덕성명지리가 어떻게 운용되는지를 잘 보여준다.

여기에 예종은 성종 이상의 모화주의자다. 휘종조의 전장·문물의 번다한 수용은 뒤에서 다시 논의하겠거니와, 휘종 조정의 국시인 도덕성명지리가 고려의 국시화로 되기까지에 이른다. 그는 즉위 초로 짐작되는 시기에 당시 정권을 장악하고 있는 채경에게 정무공鄭武公과 주공周公에 비정하는 서장書狀과 함께 예물을 보낸다.[89] 여·송 간에 공식적인 일은 아닌 것 같고 특별한 정분을 표하는 행위인 것 같다. 어쨌든 휘종 조정과의 연대를 강화하고, 예종은 “정책을 세우고 정사를 해나감에 휘종의 숭녕崇寧·대관大觀 이래의 시

---

88) 程元敏, 앞의 책, 698쪽, “宋陳瓘政和六年曰: ‘臣聞先王所謂道德者, 性命之理而已矣, 此王安石之精義也. 有三經焉, 有字說焉, 有日錄焉, 皆性命之理也. 蔡卞、蹇序辰、鄧洵武等, 用心純一, 主行其教. 其所謂大有爲者, 性命之理而已矣; 其所謂繼述者, 亦性命之理而已矣; 其所謂一道德者, 亦以性命之理而一之也; 其所謂同風俗者, 亦以性命之理而同之也. 不習性命之理者, 謂之曲學, 不隨性命之理者, 謂之流俗. 黜流俗則竄其人, 怒曲學則火其書. 故自卞等用事以來, 其所謂國是者皆出于性命之理, 不可得而動搖也.’”(〈四明尊堯集序〉 頁1)

89) 金富軾, 〈與宋太師蔡國公狀〉(《東文選》 卷48), “表東海之地偏, 玆焉守職. 節南山之望峻, 久矣嚮風. 伏惟太師國公, 九德渾圓, 五福純備, 國人之宜鄭伯, 又改爲於緇衣; 王室之留周公, 尙自安於赤舃. 行藏惟其用捨, 進退係於重輕, 曾是遐陬, 阻依巨蔭. 冀加保衛, 以副瞻祈. 所有微儀, 具如別幅.” 채경이 太師가 된 것은 大觀 원년이었으며, 그 당시 채경은 魏國公에 봉해져 있었는데(《宋史》〈蔡京傳〉 참조), 예종의 서장은 어쩌면 채경이 人臣의 극인 태사에 오른 데 대한 축하서장일 것도 같다.

설·조치의 방식에 대해 가르침을 청하지 않는 것이 없다"[90]고 자랑삼아 말했다. 이런 분위기 속에서 휘종 조정의 국시가 마침내 고려의 국시로 되기에 이른다. 현존 고려 문헌에 따르면 고려의 성명도덕담론은 최사추의 '인의성명지설'을 제외하고는 모두 예종대부터 등장한다.[91]

셋째, 예종 10년 권적이 일행 4인과 함께 송에 유학을 가면서 자신의 은문恩門인 박학사朴學士(승중昇中)에게 올리는 계啓에 "왕승상王丞相(안석安石)이 퇴폐한 학풍을 크게 변혁시켜 성송聖宋의 유술이 일어났다"[92]고 한 것으로 미루어, 고려의 관료지식인들이 왕안석의 유학의 성격을 익히 알고 있었음을 본다. 유학의 변혁을 찬양하면서 그 변혁의 핵심 명제를 준봉하지 않는다는 것은 생각할 수 없다.

넷째, 국학생 곽동순이 대표로 인종에게 올린 표문에서 "신성神聖으로 감화시켜 장차 도덕을 하나로 하여 풍속을 같게 하리이다(一道德, 同風俗)"[93]라고 왕안석의《삼경신의》편찬의 목표이자 그의 정치 이념의 궁극 목적을 인용해 쓴 것은 고려의 성명도덕지리 명제가 신학에 귀속되는 것임을 강력히 입증한다.

다섯째, 고려 중기 문헌에 왕안석은 각종 호칭으로 10여 차례나 등장하는데 대하여 2정 등 다른 유파의 사람들은 일체 없다는 것이다.[94] 물론 왕안

---

90) 金緣, 〈淸讌閣記〉(《東文選》 卷64), "凡立政造事, 大小云爲, 罔不資禀, 崇寧大觀以來, 施設注措之方."

91) 뒤의 3-3) 참조

92) 權適, 〈入宋船次上朴學士啓〉(《東文選》 卷45), "王丞相大變頹風, 聖宋之儒術興矣."

93) 郭東珣, 〈諸生謝巡齋表〉(《東文選》 卷36), "神而化之, 固將一道德而同風俗."

94) 다음은 고려중기 문헌에 왕안석이 여러 호칭으로 등장한 예다.
①王安石·安石: 《고려사절요》 인종 14년(1136) 10월조, "王安石曰: '彦博言固當.'"; 《고려사절요》 인종 17년(1139) 3월조, "富軾對曰: '以與王安石不相能耳, 其實無罪.'"; 이규보, 〈答全履之論文書〉(《東國李相國全集》 卷26), "至宋又有王安石."
②王荊公: 이규보, 〈草堂與諸友生置酒取王荊公詩韻各賦之〉(《東國李相國全集》 卷10); 이규보, 〈與金秀才懷英書〉(《東國李相國全集》 卷26), "唯王荊公喜爲之."
③王文公: 이규보, 〈王文公菊詩議〉(《東國李相國後集》 卷11).
④王丞相: 권적, 〈入宋船次上朴學士啓〉(《東文選》 卷45), "王丞相大變頹風."
⑤王介甫·介甫: 임춘, 〈答靈師書〉(《西河集》 卷4), "王介甫祖述墳典."; 이규보, 〈王文公

석의 문학과 관련해서 등장하고 그의 신학과 관련해서 등장하는 예가 드물기는 하지만, 이런 문헌 정보가 학설의 전래에 결정적인 증거는 될 수 없다고 하더라도 하나의 유력한 참고가 될 것이다.

이상으로서 예종-인종 연간에 유행한 성명도덕담론의 발원지가 왕안석의 신학에 있었음이 입증되었다고 생각한다.

3) 성명도덕론의 국시화國是化와 그 공허성

(1) 왕안석의 '성명도덕'의 개념과 그 난해성 및 혼란성

'성명'과 '도덕'의 합성어로서의 '성명도덕'이다. 그러나 왕안석의 논의에 이 합성어에 대한 개념 정의는 어디에도 없고,[95] 다만 '성性'과 '명命'과 '도道'와 '덕德' 단일어의 개념에 대한 논의만 있다. 이제부터 우리 유학사상사와 관계가 깊은 정주程朱도학의 개념과 함의에 대비되는 왕안석의 그것을 왕안석의 원전을 중심으로 나의 해석은 가급적 자제하고 간략히 논의하여 고려유학사에의 그것의 침투 여부를 점검하는 자료로 삼을까 한다. 왕안석의 원전은 고려에 전래된 것이 확실한 《삼경신의》(잔류분)·《임천집》(《회남잡설》과 《홍범전》 포함), 그리고 《노자주》(잔여분)만 대상으로 한다.

왕안석은 성性은 인·의·예·지·신 5상五常이 그것으로 말미암아 생겨나지만 5상 자체는 성이 아니다. 성이란 5상의 태극太極이지만 5상을 성이라 할 수 없다고 했다.[96] 이것은 인·의·예·지·신 자체를 성 그것이라고 한 도학과는

菊詩議〉(《東國李相國後集》 卷11), "予於介甫."

95) '性命道德' 또는 '性命'·'道德'의 개념이나 함의를 밝힌 바 없는 것은 성명도덕을 耽한 다른 사상가의 경우도 마찬가지다.

96) 왕안석, 〈原性〉(《臨川集》 권68), "夫太極者, 五行之所由生, 而五行非太極也. 性者, 五常之所由生也, 而五常不可以謂之性."

현격히 다른 입장이다. 성의 내원에 관해서는 더욱 도학과 대조적이다. 도학은 항존하는 천리天理를 부여받은 것이 곧 성이라 한 데 대하여 왕안석은 "신神은 성性에서 생겨나고, 성은 성誠에서 생겨나고, 성誠은 심心에서 생겨나고, 심은 기氣에서 생겨나고, 기는 형形에서 생겨나니, 형이란 생生이 있게 되는 근본이다"라고 했다.[97] 그의 심성론은 이렇게 유물론적이다. 성性과 정情의 관계에서도 '마음에 잠재해 있는 희·노·애·락·호·오·욕이 곧 성性이고, 그 성이 발하여 행위에 나타나는 것은 정情'이라 하여 성정일체性情一體를 주장했다.[98] 그는 또 "성이 정을 낳으므로 정이 있고 난 뒤에야 선악이 나타난다. 그러므로 성을 가지고 선악을 말할 수 없다"[99]고 했다. "희·노·애·오·욕이 선하고 난 뒤에야 인仁이라 의義라 명명하고, 희·노·애·오·욕이 불선하고 난 뒤에야 불인不仁이라 불의不義라 명명한다. 그러므로 정이 있고 난 뒤에야 선악이 나타난다"[100]고도 했다. 선악·인의 같은 도덕 가치를 경험론적 관점에서 규정하고 있다. 이것은 대체로 선험적으로 성은 절대선이고 정은 선불선善不善으로 보는 도학의 관점과는 배치된다.

다음 명命에 대해서다. '성명'의 '명'은 적어도 유가에 한정해서 볼 때 '명운命運의 명'과 '천도天道의 명' 두 가지가 있다. 공자와 맹자는 주로 '명운의 명'을 말했다. 특히 맹자는 "자신에게 있는 것(在我者)를 구하면 얻음에 유익함이 있으나, 밖에 있는 것(在外者)을 구함에는 얻음에 유익함이 없으니, 거기에는 명이 있기 때문이다"[101]란 취지의 말에 성·명관계관이 잘 드러나 있다. 말할 것도 없이 '재아자'는 생래의 심성, '재외자'는 후천적인 부귀·궁

---

97) 왕안석, 〈禮樂論〉(앞의 책, 권66), "神生於性, 性生於誠, 誠生於心, 心生於氣, 氣生於形, 形者有生之本."

98) 왕안석, 〈性情〉(앞의 책, 권67), "喜怒哀樂好惡欲未發於外而存於心, 性也; 喜怒哀樂好惡欲發於外而見於行, 情也. 性者情之本, 情者性之用, 故吳曰: '性情一也.'"

99) 왕안석, 〈原性〉(앞의 책, 권67), "性生乎情, 有情然後善惡形焉, 而性不可以善惡言也."

100) 왕안석, 〈原性〉(앞의 책, 권67), "喜怒愛惡慾而善, 然後從而命之曰: 仁也義也; 喜怒愛惡慾而不善, 然後從而命之曰: 不仁也不義也. 故曰有情然後善惡形焉."

101) 《맹자》, 〈盡心上〉: "孟子曰: 求則得之, 舍則失之. 是求有益於得也, 求在我者也; 求之有道, 得之有命, 是求無益於得也, 求在外者也."

달 등속이다. 여기서 심성과 명운 사이에는 건너뛸 수 없는 단층이 가로놓여 있다. 도학은 일단 이것을 계승한다. 그러나 왕안석에게 성과 명은 내재적으로 연계되어 있다. 그는 "현자가 현명한 소이와 불초자가 불초한 소이는 성 아닌 것이 없다. 현명하여 존귀하며 오래 살고, 불초하여 재앙을 당하여 죽는 것은 명 아닌 것이 없다"[102] 고 하였다. 현과 불초의 원인이 되는 성은 각각 존영尊榮과 재앙이라는 명을 가져온다고 본 것이다. 즉 인과관계로 연계되어 있다. 그런데 현실에는 그 반대의 경우도 많다. 인간사회의 이런 현상을 왕안석은 "하늘이 인류를 낳을 때는 현자로 하여금 불현자不賢者를 다스리게 한다. 그러므로 현자는 마땅히 귀하게 되고, 불현자는 마땅히 천하게 되는 것이 하늘의 도道다. 그러나 그것을 선택해서 실현하는 것은 사람이란 존재다. 사람의 선택이 하늘의 도에 합치하면 현자가 귀하게 되고 불초자가 천하게 되지만, 사람의 선택이 하늘의 도와 어그러지면 현자가 천하게 되고 불초자가 귀하게 된다"[103] 고 설명한다. 그리고 "성을 충분히 발전시키면 명에 도달한다"[104] 고도 했다.

《역전》에 "건도乾道가 변화함에 만물이 각자 성명을 적정適正하게 한다"[105] 고 하여, 일찍이 성명은 비단 인간만이 아니라 만물도 각자의 성명을 가지는 것으로 보았다. 왕안석은 《시경신의》에서 "음양이 가고 옴이 무궁하여 여기에 맞추어 나고 들며 일어났다 잦아들고 하는 것이 천지만물의 '성명의 이치'다. 비단 인사만에 한정되지 않는다"[106] 고 하여 천지만물의 성명지

---

102) 왕안석, 〈楊孟〉(앞의 책, 권64), "賢之所以賢, 不肖之所以不肖, 莫非性也. 賢而尊榮壽考, 不肖而厄窮死喪, 莫非命也."

103) 왕안석, 〈推命對〉(앞의 책, 권70), "夫天之生斯人也, 使賢者治不賢, 故賢者宜貴, 不賢者宜賤, 天之道也. 擇而行之者, 人之謂也. 天人之道合, 則賢者貴不肖者賤; 天人之道悖, 則賢者賤而不肖者貴也.

104) 왕안석, 《老子注》 권14, "盡性則至于命."; 馬擇鐸, 《政治改革家王安石的哲學思想》(湖北人民出版社, 1984), 134쪽에서 재인용.

105) 《주역》〈乾·彖〉, "乾道變化, 各正性命."

106) 왕안석, 《시경신의》, 〈豳風·七月〉, "陰陽往來無窮, 而與之出入作息者, 天地萬物性命之理, 非特人事也." (李祥俊, 《王安石學術思想研究》, 北京師範大學, 2000, 69쪽에서 재인용.)

리가 작동함을 말했다. 사실은 앞에서도 언급했거니와, 그 이전《홍범전》에서 5행의 12가지 속성, 즉 "시時·위位·재材·기氣·성性·형形·사事·정情·색色·성聲·취臭·미味의 자연과 정사正邪·미오美惡·추호醜好·길흉吉凶 등 인사에 각기 대립하는 짝(耦)이 있어 변증법적 확산에 놓여 있으니, '성명의 이치', '도덕의 의의' 모두가 이 가운데 있다"[107]고 말했다. 성명 도덕의 설명에 유물론적 색체가 극명하다. 도학의 유심주의 성향과는 정히 대립되는 국면이다.

왕안석의 도道에 대한 관점은 도가와 뗄 수 없는 관계에 있다. 그는 "도란 만물이 이를 말미암지 않는 것이 없다",[108] 또는 "도의 전체를 말하면 있지 않는 데가 없고, 하지 않는 것이 없다"[109]고 하여, 도가의 도의 편재성에 의거하여 말하였다. 그는 "한 번 음陰하고 한 번 양陽하는 것이 도다"[110]라고 한, 유가가 주로 쓰는 도관道觀에 음양의 변증법적 결합에 의해 생성되는 노자의 '충기冲氣'를 도입해 오기도 했다.[111] 도에 대한 논의는 많지만 아마 다음이 대표적인 것이 아닐까 한다. 즉 "도는 근본이 있고 말단이 있다. 도의 근본은 만물이 창생되는 소이이고, 도의 말단은 만물이 성수되는 소이이다. 근본은 자연에서 나오기 때문에 사람의 힘을 빌리지 않고 만물이 이로써 창생된다. 말단은 형기形器에 관련되어 있기 때문에 사람의 힘을 기다린 뒤에야 만물이 성수된다. (중략) 그러므로 옛날 성인이 위에서 만물로써 자기의 책임을 삼는 자는 반드시 네 가지 방법을 제정한다. 네 가지 방법이란 예禮·악樂·형刑·정政이 그것이니, 만물을 성수시키는 소이이다"[112]라고 하였

---

107) 왕안석, 〈洪範傳〉(앞의 책, 권65), "蓋五行之爲物, 其時, 其位, 其材, 其氣, 其性, 其形, 其事, 其情, 其色, 其聲, 其臭, 其味, 皆各有耦, 推而散之, 無所不通; (중략) 有美有惡, 有醜有好, 有凶有吉, 性命之理, 道德之意, 皆在是矣."

108) 왕안석, 〈洪範傳〉(앞의 책, 권65), "道者, 萬物莫不由之者也."

109) 왕안석, 〈答韓求仁書〉(앞의 책, 권72), "語道之全, 則無不在也, 無不爲也."

110) 《주역》〈繫辭傳〉, "一陰一陽之謂道."

111) 《노자주》 52장, "一陰一陽謂之道, 陰陽之中有冲氣, 冲氣生于道." 侯外廬, 앞의 책, 461쪽에서 재인용.

112) 왕안석, 〈老子〉(앞의 책, 권65), "道有本有末, 本者萬物之所以生也. 末者萬物之所以成也. 本者出之自然, 故不假乎人之力, 而萬物以生也. 末者涉乎形器, 故待人力而後, 萬物以成也. (중략) 故昔聖人之在上, 而以萬物爲已任者, 必制四術焉. 四術者, 禮樂刑政

다. 도의 근본과 말단이 사람의 힘의 개입의 불가능과 가능으로 갈라져 유기적인 연계가 없이 두 부분으로 유리되어 있다. 이것은 도학에서 강한 도덕성의 이理가 자연과 인사, 즉 천인天人 본말本末을 하나로 관철하고 있는 것과는 크게 다르다고 하겠다. 그는 한편 "〈홍범〉의 5사五事, 즉 모貌·언言·시視·청聽·사思는 사람이 천도를 계승하여 성性을 이룩한 소이"113)라고도 했다.

왕안석은 "도의 전체를 말하면 있지 않는 데가 없고, 하지 않는 것이 없다. 그러나 학자가 능히 의거할 수 없는 것이라 마음에 도를 존착存着시키지 않을 수가 없다. 도가 나에게 있는 것이 덕德이니, 덕은 의지할 수가 있다"114) 라고 하여 '사람의 마음에 내재화한 도가 곧 덕'이라 했다. 이 덕의 개념만은 '마음에 얻음이 있음(有得於心)이 덕'이라고 한 도학의 그것과 외형논리로는 별반 차이가 없어 보인다. 그러나 도관道觀의 다름에 따라 덕의 실질 개념은 달라지게 됨은 말할 것도 없다.

이상으로써 주로 고려에 전래된 왕안석의 저작을 중심으로 '성명도덕'의 개념을 도학의 그것과 배치되거나 어긋나는 국면을 중심으로 산발적이나마 점검해 보았다. 요컨대 왕안석의 도덕성명론이 도학의 그것과 크게 다른 점은 도학이 유심주의적인 데 대하여 유물주의적이라는 것이다. 그리고 요·순 3대의 선왕들의 치세의 문헌에 온장蘊藏된 이념으로, '나라마다 다르고 집집마다 다른' 도덕·풍속을 하나로 귀일시키려는, 개념 외적 목적에 제약되어 개념 전체가 전체주의적인 외피外皮를 입게 된다. 이 점 도학의 도덕성명론이 개인을 주체로 하여 일련의 공부론을 통해 내면으로의 침잠을 심화시켜 가는 작성방법作聖方法과는 크게 배치된다 하겠다.

그런데 왕안석의 성명도덕론의 개념이 위의 소묘素描로써 확정된 것은 아니다. 왜냐하면 그 한 가지 이유는 왕안석의 많은 저작 가운데 고려에 전래

是也, 所以成萬物者也."

113) 왕안석, 〈洪範傳〉(앞의 책, 권65), "五事, 人所以繼天道而成性者也."

114) 왕안석, 〈答韓求仁書〉(앞의 책, 권72), "語道之全, 則無不在也, 無不爲也. 學者所不能據也, 而不可以不心存焉. 道之在我者爲德, 德可據也."

된 것만을 자료로 쓰고 나머지 일실된 자료들을 볼 수 없기 때문이고, 다른 한 가지는 왕안석은 곧잘 자기 설說을 바꾸어 나갔기 때문이다. 일례로 먼저는 "성을 가지고 선악을 말할 수 없다"[115]고 하고, 뒤에는 "성에 선이 있고 악이 있는 것이 이치이니 의심할 것이 뭐 있는가"[116]라고 하는 류가 그것이다. 왕안석이 자설自說을 자주 바꾸는 것은 당시대에 이미 화제가 되었다. 학계의 10여 년 후배인 소식蘇軾은 "왕개보王介甫는 생각이 많고 천착하기를 즐긴다. 그래서 때로 한 신설新說을 내어놓고는 이윽고 그 잘못을 깨달은즉 또 한 설을 내어서 그것을 해결하려 한다. 그래서 그 학문에는 설이 많다"[117]라고 사뭇 조롱조로 말하고 있다. 특히 성정논의에 자가당착적인 설이 많은 것으로 알려져 있다.[118] 한 마디로 왕안석의 성명도덕 학설은 체계적인 파악이 불가능하여 더욱 난해를 극했다고 하겠다. 가령 성性의 내원來源을 형形에서 신神까지의 연쇄 가운데 한 고리로 말한 것과, 5행의 속성과 인간 만사에 대립하는 짝(耦)이 있어 무한대로 확산해 간다는 일종의 변증법적 운동 같은 논리는 그 자체로는 혹 이해될지 모르나, 예를 들면 정情의, 성 발생의 연쇄와의 연계 문제 등 다른 요소와 접합하여 논리를 전개하려 할 때 과연 어떻게 감당이 될지 지극히 의문스럽다.[119] 일찍이 정호程顥는 왕안석에게 "참정參政의 학문은 바람을 잡는 것 같습니다"[120]라고 한 적이 있다. 내용이 허탄虛誕하다는 뜻이다.

---

115) 주 99) 참조.

116) 왕안석, 〈再答龔深父論語孟子書〉(《臨川集》 권72), "性有善有惡, 固其理, 又何足以疑?"

117) 蘇軾, 《東坡志林》 권5, "王介甫多思而喜鑿, 時出一新說, 已而惡其非也, 則又出一說以解之, 是以其學多說."

118) 자세한 내용은 劉成國의 앞의 책(2006, 135-144쪽 참조)

119) 홍콩의 저명한 중국철학사상가 勞思光의 《中國哲學史》(1981년 간행)에 한대의 王充, 당대의 韓愈·李翱 등 王安石보다 비중이 떨어질 법한 사상가들을 다 다루면서도 왕안석은 빼놓았다. 혹시 그의 학설의 비체계적인 혼란으로 말미암아 체계적인 서술이 불가능하기 때문이 아닐까 한다.

120) 《二程遺書》 권19, 〈楊遵道錄〉, "荊公嘗與明道論事, 不合. 因謂明道曰: '公之學如上壁.' 言難行也. 明道曰: '參政之學如捉風.'"

고려에 전래된 것이 확실한 저작을 토대로 왕안석의 성명도덕론의 개념을 소묘했지만 현존 고려 문헌에는, 앞서도 잠시 비쳤지만, 위의 소묘의 어떤 것과도 관련해서 한 마디 언급도 없다.

(2) '성명도덕지리'의 국시화

예종은 휘종에 대해 단순히 천자에 대해 적절히 할 도리를 다하는 자세 이상의, 모화주의자란 말로도 부족한, 휘종의 정신적 포로가 된 느낌이다. "정책을 세우고 정사를 해나감에 휘종의 숭녕·대관 이래의 시설·조치의 방도에 대해 가르침을 청하지 않는 것이 없다"[121]고 한 것은 결코 수사가 아니다. 이를테면 그가 순덕왕후順德王后의 초상에 비애가 과도하고 조제祖祭에 몸소 절하고 헌작한 것에 대한 간관諫官의 상소에 그는 "송황제(휘종)가 정화황후靖和皇后(휘종의 황후)의 장례 때 단문端門 밖에까지 나가 몸소 헌작하고 절한 일을 의방했노라"[122]라고 답하는 데서 그의 휘종 따라하기가 어느 정도인지 짐작할 만하다.

복원궁福源宮 설치만 해도 그렇다. 우리나라에는 민간의 단학丹學을 제외하고 성수신앙星宿信仰을 주로 한 과의도교科儀道教가 도교의 전부다시피 했는데, 예종대에 이르러 민간의 교단 형성도 없는 마당에 뜬금없이 궁정 주도의 궁관도교宮館道教를 성립시켰다. 예종 6년에서 12년 사이에 복원궁을 설치했던 것이다.[123] 이것은 전적으로 예종의 휘종 따라하기의 결과다. 휘종

---

121) 주90) 참조.

122) 《고려사절요》 권8, 예종 13년 10월조, "幸順德王后魂堂. 諫官上疏曰: '前日初喪, 悲哀過度, 及葬祖祭, 親拜獻酌, 臣民瞻望, 竊謂過禮. 今又守小信, 屈至尊以臨靈帷, 恐傷大體.' 王曰: '祖庭之事非自朕意. 嘗聞宋帝祖送靖和皇后, 出端門外, 親酌拜奠, 故倣而爲之. 況一幸魂堂, 何害於義?'"

123) 徐兢, 《高麗圖經》 권18, 〈道教〉, "王俁篤於信仰, 政和中, 始立福源觀." 휘종 정화연간은 고려의 예종 6년에서 12년이다. 福源宮 설치를 두고 林椿은 그의 〈逸齋記〉(《서하집》 권5)에서 李仲若의 상소에 따른 것이라 하나, 이것은 사실이 아닐 것 같다. 예종의 자발에 따른 것으로 胡宗旦이 관련이 있지 않나 생각된다. 호종단은 전국을 돌며 화랑

은 중국 황제 가운데서도 특히 독실하게 도교를 신봉했다. 그래서 자칭 '교주도군황제教主道君皇帝'라 할 정도였다.[124] 예종은 복원궁을 설치하기 전 송에 도사를 보내주기를 요청, 그 5년(1110)에 2명의 도사가 사신을 따라와서 도교를 지도한 적이 있었고,[125] 뒤이어 복원궁의 설치를 보았던 것이다.

우리나라 아악雅樂의 시작이 된 대성악大晟樂은 기실 휘종이 숭녕崇寧 4년(1105)에 궁정아악을 휘종이 '대성악'이라 명칭을 정한 것을,[126] 예종 11년 이를 요청하여 받았고, 아울러서 연악燕樂도 청하여 사여받았다.[127]

예종이 휘종조에서 배워 온 것 가운데 아마 가장 야심 찬 정책이 국학의 정비를 위한 왕안석의 신법 체제 아래 국자감 운용 체제일 것이다. 이를 위해 김단·권적 등 5인의 유례 없는 많은 유학생을 2년 동안 파견하여 실제 체험을 하게 한 것이다.[128] 그 결과 3사제를 조정하고, 국학의 강경과 과거의 경의 과목을 두었던 것이다.

경연經筵은 중국에서도 송대에 들어와서 본격화되었지만, 고려에서는 예종대에 와서야 중국을 따라 경연 제도를 두었던 것이다. 그런데 예종은 "문각文閣 경연에서 박식한 유사를 방구訪求하여 모은 것은 '선화宣和의 제도'를 따른 것이다"[129]라고 했다. '선화의 제도'란 휘종 정화政和 5년에 선화전학사宣和殿學士 제도를 두어 동궁강독관東宮講讀官으로 하라고 한 휘종의 조령詔

유적이나 신라시대 古刹의 유물을 많이 훼손했는데(이곡,《稼亭集》권5,〈東遊記〉참조), 그 의도가 고려에 도교를 부식하고자 한 것으로 보인다. 예종이 불교를 도교로 대체하려는 계획을 갖고 있었다는 것도(서긍,《고려도경》권18,〈道教〉, "或聞俁享國, 日常有意授道家之籙, 期以易胡教.") 호종단이 퍼뜨린 소문이 아닐까 한다. 한편《송사》〈高麗傳〉에도 도교 관계 기록이 있는데 거기서는 '福源院'이라 표기했다.

124) 胡孚琛,《中華道教大辭典》(中國社會科學出版社, 1995), 1438쪽 '道君'條 참조.

125) 서긍, 앞의 책, 권18,〈道教〉, "大觀庚寅, 天子眷彼遐方願聞妙道. 因遣信使, 以羽流二人從行, 遴擇通達教法者, 以訓導之."

126) 繆天瑞 외,《中国音樂詞典》(人民音樂出版社, 1985), 64쪽, "大晟樂: 北宋崇寧四年(公元1105年)所定'宮廷雅樂', 經宋徽宗定名爲'大晟樂.'"

127) 서긍, 앞의 책, 권40,〈樂律〉, "又請賜大晟雅樂, 及請賜燕樂, 詔皆從之."

128) 뒤의 3-4)-(2) 참조.

129) 金緣,〈淸燕閣記〉(《東文選》卷64), "其於文閣經筵, 求訪儒雅, 遵宣和之制也."

令이 있었다.[130] 바로 휘종의 동궁을 위한 서연書筵 체제를 의방해 고려의 경연 체제로 했던 것이다.

예종의 휘종 따라하기는 심지어 예종 8년에 궁남과 궁서 두 곳에 화원을 설치한 것도[131] 휘종의 화석강花石綱 경영[132]을 모방한 것이 아닌가 하는 의심을 갖게 한다. 민간의 화초까지 수괄搜括하고 송상宋商에게 거액의 내탕금폐金幣로 수집품을 구매해 오는 등 폐해가 막심하여 여론이 들끓어 결국 폐지되고 말았지만 휘종 행태의 모방일 가능성이 높다고 본다.

휘종도 또한 예종을 각별하게 대우했다. 예종의 소청을 들어 주는 것은 물론, 자신의 글씨, 그림(주지하듯이 휘종은 서화에 능했다), 진기한 물건 등을 기회 있을 때마다 사여하곤 하였다. 그래서 보문각에서는 다른 송조 황제들의 친제親製 조서와 함께 휘종의 서화도 게시되어 엄숙한 경배敬拜의 대상이 되었다.[133] 특히 안화사安和寺의 중창에 휘종의 사여賜與가 많았다. 우선 절의 현액懸額을 휘종과 채경蔡京의 글씨로 달았고,[134] 본전에 딸린 각종 물건 등은 휘종이 특별히 사신을 보내어 사여한 것이라 한다.[135] 그래서 오직 안화사의 번간幡竿에만 '대송황제성수만년大宋皇帝聖壽萬年'이라 쓰인 번幡이 걸려 있었다는 것이다.[136]

---

130) 《宋史》, 휘종 政和 5년 4월조, "癸亥, 置宣和殿學士, 招東宮講讀官." 뒤에 宣和로써 연호를 삼자 宣和殿을 保和殿으로 바꾸었다. 同 宣和元年條 참조.

131) 《고려사절요》 권13, 睿宗 8年 2월조, "置花園二于宮南西. 時宦寺競以奢侈媚王. 起臺榭, 峻垣墻, 括民家花草, 移栽其中, 以爲不足, 又購於宋商, 費內帑金幣不貲."

132) 花石綱은 휘종 大觀 3년, 즉 예종 4년(1109)부터 《송사》에 기사가 나온다.

133) 김연, 〈淸燕閣記〉(《東文選》 卷64), "別創寶文·淸燕二閣, 一以奉聖宋皇帝御製詔勅書畫, 揭爲訓則, 必拜稽肅容, 然後仰觀之." 보문각의 宋帝 親製 書畫들이란 필경 휘종의 서화일 것이다. 예종 12년 6월에 궁중에 天章閣을 두어 보문각 소장 宋帝의 제작물들을 옮겨 간수했다. 《고려사절요》 권14, 睿宗 12年 6월조 참조.

134) 《고려사절요》 권8, 睿宗 13年 4월조, "重修安和寺成. 王親設齋五日以落之. (중략) 又求書扁額于宋. 帝聞之, 御書佛殿扁曰: 能仁之殿. 命蔡京書門額曰: 靖國安和之寺以賜之."

135) 李仁老, 《破閑集》 卷中, "鳳城北洞安和寺, 本睿王所創也. 盖睿王以神聖至德, 事大宋無違禮, 顯孝皇帝(徽宗)優加褒賞, 別賜法書名畫珍奇異物, 不可勝計. 聞其刱是寺, 特遣使人, 以殿財像設送之. 宸翰親題殿額, 命蔡京榜於門. 其丹靑營構之巧, 甲於海東." 이인로의 '本睿王所創也'를 '예왕이 重創한 것'으로 읽어야 할 것이다.

이상과 같은 예종의 휘종 조정에의 동조화 추구에 휘종 조정의 '도덕성명지리'의 국시가 고려의 국시화를 가져온 것이다. 그런 점에서 예종의 명에 의해 쓰인 〈청연각기〉는 당시 밀착된 여·송 관계를 전형적으로 보여주는 문서이자, '성명도덕지리'의 국시화를 언표한 문서이기도 하다. 〈청연각기〉는 예종이 '유술儒術을 숭상하고 화풍華風을 즐겨 흠모하는' 정치 작풍137)을 드러내기 위해 경연과 아울러 휘종의 사여품이 동원된 군신의 연회를 묘서描敍한 기문으로, 당시 고려의 전장·물물의 휘종 조정에의 동조화를 예종의 득의연한 언사로 서술하고, 이어 견송사가 받아 온 다주茶酒·기명器皿 등과 괴기한 완상품이 동원된 군신간의 화기 넘치는 연회의 장경場景이 묘사되어 있다. 이 기문을 돌에 새겨 길이 기념하겠다는 데서138) 이 문서에 대한 고려 군신의 중요시를 알 만하다.

〈청연각기〉에는 경연의 장경이 이렇게 묘사되어 있다.

> (예종은) 날로 노사·숙유들과 함께 선왕의 도를 토론하고 펼쳐 내는데, 전심해서 학습하기도 하고, 휴식하며 노닐기도 한다. 그래서 당을 나서지 않고도 3강 5상의 가르침과 성명도덕의 이치가 사방에 가득 차 넘쳐난다.
>
> (日與老師宿儒, 討論敷暢先王之道, 藏焉脩焉息焉遊焉, 不出一堂之上, 而三綱五常之敎, 性命道德之理, 充溢乎四履之閒.)139)

왕안석에 의해 창도된 '성명도덕지리'라는 새로운 유학교의儒學敎儀가 유

---

136) 서긍, 앞의 책, 권17, 〈興國寺〉, "唯安和者, 書云'大宋皇帝聖壽萬年'. 觀其傾頌之意, 出於誠心, 宜其被遇聖朝眷寵懷倈之厚也."
137) 김연, 〈淸燕閣記〉(《東文選》 卷64), "王以聰明淵懿篤實輝光之德, 崇尙儒術, 樂慕華風."
138) 《고려사》〈열전〉, 〈金仁存〉, "王宴親王·兩府于淸讌閣, 命仁存記其事. 其文曰, (중략) 乃命寶文閣學士洪瓘, 書諸石."
139) 김연, 〈淸燕閣記〉(《東文選》 卷64).

서가 오랜 유학 강령인 '3강5상지교'와 함께 선왕의 도로서[140] 거의 정례적으로 개설되는 경연의 주제로 떠올라 담론되고 있음이 묘사되어 있다. 바로 성명도덕론의 국시화를 보여준다. "당을 나서지 않고도 성명도덕의 이치가 사방에 가득 차 넘쳐난다"는 표현은 성명도덕론의 국시로서의 권능이 사방에 덮여감을 뜻한다. 이러한 경연을 휘종의 선화전宣和殿제도를 의방해옴으로써 성립되었다는 예종의 술회에서 보면, 도덕성명지리가 이데올로기적으로 운용되는 휘종 조정의 유학 작풍의 수용이 안 되었다는 것이 오히려 이상하다고 해야할 것이다.

다음으로 김부의金富儀가 인종에게 올린 〈사지공거표〉를 보자.

> 한 시대를 새롭게 만드시고 3한에 학풍을 불러일으키시니, 글을 읽는 자 신천지성의 종지에 지극하지 아니함이 없고, 붓을 휘두르는 자 다투어 성명도덕의 묘리를 추구하고자 합니다. 이처럼 영웅들의 번성함을 보오니 더욱 포폄의 어려움을 알겠습니다.
>
> (作新一代, 風動三韓, 讀書者, 無不極神天至聖之宗, 奮筆者, 爭欲窮性命道德之妙. 玆見英雄之盛, 愈知褒貶之難.)[141]

여기 '글을 읽는 자'와 '붓을 휘두는 자'는 동일한 대상으로 과거 응시생을 가리키고, 이들을 '영웅'이라 했다. '성명도덕의 묘리'를 추구하는 이들의 과거 답안의 우열을 자신의 능력으로 평가할 수 없으니 지공거知貢擧를

140) 왕안석의 '道德性命之理'는 원래 '先王之所謂道德, 性命之理而已.'라 표현된 명제의 簡稱이란 것은 앞에서 이미 밝힌 바 있다. 그런데 〈清燕閣記〉에는 '性命道德之理'로 표기된 것은 중국에서 관습화된 간칭이기도 하지만 한편으로 對偶句의 수사에 맞춘 표현도 고려된 것 같다. '三綱五常'이라는 '강령+세목' 구조도 이미 관습화된 출구에 맞추어 '性命道德'이라는 '근원+말류' 구조의 대구로 바꾼 것이다. 이렇게 의리유학의 논리보다 수사를 우선적으로 고려한 것이 고려중기 유학의 현실이었다. 〈청연각기〉의 이 표현이 고려에서의 전범이 된 것 같다.

141) 金富儀, 〈謝知貢擧表〉(《東文選》 卷42).

사양하겠다는 것이다. 생각컨대 예종 14년에 국학과 과거에 왕안석의 신법 체제의 송 국자감을 의방하여 경의 과목을 설정한 뒤로 과거 시제試題에 성명도덕지리에 입각하여 답안을 입론하도록 규정한 것 같다. 주로는 경의 과목이 입론의 대상이 되었을 것이나, 꼭 경의 과목에만 한정되지는 않은 것 같다. 성명도덕지리는 이렇게 장차 관료가 될 한 나라의 엘리트들을 선발하는 지식의 방향을 통제하는 이론으로 기능했다. 이것은 그것이 곧 국시로 통했음을 의미한다. 물론 조선시대 주자학만큼 통제가 강력하고 전일적이지는 않지만, 적어도 명분상으로는 그 기능에서는 비슷했던 것으로 생각된다. 성명도덕론은 관료후보(과거합격자)를 뽑는 데만 유효하지 않았다. 가령 인종조에 임원후任元厚를 문하평장사에 임명하는 교서에 "학문은 성명(성명지리)을 궁구하여 나라의 사업에 베풀었다.(學窮性命, 而措諸事業)"142)고 한 것과 같이 고급관료의 인사에도 자격여부를 판정하는 기준으로 때로는 기능한 것 같다.

(3) 성명도덕론의 구두口頭 담론으로서의 통행과 관련 저작 부재의 원인

최소한 60여 년을 국시로 기능했던 성명도덕론은 주로 구두 담론口頭談論으로 통행된 것 같다. 구두 담론은 공적으로는 위에서 살펴본 〈청연각기〉의 경연에서의 강론, 학문적인 축적이 있는 신하들의 어전御前 진언進言,143) 그리고 국학에서의 경의 강론에서 이루어졌을 것이고, 개인적으로는 뒤에서 논의할 윤언이와 최윤인의 묘지명에 묘사된 것과 같이 개인 간의 문답을 중심으로 이루어진 것 같다. 여기에, 실록의 사초史抄가 될 경연 관계 기록,

142) 郭東珣, 〈除任元厚門下平章崔湊中書平章李之氏政堂文學〉(《東文選》 卷25).

143) 이를테면 인종조에서 '試國子監大司成'을 지낸 鄭沆의 경우, "其在上前, 持大議論, 必傳傳經義辯奏, 亹亹不窮."(김용선, 앞의 책, 62쪽)이라 했는데, 큰 의론을 가져 경의에 부착시켜 정사에 관한 進言을 하는데 성명도덕 담론도 당연히 포함되어 있었을 것 같다.

그리고 정사에 관련한 진언에 섞여 들어간 성명도덕론 담론의 기록, 과거에서의 성명도덕론 관련 기록 등 공적 기록이 구두 담론을 보좌하는 가운데 성명도덕론이 국시로서 통행된 것 같다. 이 점 주자학 수용기에 기記·서序·설說 같은 문예적 양식으로 주자학의 개념들과 관련하여 개인의 소견을 작품화했던 것과는 대조적이다.[144] 고려 지식인의 거개가 앞에서 소묘素描한 성·명·도·덕 개념의 대부분, 또는 앞의 소묘에 포함되지 않는 내용까지를 접했을 터인데, 어느 한 가지에 대해서도 개인의 소견을 피력한 문예 작품 한 편도 없다. 그래서 특히 개인 간에는 주로 구두 담론으로 통행되었던 것 같다. 그 통행의 예를 윤언이의 묘지명은 잘 보여준다.

> 학문은 6경을 궁구하고/ 제사諸史에까지 이르렀네// 한 번 마음을 거쳐간 것은/ 모두 입으로 외웠네// 성명의 이치/ 도덕의 근원이야/ 누가 우리 윤공만 할까/ 통달하지 않음이 없네.
>
> (學窮六經, 乃至諸史. 一經于心, 輒誦於口. 性命之理, 道德之原. 孰如我公, 無所不通.)[145]

윤언이는 고려시대에 드물게 보는 학자형 관료다. 그는 명사銘辭에 있듯이 6경과 제사 등 기저유학을 궁구한 데다 특히 《주역》에 밝아 국자감에서의 김부식의 《주역》 강의에 질의자로 하명 받아 김부식으로 하여금 땀을 빼게 했다는 일화로 유명하다.[146] 그는 무엇보다 고려시대 최고의 의리유학 저작인 《역해》를 찬술하여 왕안석의 《역의易義》에 힐항頡頏하려 했다. 그는 이러한 유학에의 박식으로 '해동공자海東孔子'란 칭호를 얻기까지 했거니

144) 이를테면 安軸의 〈鏡浦新亭記〉(《謹齋集》 卷1), 李穀의 〈敬父說〉(《稼亭集》 권7), 白文寶의 〈懶翁語錄序〉·〈惕若齋說〉(《淡庵逸集》 卷2) 등을 들 수 있다.
145) 金子儀, 〈尹彦頤墓誌銘〉(김용선, 앞의 책, 155쪽.)
146) 《고려사》〈열전〉, 〈尹彦頤〉, "一日, 王幸國子監, 命富軾講易, 令彦頤問難. 彦頤頗精於易, 辨問縱橫, 富軾難於應答, 汗流被面."

와,[147] 여기서 중요한 것은 명사에 기록된 바 그가 왕안석의 성명도덕론에 대해서까지 '무소불통'이었다는 것이다. 더구나 그의 가정적 배경을 보면 그럴 가능성은 충분히 있다. 한 마디로 고려 중기에 흔하지 않은, 유학의 정도가 높은 가정이다. 그의 아버지 윤관은 장수로 군중軍中에 있으면서도 항상 5경을 가지고 다닐 정도의 '호학지사好學之士'였고,[148] 그의 형 언식彦植은 송사 서긍徐兢이, "윤씨尹氏는 본디 유학으로 이름이 알려졌다. (중략) 완연히 유자의 풍도가 있어 만이蠻夷로 대접할 수가 없다"[149]고 했다. 더더욱 흥미로운 것은 그의 아버지 윤관이 왕안석의 신법의 수용으로 개혁 정책을 추진한 주체였다는 점이다.[150] 이 점이 윤언이가 왕안석의 신학에 진작 눈을 뜨고 정진할 수 있는 계기가 되었을 것이기 때문이다. 아니, 그 이전에 윤관 자신《삼경신의》등 신학의 저작들을 궁구했을 것이다. 윤언이가 그 시대의 성명도덕론에까지 독보적이었다는 것은 이러한 가학家學의 연원을 보아서도 결코 과장이 아니라는 것이다.

윤언이는《역해》를 찬술하여 왕안석의《역의易義》에 힐항하려 한 것 외에도 왕안석의 〈상인종황제언사서上仁宗皇帝言事書〉를 의방한 것이 틀림없는 또 하나의 〈만언서萬言書〉를 인종에게 올렸다.[151] 그런데 정작 '무소불통'한 성명도덕론에 대해서는 의리유학적인 논술은 그만두고라도 단순한 감상을

---

147) 金子儀, 〈尹彦頤墓誌銘〉, "人嘗與子儀曰, '公乃海東孔子也.'"《고려사》〈尹彦頤〉, 《고려사절요》의 尹彦頤 卒記 ,《보한집》등에 윤언이가 만년에 불교를 酷好했다는 사실과 관련한 기사가 실려 있으나, 이것은 그 아우 尹彦旼에 관한 사실이 위의 문헌에 잘못 기록된 것임이 이종문의《漢文古典의 實證的 探索》(계명대 출판부, 2005), 81-104쪽에서 밝혀져 있음.

148)《고려사》〈열전〉, 〈尹瓘〉, "瓘少好學, 手不釋卷, 及爲將相, 雖在軍中, 常以五經自隨."

149) 서긍, 앞의 책, 권8, 〈人物〉, "尹氏, 素以儒學知名. (중략) 宛然有儒者之風, 不可以蠻夷接之也."

150) 정수아, 앞의 글, 70-106쪽 참조.

151) 왕안석, 〈上仁宗皇帝言事書〉(《임천집》권39)는 일명 〈萬言書〉로, 二帝三王(요·순·3대)의 인재 배양의 방법으로 宋朝 건국 이래의 적폐를 개혁하고자 한 것이었으니, 윤언이의 〈萬言書〉는 필시 이들을 의방하여 그 아버지의 개혁 정책을 계승하여 고려 왕조의 건국이래 여러 폐단을 전면적으로 개혁하려 한 듯하다.

피력한 문예작품 한 편도 없다. 여기서 우리는 명사를 찬찬히 음미할 필요를 느낀다. "한 번 마음을 거쳐간 것은/ 모두 입으로 외웠네"라는 문구는 앞의 '육경'과 '제사'에만 그치지 않고, 뒤의 "성명의 이치/ 도덕의 근원"까지 통어統御하여 "통달하지 않음이 없네"로 연결되어 끝맺음하고 있음을 행간에서 읽게 된다. 즉 "-輒誦於口-無所不通"의 호응 구조로, 구두 담론으로의 피력을 묘사하고 있는 전형적인 양식임을 간파할 수 있다.

그렇다면 윤언이는 성명도덕론에 관해서만은 왜 구두 담론으로만 피력할 수 밖에 없었는가? 그 직접적 원인은 왕안석의 성명론의 난해성과 혼란성에 있다고 본다. 가령 '5행의 시時·위位·재材·기氣·성性·형形 등, 12가지 속성에도 대립되는 짝(耦)이 있어 변증법적 확산이 한량없고, 정사正邪·미오美惡·추호醜好·길흉吉凶 등 인사에 대립되는 짝이 있는 여기에 성명의 이치, 도덕의 의의가 있다.'는 등은 사유의 한계를 넘어서는 영역으로 들어가 있는 데다, '신神은 성性에서 생겨나고, 성은 성誠에서 생겨나고, 성誠은 심心에서 생겨나고, 심은 기氣에서 생겨나고, 기는 형形에서 생겨난다.'를 연계지울 경우 왕안석의 성명론은 혼란의 극에 이른다. 전체적인 시각에서 체계적으로 파악하려 할 때 그것이 사실 거의 불가능했다고 생각된다. 여기에다 자설自說의 잦은 번복이 가져오는 혼란을 더하면 더더욱 체계적 파악은 불가능해진다. 명사에 윤언이가 왕안석의 성명론에 독보적이어서 무소불통했다는 것은 윤언이가 가급적 성명론을 전체적인 시각에서 체계적으로 파악을 하려—윤언이의 학자적 기질은 체계적인 파악이 안 되고는 한 편의 문예적인 감상문도 어려웠을 것이다—오랫동안 축적된 성명도덕 관계 지식이나 사유와 그 비판까지도 촉발만 되면 '현하지변懸河之辯'의 구두 담론으로 피력되는 양상을 전하는 것이라 볼 수 있다. 사실 왕안석의 도덕성명론의 난해성은 그의 사위 채변과 그리고 왕안석 자신에 의해 시인된 적도 있다. 앞에서 인용된 채변의 〈왕안석전〉에서 왕안석이 도덕성명지리를 궁구하여 "주야 음양도 측량하지 못하는 데에까지 통하여 신神의 경지에 들어가서야"152) 알아내었다는 것이다. 결국 채변의 말대로면 도덕성명지리는 인간의 인식 한계를 넘어선 영역의 일이 된다. 왕안석을 추켜세우기 위한 말이겠으나 도덕성명론의 난해성을 스스로 시인한 셈이다. 왕안석 자신이 시인한 경우는 앞에서 인용한 바 있는 〈비서승 사사재 묘지명〉에서 "그가 도덕의 의의와 성명의 이치에 대해서는 탐구해서 지극한 데 이르지는 못했으나, 나의 강론을 듣고서 의심을 가지지 않았다.(其於道德之意·性命之理, 則求之而不至, 聞矣而不疑.)"고 했다. 즉 자기의 도덕성명론에 대한 지해知解가 부족한 경우가 있음을 말한 것은 그 난해성을 일정하게 시인한 것이라고 할 수 있다.

윤언이의 묘지명에서와 같은 사례는 또 있다. 앞에서 인용된 바 있는 〈최윤인 묘지명〉의 '인의도덕성명지리'의 경우다. 여기 다시 인용을 보이겠다.

> 그가 '인의도덕성명의 이치'에 대해서도, 어찌 누가 물어서 해답을 얻지 못하고 듣고서 의심이 있었겠는가.
> (其於仁義道德性命之理, 亦何求之而不得, 聞矣而有疑?)

이 〈최윤인 묘지명〉의 일단은 왕안석의 〈비서승 사사재 묘지명〉의 序의 말미 부분,

> 그가 도덕의 의의와 성명의 이치에 대해서는 탐구해서 지극한 데 이르지는 못했으나, 나의 강론을 듣고서 의심을 가지지 않았다.
> (其於道德之意·性命之理, 則求之而不至, 聞矣而不疑.)

152) "주야 음양도 측량하지 못하는(晝夜陰陽所不能測)"이라는 말을 쓰인 대로 이해를 하자면 '道德性命之理'는 천지간 자연현상도 측량하지 못하는 궁극의 경지가 있다는 것이 되겠는데, 자연 현상을 인식주체로 삼은 것은 왕안석의 '入神之境'의 고도한 인식력을 표현하기 위해서지만, 평상에서는 그런 표현이 성립할지 의문이다. 남송의 晁公武는 그의《郡齋讀書後志》〈王氏雜說〉조에서 이 대목을 두고 "무슨 말인지 모르겠어서 드러내었다.(不知 (중략) 何等語, 故著之.)"라고 한 것도 같은 취지라고 생각된다.

에, 약간의 개작을 가해서 된 문장이다. 왕안석의 '도덕지의道德之意, 성명지리性命之理'를 '인의도덕성명지리仁義道德性命之理'로 바꾸고, 그 뒤 왕안석의 평서문체를 반문체로 바꾸었다. 왕안석의 글을 표절해 와서라도 최윤인의 묘지명을 삼음으로써 성주통판成州通判 밖에 하지 못한[153] 망자의 격을 한층 높이고자 한 데서 국시로서 성명도덕지리의 권능을 알겠거니와, 여기 나오는 '인의성명도덕지리'는 물론 왕안석의 명제 바로 그것은 아니다. 표절자가 자기 글의 3분의 1가량이나 표절해 온 것을 조금이라도 엄폐해 보려는 심정에서 조기趙岐의 《맹자주孟子注》 제사題辭에 나오는 '인의도덕仁義道德 · 성명화복性命禍福'이라는 어사에서 취해온 것으로 생각된다.[154] 그러나 왕안석의 〈비서승 사사재 묘지명〉의 '도덕지의道德之意 · 성명지리性命之理'를 그렇게 바꾸었으니 결과적으로 왕안석의 도덕성명론은 따르는 것으로 된다. 요컨대 표절해 바꾼 문맥도 윤언이의 묘지명에서와 같이 왕안석의 도덕성명론은 허다한 의문이 잠복해 있어 난해한 것이라는 인식을 배후에 깔고 최윤인은 그 허다한 의문에 대한 답변과 비판을 온축하고 있어 언제, 누가, 어떤 질문을 하더라도 소상히 해명해 준다는 것에 다름 아니다. 물론 구두 담론으로써다.

이렇게 왕안석의 성명도덕론은 개념의 전모에서 보자면 고려의 지식인 거개가 접근하기는 무척 난해한 것으로 되어 있었던 것 같다. 성명도덕론의 권능은 耽하면서 접근하기는 쉽지 않은, 말하자면 경이원지敬而遠之의 대상이 되어 있었던 것 같다. 단적으로 김부식 같은 저명한 유교주의자도 성명도덕지리의 국시가 절정인 시대를 살고 20권의 문집을 내었지만 왕안석의 신학 내지 도덕성명론에 관련된 저작은 한 편도 없다. 오늘날 《동문선》에 전하는 그의 작품은 시를 제외하고는 표전表箋 등속의 전장에 관련되는 공공적 실용

153) 朴文, 〈崔允仁墓誌銘〉(김용선, 앞의 책, 197쪽), "君諱允仁, (중략) 中進士第, 通判成州."
154) 趙岐, 《孟子注》 〈題辭〉, "包羅天地, 揆敘萬類, 仁義道德·性命禍福, 粲然靡所不載."

문자가 대부분이다.[155] 고려 중기의 유교 또는 유학으로 저명한 관료지식인의 거개가 김부식의 범위에서 벗어나지 않았을 것이다.

도덕성명론에 관련된 저작이 없는 직접적 원인을 왕안석의 도덕성명론의 난해성·혼란성에서 찾았지만 더 근본적인 원인은 적어도 유학에 관한 한 중국에의 추수주의追隨主義가 보편적으로 하나의 관성으로 굳어졌기 때문이고, 더 근원을 캐면 불교계를 일단 제외하면 고려의 세속인들의 가치관이, 앞에서도 언급한 바 있지만, 사환제일주의仕宦第一主義였기때문이다. 사환제일주의는 인생의 가치를 현실의 사환을 초월한 정신적 가치의 추구와 후세에의 전수의식을 극히 소극적이게 만들었다. 이러한 소극적인 저작 의식은 사교성과 유희성이 농후한 시사詩詞 양식과, 선택된 관료만이 영예로울 뿐인 왕명에 의한, 전장에 관련되는 실용 문사 제작 이외의 깊은 사색과 지식이 요구되는 학문적인 저작은 아예 생각조차 하지 않게 했다. 이런 환경에서 유학에 관한 의리의 탐색 같은 것은 중국에서 받아 오는 것을 당연시하는 추수주의가 관성화되었다. 최자가 과거제도가 시행된 이래 자기 시대까지 근 3백년에 문집을 낸 작가가 수십 인에 불과하다고 한 것이[156] 고려 중기까지의 실정을 잘 웅변하거니와, 그 수십 인의 문집도 김부식의 경우처럼 시사와 의전적인 실용문을 제외하면 진정으로 이 땅의 정신사에 기여한 저작물이 과연 얼마나 남을지 의심스럽다. 성명도덕론이 60여 년을 고려의 국시로 기능하면서 관련 시문이라곤 성명도덕명제의 통행 양태에 관한 것 말고 그 개념 내용 자체에의 관련 저작이 없는 것은 성명도덕론의 난해성·비체계성 이외에 이러한 근본적인 원인이 있었던 것이다. 그래서 성명도덕론은 5, 60년간 국시로 기능했음에도 고려 중기 유학사상에 이렇다 할 사상사적 족적을 남기지 못했다. 정호의 말처럼, 바람처럼 왔다가 바람처럼 가버렸다.[157]

---

155) 이동환, 〈《東文選》의 選文方向과 그 意味〉, 《震檀學報》 56(진단학회, 1983); 〈고려 전기 한문학〉(《한국사》 17, 국사편찬위원회, 1994), 195-197쪽 참조.
156) 崔滋, 〈補閑集序〉, "光宗顯德五年, (중략) 然而古今諸名賢, 編成文集者, 唯止數十家."
157) 주120) 참조.

(4) 도덕성명론에 입각한 송대 과거 답안의 예

도덕성명론의 난해성·혼란성은 윤언이 같은 관료학자도 자신의 소견을 끝내 글로서는 피력하지 못했다고 했다. 그런데 김부의의 〈사지공거표〉에는 분명히 과거에 응해 "필력을 휘두르는 자들 다투어 성명도덕의 묘리를 궁구하려 한다"고 했다. 어떻게 이런 일이 가능한가? 길게 설명할 필요 없이 조선시대의 과거 답안을 떠올리면 이해가 될 것이다. 가령 조광조의 과거 답안 〈춘부春賦〉[158]는 주희의 〈인설仁說〉에서 정식화된 천지의 원元·형亨·이利·정貞과 절서의 춘春·하夏·추秋·동冬과 인성의 인仁·의義·예禮·지智와를 결합시킨, 도학에서는 극히 개론적인 내용을 가져다[159] 작품화함으로써 진사회시進士會試에 장원이 된 것이다. 그러므로 고려에서도 신학의 극히 개괄적인 틀에서 출제되었을 것이다. 여기 북송 철종 후기 신학이 전성기를 향해 가던 시기(元符 3년)에 지어진 도덕성명론에 입각된 경의 과목의 답안 한 편을 예시해 고려의 경의 과목 답안을 추측하는 데 참고가 되게 할까 한다. 시제는 《맹자》〈진심하盡心下〉에 나오는 "仁也者人也, 合而言之道也.(인이란 것은 사람이다. 합해서 말하면 도다.)"이다.

> 《주역》에 "한 번 음하고 한 번 양하는 것을 도라 이르니, 이것을 계승하는 것은 선이 되고, 이루는 것은 성이 된다" 했으니, 성은 이미 도에서 나뉜 데다가 인은 또 성에서 나왔다. 이것이 인과 도가 나뉜 소이다. 도는 방소方所도 없는데 인으로 나뉜즉 방소가 있게 되고, 도는 도수度數가 없는데 인으로 나뉜즉 도수가 있게 된다. 대개 음양의 기를 품부받아 생이 있게 되는 즉 방소로 경계지워지고 도수로 얽매어지는 것은 사람마다 도피할 수가 없다. 사람과 사람이 음양의 기에 나뉘어

158) 조광조, 《靜菴集》 권1.
159) 朱熹, 〈仁說〉(《朱熹集》 권67, 四川教育出版社, 1996), 참조.

생이 있게 되므로 비록 만물 가운데 가장 신령스럽다 하나 도에서 나뉘어 나온 것이 또한 온전하다고 할 수가 없다. 비록 그렇지만 도는 하나이나 흩어져 각각의 몫이 되더라도 그 하나임을 잃지 않고, 합해서 하나가 되나 그 각각의 몫이 됨을 잃지 않은즉 저 사람이 인에 대해 유독 도와 스스로 다를 수 있는가? 대개 도에 합해지지 못하는 것은 형체가 누가 되기 때문이다. 사람이 능히 형체를 잊고 마음에 합해지고, 마음을 잊고 도에 합해진즉 천지만물이 장차 나와 혼연히 하나가 되어 내가 천지만물인지 천지만물이 나인지를 알지 못하게 된다. 이 경지에 이르면 하늘이지 사람이 아닌데 또 사람이라 이를 수 있는가! 《맹자》에 말하기를 "인이라고 하는 것은 사람이니, 합해서 말하면 도다"라는 것은 이를 두고 이른 것일 게다.

(《易》曰: "一陰一陽之謂道, 繼之者善也, 成之者性也." 則性旣分于道矣, 而仁又出於性, 此仁與道之所以分也. 道無方也, 分于仁則有方; 道無數也, 分于仁則有數. 盖稟陰陽之氣以有生, 則域于方而麗于數, 人人所不能逃也. 人與人相與分于陰陽之氣而有生, 雖曰于物爲靈, 其出于道, 亦不可謂之全矣. 雖然, 道一也, 散而爲分, 不失夫一; 合而爲一, 不遺夫萬, 則夫人之于仁, 獨可以自異于道乎? 盖不合于道, 累于形者之過也. 人能忘形以合于心, 忘心以合于道, 則天地萬物且將與吳渾然爲一, 不知吳之爲天地萬物耶, 天地萬物之爲吳耶. 進于此, 天而不人矣, 且得謂之人乎! 孟子曰: "仁者人也, 合而言之道也." 此之謂歟.)160)

답안의 요지는 인仁·사람(人)·도道의 세 개념을 두고 분합分合의 논리 근거를 탐색해 와서 말미에는 천인합일, 또는 장자의 좌망坐忘의 경계가 도道라는

---

160) 祝尚書, 〈王安石'道德性命'之學及其對科學的影響〉(《江西師範大學學報(哲學社會科學版)》 제41권 제1기, 2008)에서 재인용.

것이다. 그런데 분합의 논리 근거라는 것이 인·사람·도의 개념의 창의적인 천발에 의해《맹자》의 그 대목의 경의가 새롭게 해석되는 것이 아니라 개괄적인, 또는 상식적인 수준에서 작위적으로 짜내어 논리를 만들어 간 작태가 역연하다. 위의 과거 답안과 비슷한 시기의 유지劉摯라는 강직한 관료이자 호학好學하는 인사가 왕안석의 신학이 지배하는 과거를 비판하기를, "지금 경학을 공부하여 과거에 응하는 것인즉 옛날과 다르다. 음양 성명으로 설說을 만들고, 범람·황탄함로 문사를 만들어서는 장자·열자·불교 서적의 힐난할 수 없는 논리로 빠져나가 서로 다투어 풍을 친다"[161]라고 한 말이 바로 위와 같은 과거 답안을 두고서일 것이다. 이런 답안이 격식화되어 후세의 팔고문八股文이 되었다는 것이다.[162] 우리나라에서도 경의 답안이 일정하게 격식화되어 갔음을 〈한림별곡翰林別曲〉의 과거에 관한 대목에서 '광균光鈞 경의經義' 구句에서 본다.[163] 고종대의 민광균閔光鈞이 격식화된 모범답안을 잘 작성했다는 뜻이리라. 그 시대의 경의 과목에 심원한 지식과 식견이 요구되었다면 민광균은 후세에 뛰어난 경학자로 남았어야 했다.

요컨대 조광조의 〈춘부〉나 북송의 경의 과목 답안과 마찬가지 방식으로 성명도덕론의 개괄적 틀에서 주어진 개념들의 범위를 아주 일탈하지 않는 가운데 가급적 기발한 생각을 뽑아내는 것이 시험에 유리할 뿐, 진지하고 심원한 지식과 식견이 요구되는 것은 아니다. 더구나 송의 경우 여기에 왕안석의《삼경신의》를 암송해 와서 답안을 작성하는 경우가 많아 왕안석도 말년에는 자기의 과거 개혁을 후회했다는 것이다.[164] 모르긴 해도 고려에도

---

161) 정원민, 앞의 책, 673쪽, "宋劉摯元祐元年閏二月曰: 今之治經, 以應科擧, 則與古異矣. 以陰陽性命爲之說, 以泛濫荒誕爲之辭, 專誦熙寧所頒新經字說, 而佐以莊列佛氏之書, 不可詰之論, 爭相夸高."(《忠肅集》 권4, 〈論取士并乞復賢良科疏〉)

162)《四庫全書》, 〈集部3 別集類2(宋)〉《劉左史集》의 〈提要〉에서 이런 류의의 과문을 가리켜 "蓋當時太學程試之作, 後來八比之權輿也"라고 했다.

163)《고려사》〈樂志〉 '翰林別曲'조 참조.

164) 정원민, 앞의 책, 697쪽, "宋陳師道曰: 王荊公改科擧, 暮年乃覺其失曰: '欲變學究爲秀才, 不謂變秀才爲學究也.' 盖擧子專誦王氏章句而不解義, 正如學究誦注疏爾."(《後山談叢》 권1)

왕안석의 저서를 암송해 와서 답안을 작성하는 응거생들이 과연 없었을까. 요컨대 왕안석의 성명도덕론이 난해성·혼란성을 가졌음에도 과거 답안을 개괄적 수준에서 그 '묘리妙理'를 탐색하는 데 문제가 없다는 것이다.

(5) 최사추의 '인의성명지설仁義性命之說'의 경우

> 경사자집을 박통하되 글을 지음에는 반드시 인의성명지설에 근본했다.
> (博通經史子集, 而爲文必本於仁義性命之說.)[165]

최사추 묘지명에 나오는 이 기록의 '인의성명지설'은 그 출처를 알 수 없다. 중국의 유학의 어떤 유파 또는 사상가로부터 취해 온 것은 분명한 것 같으나 그 근거를 찾을 수 없다. 왕안석은 측근에게 주는 편지에서 "(한유가) 인의가 도덕과 다름이 없다는 것을 모르니 이것은 도덕을 알지 못하기 때문이다"[166]라고 인의가 도덕과 별개일 수 없음을 말했는데, 그렇다면 최사추도 왕안석의 도덕성명론에 근본해서 글을 썼다고 볼 수도 있다. 그러나 그의 묘지명에 따르면 그는 반왕안석적인 색채가 농후하다. 즉 그는 "조종의 법을 가볍게 변경시키기를 달가워하지 않고, 신법을 만들어 풍속을 어지럽히기를 달가워하지 않았다"[167]라고 했다. 주지하듯이 왕안석은 조종祖宗은 법받을 것이 없다 했고,[168] 신법을 만들어 북송 사회에 충격을 주었기 때문이다. 물론 왕안석 정책에는 찬성하지 않으나 그의 '도덕성명지리'에는 찬

165) 韓忠, 〈崔思諏墓誌銘〉(김용선, 앞의 책, 39쪽), "博通經史子集, 而爲文必本於仁義性命之說."

166) 왕안석, 〈答韓求仁書〉(앞의 책, 권72), "韓文公知道有君子有小人德, 有凶有吉, 而不知仁義之無以異於道德, 此爲不知道德也."

167) 한충, 〈崔思諏墓誌銘〉(김용섭, 앞의 책, 39쪽), "不肯輕變祖宗之法, 又不肯作爲新法, 以擾風俗."

168) 《宋史》 권327, 〈王安石傳〉, "安石性强忮, (중략) 甚者謂: '天變不足畏, 祖宗不足法, 人言不足恤.'"

성할 수 있다. 그러나 이런 가설은 너무나 자의적이라 생각된다.

굳이 추측을 하자면《주역》〈설괘전說卦傳〉을 받아서 장재張載가 요약해 즐겨 쓴 '음양陰陽·강유剛柔·인의仁義의 성명지리'169)에서 자연계에 속하는 개념인 '음양·강유'를 제외하고 인간계에 속하는 성명지리인 '인의'만을 뽑아서 '인의성명지리'를 긍정하고 따르며 복돋우는 방향으로 자신의 문사 제작의 원리로 삼지 않았을까 추측해 볼 수 있다. 장재도 다분히 반왕안석적이란 사실이 흥미롭다.170) 인의성명지설을 최사추가 문사 제작의 원리로 삼은 계기는 결국 왕안석의 '도덕성명지리'에 있었지 않나 생각된다.171) 인의성명지설에 근본했다는 그의 글은 지금은 한 편도 전하지 않는데, 아마 전장 관련 실용문이 거의 전부였을 것이다.

4) 경의학의 대두와 고식화姑息化

(1) 경의학의 대두

학계에서는 흔히 예종 연간에 존경학풍尊經學風이 흥기했다고 말한다. 그러나 이때의 경학을 특징짓기에는 단순히 존경학풍만으로는 다소 미흡하다고 생각한다. 마땅히 경의학풍經義學風의 흥기라고 해야 할 것이다. 문종 연간에 전래한《삼경신의》가 예종대에 와서 고려 경학에 영향을 주었기 때문이다.

예종은 그 원년에 우리나라에서 최초로 경연을 시작하고, 그 4년에는 국

---

169)《주역》〈說卦傳〉, "昔者聖人之作易也, 將以順性命之理. 是以立天之道曰: 陰與陽; 立地之道曰: 柔與剛; 立人之道曰: 仁與義." 張載,《橫渠易說》권3, "陰陽剛柔仁義, 所謂性命之理."

170)《宋史》,〈張載傳〉. 참조.

171) 특히 왕안석의《회남잡설》에서 자극을 받아 張載의 性命之學을 자신의 문사 제작의 원리로 삼았을 수 있다.

학에 《주역》·《상서》·《모시》·《주례》·《대례(예기)》·《춘추》 6경의 전문 강좌제를 두기 시작하였다.172) 예종의 경학 관계 치적을 돋보이게 하려는 의도가 다분하나, 국학에 경학 전문 강좌제를 시행하기 전에는 경학은 거의 지식止息 상태였다고 한다.173) 그러나 전문 강좌제를 두었으나 경의 강론은 아직 행해지지 못했음을 다음 기록은 전한다.

> 예종께서 등극하시어 (중략) 선비를 육성할 규모를 넓히시어 (중략) 혹은 논論·책策과 첩경貼經으로 시험을 보이기도 하셨습니다.174)

경의가 아니라 첩경으로 시험한다고 했다. 경의 강론이 행해졌다면 당연히 경의로 시험했을 것이다. 이때까지도 상대적으로 심급이 높은 경의는 국학에서 강론의 대상이 아니었던 것 같다.

예종 9년 8월에 국학에 행차하여 한림학사 박승중朴昇中으로 하여금 《상서》〈열명편說命篇〉을 강론하게 한 것이 국학에서 경의 강론을 하게 된 계기가 아니었을까 생각한다. 국학생이 백 명 미만이던 때 백관과 생원 7백여 인이 모여들어 국학의 뜨락에까지 서서 청강하였다는 것이다.175) 청중이 많은 데는 왕의 행차도 다소 영향을 주었겠지만, 무엇보다 그 강경이 종래의 장구주소 경학이었다면 그런 성황을 이룰 수 있었겠느냐는 것이다. 성황을 이루게 된 것은 바로 종래의 평면적인 경의가 아니라 상대적으로 심급이 높은 경의 위주의 강론 때문이라고 생각한다. 종래의 강경과는 다른 무엇이

---

172) 《고려사》 권74 〈選擧志2〉, "(睿宗) 四年七月, 國學置七齋. 周易曰: 麗澤; 尙書曰: 待聘; 毛詩曰: 經德; 周禮曰: 求仁; 戴禮曰: 服膺; 春秋曰: 養正." 이것이 6齋이고, 武學 1재를 더하여 7재(무학재는 인종 11년에 폐지되었음)를 두었음은 주지의 사실이다.

173) 殷純臣, 〈刱立國學後學官謝上表〉(《東文選》 卷36), "經術寂寥, 或幾乎息矣"라 했다.

174) 金坵, 〈上座主金相國(良鏡)謝衣鉢啓〉(《東文選》 卷46), "睿宗登極, (중략) 起文武學. 廓開養士之規, 館置之區七分, 國養之生百數, 或補之以博諭直學, 或校之以論策貼經."

175) 《고려사절요》 卷8 睿宗 9년 8월, "王詣國學, 酌獻于先聖先師. 命翰林學士朴昇中, 講說命, 百官及生員七百餘人立庭聽講."

있기 때문에 그렇게 몰려들었을 것이다. 박승중은 예종 연간 24차례의 경연 가운데서 7차례나 강관으로 된, 경서 강론의 명수로, 왕안석의 '삼경신의'를 터득하고 있었음이 분명하다.[176] 강경 대회는 참석자들이 가송歌頌을 지어 바치는 등의 행사로 끝맺었거니와, 이 강경 대회에는 국학생으로 하여금 질의 토론을 하게 한 절차가 없는 것으로 봐서 박승중의 강경이 왕안석의 경의가 위주였고, 국학의 학생들에게 아직 경의 강론이 행해지지 않았음을 실증한다고 하겠다. 이 강경 행사가 예종이 국학에서 경의 강론을 작심하게 하지 않았나 생각한다.

사평史評에 예종을 가리켜 '아호유학雅好儒學(본디 유학을 좋아한다)'이라 했지만,[177] 그는 성격이 단순한 군주가 아니다. 주지하는 바와 같이 그는 여진 정벌, 서경 경영 등의[178] 큰 사업에도 의욕적이지만 문치적文治的으로는 불교는 말할 것도 없도 유학과 그리고 도교까지 흥기시키려 하였다. 즉, 위에서 언급한 바 있지만, 재위 13년에는 대간臺諫의 반대에도 안화사의 중수를 낙성하고,[179] 재위 5년에서 12년 사이에 종래의 과의도교 위주에다 궁관도교를 수입하여 복원궁을 두기도 하였다. 뿐만 아니라 그의 도참설의 혹신은 평양 경영에서 그 실제가 보여졌지만《해동비록海東秘錄》의 편찬을 명했으며,[180] 유연을 즐기고 시사를 좋아하여《예종창화집睿宗唱和集》을 남기고,[181] 이미 언급하였지만, 궁남과 궁서에 거대한 화원을 조성하기도 하였

---

176)《三經新義》는 宋帝의 賜與이니만치 사여에서 멀지 않은 시기에 少數部를 인쇄하여 소수의 문신들에게 하사되었지 않았나 생각된다. 이와 관련하여 금속활자의 시초를 종래에는 고종대의《新序詳定禮文》의 인쇄에서 찾으나, 나는 文宗 이전 어느 때로 본다. 그 근거는《고려사절요》문종 10년(1056) 7월조의 "西京留守奏: '京內進士明經等諸業擧人所業書籍, 率皆傳寫, 字多乖錯. 請分賜秘閣所藏九經漢晉唐書論語孝經子史·諸家文集·醫卜地理律算諸書, 置于諸學院.' 命有司, 各印一本, 送之"라고 한데 있다. 그 많은 책을 1본씩 찍기 위해 목판을 새기지는 않았을 것이기 때문이다.

177)《고려사절요》睿宗代 序頭.

178)《한국사》(중세편)(진단학회, 1961), 266-270쪽 참조.

179)《고려사절요》권8 睿宗 13년 4월조, "重修安和寺成. 王親設齋五日以落之."

180)《고려사절요》권7 睿宗 元年조, "命儒臣金緣·崔璿·李載·李德羽·朴昇中等十餘人, 與太史官會長寧殿, 集地理諸家書, 校同異, 删其繁亂, 編爲一書, 名海東秘錄."

다. 한 마디로 분주한 군주였다. 그러나 고려에 유학 진흥을 국책으로 내세운 군주로 전기의 성종, 중기의 예종을 꼽지 않을 수 없다.

어쨌든 경연도 그 원년에 시작만 해두고 10년간이나 중지되고 있었다. 그의 9년에 국학에서의 강경 대회 이후 곧 착수될 것 같았던, 경의 강론을 포함한 국학의 정비는 오리무중이었다. 경연이 재개되고 국학 정비가 착수된 것은 지제고 최약崔瀹의 상서에 독려된 바도 있었지 않았나 생각한다. 즉 예종 11년 4월 서경 유연이 있고 난 뒤에 최약은,

> 제왕은 마땅히 경술經術을 좋아하고 날로 박식한 유사들과 경사經史를 토론하여 정사에 취해 써서 화민성속하기에 겨를이 없거늘 어찌 동자童子의 잔다란 기예를 일삼아 경박한 사신詞臣과 음풍농월을 빈번히 해서 폐하의 마음의 순정함을 상하게 한단 말입니까.[182]

라고 간했다. 예종은 상서의 내용을 "기리어 답했다.(優答之)"고 했다.

기실 예종은 최약의 상서 9개월 전 그 10년에 김단 등 5인의 진사들을 송 태학에 유학보냈는데,[183] 앞에서 언급한 바와 같이 이는 국학 정비를 위해 송 태학 체제를 체험해 오게 하기 위한 조처였던 것 같다.[184] 5인의

---

181) 崔滋,《補閑集》卷上, "睿宗御宇, 尙章句, 好遊宴."; 이규보, 〈睿宗唱和集跋尾〉(《東國李相國全集》卷21), 참조.

182)《고려사절요》권8 睿宗 11년 4월조, "知制誥崔瀹上書曰: '(중략) 帝王當好經術, 日與儒雅討論經史, 咨諏政理, 化民成俗之無暇. 安有事童子之雕蟲, 數與輕薄詞臣, 吟風嘯月, 以喪天衷之淳正耶!' 王優納之."

183)《고려사》권14 예종 10년 7월조, "仍遣進士金端·甄惟底·趙奭·康就正·權適等五人, 赴大學."

184)《고려사》권14 예종 10년 7월조에 유학생을 파견하면서 송에 보낸 표문에서 "發揚大道之源, 掃蕩積年之弊; 學分三舍, 教本六經. (중략) 及至神宗之世, 每馳使价, 叅遣生徒, 俾以觀周, 期於變魯. 厥後, 偶因中廢, 久闕前修. (중략) 士無定論, 學有多歧, 混混末流, 寥寥幾歲! (중략) 或歷代之遺經, 或諸家之異說, 苟非質疑於有識, 豈能成法於將來?"라고 했다. 요지는, (왕안석이) '한·당의 장구주소 경학의 적폐를 소탕하고 경전의 의리를 새롭게 해석, 대도의 근원을 천발하여 태학을 3사제와 6경(종래의 6경에서《樂經》대신에《周禮》를 포함) 등의 제도로 혁신했다. 신종 연간에는 사신을 보낼 때마다 유학

학생을 한꺼번에 유학 보낸 것은 극히 이례적이기 때문이다. 송 태학은 그때 3사제三舍制, 강경과 과거 과목으로 경의 설정, 유학 6제 이외의 무학재 설치 등 왕안석의 신법에 따른 개혁된 체제로 움직이고 있었던 것이다.

예종 11년에 궁중에 청연각을 짓고, 학사學士·직강直講 등으로 하여금 경서를 강론하게 하였다. 이어 보문각을 두어 청연각 학사들을 보문각으로 옮겼는데, 학사들이 모여 경서를 강론하는 곳을 '정의당精義堂'이라 사호賜號했다.[185] '정심精深·미묘한 경의', 즉 심급 높은 경서의 의리 추구를 장려하고자 해서다. 경의에 대한 예종의 열정을 읽을 만하다. 그리고 같은 달 경연을 재개하여 그로부터 6년에 23차례의 경연을 열었다.

(2) 국학의 정비와 경의학, 그리고 고식화

경연의 재개에 이어 14년에는 국학의 정비가 끝났다.[186] 국학의 학사를

생을 딸려보내어 송나라를 관찰해 와서 고려를 변화시키기를 기약했다. 그뒤 우연히 중단되어 오랫동안 앞서 닦아오던 것들을 궐하게 되었다. 그래서 선비들에겐 정론이 없고 경학에는 갈래가 많아 혼잡한 말류로 여러 해를 적막하게 지냈다. 역대의 경전이나 제가의 각각 다른 경설에 대해 유식한 이에게 질의하지 않고서야 어떻게 장래에 법을 이루어 가겠는가.'라는 것이다. 다시 말하면 종전의 《오경정의》에 최충 이래 호원·손복·장재 등 전도학 그룹의 경설이 섞여 지속되어 왔는데, 철종 전반기 전도학 그룹과 통하는 구법당이 집권하여 고려가 송으로부터 소외되었으나(고려 소외의 실상은 철종 4년에 蘇軾이 온린 〈論高麗進奉狀〉과 8년에 올린 〈論高麗買書利害箚子三首〉에 자세히 서술되어 있다) 오히려 예종 전반기까지 종래의 경설 상황이 그대로 지속되었다. 최사추의 장재 수용설 가능성이 나온 배경이기도 하다. 예종은 "士無定論, 學有多歧"한 종전의 경설 상황을 왕안석의 경설을 기준으로 타개하기 위해 다수의 유학생을 보냈다. 하필 5인을 보낸 데는 어쩌면 5경을 한 경씩 도맡아 강경 전반에 관해 관찰·궁리하기 위함이었는지도 모를 일이다. 어쨌든 강경 이외에 송 태학의 여러 가지 신제도를 두루 견문·체험하기 위해 다수의 유학생이 필요했다. 그러나 전장·의례문에는 과장이 있는 법이라 표문의 내용을 액면대로 신빙하기에는 문제가 있다. 이를테면 경설의 상황이 '경설에는 갈림길이 많다'고 했으나, 이런 상황이 되려면 '학계'가 형성되어 학설이 시비가 일정하게 담론되곤 해야 하는데 적어도 고려 중기까지는 그렇지 못했다. 몇몇 지식인들의 소규모 담론 정도가 있었을 것이고, 거개의 지식인들은 과거와 사환에 관련되지 않는 경설에 대해서는 그리 적극성을 보이지 않았던 것이다.

185) 《고려사절요》 권8 예종 11년 11월조, "以淸讌閣在禁中, 學士直宿出入爲難, 乃修紅樓下南廊, 爲學士會講之堂, 賜號曰: 精義.

확장하고, 양현고養賢庫를 두고, 명유들을 학관·박사로 임명하여 유학 60인, 무학 17인을 교도하되 경의, 즉 심급이 높은 경의를 강론하게 하였다.[187] 예종 4년 국학의 초창에는 없던 경의 강론을 정비 단계에서는 분명하게 명시하고 있다. 그리고 고려의 3사제는 사록史錄에는 분명한 기록이 없으나 두 편의 표문에서 그 존재가 확인되거니와,[188] 송의 외사外舍·내사內舍·상사上舍의 3사를 외사와 내사 또는 상사 2사로, 그리고 기존 상사생 보직제의 직급을 높여주는 방향으로 조정하지 않았나 생각된다.[189] 동당감시東堂監試에 경의 과목을 부과함으로써 경의학 진흥을 위한 제도적 정비를 완료하였다.[190] 성명도덕론의 국시화와의 연관 아래 경의는 당연히 왕안석의 경학, 《삼경신의》와 《주역》·《논어》·《맹자》의 경의가 표준이 되었을 것이다. 그러

---

186) 송 태학에 5인의 유학생을 보낸 것이 국학의 정비를 위한 것이라고 했는데, 그런 점에서 아래의 기록들은 유의할 만하다. 그들이 돌아온 예종 12년 10월 청연각 경연석상에 그들을 불러 밤늦도록 강독케 했다(《고려사절요》 卷8 睿宗 12年, "御淸讌閣. (중략) 及第權適趙奭金端等講讀, 夜分乃罷.")는 기사는 국학 정비 준비과정의 논의의 하나가 아니었나 생각되고, 정비된 후 권적으로 하여금 國子博士로 임명하고《國學禮儀規式書簿》를 찬정케 했으며(최자, 《補閑集》 권上, "權學士適, (중략) 直除爲國子博士, 命撰定國學禮儀規式書簿.") 또 오래 국학에 봉직케 한 사실(〈權適墓誌銘〉, "在國學不知幾年也.")은 송 태학을 체험한 사람으로 하여금 정비 초창기를 오래 맡아 일보게 한 것이 아니었나 생각된다. 하필 권적이 그 대상이 된 것은 송 태학의 上舍及第에서 권적의 성적이 가장 우수했기 때문일 것이다.

187) 《고려사》 권74 〈選擧二〉, "國學始立養賢庫, 以養士. (중략) 睿宗銳意儒術, 詔有司, 廣設學舍, 置儒學六十人, 武學十七人, 以近臣, 管勾事務, 選名儒爲學官博士, 講論經義以敎導之."

188) 張仔, 〈諸生謝就養表〉(《東文選》 卷36), "恢崇三舍之規."; 成上田, 〈幸學命講經諸生謝許難疑表〉(《東文選》 卷36), "先崇三舍之宏規." 전자는 예종대, 후자는 인종대의 표문이다.

189) 3사제는 학교 교육으로 과거시험을 대신하는 것이 기본 개념이다. 이에 따라 송에서는 상사생의 상등에게는 관직을 주고, 중등생에게는 禮部試를 면제해 주는 등의 혜택이 있었다. 고려에서는 자세한 것은 알 수 없으나 2사제가 시행되었던 것으로 추측되는데, 국학 창립 단계에서는 상등생에게 學諭·直學 등 대체로 종9품의 보직이 주어졌으나(金坵, 〈上座主金相國(良鏡)謝衣鉢啓〉(《東文選》 卷46), "國養之生百數, 或補之以博諭直學.") 국학 정비 이후 권적의 아들의 경우 衛尉主簿同正의 종7품의 보직을 받았던 것으로(金子儀, 〈權適墓誌銘〉(김용선, 앞의 책, 97쪽), "公諱適, (중략) 生子男五人, 大方國學麗澤齋生衛尉主簿同正.") 조사된다.

190) 《고려사》 〈選擧〉1, 〈科目〉, "(예종) 十四年, 東堂始用經義."

나《오경정의》등의 주소와 전도학 그룹의 경설經說이 억지로 배제되지는 않았을 것이다.

국학에서 경의 강론이 시작된 지 10년 뒤, 인종 7년 국학의 경의 강론에 대한 상황을 한 번 보자.

> 폐하께서 (중략) 선비들을 이끌어 와 경서를 강론하게 하시어 성인의 정심한 근원(深源)을 궁구케 하시었고, (중략) 경문을 토론하여 도리의 정묘함(道妙)를 발명케 하시었나이다.[191]

인종이 국학에 행차하여 강경을 명하고 제생들로 하여금 질의 토론을 하도록 허락한 데 대한 감사의 표문이다. '성인의 정심한 근원', '경문의 도리의 정묘함'이란 말할 것도 없이 심급이 높은 경의를 뜻한다. 국왕에게 올리는 의전적인 글이라 과장이 없을 수 없으나, 길지 않은 한 편의 문장에 두 번이나 경의 추구에 대해 말하고 있다. 경의가 국학을 주도하는 학풍이 되었음을 말해준다.

그런데 이러한 경의학풍이 의리유학을 보좌하기 위해 복무하는 것이 아니라 사장을 위해 복무하는 것으로 알고 있다.

> 예원藝苑을 훨훨 날아서 감히 교육해 주신 은혜를 잊으리까.[192]

여기서 '예원'은 주로 제고制誥·표전表箋 전장에 관련된 사장의 세계를 가리킨다. 국학의 학생들이 경의를 익혀 장차 조정이 필요로 하는 사장에 역량을 발휘하겠다는 것이다.[193] 그런데 평소 국학의 경의 강론 방식에 아마

191) 成上田, 〈幸學命講經諸生謝許難疑表〉(《東文選》 권36), "恭惟聖上 (중략) 引儒講經, 極深源於聖閫, (중략) 討論經文, 發明道妙."
192) 성상전, 〈幸學命講經諸生謝許難疑表〉(《東文選》 권36), "恭惟聖上 (중략) 屈至貴於賢關, (중략) 翺翔藝苑, 敢忘教育之恩!"

모종의 문제점이 있었던 것 같다. 인종 15년 문하성에서 다음과 같은 상주上奏를 했다.

> 국학 6재생은 각기 강講할 대소大小 경서를 가지고 당堂에 오르고 박사와 학유學諭는 경서를 가지고 올라 강론하되, 매일 5인을 넘기지 않으며, 매인이 질문을 두 가지를 넘지 않게 하여 조용히 논난하여 의혹을 깨치도록 하십시오.[194]

상주의 내용을 보아 종전의 강론이 다분히 혼란스러웠는데, 이것을 질서 있게 정돈하여 강경(경의강론)을 질質 위주로 효과를 높이려 한 것 같다.

그러나 인종 17년에 과거에서 국학 정비 이후 이제까지 대소 경의를 겸해서 시험해 보던 것을 이후로는 겸경의兼經義를 제외하고 본경의本經義만 시험하기로 했는데, 그것은 대소 경의를 겸해서 시험하는 것을 응거자들이 어려워했기 때문이라고 했다.[195] 경서에서 한 구절을 뽑아 출제하고 응거자가 문사를 지어 그 구절의 의리를 천발하는 경의 과목의 시험 방식 상,(앞의 송대 과거의 경의 답안 참조) 대부분의 응거자들이 부담스러워 한 데서 이런 결정이 났을 것이다. 점차 요령주의로 길들어져 가는 징표다. 결국 경의 과목은 창의적인 의리 추구와는 거리가 먼, 요령적이고 격식적인 틀로 고착되어 갔다. 이것이 바로 '광균경의光鈞經義'가 시사하는 바, 그 틀에 따른 모범답안의 존재를 알려 준다. 일정한 경서의 범위 안에서의 거듭되는 출제는 답안의 중첩

---

193) 서긍이《고려도경》〈儒學〉에서 "大抵以聲律爲尙, 而於經學未甚工"이란 評言을 한 것으로 보아 이 표문보다 6년 전(인종 1년 서긍이 서장관으로 고려에 온 해)에 경의강론의 시작 단계에서부터 경의에 대한 인식이 사장에 촛점에 있었음을 알겠다. 한편《송사》〈高麗傳〉에도 "士尙聲律, 少通經"이란 기록이 나온다.

194)《고려사》권74 〈選擧2〉, 〈學校〉, "(仁宗)十五年九月, 門下省奏: 國學六齋諸生, 各持所講大小經, 升堂. 博士學諭, 執經升講, 每日不過五人, 每人不過二問, 從容論難, 惡疑辨惑." '大小經'은 경문의 양에 따라 二分한 것임.

195)《고려사》卷73 〈選擧1〉, 〈科目1〉, "(仁宗)十七年十月, 禮部貢院奏: (중략) 立學以後, 兼試大小經義, 擧子難之. 今後, 除兼經義, 只試本經義."

을 피하기 어렵게 되기 때문에 경의 과목은 이렇게 고식적 매너리즘에 빠지는 것이 거의 숙명적이라고 하겠다. 그래서 경의 과목은 송에서와 고려에서 단순한 과거의 수단으로 전락하고, 더 높은 의리유학에의 보좌와는 거리가 멀어졌다.

무신란 이후 신학의 국시적 권능이 사라진 이후 왕안석의 경의의 표준성이 없어졌을 것이나 인위적으로 왕안석의 경의가 배제되지는 않았을 것이다.

(3) 경연 개황

경연을 개설한 횟수도 예종이 재위 16년에 그 원년의 1회를 제외하면 그 11년 이후 5년 간에 23회, 인종이 재위 24년에 15회, 의종이 재위 24년에 3회로 축소되다가 3조朝에 걸쳐 42회로 폐지되었다.[196] 경의 내지 경서에 대한 고려 왕들의 관심이 시들해졌음을 뜻한다. 경연은 송대에 본격화된 것으로 고려의 군왕들은 경서 위주로 개설해 왔는데, 전체 경연 회수에서《서경》22회,《예기》11회,《주역》8회,《시경》이 5회로,《서경》이 단연 우위였다. 이것은 아마《서경》이 요·순 3대의 통치를 종합적으로 보여주는 전범적 고전이기 때문일 것이다. 국학의 전문강좌인 6경에서《춘추》와《주례》가 경연에서 제외되고 있는데 그 이유는 불분명하다.《춘추》는 왕안석이 "단란조보斷爛朝報(잔결해서 완전찮은 조보)"[197]라고 폄시한 경서이고,《주례》는 왕안석이 가장 공들여 신의를 저작한 경서다.《주례》가 경연 강론에서 제외된 것은 혹시《주례》의 방대한 관료 기구에 대한 논의가 고려의 현실에 적합하지 않은 이유 때문인지도 모르겠다.

---

196) 이원명, 앞의 책, 39-40쪽 참조;《고려사》고종 14년 8월조에, "辛亥, 太子坐寶文閣, 始講孝經"가 있으나 이것을 경연으로 보기는 어렵다.

197)《송사》〈열전〉,〈王安石〉, "黜春秋之書, 不使列於學官, 至戱目爲斷爛朝報."

경서 각 편의 강론 횟수는《서경》의 〈홍범〉이 6회, 〈열명〉 5회,《예기》의 〈월령〉이 5회, 〈중용〉이 4회, 그리고《주역》의 〈건괘〉가 4회다. 〈홍범〉의 강론 횟수가 가장 많은 것은 〈홍범〉이 치국의 대도大道를 집약해 놓았다는 인식에도 영향을 받았겠지만, 아마 왕안석의《홍범전》의 이해, 도덕성명론의 이해를 위해서와 무관하지 않았을 것 같다.[198] 그리고 통치에 직접적인 관련성이 다소 희박한 〈중용〉이 4회나 강론된 것은 최충의 9재학당 재호를 계기로 새롭게 인식된 〈중용〉에 당말 이고 이래 호원·왕안석·정이에 이르기까지의 〈중용〉의 경설이 일정하게 수용되어 〈중용〉을 대하는 시야가 좀더 심화된 결과가 아닐까 한다.

경서 외의 강론으로 예종조의《노자》와 인종조의《당감唐鑑》이 있었다.《노자》는 휘종조에 태학에 박사를 둔 과목의 하나였고,[199] 특히 왕안석 부자가《노자》와《장자》를 혹독히 좋아하여, 왕안석은《노자주老子注》(2권)를 저작했을 뿐 아니라 도道의 개념에《노자》의 개념을 취해 오기도 했다. 경연에서의《노자》 강론은 아마 왕안석의 도덕성명론의 이해를 위해서였을 것이다. 인종 9년에 제생들에게 노장학老莊學을 금했는데,[200] 이것은 그 이전에 국자감에서《노자》·《장자》를 하나의 과목으로 다루어 왔음을 의미한다. 학계는 노장학을 금한 것을 벽이단적闢異端的 사고에서 나온 것이라 했으나,[201] 송 흠종이 왕안석 체제의 고시 과목 가운데 경서 해설서는 그냥 두되

---

198)《洪範》 강론 횟수가 상대적으로 많은 것이 왕안석의《洪範傳》의 이해 문제와 무관하지 않은 것 같다고 했으나, 가령 인종조의 林完의 上疏는 天變 문제를 논하면서 여전히 왕안석이《홍범전》에서 부정한 董仲舒의 이론에 의지하고 있다. 新學의 고려에의 착근 여부를 보여주는 한 시험이라고 하겠다.

199) 중국에서는 唐代에《老子》·《莊子》·《列子》 등을 학교에서 다루어 왔는데, 송 휘종 重和 원년에 태학에 불경·《도덕경》·《장자》·《열자》 박사를 두기도 했다.(《송사》 권21, 重和 원년 9월조, "丙戌詔太學辟雍, 各置內經道德經莊子列子博士二員.")

200)《고려사절요》 인종 9년 3월조, "禁諸生治老莊之學."

201) 유명종은 제생들에게 老莊學을 금지한 이유를, "이자현·곽여와 같은 仙學徒가 많기 때문"이라 했고(앞의 책, 144쪽); 김충렬은 "당시 유교적 교육이념이 맞지 않는다고 판단되었기 때문"이라 했고(앞의 책, 116쪽); 윤사순은 노장학 금지를 윤언이가 시행토록 한 것으로 잘못 알고, "영향력 있는 유자들이 (중략) 老佛을 異端視하여 비판·배

《노자》·《장자》·《자설字說》을 금지한 것을[202] 받아들인 조처였을 것이다. 고려에서의 신학의 쇠퇴를 감지하게 하는 조처의 하나다. 인종조의 《당감》 강론은 묘청에 이어 조광趙匡의 반란을 토벌함에 임하여 당나라의 역사의 별기別記인 《당감》에서 사태 해결의 교훈을 찾아보려 한 것일 것이다.

이 시기 경연에 강관으로 초빙된 인물 가운데 활약도가 높은 사람으로는 박승중(7회), 김연(3회), 김부일(3회), 김부식(5회), 김부의(4회), 정항(4회), 윤언이(4회)를 꼽을 수 있다. 이들이 말하자면 예·인 연간 고려의 명망 있는 경학자인 셈이다. 그러나 경학보다 사장이 우세한 사람이 대부분이며,[203] 박승중 같은 사람은 다분히 기능적인 강관으로 보이기도 한다.

(4) 경학의 두 저작

경의 내지 경학 진흥 운동은 두 권의 의리유학적 저작을 내어놓게 되었다. 앞에서 잠시 언급했듯이 김인존金仁存(연緣)의 《논어신의論語新義》와 윤언이의 《역해易解》가 그것이다.

《논어신의》는 김인존(연)이 예종의 태자 시절 동궁시강학사로 있으면서 찬술하여 진강進講한 책이다.[204] 생각컨대 이 책은 의리유학의 독창적인 저작은 아닌 것 같다. 왕안석의 《논어해論語解》(10권)를 가져다가 그 용장冗長한 문장을 간결하게 손질하여 교재로 태자에게 바친 책일 것이다. 주희는 왕안석의 "경전 해석의 병통은 멋대로 용장·부허한 소리를 늘어놓은 것"[205]이

척한 의식은 곧 학풍개조의식과도 통한다"고 했으나(〈12세기경, 고려의 성리학 형성〉(《東洋哲學》 32, 한국동양철학회, 2009), 6쪽) 수긍되지 않는다. 불교를 국가적으로 신봉하고 고종대의 과거시험에 《淮南子》에서 제목을 뽑아 試題로 삼는(뒤의 4-2) 참조) 나라에 노·장을 이단시할 이유가 없기 때문이다.

202) 《송사》 권157 〈選擧志110〉, 〈選擧3〉, "欽宗卽位 (중략) 王安石解經有不背聖人旨意, 亦許采用. 至於老莊之書及字說, 並應禁止."

203) 주193)의 《고려도경》의 評言은 이 경우에도 해당된다.

204) 《고려사》 〈열전〉, 〈金仁存(緣)〉, "轉吏部郎中, 兼東宮侍講學士. 時睿宗在東宮, 講論語, 仁存(緣)撰新義進講."

라 했다.《논어해》도 예외는 아닐 것이다. 서명 그대로 '《논어》의 새로운 의리'란 고려 중기의 유학적 역량으로는 가능하지가 않다.206)

윤언이의《역해》도 왕안석의《역의易義》(20권임. 책에 따라서《역해易解》라는 서명도 있음)에 자극 받아 저작한 것 같다. 왕안석의《역의》는 그의 30대 후반에 저작된 것으로,《삼경신의》와 함께 과장 취사의 표준으로 지정하지 않았던 것은 스스로 미숙하다고 생각했기 때문이다.207) 그러나 학문적으로나 정치적으로 적대 관계에 있던 2정조차도《역의》를 높이 인정했다.208) 왕안석의《역의》는 말할 것도 없이 의리역학이다. 일반적으로 적어도 고려 중기까지는《주역정의》를 통해 왕필王弼과 한강백韓康伯의 의리역학을 배웠음에도 국가적으로 재이, 개인적으로 길흉 등사에 상수역象數易이 곧잘 동원되다 보니 결과적으로 상수역이 절대 우세했다.209) 윤언이는 왕안석의 신학의 가정적 수용으로 말미암아 왕안석의 의리역학에 진작부터 매력을 느끼지 않았나 생각된다. 그래서 매력과 동시에 자극과, 그리고 자신의 시각에 따른 새로운 의리역적 해석의 여지를 아울러 발견했을 것이다.《주역》은 실로 풍부한 신해석新解釋의 여지를 포유包有하고 있는 경서다. 2정의 시대에 벌써 백여 인의 해석 저작이 있을 정도다.210) 윤언이의《역해》는 상필想必컨대 왕안석의《역의》의 추수만이 아닌 창의적인 입론들이 일정하게 있었을 것이다. 김부식으로 하여금 땀을 빼게 한 질의가 결코 우연이 아니다. 윤언이는 왕명을 받아《예기》〈월령편月令篇〉의《구의口義》를 지어 진강進講하기도 했다.211)

---

205) 정원민, 앞의 책, 680쪽, "若其釋經之病, (중략) 但以已意穿鑿附麗, 極其力之所通, 而肆爲支蔓浮虛之說."

206) 우리나라에서《論語》에 대한 창의적인 견해의 제출은 조선후기에 이르러서야 가능했다.

207) 조공무, 앞의 책, 권1上, "王介甫易義二十卷. 右皇朝王安石介甫撰. 介甫三經新義, 皆頒學官, 獨易解自謂少作未善, 不專以取士."

208)《二程遺書》권19,〈楊遵道錄〉, "易有百餘家, 難爲徧觀, 如素未讀, 不曉文義. 且須看王弼胡先生荊公三家."

209) 상수역으로는 주로 京房易이 쓰인 것 같다.《고려사》숙종 원년 4월조; 同 6년 6월조; 인종 11년 5월조; 같은 책,〈權敬中傳〉참조.

210) 참고로《주역》에 관한 저작에《四庫全書總目提要》에 오른 것만 근 5백여 종이나 된다.

4. 무신란 이후의 정·주 성리학 수용설에 대한 비판

1) 무신란 이후 유학의 동태

고려가 송의 가도입금假道入金 요청을 거절하자 인종 8년 남송이 고려에의 사신 파견을 중단하고, 송과의 관계가 멀어졌다. 실질적으로는 단교상태였다. 따라서 신학 세력과의 기존 관계가 끊어졌을 뿐만 아니라, 도학 세력과의 접촉의 기회도 놓쳤다. 인종 17년에 인종은 주연 석상에서 김부식에게 사마광의 〈유표遺表〉와 〈훈검문訓儉文〉을 읽게 한 뒤 사마광의 충의를 탄미하고서 북송이 망한 이유를 은근히 왕안석에게 돌렸다.[212] 신학으로부터 성명도덕론의 국시를 성립해 가지기까지 했던 고려의 군신에겐 왕안석과의 정신적 균열이 자리잡게 되었고, 의종조에는 신학이 현저히 쇠퇴되어 가서 무신란 이후로는 소식이 없게 되었다. 그래서 정주성리학이 전래되기까지 고려는 기존의 기저유학인 경사經史 외에 전통적으로 존중해 왔던 양웅揚雄의 유학이 지속되고 있을 뿐이었다. 남송 초기까지 상인들의 내왕이 있었으나, 2정의 저작은 전래되지 않았다.[213]

정주학, 즉 주자학의 전래는 13세기 말 안향·백이정에 의해 전래가 공식화되었지만 실은 그 이전 이미 전래된 것 같다. 이제현의 다음 기록을 음미해 보자.

---

211) 金子儀, 〈尹彦頤墓誌銘〉(김용선, 앞의 책, 115쪽), "甲寅, 會枯旱, 上命作月令口義講之. 發明大義, 天乃雨." 일반적으로 고려 중기까지의 묘지명에서는 王命을 받았거나 또는 王의 親覽인 저작이 아닌 저작은 밝혀져 있지 않다. 윤언이의 경우《月令口義》보다《易解》가 훨씬 중요한 저작임에도 묘지명에선 왕명에 의하거나 친람이 아니어서 빠져 있다. 조선 초기에 이루어진《고려사》〈尹彦頤傳〉에는《易解》가 드디어 등장하고 있다. 뿐만 아니라 묘지명도 관료경력 위주로 쓰여져서 위와 같은 현상이 있게 된 것이라 생각한다.

212)《고려사절요》 권10, 인종 17년 3월, "召金富軾·崔溱等, 置酒, 命富軾讀司馬光遺表及訓儉文. 王嘆美久之, 曰, '光之忠義如是, 而時人謂之姦黨, 何也.' 富軾對曰, '以與王安石輩不相能耳, 其實無罪.' 王曰, '宋之亡, 未必不由此也.'"

213) 다만 명종 22년 8월에 宋商이《太平御覽》을 바친 기사만 찾아진다.《고려사절요》, 명종 22년 8월조 참조.

일찍이 신효사神孝寺의 당두堂頭 정문正文을 만났더니 나이 80세에 《논어》·《맹자》·《시경》·《서경》을 강론하기를 잘했다. 자기는 유자인 안사준安社俊에게 배웠다고 했다. 이전에 한 사인이 송에 들어가 형공荊公이 금릉金陵에 은퇴해 있다는 소문을 듣고 찾아가서 《모시》를 전수받았는데, 7번 전해져서 사준에게 이르렀다고 했다. 《논어》와 《맹자》의 설명은 모두 주자의 장구, 채씨의 《서전》과 부합했다. 사준이 《논어》·《맹자》·《시경》·《서경》을 배우던 당시에는 아직 주자의 장구와 채씨의 전이 우리나라에 들어오기 전이었는데, 사준은 누구에게서 그 의리를 들었는지 알 수 없다.[214]

안사준이 《논어》·《맹자》·《시경》·《서경》를 배운 그 누군가는 이미 주자학을 담지하고 있었던 것으로 기록하고 있다. 당시 남송에서는 도학이 신학과의 투쟁에서 진퇴를 거듭하다 주희 사후 30-40년(1230-1240년)이 지나서야 온전히 관학의 지위를 차지하게 되었다.[215] 한편 몽고도 남송 정벌 과정에 포로로 잡힌 주자의 재전제자 조복趙復을 장본張本으로 하여 몽고 조정의 지지 아래 1238년에 연경에 태극서원太極書院을 세우는 등 주자학의 성세가 남송에 결코 뒤지지 않았다.[216] 비슷한 시기에 남송과 몽고 두 쪽에서 주자학이 관학적 지위를 점해 있어 무명의 한 야인이 어느 쪽에서 전수받았는지

214) 이제현, 《역옹패설》〈前集二〉, "嘗見神孝寺堂頭正文, 年八十善說語孟詩書, 自言學於儒者安社俊. 昔一士人入宋, 聞荊公退處金陵, 往從之受毛詩, 七傳而至社俊. 故詩則專用王氏義, 語孟及書所說, 與朱子章句蔡氏傳合. 當是時二書未至東方, 不知社俊得何從得其義."

215) 도학이 신학을 누르고 관학官學의 지위를 차지하기까지는 결코 순탄하지 못했다. 북송 말년 楊時의 신학 공격에 신학에 익숙해진 태학생들의 저항을 받는 등 실패했다가, 紹興 원년(1131)에 양시의 끈질긴 신학 배격에 의해 도학이 科擧에 약간의 지위를 인정받게 되었으나, 소흥 6년(1136)에 다시 관학에서 거의 20년간이나 배제되었다. 소흥 25년(1155)에 도학에 대한 금압이 조금 풀려 점차 관학의 지위에 접근해 갔다. 그러나 금압과 해제가 되풀이되다가 주희 사후 30-40년 가서야 도학의 관학화가 완성되었다. 喬衛平, 앞의 책, 50-53쪽 참조.

216) 歐陽周, 《中國元代教育史》(人民出版社, 1994), 25-29쪽 참조.

는 알 수 없으나, 남송은 가도입금에 협조하지 않았다는 이유로 고려에 대한 원망이 있었고, 몽고는 엄연히 교전 가운데 국가였다. 이런 상황에 상대국에 가서 수학할 수 있는 신분은 승려 계층일 가능성이 높다.[217] 어쨌든 주자학의 경학이 한두 세대 동안 민간 또는 사찰에서 전수되어 온 정황을 위의 기록은 말해주고 있다.

그러나 고려의 관료지식인 사회는 대륙의 두 조정과 격리된 채로 신학의 성명도덕론이 사라진 가운데 경전과 제사諸史의 기저유학 외에 양웅의 유학만이 여전히 존숭되고 있을 뿐이었다. 학계 일부에서 성리학을 수용했다는 이규보는 양웅의《태현경太玄經》의 한 부분 내용으로 자신의 초당草堂 명명에 의미를 부여해 처세의 원리로 표방했고,[218] 임춘·이규보보다 한두 세대 뒤의 후배로서 고종-원종조의 유능한 관료지식인 김구는 청년 시절 문과에 합격한 뒤에 그의 좌주座主에게 올리는 글에서 "항상 양웅의 정도를 밟고 싶습니다"[219]라고 패기 있게 선언하고 있다.

그런데 양웅은 주자학이 대두되면서부터 역사에서 거의 매장되다시피 되었다. 정이는 양웅이 왕망王莽 조정에 관여한 것을 두고, "양웅의 거취는 볼 것이 없다"고 폄하하였고,[220] 주희에 이르러서는 양웅은 더 심각히 폄훼되었다. 주희는,

---

217) 문철영은 앞의 글(2000), 103쪽에서 "元으로부터 전래 이전에 南宋으로부터 직접 전래된 朱子性理學이 在野의 學者나 승려들에 의해서 연구되었을 수도 있겠다는 개연성을 아울러 갖게 된다."고 했다. 옳은 견해다. 그러나 남송으로부터의 전수를 단정할 수는 없다. 몽고로부터의 전수도 아주 불가능한 상황은 아니었다.

218) 이규보, 〈止止軒記〉(《東國李相國全集》 卷23), "榜其軒曰: 止止, 居士自名之也. 盖以玄筮之, 得止之首而名之也. 止之首曰: 初一止于止, 內明無咎, 此言君子時止則止. (중략) 初二馬酓止, 車軔俟, 此言二爲平人, 不隱不仕, 故車軔俟而馬就止也. 居士喜曰: 是皆予之志也."

219) 김구, 〈上座主金相國(良鏡)謝傳衣鉢啓〉(《止浦集》 卷3), "常欲履楊雄之正路." 사실은 왕안석도 양웅을 존숭하였으나(왕안석, 《임천집》 권72, 〈答王深甫書〉; 권73, 〈答吳孝宗書〉 등 참조), 고려의 양웅 존숭은 최충 이전부터였을 것으로 추측되므로 고종대까지 지속되는 양웅 존숭은 신학과 관계가 없다. 정치적으로 왕안석과 적대관계인 司馬光도 양웅의 《法言》을 주석한 일이 있다.

220) 《二程遺書》 권18, 〈劉元承手編〉, "揚雄去就不足觀."

양웅인즉 전부 황로학黃老學이다. 나는 일찍이 양웅이 가장 쓸데가 없고, 참으로 한 썩은 유자라고 말한 적이 있다. 그는 학문의 논리가 요긴한 데 이르면 황로학에 투신할 뿐이었다.[221]

라고 하여, 그의 학문을 부정했을 뿐 아니라 춘추필법의 엄정함을 보여준다는 《통감강목通鑑綱目》에서 양웅의 죽음을 기록하기를,

망대부 양웅이 죽다. (莽大夫揚雄死.)[222]

라고 썼다. 역시 한나라를 배신하고 왕망이 주는 대부 작위를 받아들인 양웅의 죽음을 사士의 죽음으로 격하해서 쓴 것이다.[223] 정주 성리학에서 양웅에 대한 평가가 이러한데, 이규보가 주자학을 수용했다면 양웅의 《태현경》에서 자신의 처세 원리를 취해왔을까? 그리고 그 후배 김구가 선배의 주자학 수용을 무시하고 양웅의 '정도'를 밟겠다고 선언했겠는가? 답은 불문가지일 것이다.

관료지식인 사회는 원종대에 원元과 강화가 이루어지고 난 뒤에야 원에서 유학, 즉 주자학을 숭상하는 것을 안 것 같다. 원종 14년(1273)에 김구가 올린 〈양지공거표讓知貢擧表〉에서 "하물며 상국이 지금 유아儒雅를 숭상하고 있음에랴"[224]라고 한 것은 말할 것도 없이 원 조정의 태극서원 건립 등 주자학 숭상을 두고 한 말일 것이다. 실은 김구가 고종 27년(1240) 몽고에 서장관으로 간 적이 있는데,[225] 태극서원이 건립된 지 3년째 되는 해였다. 그러

221) 《朱子語類》 권137, "問荀揚王韓四子. 曰: '(중략) 揚雄則全是黃老, 某嘗說揚雄最無用, 眞是一腐儒. 他到急處, 只是投黃老.'"
222) 주희, 《通鑑綱目》 권8上.
223) 大夫의 죽음은 '卒'로 써야 정상인데, 한 단계 격하하여 士에 해당하는 '死'로 썼다.
224) 뒤의 주 226) 참조.
225) 김구, 〈年譜〉(《止浦集》), "(嘉熙)四年(高宗二十七年), 庚子(公三十歲), 以權直翰林, 充書狀官如蒙古."

나 그때는 몽고와 교전 관계에 있었기 때문에 태극서원을 중심으로 한 원元 학계의 동향에 대해 관심을 돌릴 처지가 못 되었기는 하지만 그런 대륙학계의 큰 사건에 관심關心한 흔적이 없고, 그로부터 30년 뒤 원종대에 와서야 대륙의 주자학의 성세를 알았으나, 주자학을 여전히 '유아儒雅'의 의미로 파악하고 있다. 즉 앞의 표문에서 김구는,

> 삼가 생각하옵건데, 본조는 예부터 그 문장을 숭상해 왔습니다. 하물며 상국이 지금 유아를 숭상함에랴. 모름지기 (웅거자 가운데서) 발군의 인재를 가리어 뽑아 사대事大의 성예聲譽를 돕도록 해야 할 것입니다.[226]

라고 하고 있다. '유아'라는 말을 쓰는 것은 주자학의 의리유학적 면모에 대한 고려보다 우선적으로 사장의 문제부터 고려했음을 의미한다. 더구나 '사대의 성예를 돕도록' 하는 것을 사장의 중요한 기능으로 언급하고 있어 더욱 그러하다.

2) 임춘·이규보의 성리학 수용설에 대한 비판

주지하는 바와 같이 전통시대엔 문인과 학자·사상가가 견별甄別되어 있지 않았다. 문인으로서 사상가일 수도 있고, 학자일 수도 있다. 더구나 학자·사상가가 드문 고려시대에는 문인에게 학자·사상가로서의 비중이 상대적으로 더 기대되기도 한다. 임춘과 이규보는 고려 중기에 그런 기대를 모을 만한 문인임에는 틀림없다. 그러나 성리학을 수용해 가졌다는 주장에는 결코 동의할 수 없다. 도무지 근거가 없기 때문이다. 이들이 성리학을 수용해 가졌

---

226) 김구, 〈讓知貢擧表〉(《止浦集》 卷20), "竊以惟本朝, 古尙其文章, 矧上國今崇乎儒雅. 須揀離倫之茂異, 助添事大之光聲."

다는 주장을 하고 있는 사람들이 증거로 제시하고 있는 것은 이들의 사장에 나오는 '궁리진성窮理盡性'·'인성순리因性循理'라는 어사가 전부다. 이제 우리는 이 어사에 대해 검토해 보자.

먼저 '궁리진성'에 대해서다. 임춘이 무신란으로 원주에 은거하고 있는 권돈례에게 올린 편지에서,

> 이전 신밀辛謐이 말했습니다. "환란에 걸려들지 아니하는 것은 환란을 피하고자 해서 그런 것이 아닙니다. 다만 사세事勢의 궁극적인 추향趣向에 고요히 침잠하여 저절로 뜻과 만날 뿐입니다. 이로써 현자가 조정에 처하는 것이 산림 간에 처함과 다름이 없음을 알겠습니다. 이것이 바로 궁리진성의 묘이니, 그것을 체득해 행할 사람이 합하가 아니고 누구이겠습니까!"
>
> (昔辛謐有言, 不嬰於禍亂者, 非爲避之. 但冥心至趣, 自與志會耳. 以此知賢者之處乎廟堂也, 無異於山林間矣. 乃窮理盡性之妙, 其體而行之者, 非閣下而誰耶!)[227]

라고 했다. 이 편지의 '궁리진성'을 두고 변동명은 "궁리진성이란 우주자연의 이치인 천리天理를 궁구하며, 또한 인간이 하늘로부터 부여받은 선한 본성을 곡진히 한다는 의미다. 성리학의 본령을 정곡으로 찌르는 표현이 아닐 수가 없다. 그리고 임춘은 그러한 성리학적인 용어를 스스럼없이 구사하고 있는 것이다. 임춘은 성리학적인 소양을 가진 인물이었던 게 분명하다"[228] 라고 했다. 최영성은 "격물치지格物致知와 성의정심誠意正心을 중시하는 궁리진성의 학문 경향은 임춘의 증언을 통해 권돈례의 예에서 볼 수 있다"[229]라고 했다. 문철영은 변동명의 표현을 거의 그대로 따라 "궁리진성이란 우주

---

227) 林椿, 〈答同前書〉(《西河集》 권4).
228) 변동명, 앞의 책, 18쪽.
229) 최영성, 앞의 글, 137쪽.

자연의 이치인 천리를 궁구하며, 또한 인간 일반이 하늘로부터 부여받은 선한 본성을 곡진히 한다는 의미다. 이처럼 신유학의 성리철학적 용어를 구사하여 편지를 쓰고 있는 임춘이나 그러한 묘사의 대상이었던 권돈례 역시 고려 중기 이래의 신유학풍의 맥을 잇고 있는 것이다"[230]라고 했다. 그리고 도현철도 변동명의 주장을 거의 그대로 따르고 있다.[231]

이와 같이 권돈례에게 올린 임춘의 편지에 나오는 '궁리진성'을 하나같이 성리학의 명제로 단정하여 편지를 주고받은 그들을 성리학자로 간주하고 있다. '궁리진성'은 주지하는 바와 같이《주역》〈설괘전〉에 나오는 유서깊은 술어로, 공영달의《주역정의》에 따르면 "능히 만물의 심묘深妙한 이치를 궁극하고, 생령이 품부받은 성性을 궁진窮盡한다"[232]는 의미내용이다. 유학뿐 아니라 도·불 등에서도 보편적으로 써온 것이다.[233] 그러므로 다른 증거자료 없이 고립적으로 '궁리진성'이란 술어 한 가지만 가지고 성리학 운운다는 것은 위험천만한 논리다.

더구나 인용된 편지의 대목은 임춘의 창작이 아니다. 4세기 진晉나라 은일 신밀辛謐이 그를 벼슬에 초빙하는 권력자에게 한 편지의 구성을 변경한 것일 뿐이다. 신밀의 편지는 다음과 같다.

> 然賢人君子雖居廟堂之上, 無異於山林之中, 斯窮理盡性之妙, 豈有識之者邪! 是故不嬰於禍難者, 非爲避之, 但冥心至趣而與吉會耳. (번역은 위의 인용을 참조 바람. 다만 임춘 편지의 '自與志會耳'가《25

---

230) 문철영, 앞의 글(2000), 75쪽.

231) 도현철, 〈고려후기 성리학 도입에 관한 제설의 검토과 김구의 역할〉(《역사와 실학》 59, 역사실학회, 2016), 203쪽.

232) 공영달,《주역정의》 권9, 〈說卦〉, "又能窮極萬物深妙之理, 究盡生靈所稟之性物理."

233) 釋義天, 〈祭金山寺寂法師文〉(《대각국사문집》 권16), "德行夙彰, 講補處之文. 窮理盡性, 傳慈恩之教."; 이규보, 〈寄吳東閣世文論潮水書〉(《東國李相國全集》 卷26), "盧歙州獨判然決疑, (중략) 因自設十四問, 隨而釋之. 窮理盡性, 妙入毫芒." 단, 후자의 경우는 '세밀하게 따진다'는 뜻으로 쓰였다.

사》본 신밀의 편지에는 '與吉會耳'로 되어 있다.)[234]

보다시피 신밀의 원본에서 임춘의 구성 변경으로 인해 '궁리진성지묘'의 의미내용이 성리학적으로 특화特化된 흔적을 찾을 수 없다. 임춘의 '궁리진성지묘'도 여전히 신밀의 그것처럼《주역정의》의 일반적인 의미내용의 범위 안에 있으며, 편지의 어디에도 '천리'를 궁구하고 인간의 '선성善性'을 곡진히 한다는, 성리학적으로 특화된 개념이 개입된 논리가 없다.

다음으로 이규보의 '인성순리'다. 이 숙어의 이규보에게서 출전은〈병중病中〉이라는 5언고시다. 다음 원시의 필요 부분을 인용한다.

> 몸을 이룬 흙·물·불·바람은 본래 있는 것이 아닌데/ 마침 어느 곳에서 왔단 말인가// 뜬구름은 일어났다 다시 사라지는 것/ 그 소종래를 도무지 알 수 없네// 고요히 살펴 보노라면 모두가 공空인데/ 누가 나고 늙고 병들고 죽게 한단 말인가// 내 몸은 다 흙·물 따위의 자연이 무더기진 것/ 무리없이 순리대로 대응할 뿐이리//
> (四大本非有, 適從何處至. 浮雲起復滅, 了莫知所自. 冥觀則皆空, 孰爲生老死. 我皆堆自然, 因性循理耳).[235]

이규보가 자신이 작중 화자가 되어 병중에 불교의 생사관을 돌이켜 본 시다. 흙·물·불·바람 사대四大가 인연으로 어울리면 육신이 이루어지고, 인연이 다해 흩어지면 다시 空으로 돌아간다는 것이 불교의 생사관이다. 이 시는 그러니까, "生也一片浮雲起, 死也一片浮雲滅. 浮雲自體本無實, 生死去來亦如然.(태어남이란 한 조각 뜬구름이 일어나는 것/ 죽음이란 한 조각 뜬구름이 사라지는 것이라// 뜬구름은 그 자체 실다움이 없는 것/ 태어나고 죽으며 가고 옴도 또한 이와 같구나.)"이라는

---

234)《晉書》〈열전〉,〈辛謐〉.
235) 이규보,〈病中〉(《東國李相國後集》卷1).

흔하게 쓰이는 불교의 한 게송을 되풀이한 것에 불과하다.

그런데 이런 시의 주제는 돌아보지 않은 채 '인성순리'만을 떼내어, "성리학의 대명제인 성즉리性卽理의 입장에서 말한 것으로서, 《주역》 〈설괘전〉에 이른바 '궁리진성窮理盡性, 이지어명以至於命', 또 《중용》 수장에 이른바 '천명지위성天命之謂性, 솔성지위도率性之謂道'와도 통하는 것이라 하겠다"[236]고 한 최영성의 해석이 있다. 여기서 '인성순리'는 그렇게 거창한 의미를 가진 명제가 아니다. 결론부터 말하면 '순리대로' 또는 '무리없는 자연스러움'이란 의미의 보통 술어일 따름이다.

최영성의 주장을 이어받은 윤사순의 해설은 다음과 같다. "이 글에 나오는 이는 자연법칙의 의미가 아니다. 삶의 태도로서 '성에 근거하여 따르는 이(因性順理)'인 만큼, 이것은 '당연'의 이(所當然之理)에 해당한다"라고 하고, "그 당연의 리가 결과적으로 성과 어긋나지 않고 일치되는 것인 점에서, 이 시는 정이의 '성즉리性卽理'의 사유에 접근된 리이기도 하다"라고 했다. 그리고 "성리학의 존재론적 해석의 도구인 '이기理氣' 개념을 이처럼 능숙히 구사할 수 있었던 까닭에, 이 시기 고려 유학자들, 곧 성리학자들은 '심성설心性說' 분야에서도 초기 성리학 정도의 이론을 제시하였다"[237]고 했다. '인성순리'라는 술어 하나로 인해서 '당연지리'·'성즉리'·'리기' 등 주자학의 주요 개념을 끌어와서는 이규보의 시대를 성리학의 시대로 인식하는 크나큰 오류를 범하고 있다.

이규보의 '인성순리'의 술어는 시 〈병중〉에만 쓴 것만도 아니다. 한 선사의 비명에도 쓰고 있다.

> 국사의 사람됨이 단순하여 꾸밈이 없고 자연스러울 뿐이다.
> (國師爲人, 略無緣飾, 因性循理而已.)[238]

---

236) 최영성, 앞의 글, 147쪽.
237) 윤사순, 앞의 글, 2009, 11-12쪽.

이와 같이 '인성순리'는 유학의 무슨 거창한 명제가 아니라 단순히 '자연스러움'을 뜻하는 술어일 뿐이다. 《맹자》에 나오는 '우禹의 행수行水'가 '인성순리'의 함의를 잘 밝혀주고 있다. 북송 말기의 경남중耿南仲은 그의 《주역신강의》에서

昔禹之行水, 因性循理, 而無察察之政焉.239)

이라고 했다. 즉 "우가 홍수를 다스릴 때 중국 강하의 물길을 따라 순조롭게 흘러가게 하듯이 자연스럽게 정사를 행하면 이것저것 인위적으로 천착하는 까다로움이 없다"는 것이다. 이와 같이 '인성순리'는 '무리 없는 자연스러움'이다.

고려 중기까지의 유학은 전장유학에 사장유학이 절대적이었다. 신학의 성명도덕론이 사라지고 주자학이 전래되기까지의 기간이라고 해서 달라진 것은 없다. 임춘은 상대적으로 이 시기의 가장 열정적이고 진지한 유자임에는 틀림없다.240) 그러나 그 시계視界에 의리유학은 타자로 나타날 뿐, 유학의 본령으로서 그것이 가진 주체화된 의의를 자각하지 못한 상태였다.241) 오직 사장을 통해서만 유학이 인식될 뿐이었다.242)

이규보는 임춘보다 더 사장적이다. 그는 전후집 합해서 30여 양식에 53권의 문집을 남겼지만, 고심급의 의리유학에 접근한 문장은 한 편도 없다. 오

---

238) 이규보, 〈故華藏寺住持王師定印大禪師追封靜覺國師碑銘〉(《東國李相國全集》 卷35).

239) 耿南仲, 《周易新講義》 권4, "重明以麗于正, 則若禹之行水. 因性循理, 而无察察之政焉, 乃所以化成天下也."

240) 이동환, 〈林椿論〉(《語文論集》 19·20합집, 고려대 국어국문학연구회, 1977), 603-616쪽 참조.

241) 이를테면 그의 〈答靈師書〉(《西河集》 권4)에 왕안석의 '三經新義'를 토대로 한 신학을 가리켜 "王介甫祖述墳典, 明先聖之道" 따위의 표현들에서 알 수 있다.

242) 가령 역대 중국의 '名儒'로 '賈誼·司馬遷·韓愈·柳宗元·歐陽脩·王安石·蘇軾'을 꼽으면서(〈答靈師書〉 참조) 董仲舒·鄭玄·揚雄·胡瑗·張載 등은 외면하는 데서 그런 인식이 약여하게 드러난다.

로지 고인의 어의語義를 답습하지 않고 자기대로 신의新意를 창조하는 데 골몰했다. 그의 글쓰기 태도는 사장가詞章家로서는 더없이 적합할지 몰라도, 그런 태도 자체가 의리유학을 당초에 관심關心하지 않았음을 뜻한다. 왜냐하면 의리유학은 경전과 기존 의리유학의 어의나 개념을 버리고서는 성립할 수 없기 때문이다. 이규보의 문집에도 왕안석은 7번이나 등장하지만 전부 사장에 관련해서다. 그는 한 고위 관료에게 올린 구관서求官書에서 다음과 같이 오로지 사장가로서의 자신의 입지를 자랑해 마지않았다

> 나는 아홉 살 때부터 독서를 알기 시작하여 지금까지 손에서 책을 놓아 본 적이 없습니다. 《시경》·《서경》 등 6경과 제자백가며 역사 기록, 불가·도가의 유벽幽僻한 경전에 이르기까지 비록 그 근원을 궁구하고 오묘한 이치를 탐색하여 깊이 숨겨진 의리를 찾아내지는 못했으나, 이런 책들은 대충 섭렵하기도 하고 그 안에서 헤엄쳐 놀기도 하여, 거기서 정화를 채취하여 마음대로 구사하여 시문의 문채를 드러내는 자구資具로 삼지 않는 것이 없습니다.[243)]

6경과 제자백가, 도·불의 경전이라면 거의 대부분 사상·철학을 내용으로 한 책이다. 그런데 이규보는 이런 책을 읽으면서 스스로 새로운 사상·철학의 지평을 찾으려 한 것이 아니라, 이미 이룩되어 있는 사상·철학의 문사에서 정화를 채취하여 자기 시문의 문채를 드러내는 자구로 삼노라고 득의연하게 표백하고 있다.

임춘·이규보의 유학과의 관계가 이러했다. 일언이폐지해서 그 시대에는 아직 사장을 통해 유학을 인식했다. 이규보가 촉망해 마지않던 최자가 그

243) 이규보, 〈上趙太尉書〉(《東國李相國全集》 卷26), "僕自九齡, 始知讀書, 至今手不釋卷. 自詩書六經諸子百家史筆之文, 至於幽經僻典梵書道家之說, 雖不得窮源探娛, 鉤索深隱, 亦莫不涉獵游泳, 採菁摭華, 以爲騁詞擒藻之具."

시대의 사장과 의리유학의 관계를 잘 정식화한 말이 있다. "문이란 도를 밟는 문이다.(文者蹈道之門也.)"라고 했다.[244] 그러나 최자만큼 도문관계에서도, 즉 의리유학을 전진적으로 인식한 사람도 드물었다. 사장과 도학의 분리는 조선 초기에 와서야 논의되기 시작한 것을 상기할 필요가 있다.

3) 정의鄭義의 이기론 수용설에 대한 비판

고려 고종대 정의鄭義의 〈도열일화괴귤합위형제부道閱一和槐橘合爲兄弟賦〉(도가 화기를 모으자 홰나무와 귤나무가 형제가 되다)란 부賦 작품[245]에 북송대 정이의 이기론이 수용되어 있다는 주장이 최영성에 의해 제기되어 있다. 최영성은 이 부에 대한 논의를 종합하는 자리에서 이렇게 주장했다.

> 철학논문이 아닌, 부賦라는 문학작품에서까지 이기론이 응용되었다는 것은 결코 예사로 보아 넘길 일이 아니라고 생각한다. 이는 당시 성리학 이론이 어느 정도 보편화 되었는지 비록 내면적인 발전의 수준에 머물렀다손 치더라도 대개 어느 정도였는지 가늠할 수 있게 하는 시사적인 것이 아닐 수 없다. 어찌 되었든 이는 당시 성리학—특히 이기론의 이해 수준과 정도—을 짐작할 수 있는 불이不二의 좋은 자료라 하겠다.[246]

요지는, 이 부는 당시 성리학의 일정한 보편화의 징표로서 이기론의 이해를 표출한 작품이라는 것이다. 성리학을 운위한 다른 의리유학적인 자료가 전무한 상태여서 부 한 편을 놓고 성리학의 보편화를 말하고 있다. 작품에

---

244) 최자, 〈補閑集序〉.
245) 《동문선》 권2에 있는 이 賦는 총389자로 된 과거시험의 답안이다. 번거로움을 피하기 위해 필요한 부문만 인용하겠다.
246) 최영성, 앞의 글, 144쪽.

이理와 기氣가 나오고, 더구나 둘이 대응관계로 설정되어 논의가 행해지니 성급하게 정이의 이기론으로 본 것 같다. 그러나 단연코 정이의 이기론은 아니다.

이 부는 정의의 과거답안으로서,247) 제왕의 통치가 지극한 도道를 따라 차별 없이 고루 인자한 포용으로 백성을 감싸서 개개인 이질적인 백성들이 일대 화합의 장場에 모이게 되는 것을 마치 대도大道가 만물을 창생할 때의 화기가 이질적인 개개의 생령들로 하여금 형제의 우애로 어울려 공생하는 것과 같은 것에 비유한 작품이다. 그러니까 주제에 대한 비유의 부분이 작품의 주체를 이루고 있는 셈이다. 우선 부의 제목에 대한 해제에 해당하는 첫머리의 "한 화기의 모음은 대도가 베푼 것이다. 그러므로 서로 이질적인 홰나무와 귤나무로 하여금 어울려 형제가 되어서 서로 친하게 하는 것이다.(一和之閱, 大道所施. 故教槐橘之異者, 合爲兄弟以親之.)"는 바로《회남자淮南子》〈숙진훈俶眞訓〉의 다음과 같은 대목에서 왔다.

(만물은) 하늘이 덮은 바이오, 땅이 실은 바이고, 상하사방이 휩싼 바이오, 음양이 훈기를 불어넣는 바이오, 우로가 적셔주는 바이오, 도덕이 버티어주는 바이니, 이것들은 모두 한 부모에게서 나서 한 화기를 모은 결과다. 이러므로 홰나무 느릅나무와 귤나무 유자나무가 어울려 형제가 된다. (夫天之所覆, 地之所載, 六合所包, 陰陽所呴, 雨露所濡, 道德所扶, 此皆生一父母而閱一和也. 是故, 槐榆與橘柚, 合而爲兄弟.)248)

다시 말하면《회남자淮南子》〈숙진훈俶眞訓〉의 이 대목에서 과거의 시제試題를 뽑았다. 따라서 이 부는 근본적으로《회남자》의 논리 안에서 이루어졌

---

247) 고려와 조선시대에 과거에서 賦나 論의 시제는 흔히 중국의 사상서나 역사서에서 문제를 채취해 왔다.

248) 劉晏,《淮南子》권2(《新編諸子集成》제7책, 世界書局), 24쪽.

고,《회남자》는 도가의 영향권에서 이루어진 책이다. 이 부에서 중심 제재로 다루고 있는 도를 가리켜 대도·대박大樸·영원靈原·묘원妙原·빈실牝室·도모道母 등 대체로 도가적, 노자적 색채가 농후한 것이 우연이 아니다. 정이에게 리理는 우주 본체다. 그러나 이 부에서는 "대박이 만물을 생성해내는 근원을 머금으매 리가 촘촘하니 같고, 뿌리가 다른 것들이 완연히 천생의 친척으로 정의가 형제인양 하여라.(大樸含鈞造之原, 理同戢戢. 殊根宛天生之戚, 義協怡怡.)"고 하여 우주 본체인 대도의 만물 생성의 '한 과정'으로서 리로 있다. 그러니까 정의의 부에서 리는 현상계 만물에 대해 가지는 위상은 정이의 리와 달리하고 있다. 즉 정이는 '리→만물'임에 대하여 이 부에서는 '도→리→만물'이 된다. 이 부에서는 노자적 3단계 생성과정을 설정했기 때문이다.

주지하듯이 노자의 도는 물질적이다.[249] 따라서 도가 만물로 정착되어 가는 과정도 당연히 물질적인 것이다. 그래서 이 부에서의 리도 실은 물질적인 것이다. "대박이 만물을 생성해내는 근원을 머금으매 리가 촘촘하니 같다"고 한 것은 개개 만물의 리가 도에서 분리되어 나오는 원초의 밀집상태에서 같게 보이는 것을 말한 것이다. 리가 물질적인 것은《회남자》〈정신훈精神訓〉에서 "정신이 성해서 기가 흩어지지 않으면 리로 된다.(精神盛而氣不散, 則理.)"[250]라고 한 데서 입증된다. 그러니까 리는 차원이 높은 기, 또 '기의 정수'인 것이다.

최영성이 '이기론'이라고 명명한 이 부의 "기의 엉킨 바에는 같음이 있으나 다르고, 리의 관장하는 바에는 비록 다르나 반드시 같다.(夫氣之所鍾, 有同而異, 理之所管, 雖異必同.)"는 것은 이 부에서의 리와 기가 다 물질적인 동질의 것이 밝혀진 마당에 더 이상 정이의 이기론처럼 대립관계의 두 요소로 될 수 없다. 그것은 만물을 기의 엉킴이란 측면에서 보자면 내재 질료는 한 기

---

249)《老子》의 道가 물질적인 것은 단적으로 21장, "道之爲物, 唯恍唯惚. 惚兮恍兮, 其中有象; 恍兮惚兮, 其中有物. 窈兮冥兮, 其中有精; 其精甚眞; 其中有信"에 잘 나타나 있다.

250) 유안,《淮南子》권7(《新編諸子集成》제7책, 世界書局), 100쪽.

로서 동일하나 이루어진 외재 형상은 각기 다르고, 만물 개개를 관장하는 리라는 측면에서 보자면 외재적으로 개개의 정체성은 각기 달리하나 내재적으로 도로부터 생성의 원초 단계에서는 모두 촘촘하니 같게 보이는 것을 말한 것일 뿐이다.

5. 결론

고려시대까지의 우리 유학사는 실제보다 과도하게 인식되고 있다. 그것은 전장유학·사장유학까지를 싸잡아 유학의 본령으로 인식하기 때문일 것이다. 유학의 본령은 말할 것도 없이 그 사상·철학을 가리키는 의리유학이다. 전장유학·사장유학도 물론 그 기저에 사상과 철학이 당연히 있다. 그러나 그것은 정련精鍊의 과정을 거쳐야 정체를 드러낸다. 정련의 과정을 거친 결과로서의 사상·철학의 이론일 때 그것은 당연히 의리유학에 편입된다. 그런데 나는 아직까지 전장유학·사장유학이 정련된 의리유학이 서술된 고려 이전의 유학사를 본 적이 없다. 바른 유학사적 저작이라면 정련된 의리유학도 처음부터 의리유학 자체인 것과 함께 직조되어야 한다. 다른 나라에서 전래된 사상·철학 내지 그 역사를 다루는 입장에서 우리에게 침투된 그 사상·철학의 침투 실상을 파악하기 위해서다. 그런 의미에서는 고려 중기의 의리유학 자체만을 탐색한 이 논문도 응당 했어야 할 작업의 절반에도 미치지 못했다. 제대로 쓰자면 처음부터 의리유학 자체인 것과 정련된 결과로서의 의리유학이 가급적 우리 본유의 사상·신앙과의 유기적인 관계 속에 함께 직조되어야 할 것이다. 그래야 주체적이고 살아있는 유학사가 될 것이다.

'고려 중기'라는 시대 구분의 단락에 이견이 있을 수 있겠으나, 주자학 수입 이전의 처음부터 의리유학 자체인 것만의 맥을 찾아 짚자니 최충의 9재학당 재호 편성으로 상한을 삼을 수밖에 없었다. 시대구분이란 연구자가 연구 대상에 대해 사적史的 좌표를 규정짓는 행위로, 이것부터가 실은 연구 자체인 것이다. 그러므로 원칙적으로 시대구분은 획일화나 획일화에 가깝게 조정措定될 수 없는, 연구자의 역사관인 셈이다. 그렇게 조정하는 것은 대중을 위한 하나의 편법이라 생각한다.

어쨌든 처음부터 의리유학 자체인 것만의 맥을 찾은 결과 고려 중기는 최충의 9재학당 재호 편성의 논리만이 사상사적으로 의미 있게 남아 있을 뿐, 이에 견주어 아주 고심급의 의리유학인 왕안석의 신학은 성명도덕지리류의 명제만이 허공을 부유浮游할 뿐, 명제의 실질적인 하부구조는 흔적을 찾을 수 없었다. 여기에는 문헌의 인멸로 인한 사상사 자료의 태무殆無도 원인으로 가담했겠지만, 내가 보는 바로는 근본적으로 고려 중기까지의 지식인 사회가 신학을 소화할 수 있는, 더구나 비체계적이고 혼란스러운 그 개념을 감당할 수 있는 유학적 수준에 아직 도달하지 못했다고 생각한다. 주자학의 수용이 상대적으로 쉬웠던 것은 그 명확한 체계성 때문이다. 고려 지식인들은 대체로 불경을 접한 경험이 있어 형이상학적 사유에 다소 익숙할 수 있어 유학의 사상·철학은 쉽게 수용할 수 있을 것도 같았다. 그럼에도 신학이 구체적으로 작동한 흔적을 찾을 수 없다. 이것은 위에서 지적한 두 가지 요인 외에 근본적으로 추수주의가 무자각적으로 관성화되어 있었기 때문이라 생각한다. 의리유학에서 중국에의 추수주의를 겨우 벗어나기 시작한 것은 이황·이이가 출현한 조선 중기에 와서다. 오히려 사장유학이 정련하기에 따라서는 추수주의를 벗어난 의리유학적 결과를 내놓을 수 있는 경우가 많을 것이다. 이것은 물론 고려·조선 구분 없이 마찬가지다. 그것은 일반적으로 문예작품 창작은 중국발 의리유학에 대해 오소리티에의 압박을 상대적으로 덜 받는 위치에서 쓰여지기 때문이다. 임춘·이규보에게서의 의리유학 탐색도 4자 숙어 한두 개에 매달릴 것이 아니라, 그들의 문집을 온전히 상대해서 제련의 과정을 밟는 정품精品을 뽑아내었어야 했다.

(《민족문화연구》 93, 고려대학교 민족문화연구원, 2021)

찾아보기

1. 작품 · 서명

ㄱ

ㄴ

ㄷ

ㅁ

ㅂ

ㅅ

ㅇ

ㅈ

ㅊ

2. 용어

ㄱ

ㄴ

ㅂ

ㅅ

ㅇ

ㅈ

3. 인명

ㄴ

ㄷ ㄹ

ㅁ

ㅂ

ㅅ

ㅇ

ㅈ

ㅊ

ㅌ ㅍ

ㅎ